I0573694

IN CERCA DI ELSIE

Ricerca e soccorso Eagle Point, libro 2

SUSAN STOKER

Traduzione dall'inglese a cura di Emanuele Mazzola per Well Read Translations

Correzione bozze: Kelli Collins, Anna Maria Sacchi (edizione italiana)

http://wellreadtranslations.com

Design di copertina: AURA Design Group

Prodotto negli Stati Uniti

Armi e Amori
Proteggere Caroline
Proteggere Alabama
Proteggere Fiona
Il Matrimonio di Caroline
Proteggere Summer
Proteggere Cheyenne
Proteggere Jessyka
Proteggere Julie
Proteggere Melody
Proteggere il Futuro
Proteggere Kiera
Proteggere i figli di Alabama
Proteggere Dakota

Forze Speciali alle Hawaii
Trovare Elodie
Trovare Lexie
Trovare Kenna
Trovare Monica (10 Maggio 2022)
Trovare Carly
Trovare Ashlyn
Trovare Jodelle

Mercenari di Montagna
Difendere Allye
Difendere Chloe
Difendere Morgan
Difendere Harlow
Difendere Everly
Difendere Zara
Difendere Raven

Ace Security
Il riscatto di Grace

Una raccolta di storie brevi
Un momento nel tempo

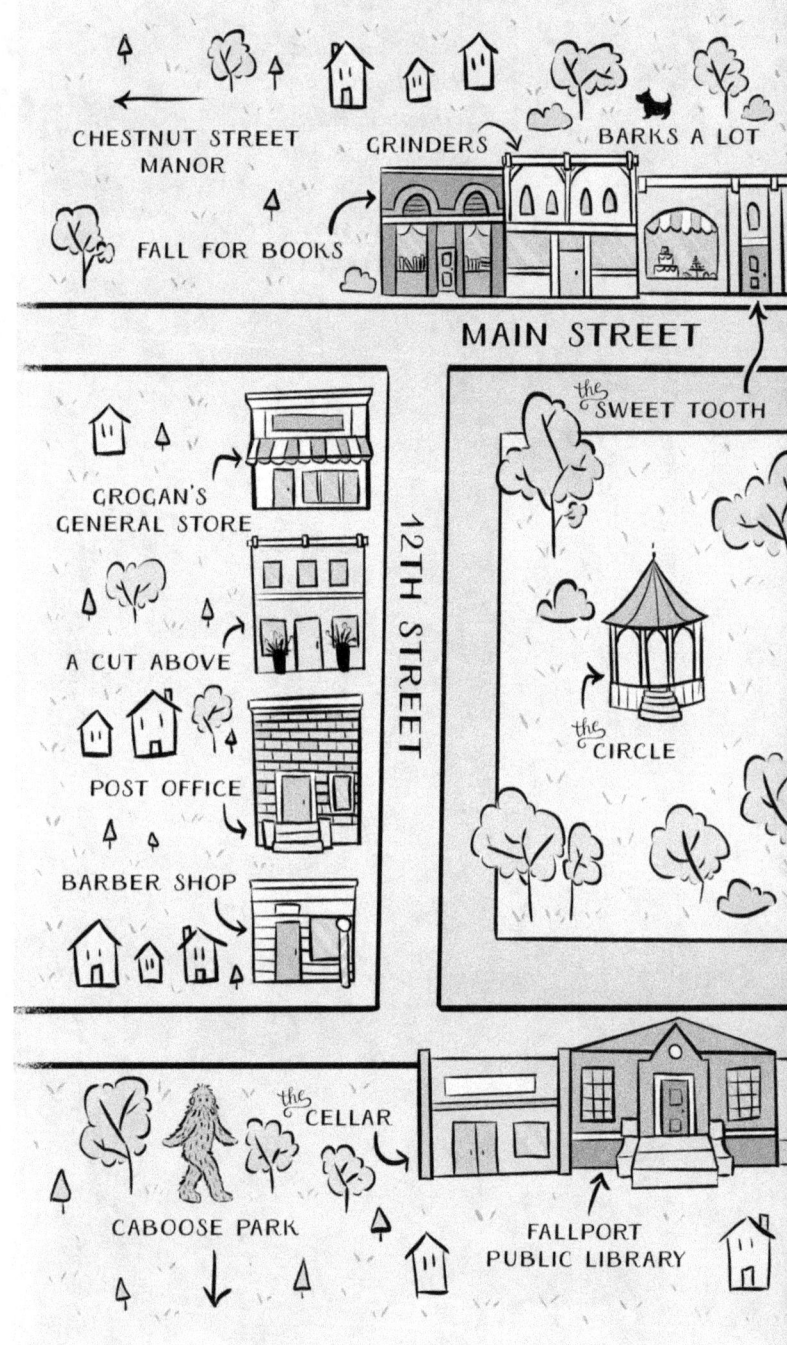

CHESTNUT STREET MANOR

GRINDERS

BARKS A LOT

FALL FOR BOOKS

MAIN STREET

the SWEET TOOTH

GROGAN'S GENERAL STORE

A CUT ABOVE

POST OFFICE

BARBER SHOP

12TH STREET

the CIRCLE

the CELLAR

CABOOSE PARK

FALLPORT PUBLIC LIBRARY

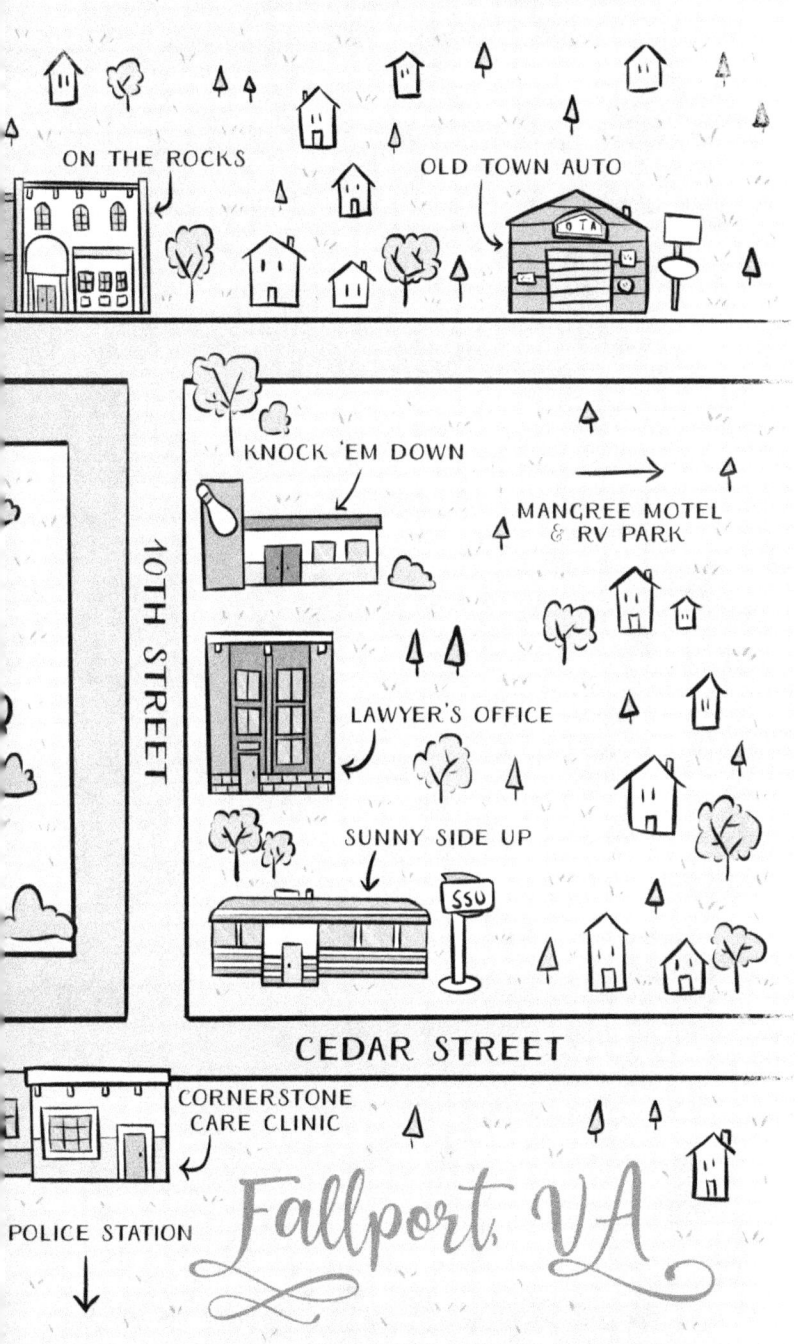

CAPITOLO UNO

Zeke controllò l'orologio al polso, gli sembrava di averlo guardato già venti volte.

Elsie era in ritardo.

Non arrivava *mai* in ritardo.

Ormai la conosceva piuttosto bene, dopo un anno e mezzo: la prima qualità che aveva notato in lei era proprio l'affidabilità. All'inizio gli era sembrata una dipendente come tante altre... ma col tempo era diventata molto di più.

Col passare dei mesi, Zeke si era sentito sempre più attratto da quella brunetta, lentamente aveva cominciato a intravedere la sua vera personalità, la donna che stava dietro alla facciata che lei regalava a tutti. Per quanto lei cercasse di nascondersi, facendo credere il contrario, era stressata ed esausta, al punto che Zeke avrebbe voluto fare tutto il possibile per aiutarla.

Voleva anche che l'On the Rocks fosse per lei un ambiente sicuro, un luogo in cui potesse abbassare la guardia, sapendo di avere delle persone a cui poteva appoggiarsi.

Sperava tanto di esserci riuscito, almeno un pochino. Lei sorrideva più spesso, era diventata un po' più estroversa, sembrava sinceramente felice, mentre lavorava.

Un poco alla volta, aveva cominciato finalmente a lasciarsi andare anche *con lui*.

Zeke l'aveva baciata solo una volta. Una sera si era inferocito quando uno dei clienti le aveva messo una mano sul sedere; lui l'aveva accompagnata nell'ufficio sul retro e le aveva detto di essere stanco di girare attorno in punta di piedi all'attrazione che provava per lei. Invece di aversene a male o di dirgli che stava superando il limite, perché lei non voleva alcun tipo di rapporto, lei si era sciolta tra le sue braccia. Poi si erano baciati, era stato un contatto breve, Zeke di sicuro non si accontentava.

Però cercava di andarci piano, di lasciarle il tempo e lo spazio di abituarsi ad avere qualcuno che la proteggeva: lui.

Era una delle missioni più difficili che lui avesse mai affrontato. Zeke non avrebbe voluto altro che portarsi a casa e viziare sia lei che il figlio Tony, di nove anni. Avrebbe voluto mostrare a entrambi che ciò che aveva causato tanta ombrosità e incertezza ormai era passato. Eppure, anche dopo che le aveva dichiarato il proprio interesse, Elsie era rimasta un po' in guardia.

Così anche lui aveva fatto un passo indietro, pur chiarendole sempre che l'interesse non era scemato. Trovava spesso dei motivi per cercare il contatto con lei. Le appoggiava una mano sulla schiena, le sfiorava un braccio, le stava un po' più vicino quando lei gli parlava. Niente di eccessivamente palese o pesante. Solo per chiarire le proprie intenzioni. Infatti stava funzionando, lentamente ma con certezza: dopo quel primo bacio, stava cominciando ad abbassare la guardia.

Molti non avrebbero avuto la stessa impressione: osservando il modo in cui lei si comportava con loro, avrebbero dedotto che era diffidente proprio come quando era arrivata in paese... ma si sbagliavano.

Il modo in cui lei reagiva alle interazioni con lui era molto sottile, ma Zeke le notava e le recepiva forte e chiaro. Spesso gli sorrideva con timidezza. Sempre più spesso arrossiva dolcemente, quando lui le faceva un complimento. Due giorni prima, era stata *lei* a cercare il contatto *con lui*.

Era stata forse la prima volta in cui aveva preso lei l'iniziativa e Zeke non se la sarebbe mai dimenticata. Lui era bloccato dietro al bancone del locale, costretto a preparare i drink, perché entrambi i baristi si erano dati malati. non si era mai fermato da quando era arrivato, prima di pranzo. Inoltre, la notte prima era stato fuori con gli altri della squadra di ricerca e soccorso Eagle Point per trovare un adolescente con problemi mentali che era scappato senza farsi notare, sparendo nel bosco dietro casa. Per fortuna, l'avevano ritrovato, infreddolito e spaventato, ma senza alcun infortunio.

Zeke quella sera era esausto, ci mancava poco che esplodesse sfogandosi con un cliente, quando Elsie l'aveva raggiunto dietro al bancone, annunciando ad alta voce a tutti i presenti che Zeke si prendeva una pausa di venti minuti e che dovevano tutti darsi una calmata, poi lo aveva preso per mano e l'aveva accompagnato lungo il corridoio, fino all'ufficio.

Era stata una scena *estremamente* inusuale. Elsie non amava trovarsi al centro dell'attenzione: preferiva confondersi, rimanere sullo sfondo, ma per Zeke aveva affrontato a testa alta i clienti rissosi e l'aveva costretto a fare una pausa. Che sorpresa, aveva tenuto testa anche a lui, gli aveva indicato il divanetto e gli aveva ordinato di sedersi e di rilassarsi per qualche minuto.

Lui aveva obbedito, ma non senza tirarla giù sul divano al suo fianco. Lei si era accomodata un po' esitante ed erano rimasti seduti nell'ufficio in relativo silenzio a rilassarsi.

Poi lei era tornata a comportarsi con reticenza e timidezza, ma Zeke non avrebbe mai dimenticato il modo in cui l'aveva aiutato... per non parlare del piacere di averla al proprio fianco, letteralmente.

La lentezza con cui il loro rapporto progrediva poteva essere frustrante per alcuni, ma non per Zeke: il servizio nei

Berretti Verdi gli aveva insegnato a essere paziente, perché i risultati più notevoli si raggiungevano solo perseverando.

Peraltro... anche lui, dopo l'ultima relazione andata male, aveva evitato per anni di impegnarsi in un rapporto.

Zeke sospettava che Elsie non avesse quasi mai nessuno a difenderla. Era evidente che non aveva avuto vita facile, prima di trasferirsi a Fallport, in Virginia. Accidenti, Elsie non aveva *ancora* vita facile, ma almeno non si lamentava. Non brontolava mai dicendo che lavorava duramente per mantenere un alloggio, in modo che il figlio avesse un tetto sotto cui dormire. Faceva ciò che doveva e tirava avanti.

Finalmente Zeke sentì suonare il campanellino all'ingresso e alzò lo sguardo sollevato, aspettandosi di trovare Elsie che entrava di corsa nel locale, scusandosi per il ritardo e promettendo che non sarebbe successo mai più. Invece di Elsie, vide entrare Reina Caudle che gli fece un cenno con la mano.

Zeke aggrottò la fronte. "Che ci fai tu qui? Il tuo turno inizia più tardi."

"Wow, anch'io son contenta di vederti," gli rispose Reina con un sorriso, "comunque lo so, ma Elsie mi ha telefonato per chiedermi se potevo prendere io il suo turno, perché è malata."

"Malata?" le chiese Zeke, inarcando un sopracciglio con scetticismo.

"Anch'io ho reagito così," gli disse Reina, "lei non si dà mai malata. Ti ricordi qualche mese fa, quando è arrivata in paese l'influenza e sembravano tutti malati? Elsie invece no, si è beccata un sacco di turni in più per sostituirci, siamo rimaste tutte a bocca aperta."

Sì, Zeke se lo ricordava. Elsie aveva lavorato per due settimane di fila senza prendersi un solo giorno libero, quasi sempre tirando fino a dieci ore per turno. Per le altre cameriere era stata una vera manna dal cielo e tutti, Zeke incluso, le erano stati riconoscenti per la buona volontà dimostrata nel tamponare le assenze delle altre per malattia.

"Cosa le sarà successo?" chiese Zeke.

Reina fece spallucce. "Non lo so. Mi ha detto solo che stava malissimo, ma che domani tornerà a posto come al solito."

Zeke si accigliò ancor di più. Se c'era una cosa che sapeva su Elsie era che non ammetteva mai un momento di debolezza. Mai. Quando qualcuno le chiedeva come stesse, lei rispondeva sempre "alla grande". Quando le chiedevano se fosse stanca, insisteva di non esserlo. Quando i clienti diventavano troppo chiassosi, lei non ammetteva mai che le desse fastidio, non sembrava mai frustrata. Era una persona dall'indole calma e sembrava prendere tutto con ottimismo, a prescindere da cosa stesse succedendo nella sua vita o intorno a lei.

Quindi sentirla ammettere senza mezzi termini che stava malissimo era talmente strano da far preoccupare.

Dietro al bancone c'era Hank Blackburn che stava preparando il servizio per l'ora di pranzo, sempre affollato. Certo, i clienti che venivano a mangiare non erano mai tanti quanti quelli che andavano all'Occhio di Bue, la tavola calda di Sandra Hain in centro, ma c'era sempre abbastanza giro da poter aprire ogni mattina alle undici e mezza.

Con l'arrivo di Reina (che si sarebbe affiancata a Valerie, un'altra cameriera), Zeke era sicuro di poter uscire: per un po' avrebbero provveduto loro tre a gestire il locale.

Senza pensarci due volte, si avviò verso la porta.

"Capo?" lo chiamò Reina guardandolo con un'espressione perplessa in volto.

"Torno più tardi," le disse lui, parlando con voce abbastanza alta da farsi sentire anche da Hank e Valerie. "Se succede qualcosa o avete bisogno di sentirmi, chiamate pure."

Valerie fece un gran sorriso. "Dille che speriamo tutti si rimetta presto in salute!"

Zeke non fu sorpreso che gli altri capissero dove stava andando: non aveva certo tenuto segreto il suo interesse per

Elsie. Ormai lo sapevano tutti (anche i clienti regolari) che era meglio non dirle nulla di fuori luogo o toccarla in modo inappropriato.

Zeke salutò con la mano mentre usciva dalla porta. Il locale si trovava alla fine di una serie di negozi, su un lato della piazza centrale di Fallport; Zeke camminò rapidamente tra gli edifici per raggiungere il parcheggio sul retro.

Sapeva di poter essere preso per matto da qualcuno, perché non c'era alcun bisogno di andare di persona a controllare come stesse Elsie. Se non stava bene, probabilmente si sarebbe sentita meglio in un giorno o due. Però Zeke era abituato ad ascoltare il proprio istinto, che non l'aveva mai tradito in tanti anni. Nel suo lavoro nelle forze speciali, ci azzeccava sempre, al cento per cento. Sembrava sapere sempre quando stavano per scoppiare i casini.

Purtroppo, l'esercito non funzionava solo con l'intuito. C'erano uffici pieni di burocrati, catene di comando, e dopo essersi trovato in un casino di troppo, uno di quelli in cui Zeke aveva intuito il disastro prima ancora che la squadra entrasse in azione, aveva deciso di andarsene. Il servizio alla patria era stato un onore, ma non poteva guidare alla cieca gli altri della squadra in situazioni difficili solo perché qualcuno con un grado superiore gli dava un ordine.

Ecco perché si era dimesso, sempre seguendo il suo intuito. Per fortuna, Ethan "Chaos" Watson, un SEAL della marina che lui aveva conosciuto anni prima, aveva saputo delle sue dimissioni dall'esercito e gli aveva offerto la possibilità di unirsi alla squadra di ricerca e soccorso di Fallport. Era stata una delle decisioni migliori che avesse mai preso.

L'unico frangente in cui l'intuito lo aveva tradito era stato il rapporto con l'ex moglie. Era un pensiero che Zeke preferiva non rivangare. Quella stronza l'aveva tradito nel modo peggiore per una compagna. Ogni volta che lui andava in missione per la patria, mettendo in pericolo la propria vita, lei se ne stava a casa a farsi degli altri uomini. Un sacco di altri uomini. Aveva avuto un amante dopo l'altro, senza che lui sospettasse nulla. Almeno... non se n'era accorto per molto tempo. Anzi, solo tornando a casa da una missione prima del previsto aveva dovuto affrontare quella realtà inoppugnabile.

L'aveva beccata a letto con un soldato di appena diciotto anni. Aveva sedotto un ragazzino... e poi aveva avuto il fegato di dare la colpa *a Zeke* per quell'adulterio.

Da quel momento, lui non aveva più avuto un rapporto serio con una donna. Non era mai andato oltre il primo appuntamento... però Elsie, chissà come, era riuscita a superare quelle barriere.

Lei non aveva *nulla* di simile alla stronza che Zeke aveva sposato. Non era una subdola che viveva di sotterfugi. Ogni emozione le si leggeva in volto. Elsie faceva del suo meglio per nascondere agli altri i propri pensieri, ma Zeke ormai aveva imparato a decifrarla come un libro aperto. Era in grado di capire quando la vedeva impostare un'espressione felice per i clienti del locale. Poteva distinguere i momenti in cui era contenta, preoccupata, o semplicemente stanca.

Elsie però non si lamentava mai. Mai una volta.

Un pensiero che riportò Zeke al presente. Non solo non era da lei chiamare per darsi malata, ma Elsie aveva bisogno dello stipendio fino all'ultimo centesimo. Ammettere di non star bene era un segnale d'allarme lampante, c'era qualcosa che non andava.

Elsie risiedeva al Motel Camping Mangree, quasi fuori città. Era una specie di ostello fatiscente e di vecchia data, ma almeno c'era una bella piscinetta e le pulizie erano svolte regolarmente. Tutti all'On the Rocks sapevano che Elsie stava cercando di risparmiare un po' di soldi per potersi permettere un appartamento. Però crescere un bambino di nove anni aveva dei costi e lei non era ancora arrivata al punto di potersi permettere una nuova casa, anche per via di numerose battute d'arresto.

L'ultimo imprevisto era stata una gomma a terra sulla

statale I-480, una stradina solitaria di una cinquantina di chilometri che collegava Fallport con la superstrada 81, l'arteria principale che partiva dal sudovest della Virginia fino ad arrivare alla frontiera settentrionale. In quel frangente, Zeke aveva chiesto a Brock, suo amico e compagno della squadra Eagle Point, di fare un controllo completo della macchina di Elsie, con l'intenzione di pagare per le quattro gomme nuove e anche per la manodopera, sapendo che quella spesa avrebbe tagliato di molto i fondi di Elsie per un nuovo appartamento: lei però non aveva accettato.

Allora Zeke aveva mentito spudoratamente, dimezzando il costo dell'operazione.

Mentirle gli aveva dato un fastidio tremendo, ma Elsie era molto orgogliosa e lui rifiutava di fare qualcosa che la danneggiasse.

Zeke arrivò al motel in poco tempo, accostò nel parcheggio, quasi vuoto, trovando posto proprio davanti all'ingresso della stanza numero dodici. Elsie alloggiava vicino all'ufficio, una scelta che Zeke approvava fino in fondo. Non voleva che Elsie e Tony si trovassero in fondo alla serie di alloggi, una zona meno sicura. Zeke uscì dalla macchina e si avviò verso la camera.

Zeke bussò ed Elsie non rispose alla porta, così lui si preoccupò e cercò di guardare dentro dalla finestra, però le tende erano tirate e non c'era visuale. Così cominciò a venirgli uno strano presagio: Zeke andò nell'ufficio, sorrise a Edna Brown, l'anziana signora che lavorava ogni giorno alla reception. Lei e il marito erano i proprietari del motel, vivevano a Fallport da decenni.

"Ciao Edna," le disse avvicinandosi alla scrivania.

"Zeke! Che piacere vederti, come mai da queste parti? Va tutto bene?"

"Non ne sono sicuro, sono qui per vedere come sta Elsie. Oggi ha chiamato per darsi malata, ha chiesto a Reina di sostituirla sul lavoro. Ho bussato, ma non mi risponde. Mi chiedevo se potessi farmi entrare, così posso controllare se va tutto bene."

Edna si fece seria. "Sì, stamattina quella poverina non stava messa tanto bene. L'ho trovata priva di sensi sulle lenzuola che stava piegando."

Zeke sembrò confuso. "Stava piegando le lenzuola?"

"Sì," rispose Edna annuendo, "la mattina, dopo che Tony va a scuola, prima di venire in città per fare il suo turno nel tuo locale, lavora per me. Se per caso ci sono delle stanze rimaste da pulire, perché la signora che viene di solito non ha potuto, lei le prepara per gli ospiti che devono venire. Poi mi aiuta anche con la lavanderia. Siccome serve tanto tempo per lavare e asciugare lenzuola e asciugamani, lei completa il lavoro che la signora delle pulizie non ha potuto finire il giorno prima. Il suo aiuto è molto prezioso."

Zeke sospirò frustrato. Non aveva idea che Elsie avesse anche un secondo lavoro prima dei turni al locale. Però non c'era da sorprendersi: era una delle lavoratrici più assidue che lui avesse mai conosciuto, faceva tutto il necessario per assicurare al figlio ciò di cui aveva bisogno e anche di più.

"Insomma," proseguì Edna, "stamattina sono andata a controllare perché non l'ho vista per un po' di tempo ed era accasciata sul tavolo della lavanderia dove pieghiamo le lenzuola. Poverina, scottava. L'ho aiutata a tornare in camera sua e a mettersi in libertà."

Ascoltando la storia raccontata da Edna, la preoccupazione di Zeke non scemò. "Non risponde alla porta. Di sicuro sarà solo perché è stremata, ma mi sentirei meglio se potessi controllare direttamente."

Edna socchiuse gli occhi fissandolo e Zeke fece del suo meglio per non agitarsi. Anche se il Motel Camping Mangree poteva sembrare a molti un luogo malfamato, in realtà Edna e il marito lo gestivano con regole molto severe: non tolleravano droghe, non affittavano a ore e senz'altro non approvavano illeciti di alcun tipo sulla loro proprietà. Era uno dei motivi per cui Zeke non aveva già tentato di far traslocare Elsie e Tony. Il Mangree era un luogo sicuro, anche se vivere in un motel non era certo la sistemazione pratica ideale.

"Non sono sicura di poter far entrare un uomo in camera sua," gli disse Edna in modo evasivo, "posso andare io a controllare come sta e poi te lo riferisco."

Zeke si abbassò e guardò Edna negli occhi. "Non farei mai nulla per mancare di rispetto a lei o a te. Sono solo preoccupato, Edna. Non ha mai chiesto a nessuno di sostituirla al turno, mai, da quando ha cominciato a lavorare all'On the Rocks. Ci tengo a lei e devo assicurarmi che stia bene. Non mi perdonerei mai se le succedesse qualcosa e io non avessi fatto nulla per aiutarla."

Edna lo scrutò per un lungo momento. "Non ti si vede troppo da queste parti," gli disse con scetticismo.

"Ci vado piano per andarle incontro. Penso che abbia sofferto in passato, quindi faccio attenzione a non correre, facendole pressioni per avere un rapporto con me," spiegò Zeke.

Edna fece un respiro profondo, poi si girò e prese un portachiavi ad anello appeso a un gancio dietro la scrivania. Zeke non fu contentissimo di notare che il passe-partout per tutte le camere fosse accessibile così comodamente, ma ne avrebbe parlato con Edna più avanti. Per il momento, voleva solo arrivare da Elsie e controllare che stesse bene.

L'anziana signora si mosse lentamente intorno alla scrivania verso la porta. Zeke avrebbe voluto soffiarle la chiave di mano e correre fuori dall'ufficio, ma non era il caso. Aveva comunque ottenuto ciò che sperava, era meglio pazientare ancora un momento.

Si fermarono davanti alla porta numero dodici e Zeke trattenne il fiato mentre Edna bussava.

"Elsie? Sono Edna. Va tutto bene?"

Non ci fu alcuna risposta.

Edna si fece seria. "Adesso apro la porta, voglio solo

controllare che tu stia bene. Zeke è qui con me. Sei presentabile?"

Ancora nessuna risposta.

Edna infilò la chiave nella toppa e la girò. Aprì la porta senza fare rumore e fece un passo di lato, lasciando passare Zeke. Lui le fece un cenno col capo per ringraziarla di averlo lasciato passare per primo. Edna attese sull'uscio mentre Zeke entrò.

La stanza era buia, tutte le luci spente e le tende chiuse. Sembrava quasi di essere nel bel mezzo della notte. Zeke vide le coperte ammassate su uno dei lettoni e si avviò subito per raggiungerlo.

Non c'era niente di diverso rispetto alle altre camere del motel: due letti con un comodino in mezzo, un tavolino rotondo vicino alla finestra, una cassettiera con sopra una TV. Sulla parete più lontana c'era un lavandino, vicino c'era un appendiabiti con alcuni vestiti appesi. Era tutto pulito e in ordine. Zeke intravide alcuni giocattoli sul tavolino e le scarpe messe in fila contro la parete, sotto agli appennini.

Sulla mensolina tra il lavandino e l'appendiabiti c'era una macchinetta per il caffè, sotto la mensola Elsie aveva messo insieme una specie di dispensa usando i cartoni del latte. Anche se la camera era pulita, era deprimente sapere che quello era l'alloggio permanente di Elsie e del figlio.

Zeke si sentì frustrato: non aveva mai pensato prima alla triste realtà delle condizioni in cui vivevano; si sedette sul bordo del letto vicino a Elsie.

"Els?" le disse tranquillamente, allungando una mano per tirare leggermente le coperte.

Per un breve momento, quando la vide, Zeke fu assalito dalla sua paura peggiore: era pallidissima, quando la toccò lei non si mosse minimamente. Zeke aveva visto molti corpi di persone morte, sia durante il servizio nell'esercito che per via delle ricerche nelle foreste circostanti Fallport, ma *nulla* avrebbe potuto prepararlo a trovare Elsie rigida, come sul punto di morte.

Le toccò la guancia e quasi cadde a terra dal sollievo, sentendola calda, ma il sollievo si trasformò rapidamente in preoccupazione, sentendo *quanto* era calda. Era bollente.

"Sta bene?" gli chiese Edna dall'uscio con una certa preoccupazione.

Zeke si sforzò di guardare la signora, che agitava le mani mentre lo fissava.

"Starà bene," le rispose con determinazione.

Zeke sentì una macchina accostare all'esterno e vide Edna voltarsi per guardare chi fosse arrivato, poi lei rivolse lo sguardo di nuovo a lui. "Devo tornare in ufficio. Mi fai sapere se c'è qualcosa che posso fare?"

"Ma certo." Zeke decise in una frazione di secondo, una decisione che gli sembrava più giusta di tante altre scelte passate, dicendole: "La porto a casa da me."

La reazione di Edna fu molto significativa di quanto fosse preoccupata per Elsie, annuì e disse: "Probabilmente è meglio così." Poi lo fissò con gli occhi socchiusi aggiungendo: "Però niente sconcezze, ragazzo, è una signora per bene."

In qualunque altra situazione, Zeke si sarebbe messo a ridere. Chi mai continuava a usare il termine "sconcezze" riferendosi a una donna adulta e vaccinata come Elsie? Invece annuì appena rispondendo: "Ma certo, voglio solo che si senta meglio."

Edna lo fissò per un altro momento, poi si girò di scatto, si chiuse la porta dietro le spalle e andò ad accogliere i clienti appena arrivati nel parcheggio.

Zeke si abbassò per accendere la luce vicino al letto. Con la porta chiusa, nella stanza era buio pesto.

Elsie gemette appena, quando la luce si accese, ma senza svegliarsi completamente.

"Els?" Zeke la chiamò avvicinandosi e posandole il palmo della mano sulla guancia. "Mi occupo io di te."

Lei aprì gli occhi sorprendendolo e lo fissò.

"Ciao," gli disse lei sottovoce.

Aveva gli occhi come appannati, aggrottò la fronte confusa.

"Sono io, Zeke. Vedrai che starai meglio."

"Sto male," gli sussurrò.

"Lo so, sono venuto per questo."

"Non sto mai male," gli disse con una certa stizza.

"So anche questo. Mi sono preoccupato, quando Reina è arrivata e mi ha detto che l'hai chiamata per farti sostituire."

"Domani starò meglio," gli disse Elsie.

"Vedremo."

"Ho freddo..."

Zeke si accigliò. Sapeva che la sensazione di freddo nasceva dalla febbre alta, Elsie scottava, così capì di doversi muovere con urgenza. "Va bene, Els, riposati, vedrai che ti riprenderai presto." Almeno lui ci sperava.

Lei annuì e chiuse di nuovo gli occhi, appoggiandogli la guancia sulla mano che lui non aveva tolto.

Zeke si sentì più determinato. Odiava vederla in quello stato. Con due lavori e l'impegno del figlio, era tiratissima da mattina a sera e la sua salute ne pagava le conseguenze. Decise che l'avrebbe aiutata a rimettersi in sesto, volente o nolente. Si abbassò su di lei e le baciò dolcemente la fronte. Sentendo il contatto delle labbra sulla pelle, lei sospirò e lui lo interpretò come un buon segno.

Costringendosi a staccarsi da lei, Zeke si guardò intorno e vide una sacca su una mensola, proprio sopra i vestiti appesi. Andò a prenderla; doveva metterci qualche vestito perché non era sicuro di quanto tempo avrebbero dovuto passare da lui Elsie e il figlio: sarebbero rimasti finché lei non si fosse rimessa in sesto e a entrambi sarebbe servito qualche ricambio. Sarebbe andato a prendere Tony a scuola, più tardi, per fargli preparare un'altra borsa con più roba.

Zeke non ci pensò due volte e decise di mettere in quella

borsa alcuni dei vestiti e dei prodotti da bagno di Elsie: lei si prendeva sempre cura di tutti, era ora che qualcuno le restituisse il favore. Quando la borsa fu bella piena, Zeke uscì dalla stanza per il tempo strettamente necessario per portarla alla macchina e aprire la portiera, poi rientrò e tornò ad avvicinarsi a Elsie.

Scostò la coperta e ignorò il gemito prodotto dalle labbra di Elsie, che si era accorta di aver perso quella protezione calda. La prese tra le braccia e si avviò versò la porta.

Lei si destò a sufficienza da mettergli un braccio intorno al collo e borbottare: "Cosa sta succedendo?"

"Nulla, torna pure a dormire," le rispose Zeke.

Lei gli annuì contro il torace e si rifugiò in lui.

Lui sentì il cuore gonfiarsi nel petto. Quella fiducia inconscia, in un momento di massima vulnerabilità, per lui significava moltissimo. Non aveva intenzione di deluderla, per nulla al mondo.

La fece accomodare sul sedile del passeggero e le allacciò la cintura di sicurezza. Elsie era spaparanzata sul sedile in una posizione apparentemente molto scomoda. Per fortuna il viaggio verso la casetta di Zeke non era lungo. Aveva trovato quel posto quando si era trasferito in città. A quel tempo era praticamente un rudere, ma con l'aiuto di Ethan e Rocky era riuscito a restaurarlo fino a farlo diventare un'abitazione di tutto rispetto. Zeke avrebbe voluto fare ancora tante migliorie, ma preferiva prendersi più tempo per dare i ritocchi estetici finali.

Rimase là in piedi per un attimo, esaminando la donna che dormiva in macchina. Elsie era di corporatura minuta, almeno una spanna più bassa rispetto a lui, che era un metro e ottantotto. Aveva i capelli castani ricci e folti, occhi marroni molto espressivi, almeno quando era sveglia. Raramente si truccava, anche perché non ne aveva bisogno. Aveva un aspetto che le dava qualche anno in più rispetto ai suoi trenta. Era anche molto magra, almeno secondo Zeke, che temeva

Elsie si togliesse letteralmente il pane di bocca per dar da mangiare a Tony prima che a se stessa; probabilmente a volte saltava persino i pasti per risparmiare un po' di soldi.

Anche lui in passato aveva patito la fame, la sensazione dello stomaco vuoto che brontolava gli era familiare e odiava sapere che la donna che aveva davanti stesse attraversando gli stessi assilli se non di più. Per quanto ne sapeva lui, Elsie non aveva alcun parente stretto a cui appoggiarsi.

Zeke avrebbe tanto voluto eliminare ogni sua preoccupazione e assicurarle che non avrebbe mai più dovuto soffrire così tanto. Il pensiero che Elsie o Tony stessero male lo distruggeva.

Quando Elsie fece un versolino, Zeke si scosse: doveva darsi una mossa e non rimanere impalato a guardare per tutto il giorno quella donna così vulnerabile.

Non sapendo trattenersi, si abbassò su di lei per darle un altro bacio sulla fronte, sentendo con grande dispiacere la pelle bollente che quasi gli scottava le labbra. Chiuse lo sportello dell'auto e tornò all'uscio della camera del motel per chiuderlo. Edna uscì dall'ufficio e lui la guardò negli occhi prima di saltare in macchina e mettersi alla guida. Edna annuì verso di lui: più che un saluto, era tutta l'approvazione che poteva ricevere da lei e se la sarebbe fatta bastare.

Tornò con la mente alle faccende da sbrigare. Doveva telefonare allo studio medico per parlare col dottor Snow, chiedergli se poteva fare una visita a domicilio. Poi c'era la febbre, che doveva scendere. Doveva scoprire cos'aveva da mangiare a casa, per nutrire una donna malata e un ragazzino di nove anni. Era certo che uno dei suoi amici e compagni di squadra si sarebbe offerto di andargli a fare la spesa, se necessario. Doveva anche passare da scuola a prendere Tony. Magari Lilly poteva fare un salto e rimanere con Elsie, mentre lui andava a prendere Tony...

Merda, doveva anche telefonare a Hank per dirgli che non sarebbe tornato al locale. Forse non sarebbe andato a lavorare nemmeno l'indomani, dipendeva dalle condizioni di salute di Elsie. Lance e Reuben, gli altri due baristi, non avrebbero avuto problemi a sostituirlo: gli venivano sempre incontro, quando lui era in missione di ricerca. Qualche ora di lavoro in più li avrebbe resi entusiasti.

Incapace di resistere, Zeke prese la mano di Elsie e la strinse, poi le sussurrò: "Non preoccuparti, Elsie, ci penso io a te."

Non sapeva esattamente come fare, in quella situazione improvvisa e travolgente, ma voleva rassicurarla. Elsie non gli rispose a voce, ma strinse brevemente le dita intorno alla sua mano.

Sentendosi un po' nel pallone senza sapere il perché (in fondo Elsie aveva un'influenza o qualcosa del genere, niente di irreversibile), Zeke guidò con attenzione verso casa. Erano settimane che voleva invitare a casa Elsie, ma non si aspettava che la visita avvenisse in quelle circostanze. Si era ripromesso già da un mese, quando quel cliente stronzo le aveva palpeggiato il sedere, di cambiare la vita di Elsie in meglio, ma stava mantenendo quella promessa con troppa lentezza, anche perché Elsie era orgogliosa e reticente, e non gli rendeva la vita più facile. Infine si era ammalata, probabilmente perché aveva lavorato fino allo sfinimento.

Non sarebbe più accaduto. Zeke si era rammollito, ma aveva tutta l'intenzione di rimediare all'errore, a partire da quel preciso istante.

Nella testa gli frullavano altre idee, strinse le labbra pensandoci. Sapeva che Elsie avrebbe lottato per ogni passo, ma si sarebbe fatto persuasivo all'occorrenza.

Era ora che Elsie Ireland accettasse di non dover più fare tutto da sola. C'era lui, c'erano gli altri della squadra di ricerca e soccorso, c'era Lilly e anche tutti gli abitanti di Fallport.

Prima di tutto Elsie doveva guarire, poi Zeke avrebbe fatto in modo che non dovesse mai più lavorare allo sfinimento. Era ora di finirla con quell'approccio in punta di piedi, era ora di far capire a Elsie quanto era importante per lui.

Il pensiero che lei avesse cambiato idea non gli passò mai per la testa: aveva notato le occhiate che Elsie gli lanciava, quando credeva che lui non stesse prestando attenzione. Era impossibile che una donna manifestasse un tale... desiderio se non fosse stata interessata. Doveva solo avere più fiducia nei propri sentimenti. Più fiducia *in lui*. Non sarebbe stato semplice, ma le cose importanti non erano mai quelle più semplici.

CAPITOLO DUE

Elsie non riuscì a trattenere un gemito, quando si sentì trasportata. Ogni muscolo del corpo le faceva male. Aveva maledettamente freddo. Le sembrava impossibile scaldarsi un poco. Stava anche cercando di ricordare qualcosa, ma in quel momento stava troppo male per pensare.

"Apri la bocca, Els," le disse una voce profonda e sensuale.

Per un breve attimo Elsie ebbe l'impressione di sognare, ma quando qualcuno le mise un braccio intorno alle spalle e la fece sedere, si accorse che non era un sogno. Aprì gli occhi e vide il viso di un uomo coi capelli neri, era molto vicino. Sbatté le palpebre e riuscì a mettere a fuoco una barba ben tenuta: capì subito di chi fosse quel viso.

"Zeke?"

"Sì, sono io, dolcezza. Puoi aprire la bocca così ti do delle pastiglie? Servono solo per farti passare la febbre. Ho chiamato il dottor Snow, arriverà presto, ma nel frattempo sono preoccupato perché hai un febbrone da cavallo."

Elsie si acigliò. Febbre? Dottore? Guardò negli occhi nocciola di Zeke e scosse la testa. "Niente dottore," gli disse con una voce che lei stessa non sapeva riconoscere.

"Sì," ribatté lui con fermezza.

"Non posso permettermelo," insisté lei, che stava talmente male da non sentirsi nemmeno in imbarazzo.

"Ci penso io," concluse lui.

Lei scosse di nuovo la testa. Le sembrava che la stanza le girasse tutto intorno, ma non poteva fare altrimenti. "No, Zeke."

"Sì, Elsie," ribatté lui, "stai male. Stai *molto* male. Sei svenuta mentre piegavi le lenzuola al motel. Comunque ne parleremo, del fatto che ti sei presa un secondo lavoro. Potevi dirmelo, se avevi bisogno di guadagnare di più, dolcezza. Potevamo trovare insieme una soluzione. In ogni caso... hai lavorato fino allo sfinimento. Se non ti fai visitare da un medico, rimarrai malata per molto tempo, quindi non potrai lavorare. So che non lo vorresti mai."

Elsie aggrottò la fronte: Zeke aveva ragione, senz'altro lei non voleva rimanere malata a lungo, non poteva permettersi di non lavorare.

"Non solo, ma non vorrai contagiare Tony con questo malessere, qualunque esso sia, vero?"

Elsie chiuse gli occhi e si rilassò nell'abbraccio di Zeke sussurrandogli: "No."

"Appunto, allora prendi le pastiglie così poi potrai rilassarti finché non arriva il medico. Vado io a prendere Tony a scuola, lo porto qui."

Elsie aprì la bocca e aspettò che Zeke le mettesse sulla lingua le medicine che voleva farle prendere. Immaginò di dover racimolare le energie per aprire gli occhi e almeno tentare di prendersi cura di sé, ma era stanchissima, aveva un freddo cane e si sentiva sola.

Da dove le nascesse quella sensazione di solitudine, non lo sapeva. Però era vero: aveva passato gli ultimi anni correndo a tutta birra. Dopo essersene andata dalla zona di Washington DC con poco o niente tra le mani, aveva fatto tutto il necessario per evitare di rimanere senzatetto. Era orgogliosa dei progressi che aveva compiuto e anche se per molti alloggiare in un motel e lavorare da cameriera non era una prospettiva allettante, lei la vedeva diversamente.

Aveva terminato a fatica le scuole superiori e non aveva mai nemmeno pensato di proseguire con gli studi. Dopo il diploma, aveva ricevuto un'offerta di lavoro come cameriera e aveva accettato subito. Le piaceva il contatto con la gente e guadagnava delle mance discrete. Condivideva un appartamento con altre tre donne, la vita le sembrava procedere senza intoppi.

Poi aveva incontrato Doug Germain, che le aveva fatto perdere la testa e l'aveva sposata nel giro di sei mesi. Si era trasferita da lui, in una casa enorme, aveva mollato il lavoro perché gliel'aveva chiesto lui. Agli occhi degli altri, aveva passato qualche anno apparentemente senza pensieri, come dolce consorte di Doug.

In realtà la vita matrimoniale con lui non era stata affatto semplice. Era un uomo estremamente difficile da accontentare. Secondo lui, Elsie non ne azzeccava mai una. Non aveva i capelli acconciati nel modo che voleva lui, non si vestiva come piaceva a lui, non sapeva cucinare ai livelli a cui lui era abituato, teneva la casa sempre in disordine...

Lentamente ma con assiduità, l'aveva avvilita. Non le aveva mai messo le mani addosso, ma gli erano bastate le parole per distruggere l'autostima che lei era riuscita a coltivare. Nei primi tempi della loro frequentazione, la vita sessuale era stata ottima, ma dopo sposati anche quella si era persa.

Lei era arrivata al punto di mollarlo (non aveva intenzione di rimanere sposata per farsi maltrattare in quel modo), ma poi Doug era cambiato: aveva cominciato a prestarle maggiori attenzioni. Le faceva dei complimenti, la portava più spesso fuori a cena, le regalava dei fiori. Era tornato a essere l'uomo che l'aveva sposata.

Lei non aveva idea del motivo di quel cambiamento in meglio, ma si sentiva sollevata ed entusiasta allo stesso tempo.

Lui aveva cominciato a parlare di allargare la famiglia, un'idea che aveva mandato Elsie al settimo cielo, così avevano cominciato subito a cercare di avere dei figli. Doug lavorava ancora molto, orari lunghi, rientri la sera tardi, ma si impegnava per stare con lei il più possibile.

Quando lei aveva scoperto di essere incinta, pochi mesi dopo, non vedeva l'ora di dirglielo: era un sogno che diventava realtà.

Nel giro di poche settimane, dalla notizia della gravidanza, Doug era cambiato ancora inspiegabilmente.

Era tornato a essere freddo, distante. Aveva smesso di cercare il contatto e lavorava ancora più a lungo. Quell'ulteriore cambiamento di personalità era stato come una frustata per Elsie, che cominciò a sospettare di essere *lei* la responsabile, per aver fatto qualcosa di male.

Non era passato molto tempo, prima che lei scoprisse il motivo di quelle attenzioni così improvvise (e così fugaci). Doug era in predicato per una promozione, poteva diventare un manager di alto livello e il suo capo gli aveva detto che l'amministratore delegato amava le famiglie. Così Doug, per avere maggiori chance di essere promosso, aveva deciso che Elsie doveva dargli un figlio: era solo per farsi promuovere.

Quella scoperta l'aveva devastata. Per Doug, lei e il figlio non erano altro che pedine. Una verità dolorosa. Molto dolorosa. Durante la gravidanza, la decisione di lasciare il marito era divenuta cento volte più difficile. I genitori di Elsie si erano entrambi ammalati ed erano passati a miglior vita nel giro di pochi mesi, non lasciandole alternative a cui appoggiarsi. L'assicurazione sanitaria di Doug era divenuta indispensabile per garantire le massime cure alla partoriente e al nascituro.

Nonostante il desiderio di andarsene... Elsie aveva la netta sensazione che Doug avrebbe fatto di tutto per impedirglielo. Non perché gli importasse di lei o del figlio, ma perché era disposto a tutto, pur di farsi promuovere.

Dopo aver saputo della gravidanza, non l'aveva più sfiorata, non che a lei importasse più di tanto. Una volta scoperto che l'interesse ritrovato era solo uno stratagemma, *anche lei* non voleva più cercare l'intimità con lui.

Arrivato il termine per partorire Tony, Elsie era a casa da sola quando era cominciato il travaglio. Doug era partito per un viaggio d'affari insieme alla segretaria (Elsie sapeva benissimo che se la scopava, ma non le importava più). Così era andata in macchina da sola all'ospedale, accostando ogni qualvolta le venivano le contrazioni, finendo per dare alla luce il figlio senza nessuno al suo fianco.

Nell'attimo stesso in cui l'infermiera le aveva messo tra le braccia Tony, Elsie si era innamorata perdutamente. Per quanto non desiderasse portare un figlio nell'inferno di quel matrimonio, in quel preciso istante aveva deciso che avrebbe fatto tutto il possibile, pur di proteggerlo.

Infatti, nel corso degli anni, aveva fatto tutto il possibile e anche di più. Doug era stranamente sembrato quasi fiero di avere un figlio, almeno all'inizio, ma quell'orgoglio si era presto trasformato in irritazione. Letteralmente ogni aspetto della paternità, ogni cosa che gli ricordasse di avere un figlio a casa gli dava fastidio. Non cambiava mai un pannolino, brontolava perché Tony piangeva di notte, ben presto aveva ricominciato a passare più tempo che poteva fuori di casa. I commenti sgarbati non si erano più fermati. Nei pochi minuti in cui si vedevano, ogni giorno, non perdeva mai l'occasione di dire a Elsie che madre terribile fosse, insieme a mille altre frecciate.

A lei non interessava nulla di ciò che le diceva il marito, le interessava solo del figlio. Però aveva comunque *tentato* di mollare Doug, quando Tony aveva due anni. Era stufa degli insulti, delle continue umiliazioni. Soprattutto era preoccupata per l'influenza che il rapporto terribile col marito poteva avere sul figlio.

Doug si era rifiutato di lasciarla andar via. Aveva ottenuto la promozione che tanto aveva agognato, ma gli serviva ancora una moglie da mettere in mostra negli eventi aziendali, a volte anche il figlio, per continuare con la messinscena. Gli insulti erano diventati minacce, le aveva giurato che, se lei avesse cercato di infrangere quell'immagine di "famigliola felice", lui gliel'avrebbe fatta pagare cara. Più Doug si faceva malvagio e più Elsie aveva paura.

Si sentiva incastrata, non aveva soldi, né un posto dove andare. Non aveva talenti particolari, nessuna istruzione a livello accademico. Trovare un posto di lavoro che le facesse guadagnare abbastanza per mantenere se stessa e il figlio, con tutte le esigenze che un bambino piccolo aveva, sembrava impossibile... almeno in quel momento. Però lei aveva continuato a cercare il modo di uscire da quella situazione insieme al figlio. Aveva preso tempo osservando, aspettando... e documentando.

Infine un giorno, quando Tony aveva quattro anni e mezzo, Doug gli aveva detto che era stupido, proprio come la madre... a quel punto Elsie aveva detto basta. Un conto era sopportare le urla che il marito rivolgeva a lei, tutte le volte che le dava dell'incapace e della buona a nulla, ma nel momento stesso in cui lui aveva rivolto la propria rabbia contro il figlio, il discorso si era chiuso.

Doug ormai viveva praticamente insieme alla segretaria; le aveva addirittura comprato una casa e se la spassava con lei quasi ogni sera. La promozione aveva comportato anche un sostanzioso aumento di stipendio, che lui spendeva in buona parte per l'amante.

Elsie si era messa a cercare online un sito di consulenza legale e aveva pagato di tasca sua per poter stampare una proposta di divorzio molto stringata e senza fronzoli. Sapeva benissimo di potersi battere strenuamente per ottenere una buona fetta dei beni di Doug, ma non li voleva. Desiderava solamente liberarsi di lui.

La sera che gli aveva comunicato di voler divorziare, lui le aveva riso in faccia... poi si era accorto che diceva sul serio, quando Elsie gli aveva consegnato i documenti compilati. Lei li aveva già firmati. Non chiedeva alcun mantenimento. Non parlava dell'infedeltà del marito. Gli concedeva persino visite aperte al figlio.

Lui si era rifiutato comunque di firmare, allora lei si era *incazzata*. Per la prima volta da quando si erano sposati, Elsie aveva difeso con forza la propria posizione.

Gli aveva detto che, se non avesse firmato subito i documenti, lo avrebbe portato in tribunale e avrebbe richiesto la metà dei suoi risparmi, la metà degli investimenti e la casa. Avrebbe denunciato gli anni di abusi verbali, ma soprattutto avrebbe gettato nel fango l'immagine della "famigliola felice" che lui aveva tanto cara... pubblicando le lettere che quella *stupida* della sua segretaria gli aveva spedito negli anni, con tanto di fotografie senza veli che Elsie aveva trovato sul telefonino di Doug e che si era spedita sul proprio... a futura memoria.

Il livore sul volto del marito per quelle minacce l'aveva spaventata a morte, ma alla fine lui si era convinto e aveva firmato i documenti per il divorzio consensuale... purché lei se ne andasse via di casa uscendo dalla sua vita a partire dall'indomani.

Un giorno non bastava certo per mettere insieme tutte le sue cose e quelle di Tony, ma Elsie non aveva esitato: se n'era andata il giorno dopo con duecento dollari, la macchina e quel poco che era riuscita a infilarci. Tony era confuso, non capiva cosa stesse succedendo, ma in quel momento era meglio così. L'ultima cosa che Elsie voleva era farlo crescere con l'esempio di quel padre.

Non avevano bisogno di Doug Germain. Avevano bisogno solo l'uno dell'altra, un nuovo inizio.

Per poter dire di essere ripartita davvero le servì più tempo di quanto sperasse.

Subito dopo aver lasciato Doug, una delle donne con cui

aveva convissuto in appartamento prima del matrimonio aveva accettato di ospitare lei e Tony. Era un'assistente di volo e molto spesso era via di casa. Una vera manna dal cielo... ma nonostante l'affitto ridotto che l'amica le aveva chiesto e i lavori temporanei, Elsie non aveva potuto permettersi di rimanere in città per più di un anno.

Poi aveva trovato lavoro a sud di Washington, DC, dove aveva traslocato con Tony; ma anche quel lavoro non aveva dato i frutti sperati.

Lei aveva cercato sempre di rimanere nello stesso posto il più a lungo possibile, in modo che Tony potesse farsi degli amici e andare a scuola regolarmente; ma i soldi erano un problema di continuo. Lei aveva tirato la cinghia più che poteva, ma per Tony era disposta a farsi venire le vesciche alle mani; quante nottate in bianco, nel tentativo di trovare un modo per pagare l'affitto e comprare abbastanza da mangiare per entrambi.

Dopo tre lunghissimi anni e mezzo, alla fine Elsie e Tony si erano trasferiti a Fallport, dove il costo della vita e il tasso di criminalità erano molto bassi, le scuole erano ottime e gli abitanti del posto erano cordiali.

La sua vita non era *ancora* semplice. Aveva trentatré anni e a volte le sembrava di averne più di cinquanta. Però le bastava guardare negli occhi innocenti di Tony per sapere di aver fatto la scelta giusta: qualora avesse dovuto ricominciare, avrebbe ripetuto tutto daccapo.

"Els?"

Sussultò, riportata all'improvviso al presente; si accorse di dov'era. Aveva deglutito le pastiglie che Zeke le aveva messo sulla lingua; lui la stava ancora sostenendo con un braccio e stringeva con l'altra mano una tazza d'acqua, portandogliela alla bocca. Rivisitare il passato non era il passatempo preferito di Elsie, le dava fastidio essersi persa nei ricordi proprio davanti a Zeke.

Quell'uomo la confondeva. Un mese prima, lui si era un

po' alterato quando uno dei clienti del locale le aveva toccato il sedere. Zeke l'aveva accompagnata in ufficio e l'aveva informata che nessuno aveva il permesso di toccarla, tranne *lui*, poi si era spinto a baciarla, mandandola in brodo di giuggiole. Da allora, si era sempre dimostrato molto attento, cercando il contatto con lei di continuo... ma non l'aveva più baciata.

Nel frattempo, lei aveva sognato a occhi aperti quel bacio *di continuo*. Non aveva mai sentito il proprio corpo reagire tanto quanto con lui.

A parte l'attrazione fisica, Zeke le si rivolgeva sempre con rispetto, le faceva sempre dei complimenti, pensava sempre a lei e a Tony. Elsie si sentiva più vicina a lui di quanto non si fosse sentita con Doug, nonostante conoscesse Zeke a malapena. Sapeva che era un gran lavoratore e che rispettava tutti, elogiando e ringraziando i dipendenti sempre, *ogni* santo giorno. Mostrava più rispetto per i collaboratori di quanto Elsie ne avesse mai ricevuto dall'ex marito.

"Così mi fai preoccupare, Elsie, dimmi qualcosa," la incitò Zeke.

Merda. Le era successo di nuovo: si era persa nei propri pensieri. "Ci sono," gli disse, con una certa fiacca.

"Come ti senti?"

"Come se mi avesse appena investito un tram, poi mi avessero costretta a fare una maratona e paracadutata al Polo Nord con addosso solo dei pantaloncini e una maglietta."

Zeke fece una risatina il cui suono fece vibrare Elsie riscaldandola.

"Stai proprio bene, eh?" le disse. "Mi dispiace, dolcezza; comunque il medico sta per arrivare e vedrai che ti rimetterà in sesto in men che non si dica. Non devi fare altro che riposarti, va bene?"

"Bene."

Zeke le fece abbassare la schiena sul letto lentamente; quando Elsie toccò il cuscino con la testa, si girò e inspirò profondamente. "Mmmmm."

"Che c'è?"

"Sento il tuo profumo," borbottò lei.

"È giusto, è il mio letto."

Quella rivelazione avrebbe dovuto allarmare Elsie, che però non era in grado di interpretarla fino in fondo. Chiuse gli occhi...

Le sembrò che fossero passati solo alcuni secondi quando Zeke la scosse per svegliarla di nuovo.

"Elsie?"

"Che c'è?" gli chiese un po' bruscamente. "Pensavo di dover dormire," si lamentò, "però non mi lasci in pace."

Con grande sorpresa di Elsie, Zeke non si arrabbiò, ma si fece solo una risata (Doug le avrebbe trapanato la testa di insulti se gli si fosse rivolta con quel tono).

"Hai dormito per un'ora e mezza, è arrivato il medico."

Elsie aprì gli occhi e fissò Zeke confusa. "Ma davvero?"

"Eh sì, è qui davvero."

"No, intendo dire, ho dormito così a lungo?"

"Sì sì, ma grazie al cielo non scotti più come prima. Penso che il paracetamolo abbia fatto effetto. Riesci a metterti seduta?"

"Ma certo." Più facile a dirsi che a farsi. Elsie provò a tirarsi su e si appoggiò alla testiera del lettone. Si guardò attorno e si accorse che non era nella sua stanza, al motel. "Ehm, dove sono?"

"A casa mia."

"E come ci sono arrivata?" gli domandò.

Zeke si fece serio. "Non ti ricordi?"

"No."

"Mi sono preoccupato quando è arrivata Reina dicendomi che le avevi chiesto di sostituirti, così sono venuto al motel a controllare come stavi, Edna mi ha detto che ti ha trovato priva di sensi sulle lenzuola che stavi piegando e ti ha riportato in camera tua. Quando sono arrivato a vedere come stavi, eri completamente fuori; così ti ho portata a casa mia per tenerti d'occhio. Adesso è arrivato il dottor Snow, vedrai che ti sentirai meglio."

"Oh. Ehm... Grazie."

Zeke sorrise e allungò una mano per toglierle una ciocca di capelli dalla fronte. "Non c'è di che. Adesso, pensi di far passare al dottore un brutto quarto d'ora, o hai intenzione di comportarti bene?"

Elsie avrebbe voluto mettersi a ridere. Non era una bambina di otto anni, ma una donna di trentatré. Però Zeke non sembrava aver parlato con tono paternalistico, era chiaro che la stava solo stuzzicando (un tono a cui lei non era molto abituata) quindi lei non fece altro che fissarlo.

"Ciao Elsie, piacere di vederti... nonostante le circostanze," le disse il medico entrando in camera. Robert Snow aveva passato i quaranta da qualche anno, era biondo con gli occhi azzurri, mostrava una leggera pancetta. Non era sposato, ma conviveva da tanto tempo con il compagno, Craig, che lavorava nello studio medico come segretario. "Adesso, mi dici dove ti fa male?"

Elsie sorrise a quelle parole. Quel medico le era sempre piaciuto, anche se non l'aveva mai chiamato, in passato, semplicemente perché non poteva permettersi il suo onorario. "Sto male," lo informò.

A quel punto fu lui a farsi una risatina. "Appunto." Poi si girò verso Zeke dicendogli fermamente: "Fuori."

Zeke incrociò le braccia al petto. "Rimango."

"No, non rimani," ribadì il medico. "Te ne stai lì con le mani in mano e io devo proteggere il rapporto di riservatezza con la paziente. Devo farle domande sulla sua salute e vederti lì che fai le facce tutto preoccupato non serve a nulla."

Elsie voleva ridere alle parole del medico, ma tutto d'un tratto tornò a sentirsi esausta. Chiuse gli occhi e si appoggiò alla testiera del letto.

"Fuori," ripeté il dottor Snow con voce più ferma.

"Vado fuori ma rimango dietro l'uscio, se avete bisogno di me," gli disse Zeke.

Elsie aprì gli occhi e lo guardò in viso. Che sorpresa, quelle parole la rassicurarono. "Grazie," gli sussurrò.

Lui la fissò negli occhi per un momento, poi si girò e uscì dalla stanza.

"Wow! Non l'ho mai visto così deciso prima d'ora, che spettacolo," le disse Robert facendole l'occhiolino. "Adesso, intanto che ti provo la febbre, perché non mi dici quando hai cominciato a stare così male?"

Dopo dieci minuti, Elsie era di nuovo sotto le coperte e il medico era uscito per parlare con Zeke tranquillamente, vicino alla porta. La diagnosi era influenza, ma dato che Elsie aveva lavorato fino allo sfinimento, le conseguenze erano peggiori di altri casi. Il consiglio del medico era di bere molti liquidi e di assumere del paracetamolo per tenere bassa la febbre, oltre a riposarsi. Nel giro di qualche giorno avrebbe dovuto sentirsi meglio, altrimenti il medico aveva dato istruzioni di telefonargli e sarebbe passato per un'altra visita.

Elsie non poteva permettersi di darsi malata per qualche giorno. Aveva appena cominciato a sentirsi fuori dal tunnel delle difficoltà, dopo tanti anni, era vicinissima a potersi permettere un appartamentino in cui andare a vivere col figlio Tony. Darsi malata per qualche giorno era un colpo, un passo indietro che non poteva concedersi. Sperava di sentirsi meglio già il giorno dopo, per poter tornare a lavorare.

Sentì il materasso comprimersi vicino all'anca e aprì gli occhi. Stava abbracciando uno dei cuscini enormi del letto di Zeke, se lo teneva stretto al petto, stava troppo male per sentirsi in imbarazzo. Quelle lenzuola profumavano di fresco. Era passato un secolo dall'ultima volta che lei era stata con un uomo. Sentirsi circondata da quel profumo, in particolare dal profumo di Zeke, le era di grande conforto.

Zeke le sistemò di nuovo i capelli scostandoli dalla guancia, ma le lasciò una mano sulla testa mentre le diceva: "Come ti va?"

"Va alla grande. Pronta per la mezza maratona di Fallport. Dammi solo un minutino e poi mi preparo per andarmene."

Lui si fece una risata e lei ricambiò sorridendo.

"Non ho alcun dubbio che te la caveresti, se dovessi," le disse, "sei una delle donne più toste che io conosca."

Ecco, di nuovo altri complimenti. Elsie cercò di ricordarselo per il futuro, se lo sarebbe ricordato in un momento di morale basso per tirarsi su.

"Hai voglia di mangiare?" le chiese.

Lei scosse la testa.

"Va bene. Appena vado fuori ti prendo un integratore così recuperi sali minerali. C'è altro che ti fa star meglio, quando non ti senti bene? Vuoi un brodino di pollo?"

"Le orecchiette fresche col formaggio," borbottò Elsie, "con del pane, panini dolci."

"Pane hawaiano?" le chiese Zeke.

"Sì, poi dei formaggini."

Lui fece un gran sorriso. "Ho capito. Quand'è stata l'ultima volta che sei stata male, dolcezza?"

Elsie aggrottò la fronte cercando di ricordarselo. "Penso sia stato quando Tony aveva due anni, più o meno. Vomitavo praticamente ogni mezz'ora mentre cercavo di impedirgli di sfasciare la casa."

"Eri ancora sposata, vero?"

"Eh sì."

"Tuo marito dov'era? Non poteva aiutarti a tenere Tony?"

Elsie sbottò senza pensarci. Era sempre stata attenta a non parlare dell'ex marito, non voleva parlarne male davanti a Tony. Non voleva nemmeno pensare a lui. Ma in quel momento aveva abbassato ogni barriera e stava malissimo, quindi non riuscì a trattenere l'amarezza nel rispondergli: "Probabilmente si stava scopando la segreteria. Pensava che io fossi una persona debole e inutile, non avrebbe mai alzato un dito per aiutarmi, con Tony. Per lui era il mio lavoro... a prescindere dalla mia salute."

"Che bastardo."

Elsie sbatté le palpebre guardando Zeke, poi annuì: "Proprio un bastardo."

"Per la cronaca, crescere un figlio non è un *lavoro*, è un privilegio. Mi dispiace tanto che non ci fosse nessuno a prendersi cura di te. Che schifezza. Però adesso ci sono qua io e devi solo preoccuparti di stare meglio."

Il modo in cui Zeke si preoccupava per lei era quasi travolgente, considerato lo stato emotivo di Elsie. "Tra poco starò meglio, torno a casa presto."

Zeke non le rispose. "Tony torna da scuola verso le quattro, esatto?"

Elsie si accigliò. "Sì, perché?"

Invece di risponderle direttamente, Zeke le disse: "Ho appena il tempo per passare in negozio e comprare qualcosina, prima di andare alla fermata dell'autobus."

"Oh, merda!" Elsie cercò di mettersi seduta. "Che ore sono?"

"No," le disse Zeke mettendole una mano sulla spalla e aiutandola a sdraiarsi di nuovo. "Ci penso io."

Elsie si accigliò. "Pensi a cosa?"

"A te, e a Tony. Vado alla fermata dell'autobus al motel e lo porto qui da te."

"Ah, ma..."

"Niente ma," le disse lui con fermezza. "Stai qui e cerca di dormire. Non... uscire... dal... letto."

Elsie scosse la testa. "Che comandino."

"Eh sì. Quando si tratta della tua salute e del tuo benessere, ci puoi scommettere. Adesso dormi, Els. In questo momento hai solo bisogno di riposare."

Lei sapeva di dover insistere, di dover uscire dal letto e andare a prendere il figlio, però era troppo stanca. Si rilassò sul letto e chiuse gli occhi.

Sentì le labbra di Zeke sulla fronte e fu certa che non fosse la prima volta. Forse mentre la stava portando in braccio? Non ne era sicura, ma la sensazione delle sue labbra sulla pelle le sembrava impossibile da dimenticare. Era una sensazione... di sollievo. Intima.

"Torno presto," le disse sottovoce.

Elsie spalancò gli occhi all'improvviso e allungò una mano afferrandogli un braccio prima che lui si alzasse. "Aspetta."

"Sì, che succede?"

"La parola in codice. Devi dirla a Tony sennò non verrà con te."

"La parola in codice?" ripeté lui.

"Sì, la cambiamo ogni mese. Lo so, è una stupidaggine, ma gli ho insegnato a non andare mai con nessuno, nemmeno con le persone che conosce, se non gli dicono la parola in codice."

"Non è una stupidaggine," rispose Zeke elogiandola, "è una furbata mica da ridere. Qual è'"

Elsie si fece seria e per un attimo andò nel pallone, non riusciva a ricordare la parola stabilita per quel mese. Poi le tornò in mente. "Austero."

Zeke rimase in silenzio per un momento, poi commentò: "Oh, wow, va bene."

"Lo so, è una stranezza, sono andata online e ho trovato un elenco di vocaboli che insegnano a scuola per i test di fine anno. Volevo scegliere un vocabolo che non si usasse normalmente per conversare, un termine impossibile da indovinare, anche tentando, ma allo stesso tempo utile da imparare, oltre che per sicurezza."

"Non è una stranezza," insisté Zeke, "è... fantastica. Sei una mamma meravigliosa."

Di nuovo, anche quel complimento la fece sentire molto meglio. Ogni volta che Zeke le diceva qualcosa di carino, specialmente su di lei come mamma, le sembrava come se si chiudesse una ferita che Doug le aveva provocato con i suoi insulti caustici.

Zeke si alzò in piedi e andò verso la porta.

"Zeke?"

Lui si girò. "Sì, Els?"

"Io... grazie. Apprezzo che tu vada a prendere Tony. Ci togliamo dalle scatole prima di cena."

Zeke tornò verso il letto e si mise di nuovo seduto, sporgendosi verso di lei. "No, non andrete via prima di cena."

"Non puoi desiderare di farci rimanere. Voglio dire, amo mio figlio, ma sa essere... esuberante. Fa un sacco di domande, probabilmente ti chiederà di tutto e di più, quando si accorgerà che sei andato tu a prenderlo."

"E pensi che quelle domande potrebbero darmi fastidio?" le chiese Zeke.

Lei trasalì. "Beh, insomma..." si trattenne, non voleva offendere il capo. Zeke era già stato estremamente gentile con lei, Elsie non voleva dire o fare qualcosa che lo indispettisse.

Zeke fece un gran sorriso, sorprendendola. "Appunto, forse è meglio che ne parliamo, anche se può darsi che sia presto e magari non è il momento giusto, dato che stai male, però te lo ricorderò in futuro, che ne abbiamo parlato, nel caso te lo dimentichi. A me *piacciono* i bambini, Els. Sono sinceri, fanno tante domande e, sì, a volte sono un'impresa. Non c'è alcun problema se Tony mi fa mille domande. Sono felice di rispondergli e insegnargli tutto ciò che posso."

Poi fece un gran sorriso. "Anche se penso che gli interessi di più conoscere meglio Ethan o Rocky, forse persino Brock, più di me. Loro possono insegnargli un sacco di cose divertenti, come smontare un bagno o collegare una plafoniera senza prendere la scossa, come cambiare l'olio alla macchina. Non so se è il caso che gli insegni come si preparano i cocktail... anche perché non credo che gli interessi, alla sua età."

Elsie gli prese la mano. "Ha un bisogno disperato delle attenzioni di un uomo. Io posso dargli tanto nella vita, ma non posso fargli da padre. Alla sua età, comincia a capire di essere in una situazione diversa da quella dei suoi compagni di scuola, non voglio che si senta diverso. Quando Lilly gli ha insegnato a cambiare una ruota alla macchina, sono stata contentissima, ma a quel punto è come se si fosse spalancato un portone che non posso richiudere. Adesso vuole imparare tutta una serie di cose 'da maschi' di cui io non so nulla. Non ti sto dicendo di insegnargli a preparare un Tom Collins, ma gli basterebbe starti vicino per riempirlo di gioia all'inverosimile, perché sei l'uomo più maschio che io conosca."

Zeke le sorrise. "Grazie. Adesso non mi dire più che vuoi andar via stasera. Stai male e io sono contento di passare del tempo con tuo figlio, poi mi fa piacere non rimanere a casa da solo."

Ecco, accidenti, come poteva Elsie insistere per andarsene via, dopo quelle parole? Non poteva. Si limitò ad annuire. "Guida con prudenza," gli sussurrò, non sapendo che altro dire.

"Ma certo. Soprattutto con un passeggero tanto prezioso. Ora dormi, Els. Dico davvero. Rilassati. Non hai nulla di cui preoccuparti, almeno fino a domani."

Elsie annuì. Zeke aveva ragione. Aveva già chiesto a Reina di sostituirla al locale, non aveva nulla di cui preoccuparsi fino al mattino dopo, quando avrebbe dovuto preparare Tony per la scuola e tornare al motel per lavorare, prima di iniziare un nuovo turno all'On the Rocks.

Zeke si abbassò di nuovo su di lei... ma invece di baciarle la fronte le sfiorò la bocca con le labbra.

Confusa, Elsie arrossì e sbottò: "Germi, non voglio farti ammalare."

"Ne varrebbe la pena," ribatté Zeke passandole un pollice sulla guancia, prima di alzarsi in piedi. Elsie non lo fermò più e lo vide raggiungere la porta, uscire e chiuderla lentamente.

Chiuse gli occhi e sospirò. Non era sicura di capire bene cosa fosse appena successo, ma era troppo stanca per ripensarci.

Non doversi preoccupare di nulla, in quel momento, era una sensazione meravigliosa. Si sarebbe sentita in colpa per quella spensieratezza, dato che la sua vita ruotava intorno a Tony in tutto e per tutto, ma sapeva che Zeke si sarebbe occupato di lui con senso di responsabilità, quindi si concesse di rilassarsi. Si addormentò nel giro di pochi secondi, felice di sapere che, almeno per il momento, per quanto breve, non aveva assolutamente alcuna incombenza. Che sensazione paradisiaca.

CAPITOLO TRE

Zeke odiava dover lasciare Elsie a casa da sola, ma prima andava a comprare qualcosa da mangiare e a prendere Tony e prima poteva tornare da lei.

Invece di andare a fare la spesa al supermercato, meglio fornito, andò nel negozio del vecchio Grogan, in centro, perché voleva essere sicuro di giungere in anticipo alla fermata dell'autobus del Motel Camping Mangree, per l'arrivo di Tony. Nel negozio non c'era tutto quello che Elsie desiderava, ma ci trovò il formaggino, l'integratore vitaminico e le orecchiette fresche al formaggio. Grogan non teneva panini dolci, così Zeke comprò qualche panino morbido.

Comprò anche della carne macinata per fare gli hamburger, dei würstel, frutta fresca e una confezione di ciambelle. I dolcetti non erano la colazione più sana per Tony, ma poteva equilibrare il tutto mangiando anche un po' di frutta. Abbuffarsi per un mattino non gli avrebbe fatto male. Almeno così sperava Zeke.

Zeke era appoggiato alla macchina, quando lo scuolabus arrivò rumoreggiando dal fondo della strada e accostò davanti al parcheggio del motel. Tony fu l'unico a scendere e vide immediatamente Zeke.

Gli sorrise e gli andò incontro di corsa. "Ciao, Zeke!"

"Ciao Totò, com'è andata la scuola?"

Tony fece spallucce. "Bene." Poi, quasi accorgendosi che non era normale che Zeke andasse a prenderlo al rientro da scuola, cambiò espressione. "Cos'è successo, dov'è la mamma?"

"È a casa mia, sono venuto a prenderti," gli rispose Zeke.

"Perché?" gli chiese Tony, con un tono chiaramente sospettoso.

"È stata male, Totò. Oggi ha telefonato e si è data malata, io mi sono preoccupato, sono venuto qui e l'ho trovata con la febbre. Allora l'ho portata a casa mia, in modo da poterla assistere."

Quelle parole non tranquillizzarono il ragazzo, almeno a giudicare dal passo indietro che fece. "La mamma non sta mai male," disse Tony con enfasi.

"Lo so," rispose Zeke, sforzandosi di rimanere rilassato. L'ultima cosa che voleva era far venire uno spavento a Tony. "Proprio per questo sono venuto a vedere come stava. Vedrai che starà presto meglio. Ha solo bisogno di riposare un po', ultimamente ha lavorato tantissimo e penso che si sia esaurita un po' troppo."

Allora Tony annuì, senza perdere l'espressione preoccupata che aveva in volto.

"Mi sono fermato a fare la spesa prima di venire a prenderti, ho comprato la carne per preparare gli hamburger per cena. Ti piacciono gli hamburger, vero? Se no ci sono anche dei würstel, caso mai."

Tony deglutì a fatica, poi gli chiese tentennando: "Sai dirmi la parola in codice?"

Zeke si sarebbe preso a calci da solo. Merda, avrebbe dovuto dirgliela subito. Tony lo conosceva, ma le precauzioni non erano mai troppe. "Sì, Totò. La parola in codice è "austero". Sai cosa significa?"

Sentendo la parola, Tony si rilassò visibilmente. "Sì, in

realtà ha un paio di significati, vuol dire rigido, qualcuno molto serio, ma si usa anche quando fa molto freddo."

Zeke fu impressionato. "Bravo. Scusa se non ti ho detto subito la parola in codice per tranquillizzarti."

Tony fece spallucce, poi gli chiese: "Davvero la mamma starà meglio?"

"Ma certo. Il dottor Snow è passato a visitarla e pensa si tratti di influenza. Ha solo bisogno di bere tanta acqua e di riposarsi, vedrai che tornerà bella pimpante nel giro di pochi giorni."

Tony spalancò gli occhi. "Il dottore l'ha visitata?"

Zeke ridacchiò. "Sì, lei non voleva, ma io non le ho lasciato altra scelta."

"A lei non piacciono i dottori. Dice che costano troppo. Mi fa andare dal medico ogni anno per una visita, lo chiama quando mi ammalo, ma *lei* non ci va mai."

"Sì, l'ha detto anche a me."

Tony si accigliò e lanciò un'occhiata alla porta della stanza del motel. "Adesso mangerà spaghetti col formaggio per un sacco di tempo."

"Cosa intendi dire?" gli chiese Zeke.

Toni lo guardò negli occhi e gli spiegò senza peli sulla lingua: "Quando la mamma deve spendere dei soldi per qualche imprevisto, per un po' di tempo non mangia molto. Lei dice di non avere fame, ma io so che non è così." Fece spallucce e abbassò lo sguardo a terra.

Zeke si stava facendo un'immagine sempre più definita di come fosse stata la vita di Elsie, un'immagine che non gli piaceva. Che idiota che era stato: l'ammirava come lavoratrice, si preoccupava di quanto fosse magra, eppure non faceva nulla per aiutarla, per il timore di essere invadente. "Guardami, Tony." Zeke aspettò che il ragazzo facesse attenzione. "La tua mamma non salterà più i pasti," gli disse, con tranquillità e fermezza. "Penserò io a lei, anche a te. Anche se è stata fenomenale nel prenderti cura di te, facendo tutto da sola, ma ogni tanto un po' di aiuto fa comodo a tutti."

"Anche a te?" gli chiese Tony.

"Specialmente a me."

"Dov'è che ti serve aiuto?" gli chiese il ragazzo inclinando perplesso la testa.

"Mi serve aiuto a non lavorare troppo, devo fermarmi per godermi la vita. Respirare a pieni polmoni e guardarmi intorno più spesso. Ho bisogno di aiuto per non sentirmi troppo solo."

Tony lo scrutò con un'espressione troppo matura per la sua giovanissima età. Quel ragazzo era molto più avanti rispetto a tanti altri della stessa età, un dato di fatto che inorgogliva Zeke, ma che lo infastidiva allo stesso tempo. "Anche la mamma si sente sola. Lei fa finta di no, ma è così."

Zeke annuì. "Hai ragione. Allora, a partire da oggi, per voi non ci saranno più problemi di cibo. Nemmeno una visita dal dottore non sarà più un problema, se c'è bisogno, va bene?"

Tony annuì.

"Ottimo. Adesso, dato che dovrai passare la notte a casa mia, che ne dici di prendere dei vestiti di ricambio, qualcosa da indossare domani a scuola? Guarda anche se ti serve qualcos'altro di tuo, così poi andiamo a vedere come sta la mamma?"

"Passo la notte a casa tua?" gli chiese Tony con gli occhi spalancati.

"Sì. Ti va?"

"Sì! Che bello!" esclamò il ragazzino, che poi gettò a terra lo zaino per correre verso l'ufficio.

Zeke fece una risata, raccolse lo zaino da terra e lo seguì. Fece appena in tempo a raggiungere la porta della reception quando Tony ne uscì di corsa. "La mamma non vuole che porti una chiave a scuola, quindi quando torno devo andare nell'ufficio a prenderla," gli spiegò passandogli di fianco e dirigendosi verso la stanza numero dodici. "Edna è sempre pronta che mi aspetta." Si voltò per guardare Zeke mentre infilava la chiave nella toppa. "La mamma vuole anche sapere che sono tornato a casa e che va tutto bene, si è messa d'accordo con Edna che se non torno a casa in tempo lei l'avverte. Però va bene, lo capisco." Spinse la porta per aprirla ed entrare nella stanza del motel e si affrettò all'interno.

A Zeke non piaceva sapere che Tony se ne stava da solo da quando tornava dalla scuola fino alla fine del turno di lavoro di Elsie. Era un bambino maturo ed era evidente che Elsie lo tenesse comunque d'occhio... ma in ogni caso.

Tony si affrettò nella stanza, aprì un cassetto e tirò fuori dei vestiti, gettandoli sul letto. Poi andò in bagno e prese alcuni prodotti. Afferrò anche un modellino di autopompa che stava appoggiato sul tavolino, insieme a due libri e a un paio di automobiline.

Poi esitò e si morse le labbra guardando Zeke.

"Che c'è, Totò?"

"Nulla, ho finito. Solo che non vedo la nostra borsa. L'hai già portata a casa tua?"

Zeke si guardò attorno e si accorse che non c'era nulla in cui mettere le cose di Tony. Probabilmente erano abituati a condividere la borsa in cui aveva messo le cose di Elsie. Decise di ricordarsi di comprare in negozio una borsa, magari una valigia, alla prossima occasione. "Sì, l'ho già portata da me. Non è un problema, possiamo usare il tuo zaino," gli rispose Zeke aprendo la cerniera dello zaino che aveva ancora in mano.

"No, aspetta!" esclamò Tony.

Ormai era troppo tardi.

Zeke guardò nello zaino... e si sforzò di non mostrarsi troppo sconcertato. Alzò lo sguardo verso Tony. "Vuoi spiegarmi?" gli chiese, indicando col capo lo zaino aperto che aveva tra le mani.

Tony abbassò lo sguardo a terra. "Non lo so."

Zeke era incerto, non sapeva bene come affrontare la

situazione, così si mise seduto sul letto dalla parte della porta. "Quando ero ragazzo, i miei genitori non avevano tanti soldi e quei pochi che avevano li spendevano per comprare la droga," raccontò al ragazzo con tranquillità. "Molto spesso avevo l'impressione che si dimenticassero persino della mia presenza. In casa non c'era mai abbastanza da mangiare. Il fine settimana era anche peggio. Almeno quando andavo a scuola potevo mangiare in mensa perché i pasti erano gratis per le famiglie bisognose."

Tony lo stava guardando, così Zeke proseguì.

"Non sono fiero di ciò che ho fatto, ma è successo che qualche volta ho rubato qualcosa da mangiare in negozio, perché avevo fame. Oppure, quando i miei genitori si ricordavano di comprare qualcosa, nascondevo del cibo in camera mia così da poterlo mangiare in un secondo momento," gli disse. Zeke non aveva mai parlato con *nessuno* della propria infanzia, ma quel ragazzino aveva bisogno di sapere che non era da solo, un bisogno superiore all'imbarazzo di Zeke per la sua infanzia difficile.

"Non l'ho rubato," gli spiegò Tony tranquillamente, "a pranzo faccio i compiti per alcuni compagni e loro in cambio mi danno qualcosa da mangiare, io lo porto a casa e lo aggiungo alla nostra dispensa mentre la mamma è al lavoro," concluse indicando i cartoni del latte che fungevano da dispensa. "Non mi piace quando la mamma non mangia, lei non se n'è mai accorta che porto a casa qualcosa e se in dispensa c'è abbastanza cibo lei prende qualcosa per sé. Se invece le scorte sono scarse, insiste a dire che non ha fame e mi fa mangiare quello che c'è."

Zeke dovette deglutire a fatica un paio di volte, prima di riuscire a parlare. Maledizione, ancora una volta avrebbe voluto prendersi a calci da solo. Non aveva capito di quanto poco disponessero Elsie e Tony. Avrebbe dovuto immaginarlo, specialmente per l'esperienza personale avuta da piccolo.

Appoggiò lo zaino sul letto e fece cenno a Tony di avvicinarsi.

Il ragazzino si trascinò verso di lui e quando fu abbastanza vicino Zeke gli mise una mano sulla spalla. "Sei un bravo ragazzo," gli disse con voce sicura, "il fatto che ti preoccupi di tua mamma, che desideri prenderti cura di lei, è meraviglioso. Però non dovrai più fare i compiti per gli altri bambini, hai capito?"

Tony non annui e non disse nulla. Si limitò a fissare Zeke senza alcuna espressione in volto.

"Se la tua mamma me lo consentirà, mi prenderò cura di lei," gli disse con franchezza, "sapevo già che si dava un sacco da fare, solo che non ho capito fino in fondo la vostra situazione. Però d'ora in poi avrà il pranzo pronto al locale *e* porterà a casa qualcosa per la cena, per entrambi. Ogni giorno, Totò. Voi due non dovrete più patire la fame."

Il sollievo negli occhi nocciola del ragazzino fu quasi doloroso da sopportare. "Va bene."

"Ottimo, adesso prendi queste merendine e mettile in dispensa," gli disse Zeke, "poi tira fuori i quaderni e i libri di scuola così mettiamo nello zaino il necessario per la notte. Hai tanti compiti per domani?"

Tony scosse la testa. "Solo due o tre pagine, ma sono facili."

"E quante pagine di compiti hai già svolto oggi per i tuoi compagni?" gli chiese Zeke.

Tony accennò un sorriso. "Tre."

Zeke si fece una risata. Probabilmente non era la reazione più corretta: non avrebbe dovuto ridere del fatto che quel povero ragazzo avrebbe dovuto ripetere per sé gli stessi compiti che aveva già svolto per gli altri, ma non seppe trattenersi.

"Non sei arrabbiato?" gli chiese Tony.

"Arrabbiato con te? No, non con te."

Il ragazzino inclinò la testa e scrutò Zeke. "Allora con chi sei arrabbiato?"

"Con me stesso."

"Perché?"

"Perché non mi piace pensare che voi due abbiate patito la fame. Quando ero piccolo l'ho sofferta anch'io fin troppe volte e fa schifo... oh, scusa, voglio dire che non è bello. Avrei dovuto accorgermene, dovevo fare più attenzione. Allora, senti qua... Tony, a me tua mamma piace."

"Sono contento," gli rispose Tony.

"No, ascolta, mi *piace*," accentuò Zeke.

Tony spalancò gli occhi. "Oh! Cioè... vuoi uscire con lei?"

"Sì. Per te va bene?"

Il ragazzino mosse la testa in su e in giù con entusiasmo. "Sì! Allora diventi il suo ragazzo?"

Zeke sorrise. "Sì, sempre che lei sia d'accordo."

"Dirà di sì," disse Tony con un sorriso enorme, "e noi magari possiamo fare delle cose?"

"Delle cose?" ripeté Zeke.

Tony fece spallucce. "Sì, tutti i miei amici fanno delle cose coi loro papà."

Zeke sapeva bene di non essere il papà di quel ragazzino, ma sentirlo usare quel termine gli fece venire un groppo in gola. "Che tipo di cose?" riuscì a chiedergli. Zeke non aveva alcun parametro di riferimento sulle cose che un papà poteva fare con il figlio, per via di come era cresciuto; avrebbe potuto scoprirlo facilmente, ma voleva essere sicuro di proporre a Tony qualcosa che anche il ragazzino apprezzasse.

Tony abbassò lo sguardo fissandosi di nuovo i piedi e si chiuse nelle spalle. Zeke cominciò a comprendere che quella reazione indicava insicurezza, imbarazzo.

"Io non sono un esperto di macchine come Brock, però posso cambiare una ruota come ti ha fatto vedere Lilly," gli disse Zeke, "e anche se so fare qualche lavoretto in casa, non sono bravo a smontare e riparare come Rocky e Ethan, ma vuoi sapere cosa mi piace tanto?"

Tony alzò lo sguardo. "Che cosa?"

"Andare in montagna, o in campeggio. Mi piace preparare la cena sul fuoco e poi arrostire i marshmallow. Mi piace pescare, sei mai stato a pescare?"

Tony scosse la testa.

"Ti piacerebbe provare?"

"Non so come si fa."

"Ti insegno io."

Bastarono quelle parole per riaccendere di gioia gli occhi di Tony, che gli rispose con un filo di voce: "Forte."

"Però non oggi, dobbiamo tornare a casa mia per vedere come sta la mamma, poi prepariamo la cena. Hai mai preparato gli hamburger?"

"No, prepara sempre la mamma da mangiare."

"Forse è arrivato il momento che anche tu impari a prepararti qualcosa, non pensi?"

Il ragazzino annuì di nuovo. "Sì, così se la mamma si ammala posso pensarci io."

Zeke sentì il forte istinto di assicurare a Tony che se la sua mamma si fosse ammalata in futuro, avrebbe pensato lui a *entrambi*... per sempre. Però capì che non era il caso di fare il passo più lungo della gamba, aveva già fatto abbastanza in un giorno solo. Elsie non si era certo lamentata quando lui si era fatto avanti, qualche settimana prima, ma dire a suo figlio che si sarebbero sposati e sarebbero vissuti per sempre felici e contenti sarebbe stato un po' esagerato.

"Esatto. Allora... finiamo di preparare lo zaino e partiamo, sì?" concluse Zeke.

Tony si girò e corse in un angolo per svuotare lo zaino.

Elsie doveva aver capito che le provviste in più nella dispensa non comparivano per magia dal nulla, ma chiaramente non aveva detto nulla al figlio. Probabilmente voleva che anche lui sentisse di fare la sua parte. Però Zeke era quasi certo che Elsie non sapesse dei compiti che Tony svolgeva per gli altri compagni, in cambio del cibo. Probabilmente si era immaginata che fossero merendine in più per i bambini più bisognosi.

Zeke si era convinto che Tony fosse un ragazzino estremamente intelligente, che sapeva parlare come un adulto ed era più astuto di quanto gli altri pensassero. Si chiese se ci fossero dei corsi speciali, dei programmi extracurricolari che potessero stimolarlo di più nella sua crescita. Gli fu anche più chiara la scelta delle parole in codice che Elsie preferiva: un termine più adatto a un'accademia superiore non era affatto fuori luogo, in quanto Tony assorbiva informazioni come una spugna.

Tony finì di preparare lo zaino nel giro di pochi minuti e tornò davanti a Zeke con un sorriso. "Ecco, sono pronto, andiamo!"

Zeke ricambiò il sorriso e si avviò verso la porta. "Devi restituire la chiave a Edna?" gli domandò, indicando col capo la chiave sulla cassettiera.

Tony scosse la testa. "No, quando usciamo lei viene a riprenderla."

"Va bene, allora dai, andiamo." Uscendo, Zeke controllò di aver chiuso bene la porta, poi scosse la testa per l'estrema vivacità di Tony, che saltò su in macchina con molto entusiasmo e si allacciò la cintura di sicurezza. Zeke fece retromarcia con attenzione per uscire dal parcheggio.

Mentre viaggiavano verso casa di Zeke, Tony gli chiese: "Dicevi sul serio?"

"Io faccio sempre sul serio, quando dico qualcosa," gli rispose Zeke con calma, "ma adesso a cosa ti riferisci, in particolare?"

"Mi porterai al campeggio?"

"Ma certo. È una delle mie attività preferite. Quando sarai pronto, ti porterò anche all'osservatorio di Eagle Point. C'è da fare una camminata di quindici chilometri all'andata e quindici al ritorno," lo avvertì," quindi ci sarà da stancarsi.

"Che bello!" esclamò Tony. "Ne ho sentito parlare, ma non c'è mai andato nessuno dei miei amici."

"È *davvero* bello," disse Zeke, "pensa che è una vecchia torre di guardia antincendio. Lo sai che cosa significa?"

"Sì sì, è dove si andava per osservare la foresta, se c'erano dei segnali di fuoco."

"Esattamente. Certo, ormai è un po' messa male e non ci va più nessuno. Oggigiorno ci sono metodi più tecnologici per anticipare la risposta agli incendi, però da lassù si gode di un panorama imbattibile. Pensi che anche la mamma verrebbe volentieri con noi?"

Tony si mise a ridere. "Non credo proprio. A lei non piacciono gli insetti, non le piace andare in montagna o fare le camminate all'aperto."

"Va bene, allora andremo solo noi due maschietti," concluse Zeke.

"Sì," ribadì Tony sospirando, "solo noi due maschietti."

Chiaramente Els aveva ragione: quel ragazzo agognava più attenzioni maschili. Non che lei non avesse fatto un ottimo lavoro nel crescerlo, ma era pur sempre un ragazzino che voleva dei modelli maschili e fare cose diverse, voleva sporcarsi, andare a giocare nel bosco, trovare gli animaletti. Zeke forse non era in grado di insegnargli le cose che potevano insegnargli gli altri amici, ma di sicuro poteva portarlo in campeggio. Anche lui, tra le sue attività preferite, sceglieva di uscire nella natura più spesso che poteva.

"Zeke?" Tony lo chiamò, interrompendo le sue fantasie.

"Dimmi, Totò."

"Questo è il giorno più bello di *sempre*."

"Anche per me è una bella giornata, Totò," gli rispose Zeke, che non aveva mentito a Elsie: gli piacevano i bambini. Erano sempre molto aperti e ricchi di entusiasmo per tutto. Non vedeva l'ora di conoscere meglio Tony.

CAPITOLO QUATTRO

Elsie stava malissimo, ma anche se era tanto tempo che non si sentiva così male, riusciva lo stesso a essere contenta. Dopo la visita del medico, Zeke era andato a prendere Tony e lei si era fatta un pisolino, pur non addormentandosi profondamente. Non poteva. Non prima di sapere che il suo bambino stava bene.

Appena arrivato a casa, Tony era subito andato da lei per vedere come stava, poi le aveva detto con trepidazione che Zeke gli avrebbe lasciato preparare da mangiare per cena. Zeke le aveva chiesto se voleva uscire dal letto per sdraiarsi sul divano in salotto, lei aveva accettato volentieri.

Sdraiata sul divano, si sentiva a momenti scottare, a momenti gelare e cercava di non vomitare per gli odori che provenivano dalla cucina... pur amando ogni momento in cui osservava e ascoltava il figlio che interagiva con Zeke.

"Guarda, così. Compatta bene la carne così l'hamburger non si sfalda quando lo cuoci," disse Zeke a Tony. L'espressione sul viso del figlio che si concentrava nel preparare la carne per l'hamburger esattamente come gli aveva spiegato Zeke sarebbe rimasta ben impressa nella memoria di Elsie. Non avere una vera e propria cucina era una grossa difficoltà;

lei avrebbe voluto insegnare a Tony a cucinare, ma non aveva altro che un bollitore, una pentola e un fornello, non era certo l'ideale.

"Non mi sembra fatto bene," si lamentò Tony.

"Ma cosa dici, guarda che è perfetto," lo rassicurò Zeke.

"Non è vero! È tutto sghembo."

"Adesso ti insegno un segreto da ricordare per cucinare bene: se qualcosa sembra perfetto, di solito ha un sapore pessimo," gli confidò Zeke.

Elsie sorrise dal rifugio di coperte sul divano.

"Dico sul serio!" esclamò Zeke, che chiaramente aveva ricevuto una delle tipiche occhiate di scetticismo di Tony. Crescendo, Tony era sempre più difficile da convincere anche su questioni semplici. Elsie immaginava quello scetticismo fosse frutto di un intelletto curioso, ma anche un segno di saggezza: Tony non le avrebbe più creduto solo perché era la sua mamma.

"Io preferisco mangiare una torta buona e fatta col cuore, anche se è sghemba, piuttosto che una torta preparata da uno chef stellato a cui non importa nulla di me," spiegò Zeke a Tony. "Tra l'altro gli hamburger non devono essere perfetti. Tanto quando li mettiamo sulla griglia cambiano forma lo stesso." Poi, dopo una pausa, aggiunse: "Mettiamola così, preferiresti mangiare un piatto di patatine fritte immerse nel ketchup e talmente inzaccherate che non puoi mangiarle senza sporcarti la faccia, oppure un mucchietto perfetto con una goccia di ketchup su ciascuna?"

"Inzaccherate," gli rispose Tony senza esitare.

"Precisamente," proseguì Zeke, "sai, se vuoi diventare uno chef professionista, posso anche dirti di fare più attenzione e di controllare che ogni hamburger venga con la stessa forma, delle stesse dimensioni. Potrei anche comprare una bilancia digitale, così potresti pesare gli ingredienti e creare degli hamburger che pesano tutti uguali. Però, per quanto ne so, non è quello il lavoro che vuoi fare... oppure sì?"

"No," rispose Tony.

"Allora *cos'è* che vuoi fare?" gli chiese Zeke.

Elsie sorrise: si augurava che Zeke fosse pronto a sentire la risposta del figlio.

"Voglio diventare professore."

"Ma è meraviglioso, Totò."

"Anche astronauta. Voglio costruire degli edifici altissimi, ma anche a prova di bomba, così nessuno li farà cadere andandoci addosso con l'aereo."

Elsie sapeva che l'ultimo commento era frutto di una lezione a scuola su ciò che era successo a New York l'11 settembre del 2001.

"Ah, voglio anche fare lo scrittore e scoprire gli alieni, voglio diventare loro amico così mi insegneranno la tecnologia più avanzata per curare il cancro."

Elsie non fu sorpresa dalle rispose del figlio, che al momento era ricco di interessi; del resto aveva ancora molto tempo per scoprire la sua vera vocazione nella vita. Quella curiosità vorace era motivo di gioia per la mamma.

"Wow, che fantasia impressionante," commentò Zeke con un tono totalmente genuino che Elsie apprezzò. "Per tutte queste carriere dovrai studiare un sacco."

"A me piace studiare," fu la risposta di Tony.

"Che bello. Allora, torniamo al nostro discorso: a meno che tu non sia un fenomeno, non c'è bisogno di essere perfetto, Totò. Gli hamburger sghembi hanno un ottimo sapore, proprio come quelli perfettamente tondeggianti."

In cucina ci fu un momento di silenzio, poi Tony chiese: "Hai mai disinnescato una bomba?"

"In realtà sì."

Elsie sbatté le palpebre sorpresa. Non lo sapeva. Sapeva che Zeke era stato nell'esercito, ma lui non ne parlava molto. Sul lavoro, era sempre amichevole e sorridente, si concentrava sulla felicità dei clienti e dei dipendenti.

"*Davvero?!*" chiese Tony.

"Davvero."

"È esplosa?"

"No, grazie al cielo."

"Hai mai visto una bomba esplodere?"

Elsie avrebbe voluto dire al figlio di smetterla con quel terzo grado, di non fare troppe domande a Zeke su questioni così serie, ma le sembrava che le gambe e le braccia le pesassero quintali... poi anche lei era curiosa di sentire le risposte di Zeke.

"Purtroppo sì."

"Come, non è stato forte?" gli chiese Tony un po' confuso.

"Sì e no. La dinamica dell'esplosione è stata forte, ma i danni che ha provocato agli edifici e le ferite alle persone vicine non erano affatto forti."

Tony rimase tranquillo per un momento. "Ci sono stati dei feriti?"

"Eh sì, Totò. Quando ero nell'esercito, il mio lavoro era scovare i cattivi e fare in modo che non potessero più fare del male a nessuno."

"Ti piaceva?"

"No."

La risposta di Zeke fu breve e diretta. Una parola sola, pregna di angoscia, che convinse Elsie a tirarsi su meglio spingendosi con un gomito per guardare oltre il divano, in cucina. Tony aveva le mani e gli avambracci tutti sporchi di carne macinata e fissava Zeke con le mani ferme nella zuppiera in cui stava mescolando la carne con il condimento per preparare gli hamburger.

Zeke aveva lo sguardo rivolto al ragazzino, che lo guardava a sua volta.

Elsie aprì la bocca per dire a Tony di non insistere troppo, ma Tony parlò prima che lei cominciasse.

"Allora hai cambiato lavoro e adesso riesci a fare l'eroe senza dover guardare le persone che saltano in aria."

Elsie si accorse che Zeke chiudeva gli occhi e stringeva i

denti. Mentre lo osservava, notò che si stava ricomponendo: lo vide aprire gli occhi e sorridere a Tony. "Sì, qualcosa del genere."

"Tu *sei* un eroe," insisté Tony, "lo so cosa fai, vai nella foresta a ritrovare le persone che si perdono. Un anno fa, più o meno, è successo a una bambina, suo fratello è in classe con me e me l'ha raccontato. Era piccola e si è persa, non sapeva dov'era o come tornare a casa. Sarebbe morta, ma tu e i tuoi amici siete andati a cercarla e l'avete ritrovata, l'avete portata a casa."

Zeke si limitò ad annuire.

"Appunto, allora sei un eroe," concluse Tony in modo razionale, "e fai anche un altro lavoro, lavori con mia mamma, fai contente le persone. Anch'io voglio fare felice la gente, voglio fare più di un lavoro così posso seguire tutti i miei interessi."

"Mi sembra un ottimo piano, Totò," gli disse Zeke.

"Alcuni dei bambini a scuola con me pensano che sia una stupidaggine," proseguì Tony guardando nella zuppiera.

"Quale sarebbe la stupidaggine?" gli chiese Zeke.

"Tutto. Dicono che da grande devi scegliere solo un lavoro, sai, o fai la maestra o l'astronauta, oppure l'autista di camion. Uno solo, non di più."

"Tu puoi fare tutti i lavori che vuoi, Tony, guarda la tua mamma."

"La mia mamma?" domandò Tony confuso.

"Sì, la tua mamma è anche maestra, cameriera, cuoca, si occupa della casa, guida e a volte fa anche l'infermiera."

Tony alzò gli occhi al cielo. Era forse la prima volta che reagiva in quel modo, non era solito mostrarsi esasperato, ma crescendo stava imparando anche a usare sarcasmo e a volte mancava un po' di rispetto, dando qualche pensiero a Elsie.

"Quella roba non conta, tranne per la cameriera, le altre cose non sono dei veri lavori."

"Non condivido," gli rispose Zeke. "Continua a mescolare,

quegli hamburger non si prepareranno da soli. Qual era la tua parola in codice prima di quella di oggi?"

Elsie fu contenta di come Zeke fosse in grado di tenere impegnato Tony continuando a parlargli.

"Tollerare."

"E sai cosa significa?"

"Significa accettare qualcosa, sopportare"

"Puoi usarlo in una frase di senso compiuto?"

Tony alzò gli occhi al cielo un'altra volta, ma poi fece ciò che gli chiedeva Zeke. "Non tollero che tu mi faccia tutte queste domande."

Zeke si mise a ridere. "Bravissimo Totò. Adesso dimmi: come hai imparato il significato di quel verbo?"

Tony fece spallucce: "Me l'ha detto la mamma."

"Allora vuoi dire che ti ha *insegnato* la mamma il significato?"

"Sì, è proprio ciò che ho detto."

"Allora non pensi che sia anche un'insegnante?"

Tony si fermò a pensare guardando Zeke. "Ehm... allora forse sì..."

"Dico solo che non è necessario sentirsi etichettati necessariamente in una categoria sola. Possiamo fare tante cose, tanti lavori che si possono intraprendere da grandi. Possiamo fare i ragionieri e tenere i conti di casa, i cuochi per cucinarci da mangiare, gli insegnanti, i camerieri, i badanti... e l'elenco prosegue. Solo perché non veniamo pagati per tutto ciò che facciamo, non significa che non siano lavori e che non siano importanti. Allora è perfettamente normale che tu voglia intraprendere diverse carriere, ignora i tuoi compagni di scuola che ti dicono il contrario."

Elsie aveva gli occhi pieni di lacrime. Zeke era...

Era meraviglioso, ecco cos'era. Lo ammirava da lontano già da un po', come sua dipendente, ma conoscerlo meglio sentendo ciò che diceva a Tony era come scoprirne un lato totalmente nuovo. In trenta secondi, aveva incoraggiato quel ragazzo più di quanto avesse fatto il padre in nove anni.

Proprio in quel momento, Zeke alzò gli occhi e guardò in quelli di Elsie, nell'altra stanza. "Tu dovresti riposare," le disse riprendendola; ma glielo disse sorridendo, in modo che Elsie capisse che non ce l'aveva minimamente con lei.

Reagì con un sorrisetto.

"Guarda mamma! Sto preparando gli hamburger!" esclamò Tony tutto entusiasta.

"Lo vedo."

"Dopo, io e Zeke ti prepareremo i spaghetti in brodo," la informò.

"Gli spaghetti," lo corresse.

"È quello che ho detto," ribadì lui sbuffando. "Adesso che si fa, Zeke?"

L'uomo che in qualche modo aveva preso le redini della vita di Elsie fece una risata e spiegò a Tony quali fossero gli altri passaggi per completare gli hamburger. Nelle ultime ore, Elsie aveva scoperto molte cose su Zeke. Lo conosceva già come un uomo abituato a comandare e molto protettivo. L'aveva visto in azione il giorno in cui Zeke aveva ripreso duramente il cliente che le aveva toccato il sedere, quando l'aveva portata in ufficio, l'aveva informata che voleva un rapporto diverso con lei e l'aveva baciata. Beh, non aveva *detto* esplicitamente di volere un rapporto di coppia, ma gliel'aveva fatto capire.

Poi aveva imparato che Zeke era molto bravo coi bambini, o almeno con Tony. Era uscito dall'esercito perché chiaramente non gli piaceva ciò che faceva. Era anche molto convincente e teneva il punto quando discuteva. Anche se con Tony non stava proprio discutendo, ma era riuscito a fargli cambiare idea con una semplicità quasi inquietante. Elsie sapeva per esperienza che, quando Tony si metteva in testa qualcosa, era quasi impossibile fargli cambiare idea. Zeke invece era riuscito a convincerlo che non c'era niente di male a interessarsi a più carriere diverse, anzi, era perfettamente normale.

Zeke le piaceva. Le piaceva un sacco. Forse anche troppo. In fondo era il capo e l'ultima cosa che Elsie voleva era farsi coinvolgere sentimentalmente con lui, col rischio che andasse tutto male. Non poteva perdere il lavoro, si sarebbe ritrovata in un mare di guai. Era arrivata quasi al punto di aver risparmiato abbastanza soldi per tirarsi fuori dal motel. Non solo le servivano i contanti per depositare due mesi in anticipo, più una somma a garanzia in caso di danni, ma doveva anche comprare tutto il necessario da mettere nell'appartamento in affitto. Letti, pentole e padelle, mobili, accessori da bagno... l'elenco era piuttosto lungo. Ogni singola voce aveva dei costi.

Elsie non era una donna ricca, nemmeno lontanamente, ma stava arrivando a cavarsela. Tutto da sola. L'ex marito le aveva ripetuto più volte che da sola non avrebbe mai ottenuto nulla, che lasciandolo si sarebbe ritrovata senza un tetto sulla testa, perché non aveva una laurea ed era priva di risorse e di talenti. Lei gli aveva dato retta per tantissimo tempo, per poi vergognarsene.

"Els?"

Sentendosi chiamata per nome, sobbalzò. "Sì?"

"Smettila di pensare e vai a dormire. Ti svegliamo quando è pronta la pasta."

Elsie non trattenne un sorriso. "Va bene," borbottò, poi si girò e si gettò di peso sui cuscini del divano, incredibilmente comodi. Si accorse con sorpresa che si stava addormentando rapidamente. Le giungevano alle orecchie il suono della voce del figlio che chiacchierava e le risposte profonde di Zeke: Elsie si sentiva al sicuro.

———

Zeke entrò in salotto per vedere come stava Elsie. Aveva le guance rosse, ma gli occhi erano chiusi e respirava profondamente, con regolarità. Le avrebbe provato la febbre più tardi, non voleva rischiare di svegliarla, quando finalmente si era addormentata.

Si era accorto che Elsie stava origliando la conversazione con Tony di poco prima e sperava che approvasse ciò che gli aveva detto. A Zeke piacevano i bambini, ma non aveva molta esperienza. Aveva pensato fosse meglio trattare Tony come un giovanissimo adulto, piuttosto che parlargli come un bambino piccolo.

"Vuoi preparare un piatto di pasta per la tua mamma?" chiese a Tony.

Il ragazzo annuì e si diresse verso il fornello, diede un'occhiata nella pentola per un momento, poi alzò lo sguardo verso Zeke. "La mamma starà meglio?"

Zeke si fece serio. "La tua mamma? Ma certo."

"Non sta mai male."

Zeke gli si avvicinò e gli mise una mano sulla spalla. "È una donna forte, Totò. Il dottor Snow non mi è sembrato troppo preoccupato. Ha solo bisogno di dormire e di rilassarsi per un po' di tempo."

"Cosa mi succede se la mamma muore?"

Zeke strinse la mano che gli teneva sulla spalla. Il primo istinto fu quello di dire che Elsie non stava morendo, maledizione, che non gliel'avrebbe consentito. Però non voleva sminuire troppo i pensieri di Tony, così si accovacciò per poterlo guardare negli occhi alla stessa altezza. "Perché ti vengono di questi pensieri?"

Tony si chiuse nelle spalle e si concentrò a guardare la spalla di Zeke. "È solo che... io non ho un papà, quindi se la mamma muore non posso rimanere al motel da solo."

Zeke fece fatica a trovare una risposta che rassicurasse quel ragazzo, ma che non fosse una bugia. "Non succederà nulla alla tua mamma, è robusta e in salute. Solo che adesso ha l'influenza. Capita. Ti garantisco che riceverà le cure migliori. Controllerò personalmente che si riposi e che non cerchi di sforzarsi, almeno finché non starà meglio. Detto questo... ti do la mia parola che se dovesse *davvero* succederle qualcosa, farei tutto ciò che posso per assicurarmi che qualcuno si prenda cura di te."

Tony alzò il mento e guardò Zeke negli occhi. "Me lo prometti?"

"Te lo prometto," confermò Zeke con tono serio. "Non sei da solo, Totò. Ci sono qua io, c'è Rocky, poi c'è Ethan e ci sono anche gli altri. Nella società ci sono leggi, regole da rispettare, ma noi siamo disposti a fare di tutto per tenerti al sicuro, hai capito?"

Tony annuì. "Ho capito. Ma tu pensi..." la voce svanì, ma il ragazzo continuò a guardare Zeke. "Il mio papà è andato via perché ero cattivo? Non gli piacevo?"

Zeke sentì una fitta allo stomaco. "No," gli rispose senza pensarci, "non conosco tuo padre, non so cosa sia successo tra lui e la tua mamma, ma so per certo, senza ombra di dubbio, che il tuo papà non se n'è andato per qualcosa che hai fatto o che non hai fatto. A volte il rapporto tra due adulti non va come previsto."

"I genitori di Gabe sono divorziati, lui vede il papà ogni due settimane, sabato e domenica. Poi passano insieme l'estate," disse Tony.

"Questa è la situazione di Gabe, ma ci sono tantissimi motivi per cui i genitori non vedono i figli. Senti cosa ti dico: ci rimette solo tuo papà, perché tu sei un ragazzino fortissimo, accidenti. Oh, cavolo... non ripetere la mia parolaccia."

Tony sorrise. "Ma non è una parolaccia," spiegò a Zeke.

"Non importa. Non penso che la tua mamma sarebbe contenta. Come ti dicevo, sei un ragazzino fantastico; ti prendi cura della tua mamma, noti delle cose che gli altri ragazzini non notano, impari molto velocemente. Non credo che gli altri possano imparare a preparare gli hamburger in così poco tempo come hai fatto tu oggi. Poi conosci tante parole che alla tua età non si sentono facilmente. Quindi se il tuo papà non ti sta vicini, è *lui* a rimetterci, non tu." Dopo un attimo, aggiunse: "Comunque penso che abbia i peli lunghi che gli crescono fuori dalle orecchie e il naso pieno di caccole."

Tony si mise a ridere e Zeke si rilassò un poco. Alzò una mano e appoggiò il palmo sulla guancia di Tony. "Penso che anche la tua mamma sia davvero fantastica. Ha fatto un lavoro pazzesco a tirarti su da sola. Non sei d'accordo?"

Tony annuì.

"Ecco, allora... tiriamo le somme: se succedesse qualcosa alla tua mamma, ci siamo noi, io e i miei amici, a prenderci cura di te. Va bene?"

"Grazie, Zeke."

"Prego."

"Zeke?"

Zeke tornò ad alzarsi e fece un sorriso a Tony. "Sì?"

"Vorresti diventare il mio papà?"

Zeke sentì il cuore fermarsi nel petto per un momento, sentendosi fare quella domanda. Lui non aveva mai pensato di avere dei figli... no, non era vero. Quando si era sposato, all'inizio era ansioso di costruirsi una famiglia. Però quel sogno si era spento, insieme con la fiducia e l'amore per la moglie.

La domanda di Tony, dopo aver passato il pomeriggio con lui, gli aveva riacceso a tutta birra in un istante il desiderio di avere dei figli. Essere il papà di quel ragazzino significava anche stare con Elsie, era un pacchetto unico.

Eh sì, Zeke poteva ben dire di essere allettato da quell'idea.

"Cioè, lo so che non sei davvero il mio papà, però magari possiamo far finta?" gli chiese Tony nervosamente, dato che Zeke non gli aveva risposto subito.

"Non so risponderti sull'essere tuo papà, Totò, perché dipende soprattutto dalla tua mamma... ma posso diventare qualcosa di meglio, per te," gli disse Zeke dopo un momento.

"Che cosa?"

"Posso diventare tuo amico. Andremo insieme in campeggio e a pesca, se avrai domande di qualunque tipo, su tutto, puoi venire da me e ne parliamo. Ti va?"

Tony annuì. "Sì."

Zeke avrebbe voluto dirgli di più, ma stava rischiando troppo di commuoversi, il che non era da lui. "Adesso, che ne dici di mettere nel piatto un po' di pasta, di far accomodare la mamma e di assaggiare quei capolavori dei nostri hamburger?"

"Va bene."

Zeke osservò per un attimo Tony che con un mestolo metteva in una ciotola i maccheroni al formaggio, gli scompigliò i capelli con una mano e poi andò verso il divano. Si aspettava di trovare Elsie sveglia e di doverle dire qualcosa per spiegarle la conversazione avuta con Tony, invece la trovò con gli occhi chiusi: stava ancora dormendo.

Aveva spostato a calci la coperta e la maglia che indossava si era tutta raggrinzita, mettendo in mostra la pelle pallida della pancia.

Zeke si sentì come colpito in testa. Non poté far altro che rimanere là impalato a fissarla per un momento. Vedendo quella pelle liscia, gli venne il prurito alle mani per la voglia di toccarla. Nonostante Elsie fosse molto magra, aveva comunque la pancia vagamente arrotondata. Era maledettamente sensuale e Zeke voleva appoggiare le labbra su quella pelle per svegliarla a forza di baci.

Scosse la testa, sapendo che l'avrebbe fatta spaventare, svegliandola in quel modo; fece un gran respiro e si mise in ginocchio vicino al divano. Allungò un braccio per prendere la coperta e coprì Elsie, prima di metterle una mano sulla spalla e scuoterla leggermente. "È pronta la cena," le disse sottovoce.

Elsie passò in un batter d'occhio dal sonno alla veglia. Girò la testa e si trovò con le labbra a pochi centimetri da quelle di Zeke, fissandolo negli occhi confusa.

Incapace di trattenersi, Zeke le scostò i capelli dalla fronte. Sembrava ancora calda, ma non con la febbre alta, un vero sollievo. "Tony ti ha preparato i maccheroni al formaggio, sono pronti. Sempre che ti vada di mangiare? Un po' di calorie ti farebbero bene."

"Ah, sì, va bene."

Elsie fece per sedersi e Zeke le mise un braccio dietro le spalle per aiutarla.

"Penso che sia quasi ora di prendere del paracetamolo."

"Quanto tempo ho dormito?" gli chiese.

"Non tantissimo. Appena il tempo necessario a Tony per imparare a usare i coltelli, superare i test di fine anno, trovarsi una fidanzatina e diplomarsi alle superiori," le rispose stuzzicandola.

"Lo so che alcuni genitori non vedono l'ora che i figli si diplomino e vadano per la loro strada, ma io no," gli disse sottovoce. "Per me quel giorno sarà un incubo."

"Sei una brava mamma," replicò Zeke.

Lei aprì la bocca per dire qualcosa, ma intervenne Tony.

"Ecco qui, mamma. Ho messo tanto formaggio, proprio come piace a te. Ho fatto tutto da solo. Zeke mi ha insegnato a capire quando gli spaghetti sono al dente e io ho mescolato il burro e il formaggio."

"Grazie, piccolo, sembrano buonissimi."

Tony fece un sorriso raggiante. "Aspetta di vedere gli hamburger che ho preparato. Li ho schiacciati bene, li ho girati, tutto!"

"Che meraviglia," commentò Elsie.

Tony si girò e tornò in cucina di corsa.

"Versa un altro bicchiere d'acqua con l'integratore per la mamma, ti va, Totò?"

"Sì, va bene."

"Prendi anche due pastiglie di paracetamolo."

"Fatto!" rispose Tony.

"Scusami, sono..."

"No," la interruppe Zeke.

Elsie si accigliò. "Ma non sai neanche cosa stavo per dire."

"Sì che lo so e non c'è niente di cui scusarsi. Tony è contento, io sono contento."

"È solo che... è passato tanto tempo da quando qualcuno mi ha aiutato con lui."

"Beh, adesso ti aiuto io."

"Grazie."

"Non è affatto un peso, sai? Tony è bravissimo."

Elsie sorrise. "Sì, è proprio bravo."

"Ti ricordi cosa ti ho detto in ufficio l'altra settimana?" le domandò Zeke.

"Ehm..." Elsie rimase sul vago.

"Ti ho detto che tra noi c'era qualcosa," le ricordò Zeke. "So di essere stato un po' arrogante, lo capisco, per questo poi ci sono andato piano. Cercavo solo di non assillarti. Però non sono stato molto bravo a occuparmi di te. Adesso si cambia, Els."

Lei lo fissò con gli occhi spalancati.

"Pensi che sarà un problema, per te?"

"Non sono sicura di avere il tempo o le forze per un rapporto."

Invece di prendersela, Zeke fu sollevato dalla sincerità di Elsie. "Stare con me non sarà un peso, tesoro."

"C'è anche Tony," gli disse.

"Sì, lo so. Abbiamo già scoperto che mi fa piacere, non ho alcun problema a passare del tempo con entrambi. Lo so che siete un pacchetto unico, ma mi *piace* davvero. Mi basta sapere che anche tu senti la stessa chimica che sento io, poi penseremo a tutto il resto." Zeke aspettò, quasi trattenendo il fiato. Non gli dispiaceva insistere per farle superare l'esitazione, almeno abbastanza perché Elsie si aprisse alla possibilità di un rapporto con lui, ma non voleva certo costringerla a stare insieme, se lei non lo voleva veramente.

"Sono incasinata," gli sussurrò.

"La vita è un casino," ribatté lui, che era ancora in ginocchio davanti al divano e non aveva intenzione di spostarsi prima di aver sentito la risposta di Elsie.

Lei annuì lentamente e Zeke sentì le spalle diventare dieci volte più leggere.

"Mi sembra di aver appena vinto la lotteria," le sussurrò.

Il sorriso sul volto di Elsie fu la rassicurazione migliore di cui lui avesse bisogno: anche lei era sulla stessa lunghezza d'onda. Era amore? Probabilmente no, non ancora. Però poteva diventarlo... anche presto.

"Ho fatto fatica ad aprire la bottiglia, ma finalmente ci sono riuscito," disse Tony spostandosi con attenzione nel salotto con in mano un bicchiere pieno fino all'orlo di acqua con l'aggiunta dell' integratore e nell'altra mano due pastiglie.

Elsie gli prese di mano le pillole e le mise in bocca, accennando un piccolo grazie.

"Penso che mangeremo qui con la mamma, se per te va bene, Totò," disse Zeke.

"Fantastico!" esclamò Tony tornando in cucina di corsa.

"Non cammina molto," commentò Elsie un po' ironicamente, "Non se può correre per fare prima."

Zeke sorrise. Si avvicinò a lei e le mise una mano sulla guancia. Gli piaceva il contatto fisico con Elsie, che aveva la pelle molto morbida, rispetto al palmo calloso della sua mano. Esitò, prima di sfiorarle le labbra con le proprie. "Posso?"

"Sì. Ogni volta che ti va di baciarmi, Zeke, hai il mio permesso. Beh, a meno che non stiamo lavorando. Nel locale sarebbe imbarazzante."

"Sempre decisa, anche da malata," mormorò Zeke, che poi abbassò la testa e le sfiorò la bocca con la propria, resistendo all'istinto di approfondire il bacio. Non era il momento giusto, non era il posto giusto: lei era malata e c'era Tony in casa. Anche quel breve contatto fu molto intimo e lui se lo gustò.

Zeke aveva un carattere amorevole, non battagliero. Era

stato eccezionalmente bravo, durante il servizio nelle forze speciali, ma a un certo punto non aveva più sopportato la violenza, spesso insensata. Era un uomo che amava il contatto fisico, gli piaceva tenersi per mano, mostrare gesti di affetto anche in pubblico. A sua moglie non era mai piaciuto manifestare affetto pubblicamente. Maledizione, a lei non era mai piaciuto *lui*. Non abbastanza per essergli fedele. Così lui aveva finito per nascondere quell'aspetto di sé. Elsie lo stava riportando fuori con gran forza.

"Ecco qui, Zeke, ti ho portato gli hamburger," disse Tony porgendogli un piatto con due hamburger.

"Grazie, Totò. Che pensiero gentile, lo apprezzo."

Quel complimento lo fece come fiorire: Tony fece un sorriso raggiante a Zeke e tornò di corsa in cucina per prendere il proprio piatto.

"Mi piacerebbe scoprire quanti passi fa quel birbante in un giorno," commentò Elsie.

Zeke si spostò fino a sedersi sul pavimento, con la schiena appoggiata al divano. Sì, avrebbe anche potuto alzarsi e mettersi seduto dall'altra parte, ma preferiva starle vicino. Tony tornò in salotto e si mise seduto sulla poltrona imbottita vicina al divano.

Mentre mangiavano, Elsie chiese a Tony come fosse andata la sua giornata. Parlarono della scuola e di altri bambini che Zeke non conosceva. Quando Tony cominciò a parlare del campeggio, di quanto avesse voglia di andarci, Zeke si accorse che ciò che gli aveva proposto come attività da fare, un giorno, per quel ragazzino era una promessa importante, così decise di trovare il tempo di portarlo in campeggio il prima possibile.

Elsie mangiò una parte della pasta, mentre il figlio trangugiò i due hamburger che si era preparato. Zeke avrebbe preferito vedere Elsie mangiare di più, ma si accorse che aveva di nuovo le palpebre pesanti. Così la incoraggiò a finire di bere (la disidratazione non l'avrebbe certo aiutata a guarire dall'influenza) e appena Tony prese i piatti per andare a metterli nel lavandino, Zeke si alzò e prese in braccio Elsie.

Lei non protestò, gli appoggiò solo la testa sulla spalla e lo abbracciò. Zeke la riportò in camera e la sistemò sul letto.

"Dormi, Els, penso io a tutto."

"Tony avrà dei compiti da svolgere," borbottò lei.

"Ci penso io."

"Poi si fa una doccia prima di andare a dormire."

"Va bene."

"Cerco di farlo andare a letto per le otto e mezza. Aspetta, dove può dormire? Dovremmo davvero tornare al motel."

"No. Ho una camera in più per gli ospiti. Vedrai che ci starà bene."

"Sono anni che non dorme in camera da solo... controlla che non abbia paura, va bene?"

"Va bene, gli dirò che può anche venire qui, se si sveglia nel bel mezzo della notte."

"Bene. Grazie. Zeke?"

"Sì tesoro?"

Lo scrutò per un momento, poi gli disse: "Per favore, non ferirmi, non potrei sopportarlo, con tutto quello che mi è capitato nella vita."

"Non succederà. Potrei dirti la stessa cosa," le rispose Zeke.

A quelle parole, Elsie si fece seria, come se non avesse mai considerato il rischio di essere *lei* a far del male a *lui*. "Non succederà," gli disse, ripetendogli le sue stesse parole.

Zeke si avvicinò e le baciò di nuovo la fronte. "Dormi bene. ti metto un bicchier d'acqua sul comodino, se ti svegli e hai sete. Ti ci metto anche delle altre pillole di paracetamolo. Nel caso ne avessi bisogno."

"Grazie."

"Non devi ringraziarmi solo perché mi prendo cura di te, Els. Per me è un onore. Dormi bene, ci vediamo domattina."

Zeke dovette sforzarsi per non intrufolarsi sotto le

coperte e abbracciarla, ma riuscì a trattenersi. Quella notte era un nuovo inizio per entrambi: avrebbero avuto tutto il tempo di avvicinarsi anche intimamente.

Uscì dalla camera e chiuse la porta, poi tornò in salotto. "Sei pronto a prendere in mano i compiti, Totò?"

"Sì. Ho visto che hai un sacco di libri. Pensi... magari posso leggere, dopo i compiti?"

Zeke fu sorpreso da quella domanda. Pensava di suggerirgli di guardare un po' di TV, ma avrebbe dovuto aspettarsi che Tony fosse più interessato a leggere. Era un ragazzino sveglissimo. Molto probabilmente il livello delle sue letture sarebbe stato superiore a quello degli altri bambini della stessa età.

"Ma certo, di sicuro troveremo qualcosa che ti piace."

"Che bello!" esultò Tony.

"Ah, ti va bene dormire nella camera degli ospiti?"

Tony spalancò gli occhi e gli chiese: "Ho una camera tutta per me?"

Zeke fece un gran sorriso. Alla faccia della paura di dormire da solo. "Se vuoi."

"Sì! Sì! Sì!" esclamò Tony, agitando i pugni in aria.

"Dai, adesso i compito, poi leggiamo, infine la doccia. Quando sarai a letto, potrai leggere ancora un poco."

In tutta risposta, Tony andò di corsa verso il punto in cui Zeke aveva posato lo zaino appena arrivati a casa, pronto ad affrontare i compiti.

CAPITOLO CINQUE

"Come ti senti?" sussurrò Zeke. Era il mattino del giorno dopo, Zeke si era alzato varie volte durante la notte, lasciando il divano su cui stava dormendo per dare un'occhiata agli ospiti.

Tony si era detto assai entusiasta di avere una camera tutta per sé... almeno all'inizio. Però circa mezz'ora dopo essersi sistemato a letto si era presentato in salotto con un libro, ammettendo di essere nervoso. Zeke era andato in camera con lui per una trentina di minuti convincendolo che non c'era nulla di male a lasciare la lampada sul comodino accesa.

Elsie si era rigirata nel letto tutta notte, lasciando le coperte ammucchiate alla rinfusa. Ogni volta che Zeke si era affacciato in camera per dare un'occhiata, l'aveva trovata in una posizione diversa. Non aveva idea se fosse abituata a dormire in quel modo, o se fosse la febbre a farla agitare. A prescindere, ogni volta che la osservava in quel letto, gli veniva voglia di unirsi a lei... e ogni volta si sforzava di tornarsene in salotto.

Notando una reazione del genere nei confronti di una donna, normalmente si sarebbe messo all'erta. Pur essendo un uomo che amava affezionarsi, non era certo il tipo da innamorarsi con tanta facilità. Però ormai conosceva Elsie da più di un anno, l'aveva vista lavorare sempre con la massima professionalità, più volte si era trovata a far calmare gli animi di alcuni clienti che avevano creato situazioni di tensione nel locale. Il rispetto nei confronti della sua cameriera si era trasformato in ammirazione, poi in qualcos'altro.

C'era voluto qualcuno che le mettesse le mani addosso per far svegliare Zeke, che anche in seguito c'era andato piano. Ma quella reticenza aveva finito per farle del male. Zeke non arrivava a pensare che, se l'avesse invitata a convivere prima, magari non si sarebbe ammalata... però non sarebbe stata *tanto* male. Gli piaceva pensare che si sarebbe accorto che Elsie non stava bene e che l'avrebbe spinta ad andarci piano, prima che lei si esaurisse in quel modo.

Elsie era una donna speciale. Anche il figlio. Zeke si sentiva un idiota per non averli accolti prima nella propria vita. Avrebbe dimostrato a entrambi di essere un uomo su cui potevano contare... un uomo che nella loro vita era sempre mancato, almeno a giudicare dal commento di Elsie sui tradimenti del marito.

"Els," le disse con un po' più di voce, dato che lei non aveva reagito alla domanda precedente. Le mise una mano sulla spalla e la scosse leggermente. Era sdraiata su un fianco, appallottolata.

Elsie aprì gli occhi di scatto e si appoggiò su un gomito. "Tony?"

"No, sono Zeke. Tony sta bene, è di là che fa colazione."

Elsie gemette e si lasciò cadere sul letto. "Che ore sono?"

"Quasi le sette."

Lei fece un verso di gola e cercò di alzarsi.

Zeke la fermò. "Aspetta. Dove pensi di andare?"

"Devo portare Tony a scuola," gli rispose lei.

Zeke la tenne con la schiena sul letto facendo una certa

pressione. "Ci penso io. Solo che non volevo partire senza avvertirti."

Elsie lo fissò con un'espressione difficile da interpretare.

"Che c'è?" le chiese lui.

"Io... sto cercando di capire se mi dà fastidio o se ringraziarti."

Zeke non trattenne una risata. "Allora ringraziami; ma scusa, tanto per curiosità, perché mai dovrebbe darti fastidio?"

Elsie chiuse gli occhi; Zeke non si trattenne e le massaggiò le spalle. Elsie era come una calamita verso cui lui si sentiva attirato inesorabilmente, ogni volta che le si avvicinava.

"È tutta la vita che sono da sola con Tony," gli rispose.

"Il tuo ex marito non ti aiutava mai?"

Elsie arricciò il naso. "No. Diceva sempre che era compito mio, non voleva avere nulla a che fare con questi lavori, diceva che era 'roba da donne', anche far crescere il figlio."

"Che stronzate."

"Lo so."

"Per la cronaca, non sto in alcun modo cercando di usurpare il tuo ruolo di mamma."

"Usurpare... ottima parola. Dobbiamo usarla come prossima parola in codice," mormorò Elsie.

Accidenti, quella donna lo faceva morire.

"Cosa sta mangiando?" gli chiese.

"Come, scusa?"

"Cosa sta mangiando Tony per colazione?"

"Gli ho preparato delle uova strapazzate con tanto formaggio, con l'aggiunta di un paio di fettine di prosciutto che mi erano rimaste."

"Proteine. Ottimo." Elsie tirò su dal naso e si accigliò. "Di solito gli do della robaccia, come una barretta di cereali o altri prodotti confezionati. Lui odia quelle schifezze, ma con me non si lamenta mai. Penso che a scuola le scambi con qualcosa di meglio. Poi a volte torna a casa con qualcosa in più da mangiare nello zaino. Io faccio finta di niente, ma è difficile nasconderlo."

Zeke stesso aveva deciso di non parlare più delle ciambelle che gli aveva trovato il giorno prima; Tony non vedeva l'ora di mangiarne una, dopo le uova strapazzate. "Guardami, Els," la invitò. Non fu sorpreso di scoprire che lei sapeva del cibo che Tony portava a casa, ma sospettava che non le avrebbe fatto piacere scoprire che Tony svolgeva dei compiti per gli altri suoi compagni di classe, solo per non far soffrire la fame a *lei*.

"Sei una mamma meravigliosa. Tony è felice, in salute e intelligente. Non essere troppo dura con te stessa, va bene?"

Lei non gli rispose, ma continuò a guardarlo negli occhi.

"La prima cosa che mi ha chiesto, appena l'ho visto stamattina, è come stavi. Prima di cominciare a mangiare, mi ha chiesto se c'erano abbastanza uova per preparare la colazione anche *a te*. Stai educando un giovane curioso e sensibile. Io non potrei mai prendere il tuo posto nella sua vita, nel suo cuore, a prescindere da ciò che gli preparo per colazione al mattino."

"Grazie," gli sussurrò.

"Non c'è di che. Adesso, dato che sei sveglia, perché non ti metti seduta e prendi un paio di pastiglie? Mi sembra che tu abbia ancora un po' di febbre. Vorrei davvero che ti passasse del tutto oggi, altrimenti faccio venire ancora il dottore."

"Ma no, non è..."

"Sì, *è* assolutamente necessario," la interruppe con gentilezza. "So che non sei abituata ad avere qualcuno che si occupa di te, ma *spero* che ti ci abitui, tesoro, perché d'ora in poi hai qualcuno al tuo fianco."

Lei lo scrutò, aveva negli occhi un'espressione mista di speranza e scetticismo. Zeke si augurò di non fare mai nulla che la facesse dubitare di lui.

"Ti ho portato un bicchiere d'acqua fresca con l'integratore, prova a berlo tutto, se ce la fai. Poi puoi tornare a dormire. Quando torno, vediamo se ti va di mangiare, ti preparo quello che vuoi."

"Devo telefonare a Edna. Stamattina dovrei lavorare."

"La chiamo io mentre porto Tony a scuola, anche se immagino avrà già intuito che non puoi lavorare. Ah... dovremo anche discutere di quel secondo lavoro."

"No, non dovremo," gli disse Elsie con tono deciso.

Zeke sospirò. "Non voglio immischiarmi, ma..."

"Allora non immischiarti." Fu il turno di Elsie di interromperlo. "Senti, apprezzo tutto ciò che hai fatto per me e per Tony, ma come mi guadagno da vivere sono fatti miei. Se voglio fare quattro lavori, lo decido io."

"Sbagliato. Ciò che hai fatto in passato erano solo fatti tuoi, ma ciò che fai d'ora in poi riguarda anche me, al cento per cento. Els, voglio un rapporto vero con te; per me significa anche fare tutto il necessario per non farti ammalare, anche evitare che tu ti sfinisca in questo modo. Dimmi, sinceramente, ti sei mai ammalata prima di prendere questo secondo lavoro?"

Lei strinse le labbra.

"Appunto. Proprio come pensavo. Lo dico anche per egoismo: voglio passare del tempo con te anche fuori dall'On the Rocks. Penso che Tony sia fantastico, però non mi dispiacerebbe passare un pochino di tempo da solo con te. Quindi gli unici momenti che possiamo viverci da soli, solo io e te, sono le mattine, quando Tony va a scuola, prima di andare a lavorare. Se tu sei al motel a fare le pulizie o piegare le lenzuola e gli asciugamani, non possiamo stare insieme."

"Non voglio vivere per sempre al Mangree," gli disse Elsie, "ho risparmiato quasi abbastanza per un appartamentino e qualche elettrodomestico essenziale. Senza il secondo lavoro, passerà molto più tempo prima che Tony possa tornare a vivere in modo normale."

Zeke si trovò a lottare col proprio istinto. Avrebbe voluto offrirsi di pagare lui per tutto ciò che le serviva, ma Elsie era una donna orgogliosa e non avrebbe mai accettato. Non poteva certo biasimarla. "Se posso trovare una soluzione (escludendo che sia io a pagare per un appartamento vostro), tu la valuteresti?"

Invece di respingere immediatamente la proposta, Elsie sembrò soppesare con attenzione le parole di Zeke, che apprezzò.

Infine gli chiese: "Del tipo?"

"Non lo so, almeno non ancora, ma quel che ti ho detto è vero. Voglio passare del tempo con te, conoscerti meglio. So già che sei una mamma fantastica, so che lavori molto duramente e che puoi rallegrare anche i clienti più brontoloni. Però vorrei sapere di più, vorrei sapere tutto di te."

"Non sono molto interessante," gli disse.

Zeke si limitò a scuotere la testa. "Sei la donna più interessante e affascinante che io abbia mai conosciuto... e te lo dico ancor prima di conoscere la donna che nascondi al resto del mondo. Almeno ci penserai?"

Elsie sospirò. "Non mi stai proponendo di trasferirci qui da te, vero?"

Zeke non poté negare che era proprio quella l'idea. "Accetteresti?"

"No."

Gli rispose subito e con tono deciso. Accidenti. "Come pensavo. Almeno puoi fidarti un po' di me, se cerco di aiutarti? Lo so che ti risulta difficile, ma al solo pensiero che tu lavori sette mattine e sei sere a settimana mi sento ribollire tutto. Dalle undici alle sei è già molto."

"Tu lavori di più," ribatté lei.

"È vero, ma io non ho figli."

"E se ne avessi?"

L'immagine di Elsie che teneva in braccio un neonato con i capelli castani della mamma e gli occhi nocciola del padre gli venne in mente con tanta rapidità che quasi gli fece girare la testa. Le rispose senza nemmeno pensarci. "Se avessi un figlio, nulla mi terrebbe lontano da lui... o dalla sua mamma. Assumerei altro personale per poter stare a casa con loro."

Quelle parole parvero infrangere il muro che lei sembrava aver frapposto tra loro. Almeno per un momento. Zeke dovette ricordare a se stesso che Elsie non stava bene al cento per cento. Era malata, aveva la febbre e più avanti avrebbe di nuovo discusso con lui qualunque idea o soluzione di alloggio. Per il momento si sarebbe accontentato di qualche passo avanti."

"Parlerò con Edna appena sto meglio," gli rispose sottovoce.

"Ti ringrazio," le disse Zeke. Non gli aveva promesso di interrompere quel secondo lavoro, ma lui si accontentò. Si abbassò su di lei e le appoggiò le labbra sulla fronte. Scottava ancora. Zeke tornò a sedersi e la invitò: "Prendi le pastiglie e beviti tutto il bicchier d'acqua. Torno appena posso per vedere come stai."

"Autoritario," mormorò lei.

Zeke fece un gran sorriso. "Sì, sarà meglio che ti abitui."

"Se lo dici tu," gli rispose alzando gli occhi al cielo.

Lui si costrinse ad alzarsi per avviarsi verso la porta.

"Zeke?"

Lui si girò. "Sì?"

"Buona fortuna col traffico delle macchine a scuola."

Lui aggrottò la fronte e le chiese: "Perché?"

"Vedrai," gli disse con un sorrisetto.

Per quanto gli piacesse vederla sorridere, Zeke si fece diffidente. La salutò con un cenno del mento e si avviò verso la porta. Che mai poteva succedere? Doveva solo andare, scaricare Tony a scuola e tornare a casa. Facile come bere un bicchier d'acqua.

———

"Ma stiamo scherzando?" mormorò Zeke con un filo di voce.

Tony, di fianco a lui, si mise a ridere.

"Non c'è niente da ridere," brontolò Zeke, "ci metteremo un *secolo*. Quanto tempo serve per uscire dall'auto e andare avanti, in questa coda? Santo cielo: Signore, non dirmi che quella donna sta uscendo dalla macchina per abbracciare suo figlio," concluse Zeke esasperato.

"La mamma odia il traffico della scuola," disse Tony, "dice che è come prendere una pallonata sui denti."

"Non ha tutti i torti," commentò Zeke, mentre guardava incredulo un altro ragazzino che impiegava due minuti a prendere lo zainetto dal sedile posteriore della macchina.

Decidendo di distogliere la propria attenzione dalla coda del traffico, che avanzava lentissimo, Zeke si rivolse a Tony: "Allora, hai dormito bene stanotte?"

"Sì sì."

"Sei sicuro?" So che la mia camera per gli ospiti è diversa dal letto a cui sei abituato. Non c'è niente di male ad ammettere che eri scomodo."

"Non ero scomodo, cioè, non tanto. Mi sono svegliato una volta ed ero confuso, perché non ho visto la mamma nel letto vicino al mio, ma con la luce accesa mi sono ricordato alla svelta dov'ero."

"Ottimo. Non c'è niente di male a dormire con la luce accesa," concluse Zeke.

Tony fece spallucce e guardò fuori dal finestrino. "Solo i bambini piccoli hanno bisogno della lucina, di notte," mormorò.

"Non è vero," ribatté Zeke. "Lo sai che sono stato nell'esercito." Vedendo Tony annuire, Zeke proseguì: "Beh, mentre ero all'estero ho visto situazioni davvero terribili. Gente molto crudele verso gli altri. Insomma, a volte, dopo il rientro, mi venivano gli incubi, così dopo l'ultima missione ho dormito per sei mesi con la luce accesa, prima di sentirmi pronto a dormire al buio."

Tony lo guardò in faccia. "Davvero? Non me lo stai dicendo solo per farmi sentire meglio?"

"Dico davvero. Non ti mentirei mai, Tony. Sei abbastanza grande da sapere come va il mondo."

"Ti piace la mia mamma? Cioè, ti piace *veramente*?"

Zeke si sforzò di rimanere impassibile: non era sicuro fosse il momento di parlare con Tony del rapporto con Elsie, sempre che si potesse definire rapporto. Non erano mai nemmeno usciti insieme. Zeke voleva uscire con lei, lo desiderava con tutto il cuore, ma erano stati molto impegnati entrambi. Per non parlare del fatto che lui stesso se l'era presa comoda... da perfetto idiota.

Però aveva appena promesso che non avrebbe mai mentito e in un certo senso avevano già affrontato l'argomento al motel, quando era andato a prendere Tony al rientro da scuola, il giorno prima. Se quel ragazzo aveva bisogno di rassicurazioni sul fatto che la sua mamma piacesse a Zeke, lui gliele avrebbe fornite.

Guardò Tony negli occhi e gli rispose: "Sì, mi piace molto."

"Anche tu le piaci," gli confidò Tony guardando fuori dal finestrino.

"Ah sì?" A Zeke non dispiaceva ottenere qualche conferma in più. Forse se ne sarebbe pentito, ma aveva la sensazione che ogni informazione gli sarebbe stata utile per conquistare veramente Elsie.

"Sì sì. Parla sempre di te. Dice che sei un bravo capo e che ti prendi cura dei dipendenti."

A quelle parole, Zeke si accigliò: non voleva che Elsie lo considerasse solo come un capo.

"Ho anche sentito che la mamma diceva alla signorina Lilly che hai un bel fondoschiena. Non so bene cosa volesse dire. Un fondoschiena è solo un fondoschiena, non so perché uno diventi più bello di un altro."

Zeke fece un gran sorriso. Lilly gli stava simpatica. Era una donna molto pratica, arrivata in città con lo staff di produzione di un programma televisivo, ed era diventata ben presto amica di Elsie... un'amicizia che lui approvava con tutto il cuore. Ciò che era accaduto a Lilly era odioso: era stata rapita da un suo ex collega, ma per fortuna era stata ritrovata in tempo, con grande sollievo di tutti. Ormai si era messa alle spalle quello straziante incidente e viveva felice e contenta con Ethan.

Zeke era contentissimo per il suo amico... ma voleva la stessa felicità anche per sé.

Il fatto che Elsie parlasse con Lilly di lui lo fece sorridere: non si sarebbe presa la briga di fare gossip se non avesse provato qualcosa per lui. Era senz'altro un punto di partenza.

Finì per chiudersi nelle spalle. "Ora senti, ti do un consiglio, Totò... non cercare di capire a tutti i costi le donne. Tu annuisci, di' che sei d'accordo e passa oltre."

"Perché devo essere d'accordo se dicono qualcosa di stupido?" gli chiese il ragazzino.

Zeke ebbe l'impressione che quella conversazione stesse per andare oltre le capacità di Tony di comprendere, alla sua età, ma per fortuna in quel momento la coda di auto si mosse di una decina di metri.

Poi un'altra alunna uscì dalla macchina e fece cadere per terra lo zaino, da cui uscì tutto il contenuto, che si sparpagliò per terra ai suoi piedi.

"Ma santo cielo!" esclamò Zeke con un filo di voce, sospirando.

"Zeke?"

"Dimmi Totò," gli rispose, tornando a concentrarsi su di lui.

"Grazie per avermi preparato la colazione."

"Figurati."

"Anche per avermi dato i soldi per il pranzo, ma... non dirlo alla mamma, va bene?"

"Perché no?" gli chiese Zeke.

"Non voglio che ci stia male, fa già tanto per me, ma so che non ha i soldi per farmi comprare il pranzo in mensa. Di solito prendo i pasti pronti per le famiglie povere."

Zeke chiuse gli occhi per un secondo. Poi allungò un braccio verso Tony e gli strinse una spalla. "La tua mamma è fortunatissima, con un figlio come te," gli disse.

Tony si morse un labbro mentre lo fissava.

"Dico davvero. Tanti bambini sarebbero imbarazzati per i pasti gratuiti, o sarebbero arrabbiati e scontrosi perché non hanno ciò che hanno gli altri. Invece tu ti preoccupi di come sta la tua mamma. È fantastico, Tony. *Sei* fantastico."

"Allora non glielo dirai?"

"Non posso promettertelo, Totò, sai che ti ho detto che non ti mentirei mai, ma non mentirei neanche alla tua mamma. *Però* le parlerò e vedrai che le andrà bene."

Tony gli sembrò molto scettico su quel punto, ma Zeke non trattenne una risata. "Lo so, non sarà facile, perché la tua mamma è tra le persone più orgogliose che io conosca. Non le piace farsi aiutare, ma vedrai che su questo sarà d'accordo. Vuoi sapere come faccio a esserne sicuro?"

"Sì, come?"

"Ne sono certo perché è per te. Ti ama più di qualunque altra cosa al mondo. Anzi, dato che siamo in argomento... non fare più i compiti per gli altri bambini in cambio di cibo... hai capito? Non è corretto nei loro confronti, nemmeno nei *tuoi* confronti, anche se sono compiti facili. Ci penso io a fare in modo che la mamma abbia abbastanza da mangiare, da oggi in poi."

"Sai già che mi piace la tua mamma. Mi piace molto. Mi piaci anche *tu*, voglio far parte della vita di entrambi, d'ora in poi. Quando dico 'far parte' intendo passare il tempo a casa vostra, o voi a casa mia. Voglio che usciamo a divertirci insieme, che andiamo in campeggio o in montagna, magari anche al bowling. Passeremo il tempo con i miei amici, andremo in biblioteca, anche a mangiare fuori. I giorni in cui la tua mamma faceva fatica sono finiti, Totò. Su questo ti do la mia parola. Ormai avete sofferto abbastanza, ora basta. Te lo prometto."

Tony lo fissò con un'espressione che sembrava più matura dei suoi nove anni. "Non fare una promessa se poi ti accorgi che siamo di peso."

Zeke strinse i denti. "Vi è già successo?"

Tony fece spallucce. "Ci sono state altre persone che hanno promesso di aiutarci, ma poi non l'hanno fatto. Non sono uno stupido, so che abbiamo dovuto viaggiare tanto, prima di arrivare qui a Fallport, perché non avevamo abbastanza soldi. La mamma non mi ha mai lasciato da solo dopo la scuola, ma ha fatto fatica a trovare i soldi per pagare qualcuno."

Zeke odiava che Tony conoscesse così bene le traversie economiche della mamma, nonostante la giovanissima età, ma era anche molto orgoglioso del modo in cui voleva proteggerla. "Tu e la tua mamma non dovrete mai più affrontare dei problemi così grossi," gli disse con franchezza, "anzi, forse dovrei preoccuparmi io, potreste essere voi a decidere che *io* sono troppo..." Fece una pausa per cercare la parola giusta. Non ne trovò una che corrispondesse al suo pensiero.

Tony alzò la testa. "Troppo cosa?"

"Troppo invadente. Troppo interessato, preoccupato, esuberante. Scegli tu."

"Basta che non ti metti a urlare con la mamma, o con me."

"Magari alzerò la voce, ma non ti denigrerò mai."

"Denigrerò?"

"Denigrare significa far sentire qualcuno poco importante."

Tony si sistemò meglio sul sedile e annuì. "Va bene."

"Va bene?"

"Sì. Ah, tra poco tocca a noi," disse Tony indicando la macchina che li precedeva.

Zeke accostò doverosamente e quando arrivò finalmente il suo turno, Tony aprì la portiera e saltò fuori dalla macchina.

"Buona giornata! Prendi pure l'autobus per tornare a casa, sarò ad aspettarti alla fermata. Se non posso venire io personalmente, mando uno dei miei amici. Sai... Ethan, Drew, Brock, uno di loro, però non dimenticarti di chiedere la parola in codice. È ancora 'austero' finché la mamma non la cambia."

"Lo so, Zeke, dai, adesso sei *tu* che blocchi il traffico."

Zeke fece una risata. Accidenti, Tony aveva ragione.

"Va bene, vai pure, dai. Impara qualcosa di nuovo anche oggi."

"Vabbè." Tony fece un gran sorriso poi sbatté la portiera, si girò e corse verso l'ingresso principale della scuola. Per un attimo, Zeke si fermò a osservarlo, ma poi sussultò sorpreso: il veicolo dietro di lui aveva suonato il clacson.

Scosse la testa, come riprendendosi per quanto era stato ridicolo: aveva appena fustigato mentalmente gli altri genitori per lo stesso motivo: bloccare il traffico. Uscì dal parcheggio e in strada ripercorse la conversazione appena avuta con Tony. Elsie e il figlio avevano dovuto superare molte difficoltà insieme, Zeke non voleva irrompere nella loro vita incasinando le dinamiche tra mamma e figlio. Voleva solo far *parte* di quelle dinamiche. Come e quanto gliel'avessero concesso.

Nell'esercito, Zeke aveva sempre avuto l'impressione che mostrarsi troppo apertamente innamorato desse adito a reazioni negative. I soldati dovevano mostrarsi tosti, tenersi sempre sotto controllo i propri sentimenti. Forse anche quello era un motivo per cui aveva preferito rinunciare alla carriera militare. Poi si era ripromesso di non mettersi mai più in gioco completamente, dopo quanto successo con l'ex moglie. Però Elsie gli aveva fatto capire che lui aveva bisogno di una persona per cui vivere. Una persona di cui occuparsi, solo che non voleva ammetterlo.

Prima dell'ex moglie, gli piaceva far sorridere le donne,

voleva valorizzarle, farle sentire importanti. Si sentiva bene quando anche *loro* si sentivano bene. Una volta sposatosi, era sempre stato sincero con la moglie, dicendole sempre quanto la riteneva meravigliosa e quanto l'amava.

Zeke aveva la tendenza a fare le cose in grande... almeno su questo aveva insistito l'ex moglie, che si lamentava quando lui veniva inviato in missione, sostenendo che lui amasse più il lavoro di lei. Poi però, quando lui tornava, lei cambiava le carte in tavola accusandolo di soffocarla, lamentandosi che le lasciasse appena lo spazio per respirare. Gli diceva che era un atteggiamento irritante. Lui trovava ridicole quelle osservazioni, specialmente considerando quanto spesso doveva partire per servizio.

Aveva trovato il matrimonio caotico e doloroso. Però finalmente aveva capito che, in realtà, era l'ex moglie a volere solo i vantaggi di entrambe le circostanze: quando lui era in missione, lei poteva fare ciò che voleva e quando voleva. Poteva spendere i soldi che lui guadagnava, ma frequentare altri uomini nel contempo. Quando lui era a casa, le serviva solo un uomo che si occupasse delle faccende di casa.

Avrebbe dovuto accorgersene, prima di chiederle di sposarla. Solo che gli faceva troppo piacere avere una persona da amare, per questo non si era mai accorto che l'ex moglie non sembrava troppo interessata a lui.

Elsie era diversa. L'ex moglie di Zeke prendeva tutto ciò che lui le dava senza apprezzare, mentre Elsie era determinata a fare tutto da sola. Per questo Zeke voleva aiutarla ancora di più. Però era anche orgogliosa e Zeke intendeva rispettarla.

Avrebbe fatto tutto ciò che lei gli avesse consentito di fare, per aiutare sia lei che Tony a vivere un po' più agiatamente. Forse non era la soluzione perfetta, forse non sarebbe riuscito a proteggerla da ogni tormenta che l'universo le avesse scagliato contro, ma ci avrebbe provato con tutto se stesso.

CAPITOLO SEI

Elsie era in piedi coi colleghi all'On the Rocks, ascoltava Zeke che spiegava a tutti le nuove specialità del menu. Era passato qualche giorno da quando era rimasta a casa malata, si era sfebbrata il secondo giorno, ma Zeke aveva insistito per far rimanere da lui sia Elsie che Tony. Lei non aveva mai dormito tanto bene, non si era mai sentita... tanto libera come quando era stata a casa di Zeke. Avere una stanza tutta per sé era una vera goduria, oltretutto con un bagno annesso. Per quanto amasse follemente il figlio, quando Tony dormiva era molto irrequieto, continuava a rigirarsi nel letto, la svegliava, spaventandola e facendole credere che ci fosse qualcuno che tentava di intrufolarsi nella loro camera, al motel.

Che stupida, non si era resa conto che Zeke aveva dormito sul divano se non la seconda notte (del resto, dove altro poteva dormire?); quando era uscita dal letto perché si sentiva meglio, finalmente riposata dopo settimane di duro lavoro, ce l'aveva trovato. Zeke non indossava una maglietta e lei aveva notato il petto nudo con dei ciuffetti di peli scuri, la barba ben tenuta che gli copriva il mento, i capelli scompigliati, un braccio sopra la testa, mentre russava leggermente:

le era venuta voglia di accoccolarsi contro di lui e pregarlo di baciarla... o di andare oltre.

Quel pensiero l'aveva sorpresa a malapena: non solo perché era arrivata ad apprezzare i suoi baci amichevoli negli ultimi due giorni (e di baci gliene aveva dati tanti, sulla guancia, sulla fronte, persino qualcuno sulle labbra), ma perché fin da quel giorno di un mese prima, quando lui aveva detto chiaramente che nessuno poteva sfiorarla, lei lo aveva desiderato in un modo speciale, con un'intensità mai provata per altri uomini, da quando si era sposata.

Zeke era un uomo alla mano, in generale; lei l'aveva tenuto d'occhio spesso nell'ultimo anno, al locale. Anche quando qualcuno si ubriacava e doveva essere accompagnato fuori, lui non sembrava mai sul punto di perdere le staffe. Quando il mese prima quel cliente le aveva afferrato il sedere, lei si era spaventata, ma da quando aveva conosciuto Zeke non si era mai sentita spaventata da lui.

Da quella serata, la cotta che provava per lui non aveva fatto altro che crescere. Anche in modo imbarazzante. Quando lui aveva detto che il loro rapporto doveva divenire realtà, lei si era eccitata e innervosita all'inverosimile. Poi, col passare del tempo, lui non l'aveva più baciata, anzi, sembrava essere tornato a un rapporto amichevole, il capo che lei conosceva; Elsie aveva immaginato che Zeke avesse cambiato idea.

Ma quando lui l'aveva trovata a letto ammalata e si era dato da fare per soccorrerla, era diventato chiaro che non aveva cambiato idea. Anzi, stava cercando di recuperare il tempo perduto, quel lungo mese passato dal bacio, un mese in cui lui non aveva fatto altro per conquistarla.

Elsie non aveva dubbi: Zeke Calhoun aveva finito di girarci attorno. Da quando aveva riportato lei e Tony al Motel Camping Mangree, si erano visti ogni giorno. Ogni mattina si presentava con qualche dolcetto preso alla pasticceria The Sweet Tooth per fare colazione insieme. Poi stava con lei fino all'inizio del turno di lavoro. Lei non aveva voluto mollare il lavoro al motel senza un minimo di preavviso, quindi Zeke l'aiutava a fare le pulizie e a piegare le lenzuola.

Tutto quel tempo passato insieme avrebbe dovuto imbarazzarla (in fondo lui era sempre *il capo*), ma Zeke faceva sembrare tutto normale. Elsie non si era mai sentita più a proprio agio con altri.

Quando lei finiva di lavorare al locale, Zeke di solito la seguiva al motel. Prendevano Tony e di solito andavano a casa di Zeke, dove lui e Tony preparavano qualcosa di buono per cena. Zeke poi aiutava Tony a svolgere i compiti, infine Tony si metteva a leggere, mentre Elsie chiacchierava con Zeke. Verso l'ora in cui Tony doveva andare a dormire, Zeke li riaccompagnava al motel. Tutto ricominciava daccapo il giorno dopo.

Era una bella routine, anche se per lei era un po' difficile abituarsi a condividere tutto con qualcun altro, dopo tanti anni.

Il giorno prima, Zeke aveva annunciato a tutti i dipendenti che chiunque lavorasse per più di quattro ore aveva diritto a un pasto completo, fosse un pranzo o una cena, da consumare durante una pausa o da portare a casa. Aveva chiesto solo di avvertire la cucina almeno mezz'ora prima di mangiare o di andarsene, in modo da non appesantire il cuoco con un ordine omaggio da preparare in fretta tra gli ordini dei clienti, qualora il locale fosse affollato.

Di conseguenza, Elsie non se n'era mai andata senza qualcosa da dare da mangiare a Tony, un pensiero che aveva avuto spesso nell'ultimo anno. Era difficile per lei credere che, solo una settimana prima, doveva preoccuparsi di cosa far mangiare al figlio per cena... col dubbio che rimanesse qualcosa anche per lei.

Zeke non le aveva anticipato quell'annuncio... del resto, perché mai avrebbe dovuto? Però lei non riusciva a togliersi di dosso la sensazione che l'idea dei pasti gratuiti per il personale fosse in parte una scusa per andarle incontro. Non le era sfuggito il modo in cui lui di frequente guardava la dispensa improvvisata nella stanza del motel, per poi stringere i denti. Era chiaro che Zeke si impegnava più che poteva per far mangiare sia lei che Tony. Era proprio da Zeke... assicurarsi che tutti i dipendenti avessero abbastanza da mangiare. Tony meritava di mangiare meglio di come avesse mangiato negli ultimi mesi e i soldi che lei riusciva a risparmiare grazie a Zeke, che preparava la cena per tutti ogni sera, le stavano dando una grossa mano per mettere insieme il capitale che le serviva ad ammobiliare un appartamentino, nel prossimo futuro.

Dopo quanto era successo con Doug, Elsie avrebbe dovuto tenersi molto più sulla difensiva, se un uomo si intrometteva quanto Zeke, ma c'era qualcosa in lui, qualcosa che le faceva *desiderare* di averlo intorno di continuo.

Zeke dichiarò concluso l'incontro col personale ed Elsie si accorse di non aver ascoltato bene cos'avesse detto alla fine. Si riprese mentalmente (Reina e gli altri le avrebbero riassunto ciò che si era persa), poi si preparò al turno di lavoro.

Anche se il locale apriva alle undici e mezza, quasi tutti i clienti che passavano a ora di pranzo volevano mangiare, però non si guadagnava tanto con le mance del pranzo, rispetto alla sera; per quanto Elsie avesse bisogno di soldi, doveva tornare a casa da Tony, quindi si accontentava di lavorare nei turni di giorno. A parte le mance, lo preferiva, perché non si trovava bene con i clienti ubriachi: la spaventavano. Lasciare agli altri camerieri i turni di sera le andava più che bene.

Durante il turno di lavoro, si accorgeva benissimo delle occhiate di Zeke. Ogni volta che Elsie alzava lo sguardo verso di lui, Zeke sembrava ricambiarla subito. Era una sensazione inebriante. Non riusciva a ricordare altri momenti nella vita in cui si era sentita al centro dell'attenzione tanto quanto con Zeke.

La porta del locale si aprì ed entrarono tre uomini: Silas, Otto e Art. Sorpresa di vederli, Elsie li raggiunse.

"Salve ragazzi, va tutto bene?" domandò loro.

"Perché mai non dovrebbe andar bene?" ribatté Silas, il più giovane dei tre, con soli sessantanove anni. Otto aveva circa ottant'anni, anche se i capelli bianchi gli davano un aspetto signorile, più che anziano. Art era il più vecchio, aveva poco più di novant'anni, ma era arzillo quando i suoi amici.

"Non c'è motivo," rispose Elsie, "solo che di solito voi andate a mangiare alla tavola calda."

"Oggi volevamo cambiare," le rispose Otto con un gran sorriso, facendole l'occhiolino.

"Però dacci un tavolo nel settore giusto, ragazzina," le disse Art, "abbiamo delle domande."

Elsie lo scrutò confusa per un secondo. Avevano delle domande? Su che argomento?

"Ehi," disse una voce profonda dietro di lei, facendo sussultare Elsie, che sentì subito la mano di Zeke dietro la schiena che l'aiutava a mantenere l'equilibrio. "Scusa, non voleva spaventarti," le disse sottovoce.

Elsie alzò lo sguardo e fu di nuovo colpita dal fascino di Zeke. Se alcune donne andavano in brodo di giuggiole per gli uomini eleganti, con tanto di smoking, lei preferiva mille volte Zeke così com'era: pantaloni color kaki, maglietta a maniche corte con davanti il logo dell'On the Rocks, circondato dal profumo maschio del suo sapone.

Non era certo la prima volta che lo vedeva, quel giorno; era andato al motel quel mattino per aiutarla con le lenzuola e gli asciugamani per ben due ore, prima di partire insieme a lei per andare al locale. Ogni volta che gli metteva gli occhi addosso, però, rimaneva stupita dall'attrazione che provava verso di lui... pur non comprendendo cosa ci trovasse Zeke in *lei*.

"Eh sì, proprio ciò di cui dobbiamo parlare," commentò Art.

Elsie trasalì e si accorse di aver fissato Zeke troppo a

lungo, così arrossì. "Scusate, seguitemi, vi accompagno al tavolo."

Zeke li seguì al tavolo, proprio in mezzo al salone; quando si furono seduti tutti e tre, disse loro: "Che piacere vedervi qui, ma per favore non mettere Elsie in imbarazzo. Fatele tutte le domande che volete, ma sempre con tatto, intesi?"

Elsie avrebbe voluto dirgli che non c'era problema, che potevano chiederle ciò che volevano, ma sapevano tutti che quei tre erano i chiacchieroni più informati di Fallport e lei non voleva alimentare tutti quei pettegolezzi. Trovandosi al centro della loro attenzione, fu grata a Zeke per quella forma di protezione.

"Non vogliamo mettere nessuno in imbarazzo," gli rispose Otto.

"Bene. Ah, a proposito, Silas... guarda che è impegnata, quindi giù le mani," concluse Zeke avvertendo uno dei tre anziani.

Risero tutti e tre come dei bambini di otto anni.

"Ha il tuo numero di telefono!" canticchiò Art.

"Immagino sia già una risposta a una delle nostre domande," commentò Otto.

"Non volevo metterle le mani addosso," brontolò Silas.

"Non devi andare in cucina a controllare le scorte o qualcosa del genere?" disse Elsie a Zeke invitandolo ad andarsene.

"Ah sì, volevo solo assicurarmi che questi tre gentiluomini facessero i bravi, prima di andarmene." Poi la colse di sorpresa abbassandosi e baciandola brevemente sulle labbra, prima di sistemarle dietro l'orecchio una ciocca di capelli che si ribellavano, uscendo dalla coda di cavallo. Elsie rimase a bocca aperta mentre Zeke si girava per tornare dietro al bancone.

"Beeeeene," commentò Silas prolungando la parola, "sembra proprio che il nostro amico abbia finalmente fatto una mossa."

"Era ora," aggiunse Art.

"Ti sei accalappiata uno buono, signorina," disse Otto.

Elsie si accorse che stava arrossendo di nuovo, ma non poteva certo negare, soprattutto l'ultimo commento. "Va bene, abbiamo capito che siete venuti a spremere qualche dettaglio succulento, per cui tagliamo la testa al toro: io e Zeke ci frequentiamo."

"Ma va là?" mormorò Silas.

"Però non vi ho visti uscire insieme," aggiunse Art con gli occhi socchiusi. "Voi lavorate insieme, ma non è come uscire insieme."

Le sembrò un giudizio negativo su Zeke e non le piacque, così drizzò la schiena. "Sta insegnando a Tony come cucinare, ha letto insieme a lui alcuni dei suoi libri preferiti, viene al motel ogni giorno per aiutarmi a piegare le lenzuola, si è occupato di me quando mi sono ammalata, la settimana scorsa, mi ha preparato da mangiare e mi ha dato sempre da bere per evitare che mi disidratassi, ha persino chiamato il dottor Snow per farmi visitare. Non voglio e non ho bisogno di trovare il *tempo* di andare a giocare a bowling o di andare al cinema, o altre uscite simili. Preferisco stare con lui in giardino e ascoltare i grilli, rispetto a seguire gli stereotipi degli appuntamenti che potreste avere voi. Adesso, cari signori, vi lascio il tempo di decidere cosa volete mangiare, torno tra poco per prendere gli ordini."

Non lasciò loro il tempo di rispondere, girò i tacchi e andò a un altro tavolo per parlare con degli altri clienti. La sola idea che qualcuno trovasse dei difetti in Zeke l'aveva irritata. Ciò che facevano insieme non erano affari degli altri. A dirla tutta, se l'era presa anche perché non le faceva piacere essere al centro dei pettegolezzi. Più che altro le dava molto fastidio che si potesse parlare anche solo con un accenno di negatività di un uomo che era stato più gentile con lei e con Tony di chiunque altro, dopo tantissimo tempo.

Quando finì di parlare con i clienti del tavolo vicino, Elsie si calmò e si accorse di aver reagito in modo esagerato. Art non aveva detto niente di male su Zeke. Peraltro, dal punto in cui sedevano di solito quei tre, appena fuori dall'ufficio postale dall'altra parte della piazza, non potevano vedere *altro* se non lei e Zeke che lavoravano.

Sentendosi un po' sciocca per quella reazione, tornò al loro tavolo. "Scusate tanto, io..."

"Non c'è nulla di cui scusarsi," la interruppe Otto, "penso che la tua reazione sia stata proprio quella giusta."

"Proprio come la reazione di Zeke, che ci ha avvertito di non metterti a disagio," aggiunse Art.

"Invece noi ci siamo riusciti, scusaci," concluse Silas.

Un po' sorpresa dalla prontezza con cui quei tre anziani un po' burberi si erano scusati, Elsie annuì. "Zeke è un grande," disse loro, "non ci frequentiamo da tanto, ma è davvero un brav'uomo."

"È vero," concordò Otto, "oggi pensavo di ordinare il piatto del giorno, polpettone, vero?"

L'interrogatorio sembrava terminato, Elsie ne fu sollevata e annuì. "Esatto. Ho sentito il profumo in cucina, sarà da leccarsi i baffi."

"Io prendo il pollo fritto," le disse Art.

"Pensavo dovessi mangiare meno cibi unti," gli disse Silas.

"Ma tu chi sei, mia madre?" ribatté Art brontolando.

"No, ma sto perdendo ottocentoquarantasei a ottocento-cinquantadue. Non posso permetterti di schiattare prima di raggiungerti e batterti alla grande," ribatté Silas.

Elsie non si era accorta di aver aggrottato la fronte se non dopo la spiegazione di Otto.

"Scacchi, tesoro, Art è passato in vantaggio di qualche partita e Silas non lo sopporta."

"Ah, ho capito."

"Col pollo vorrei anche un'insalatina," aggiunse Art, che poi fece cenno col capo verso Silas. "Per questa chioccia qui."

Elsie fece un gran sorriso e annuì, mentre annotava gli ordini sul taccuino. "Silas? Cosa ti va di mangiare, oggi?"

"La zuppa è buona?" le chiese lui.

"Ti consiglio la crema di patate piuttosto che la zuppa di verdure," gli rispose Elsie.

"D'accordo, prendo quella, con del gombo fritto e della salsa ranch."

Elsie quasi si mise a ridere, ma riuscì a trattenersi. "Va bene, e da bere?"

Ordinarono tutti e tre del tè freddo, poi Elsie disse: "Torno subito a portarvi da bere."

"Fai con calma," le rispose Silas facendosi ben sentire, "intanto ci godiamo il panorama."

Lei si voltò per guardarlo e arrossì quando si accorse che le stava guardando il sedere.

All'inizio, quando era arrivata a Fallport, Elsie ci aveva messo del tempo per abituarsi a quei tre chiacchieroni, che sembravano conoscere tutto di tutti in città. Col tempo, però, si era accorta che erano tre signori innocui... e solitari. Si trovavano ogni giorno per passare il tempo e giocare a scacchi fuori dall'ufficio postale perché ormai a casa non avevano più nessuno. Li capiva. Anche se lei era impegnatissima da mattina a sera, da quando si alzava dal letto fino al momento in cui andava a dormire, ciò non le impediva di sentire il bisogno di relazionarsi con qualcuno.

Elsie entrò in cucina e attaccò il foglietto dell'ordine alla bacheca del cuoco, poi andò al bancone del bar.

"Tutto bene?" le chiese Zeke.

"Sì sì."

"Fanno i bravi?"

Le venne voglia di sospirare. Poteva facilmente abituarsi alle attenzioni di Zeke. Un pensiero tenero, ma *anche* preoccupante. Frequentare il capo probabilmente non era la scelta più furba che avesse mai fatto. Qualora il rapporto non avesse funzionato, l'ambiente di lavoro si sarebbe fatto pesante. Dato che Zeke era il proprietario del locale, avrebbe dovuto essere lei ad andarsene. Trovare un altro posto di lavoro che le piacesse altrettanto, in quella cittadina di provincia, con una paga altrettanto interessante, sarebbe stato difficile.

"Cosa ti passa per la testa?" le chiese Zeke avvicinandosi con gli occhi preoccupati. "Vuoi che chieda a Tiana di servire quel tavolo?"

"No no, non è quello, sono tipi a posto, solo un po' curiosi."

"Sei sicura?" le domandò Zeke. "Posso tornare a parlare con loro, forse dovrei, c'è Silas che non toglie gli occhi dal tuo sedere."

Elsie non trattenne un gran sorriso. "Non c'è molto su cui puntare gli occhi," gli disse facendo spallucce.

"Continua pure a pensarla così, Els," le rispose Zeke con gli occhi accesi.

Elsie si bloccò per un momento. Zeke era stato sempre un galantuomo con lei. Sempre. A parte quel bacio in ufficio, non le aveva mai fatto pressioni. Non l'aveva mai fatta sentire a disagio. Ogni tanto, però, lasciava trapelare dallo sguardo l'immenso desiderio di lei. Elsie deglutì a fatica.

"Fammi indovinare, tre tè freddi, giusto?" le chiese, interrompendo il momento di intesa che si era creato tra loro.

"Esatto."

Zeke afferrò da sotto al bancone tre bicchieri e cominciò a riempirli, lasciando a Elsie un momento per riprendersi. Lei non si era mai sentita tanto sensuale, l'ex marito non l'aveva mai ispirata a letto. All'inizio l'aveva desiderata, ma poi l'interesse era scemato, non molto dopo le nozze. Quando lo facevano, a lui non interessava molto che anche *lei* provasse piacere. Usava sempre del lubrificante perché diceva che lei non si bagnava mai abbastanza. Lei gli aveva suggerito che magari, se lui si fosse soffermato un po' di più sui preliminari, non avrebbe avuto più bisogno di usare del lubrificante, ma lui era troppo egoista e aveva sempre avuto troppa fretta di sfogarsi anziché prendersi cura di lei.

Elsie aveva la netta sensazione che fare sesso con Zeke

sarebbe stato tutt'altro, completamente diverso dal sesso con l'ex marito. Lui si sarebbe assicurato di prepararla, probabilmente avrebbe anche insistito di farla venire prima di lui. Come faceva a immaginarselo? Se lo chiedeva anche lei, ma lo vedeva sempre molto attento e premuroso nella vita quotidiana, le riusciva difficile immaginarselo come un amante affrettato da una botta e via.

"Vorrei tanto sapere a *cosa* stavi pensando," le disse Zeke con un sorrisetto, mentre appoggiava i tre bicchieri pieni sul vassoio.

Sentendosi un filino più coraggiosa del solito, spingendosi senz'altro oltre la sua soglia di sicurezza, Elsie gli restituì il sorriso e gli rispose: "Stavo pensando che mi piace che cerchi il contatto in pubblico senza timore." Ecco, forse il coraggio non era poi tanto. Tantomeno l'onestà... ma lei pensò fosse molto più semplice che dirgli la verità, cioè che stava pensando a lui, come amante.

"Mai. A me piace cercare il contatto," le disse, tutt'altro che imbarazzato nell'ammetterlo. "Mi piace tenere per mano la mia donna, appoggiarle la mano dietro la schiena per sentirla, mentre cammina. Mi piace baciarla, così tutti sanno che è impegnata. Mi fa piacere sapere che non ti dà fastidio."

Ripensando al matrimonio passato, Elsie ricordò che Doug non l'aveva mai presa per mano. Anzi, le aveva detto senza mezzi termini che non gli piacevano le manifestazioni di affetto in pubblico. "Non mi dà fastidio," gli confermò.

"Ottimo. La mia ex moglie odiava i gesti pubblici di affetto, mi diceva che la soffocavo e che ci mancava poco che le pisciassi addosso per segnare il territorio."

Elsie si accigliò. La conversazione si faceva interessante, quel commento non poteva passare inosservato. "Era una scema," gli rispose con fermezza, "c'è una bella differenza tra accettare i gesti di affetto, la voglia di sentirti protetta, e i comportamenti scriteriati di uno stronzo."

Zeke si leccò le labbra ed Elsie non poté far altro che fissarlo. "Vero. Els, io..."

Qualunque cosa stesse per dirle fu interrotta dallo squillo del cellulare che Zeke aveva in tasca.

"Scusa, devo rispondere," le disse con un sorrisetto prendendo il cellulare. "Qui Zeke," rispose.

In un attimo, l'atteggiamento sciolto e rilassato sparì, alle parole che chi aveva chiamato gli stava dicendo. "Capito. Da quanto tempo? Dove? Merda. Va bene, devo chiamare Reuben, ma ci vediamo là. Ciao."

Prima ancora che Zeke potesse parlarle, Elsie capì che l'avevano chiamato per cercare qualche persona dispersa.

"Devo andare," le disse, camminando già per uscire da dietro il bancone.

"Se vuoi chiamo io Reuben," gli propose Elsie.

"Grazie. Se davvero non ti dispiace, accetto volentieri."

"Nessun problema."

"Se non può venire lui, prova con Lance. Hank dovrebbe arrivare verso le quattro. Se non può lui..."

"...penseremo noi al bar," concluse Elsie. Non sarebbe stata la prima volta che qualche cameriere si metteva a preparare da bere, per qualche emergenza. Anche se non erano in grado di preparare drink elaborati, per fortuna i clienti erano comprensivi, quando la squadra di ricerca e soccorso Eagle Point veniva chiamata in azione. Era tipico dei paesi di provincia, almeno così andavano le cose a Fallport. Sapevano tutti che, fosse capitato a uno di loro o a una persona cara di perdersi, i ragazzi della squadra avrebbero mollato tutto per ritrovarli.

"Grazie," le disse un po' distrattamente. Zeke si avviò nel corridoio verso l'ufficio. Tornò in meno di un minuto, ma invece di andare alla porta, come lei immaginava, andò dritto da lei.

Le mise le mani intorno al viso e si avvicinò. Fu un gesto intimo, a cui Elsie si stava abituando.

"Non so quando tornerò. Due turisti si sono persi nel sentiero che porta all'osservatorio di Eagle Point. Dovevano lasciare l'albergo oggi, ma non si sono presentati alla reception e non hanno avvertito, così il personale dell'albergo ha controllato in camera. I bagagli non erano pronti. La polizia ha rintracciato l'automobile all'imbocco del sentiero, dentro c'era un biglietto in cui avevano scritto che intendevano dormire all'aperto per una notte."

Elsie alzò le braccia e gli afferrò i polsi. "Fai attenzione là fuori."

Zeke annuì. "Farò attenzione. Non tornare a casa senza prendere la cena per te e per Tony. Domani è l'ultimo giorno in cui lavori per Edna, vero?"

Elsie annuì.

"Cercherò di raggiungerti, ma non so che situazione mi aspetti."

"Lo so, non preoccuparti," lo rassicurò. La squadra poteva essere impegnata per un'ora o per vari giorni, dipendeva tutto da quel che trovavano sul sentiero e dalle tracce delle persone scomparse. Sempre *che* trovassero delle tracce.

"Di' a Tony che mi dispiace non esserci, stasera, dovevamo parlare del capitolo ventidue. Ne parleremo appena torno."

Ecco. *Precisamente.* Il fatto che Zeke dovesse andar via per un impegno impellente, eppure trovasse il modo di pensare alla loro cena e al dispiacere di Tony per non poter parlare insieme di un libro, era uno dei tanti motivi per cui Elsie si stava innamorando di lui. "Glielo dirò."

"Ti chiamo quando posso. Il segnale del cellulare fa schifo da quelle parti, vedrò cosa posso fare."

"Va *bene*, Zeke, vai, fai il tuo dovere."

Lui annuì. "Sei sicura che non ti crea problemi se vado?"

Elsie si accigliò, non sapendo bene il perché di quella domanda. "Ma certo, che problemi dovrebbero esserci?"

"Perché avevamo dei programmi per stasera."

I programmi erano fermarsi al negozio di Grogan prima di andare al motel a prendere Tony, poi preparare insieme la pizza per cena. Nulla che non potesse essere rinviato. "Zeke, c'è qualcuno che ha bisogno di te. Io e Tony ce la caveremo. Per stavolta rinvieremo la pizza."

"A lei dava fastidio quando andavo in missione," le disse Zeke sottovoce.

Elsie gli strinse i polsi, ben capendo di cosa stesse parlando. L'ex moglie di Zeke non le piaceva molto.

"Del resto... le davo fastidio anche quando ero a casa," le disse lui facendo spallucce. "Quando partivo mi rompeva le palle perché me ne andavo proprio quando aveva bisogno di me a casa, invece di andare a salvare il mondo. Diceva che tenevo più al lavoro che a lei."

"Se diceva questo, significa che non ti conosceva," gli disse Elsie con sicurezza, appoggiandogli una mano sul petto. "Poi era un'idiota," aggiunse. "Vai, fai il tuo dovere, ci vediamo quando torni. Però stai attento."

"Grazie," le disse Zeke, "farò attenzione." La fissò per un attimo, poi si abbassò per baciarla di nuovo, ma non fu un bacio a stampo: fu un bacio appassionato e profondo, quasi disperato. Quando Zeke si staccò da lei, respiravano entrambi con affanno... ed Elsie ebbe la certezza che non avrebbero mai avuto bisogno del lubrificante in futuro, sempre che il loro rapporto andasse oltre. Lei sperava davvero, *davvero* che andasse oltre.

Zeke fece un respiro profondo, si leccò le labbra come cercando di memorizzare il sapore di quel bacio, poi la tirò a sé. La strinse tra le braccia, prima di lasciarla andare e girarsi di scatto per partire.

Elsie lo osservò andar via, orgogliosa del lavoro che Zeke svolgeva, ma anche preoccupata per lui. Poi anche lei respirò profondamente e tornò al bancone del bar. Doveva fare alcune telefonate per assicurarsi che l'attività di Zeke procedesse senza intoppi anche senza di lui.

Quando Elsie tornò al tavolo di Silas, Otto e Art per portare i loro tè freddi, tutti e tre sorridevano radiosamente. Lei alzò una mano dopo aver appoggiato i bicchieri sul tavolo. "Non cominciate," li avvertì.

"Non stavamo per dire nulla," rispose Art.

"Tu no, ma io sì," ribatté Silas.

"Sapete che penso? Quello *sì* che era un bacio," aggiunse Otto facendo l'occhiolino.

Elsie non si trattenne e ricambiò il sorriso. Del resto aveva ragione. "Altre domande?" chiese con una certa malizia.

"No no."

"Penso che sia tutto."

"No."

"Bene. Allora tra poco vi porto il pranzo. Abbiate un po' di pazienza, perché stiamo aspettando che Reuben venga al locale per sostituire Zeke al bar."

"Zeke è stato chiamato?" domandò Otto.

"Eh sì."

I tre si guardarono, Elsie poteva quasi vedere i loro cervelli in attività. Chiaramente erano curiosissimi, volevano altri dettagli su chi si fosse perso e sulla provenienza dei poveri turisti. Erano dei chiacchieroni dal cuore d'oro a cui interessavano molto le sorti degli abitanti di Fallport.

"Come dicevo, tra poco vi porto il pranzo. Immagino che potrete tornare al vostro osservatorio all'ufficio postale tra una ventina di minuti, al massimo," disse loro.

"Grazie," rispose Silas.

Elsie annuì a lui e agli altri due, poi andò a servire gli altri tavoli.

Zeke le aveva spiegato che il sentiero che portava all'osservatorio di Eagle Point era un sentiero difficile. C'erano un sacco di salite ed era lungo diversi chilometri, proseguiva anche oltre l'osservatorio stesso. Se i turisti dispersi erano usciti dal sentiero tracciato, diventava più difficile ritrovarli.

Se però c'era qualcuno in grado di ritrovarli, erano proprio gli uomini della squadra di Zeke.

Zeke sarebbe tornato a casa presto e, se fosse stato possibile, avrebbe raccontato a lei e a Tony tutto l'accaduto. A Tony piaceva ascoltare le storie che lui gli raccontava, era palese che Zeke gli piacesse sempre di più, proprio come piaceva alla mamma.

Zeke le aveva ricordato di portare a casa la cena per sé e per Tony, a quel pensiero Elsie sorrise. La trattava meglio di chiunque altro e lei non l'avrebbe mai dato per scontato.

CAPITOLO SETTE

Quella sera, Tony le fece una serie infinita di domande su Zeke, dov'era, cosa stava facendo... c'era rimasto male perché non aveva potuto leggere il libro che aveva lasciato a casa di Zeke, ma aveva capito che la squadra di ricerca e soccorso era stata chiamata per aiutare qualcuno che si era perso. Il cuoco del locale aveva preparato per Elsie una porzione gigante di polpettone da portare a casa per cena. Non era certo come mangiare tutti insieme a casa di Zeke, ma era un pasto abbondante e delizioso.

Il mattino dopo, accompagnato Tony a scuola e terminato l'ultimo turno di lavoro per Edna al motel, Elsie andò all'On the Rocks. Si aspettava di trovare Zeke dietro al bancone del bar, invece fu Lance a salutarla appena entrata.

"Si sa nulla?" gli chiese.

"Di Zeke? No."

"Pensi che siano stati fuori tutta la notte?" gli chiese.

Lance scrollò le spalle. "Probabile." Poi tornò a controllare l'inventario che stava stilando prima dell'apertura.

Razionalmente, Elsie sapeva già che Zeke non era tornato, lo sapeva ancora prima di andare a lavorare: le aveva detto che si sarebbe tenuto in contatto ogniqualvolta avesse potuto, ma lei non aveva ricevuto alcun messaggio per tutta la notte. Lo sapeva, perché si era rigirata nel letto e aveva controllato il cellulare ogni volta che si era risvegliata. Lance non sembrava preoccupato e nemmeno le altre cameriere, quando arrivarono.

Per loro era un giorno come un altro.

Elsie invece non riusciva a non pensare a Zeke. Aveva fame? Beveva abbastanza acqua? Doveva essere esausto. Anche se l'estate si stava avvicinando, la notte faceva ancora freddo. Era riuscito a dormire almeno un poco? Avevano ritrovato i turisti dispersi? *Loro* stavano bene? Zeke era stato nelle forze speciali, ma era comunque un essere umano e qualora fosse successo qualcosa di brutto, Zeke ne avrebbe sofferto le conseguenze, Elsie se lo sentiva.

Venti minuti dopo, Elsie era in piedi al bancone del bar mentre Lance preparava le bevande per un ordine che lei aveva appena riferito, un gruppo di quattro uomini e una donna; Elsie si sforzò di fare un altro respiro profondo, uno dei tanti, da quando era arrivata.

Ricerca e soccorso, ecco cosa faceva Zeke. Stava bene. Doveva star bene.

A metà del turno di lavoro, la porta del locale si aprì di nuovo. Elsie si voltò verso l'ingresso, pronta a salutare in modo accogliente come al solito... ma le parole le si bloccarono in gola appena vide Zeke.

Era tutto sporco: strisce di terriccio in volto, le ginocchia dei pantaloni modello cargo coperte di macchie, probabilmente di fango ed erba, macchie simili anche sulla maglia. Però Elsie fu sollevata come non mai di vederlo arrivare.

"Zeke!" esclamò, poi si avviò verso di lui, ma lui la stava già raggiungendo.

Sentì intorno le colleghe e gli amici che lo salutavano, ma lo sguardo intenso che Zeke aveva negli occhi le rendevano impossibile concentrarsi su altro.

Zeke si fermò davanti a lei e le prese il viso tra le mani, orientandolo verso l'alto per poterla guardare meglio negli occhi. "Ciao. Tutto bene?"

Elsie si fece seria. Perché mai doveva chiederlo *a lei*? "Ma certo, e *tu*?" ribatté.

"Adesso sì," le rispose.

Elsie fu quasi sopraffatta dalle emozioni. Zeke aveva appena terminato una ricerca di quasi ventiquattr'ore, all'aperto nella foresta. Era sporco, puzzava ed era chiaramente esausto. Eppure, invece di andare dritto a casa a farsi una doccia, mangiare e dormire, era andato al locale e per prima cosa non aveva chiesto come se l'erano cavata al locale in sua assenza, se c'erano stati problemi. No: le aveva chiesto se stava bene. Era quasi impossibile per Elsie comprendere la natura di tale attenzione.

Durante tutto il tempo in cui era stata sposata con Doug, lei non era mai venuta al primo posto. Dal momento in cui si era trasferita da lui, Doug si era aspettato di essere servito e riverito. Elsie aveva dovuto pulire la casa, preparare da mangiare, intrattenere amici e colleghi del marito. Lui le chiedeva di rado come le fosse andata la giornata, quando tornava a casa dall'ufficio. Si lamentava che le camere non fossero pulite a sufficienza, o che ciò che aveva cucinato non fosse buono, o che lei non fosse molto propensa a soddisfare le sue voglie sessuali, almeno non quanto lui si aspettava.

Quando era nato Tony, lei aveva messo al primo posto il *figlio*. Non avrebbe mai accettato di fare diversamente. Dopo aver lasciato Doug, aveva continuato a fare di tutto per prendersi cura del figlio, mettendo le esigenze di Tony prima di tutto, anche di se stessa.

Quindi era passato tantissimo tempo da quando qualcuno le aveva riservato l'attenzione che Zeke le stava mostrando, preoccupandosi per lei.

"Els?" la richiamò, corrugando la fronte smarrito per l'espressione che le leggeva in volto. "Cosa c'è che non va?"

"Nulla," gli rispose deglutendo a fatica. "Hai mangiato? Li avete trovati? Stanno bene? Sei riuscito a dormire stanotte? Cosa posso fare per aiutarti?"

L'espressione di Zeke si ammorbidì, mentre le passava un pollice sulla guancia. "Mi stai già aiutando," le rispose sottovoce.

Elsie si accigliò. "Non è una risposta," brontolò. Però non gli lasciò il tempo di rispondere ad altre domande, si allontanò e andò verso il bar. "Lance? Puoi fermarti al locale come d'accordo?" gli chiese.

"Ma certo. Ciao Zeke, bentornato!"

Zeke lo salutò con un cenno del mento, anche quel gesto fece sciogliere Elsie. Che c'era di tanto speciale in quella mossa del mento con cui gli uomini si salutavano? Da dove l'avevano appresa? Era insita nel loro DNA? Accorgendosi che i suoi pensieri stavano partendo per la tangente, Elsie si sforzò di concentrarsi.

Guardò l'orologio e si accorse che Tony stava per tornare da scuola e presto sarebbe arrivato alla fermata dell'autobus. Si girò verso Zeke e gli puntò un dito contro ordinandogli: "Non ti muovere."

Lui accennò un sorriso. "Sissignora, nemmeno per sogno."

Lei capì che stava scherzando, ma non si soffermò a pensarci. Andò verso Reina, che stava ritirando dei piatti da portata in cucina. "Ciao, senti, pensi che potresti cavartela con Valerie fino al turno di sera?" le chiese.

Reina fece un gran sorriso. "Lasciami indovinare: vuoi prenderti cura di Zeke."

"Qualcuno dovrà pur farlo. È stato fuori a farsi il mazzo per cercare di aiutare gli altri."

"Certo che ce la caviamo. Vai pure. Non penso che arriverà una ressa nelle prossime due ore, caso mai chiamo gli altri e vedo chi può arrivare un po' prima. Qualche mancia in più fa sempre comodo."

Aveva ragione. Le cameriere del turno di sera guadagnavano più mance rispetto al turno di giorno, ma anche se il cambio turno a volte tentava Elsie, non poteva costringere Tony ad arrangiarsi, a casa da solo. Non lo desiderava nemmeno. Il tempo passato col figlio era prezioso. Ben presto, Tony sarebbe cresciuto e non avrebbe più desiderato di passare il suo tempo con la mamma, si sarebbe diplomato e avrebbe cominciato la sua vita. Un pensiero che rattristava ed entusiasmava Elsie allo stesso tempo.

"Devo dirtelo," aggiunse Reina sistemandosi con abilità il vassoio circolare sulla spalla, "non ti ho mai visto rinunciare a un'ora di lavoro se non per cause di forza maggiore."

Aveva ragione, Elsie non chiedeva mai agli altri di sostituirla, se non quando stava molto male. Si costringeva a lavorare anche quando era di umore pessimo. Tony dipendeva in tutto e per tutto da lei ed Elsie non intendeva deluderlo.

"Fai bene," proseguì Reina, "Zeke è un uomo fantastico, sia come capo che come persona, insieme state benissimo," concluse.

Elsie arrossì. "Grazie."

"Allora non neghi che vi frequentate," la stuzzicò Reina.

"No." Sarebbe stato stupido negarlo. Lei e Zeke passavano molto tempo libero insieme, avevano anche cominciato ad arrivare al locale insieme e se ne andavano insieme: evidentemente avevano tutti tirato le somme.

"Dai, vai pure, amica mia. Fai il pieno anche per noi single!"

Elsie si mise a ridere. Reina andò a portare da mangiare al tavolo mentre Elsie tornò al bar, dove Zeke era andato a parlare con Lance. Li sentì discutere di com'era andato il giorno prima e della situazione delle scorte.

"Va bene, possiamo andare," gli disse avvicinandosi.

Si voltarono entrambi verso di lei. "Possiamo?" le chiese Zeke con un sorrisetto complice.

"Sì, Lance può gestire il bar e Reina ha detto che se la cava con Valerie."

"Almeno lo ha detto *a te*," disse Lance ridacchiando.

"Immagino di sì," aggiunse Zeke, che poi si girò verso di lei e le chiese tranquillamente: "Sei sicura? Non devi smettere di lavorare per colpa mia. Devo solo andare a casa e buttarmi sul letto a dormire."

Era tipico di Zeke, preoccuparsi per lei, che avrebbe perso un paio d'ore di stipendio e di mance. Solo un mese prima, Elsie non si sarebbe mai sognata di smettere di lavorare in anticipo, ma Zeke era diventato più importante dei soldi. "Vuoi mangiare?"

Lui scrollò le spalle. "Non ho una gran fame."

"Probabilmente è perché sei disidratato e sei troppo stanco. Guido io. Possiamo andare a prendere Tony, poi a casa tua. Mentre ti fai la doccia, posso mettere insieme qualcosa da mangiare. Poi puoi andare a dormire."

Zeke si limitò a fissarla.

Elsie si accorse all'improvviso di essere andata un po' oltre nel dare ordini. "Se a te va bene, ovviamente."

"A me va più che bene," la rassicurò Zeke.

Non avendo altro da dire, Zeke continuò a scrutarla e la vide muoversi sul posto, un po' a disagio.

Fece un respiro profondo e le prese la mano. "Dai, andiamo a prendere la tua borsetta e filiamocela da qui."

Elsie si lasciò trascinare nel corridoio fino alla saletta per i dipendenti sul retro, dove recuperò le sue cose. Appena ebbe finito, lui la prese di nuovo per mano. Attraversarono insieme il locale verso l'uscita.

"Ragazzi, ci vediamo!" gridò Zeke.

"Ci vediamo!" gli urlarono dietro alcune cameriere insieme a qualche cliente.

Poco dopo, Elsie stava accostando nel vialetto di casa di Zeke. Tony era stato felicissimo di rivedere Zeke, tanto che aveva parlato senza tregua per tutto il tragitto. Elsie si era accorta che il suo uomo si stava appisolando velocemente.

Tony corse alla porta d'ingresso con la chiave che gli aveva dato Zeke; a quel punto fu Elsie a prendere il suo ragazzo per mano e trascinarlo verso casa. Entrarono, poi Elsie alzò una mano e la mise sulla guancia di Zeke. La barba ruvida le graffiò il palmo e lei dovette resistere al desiderio di passargli le mani un po' dappertutto. "Li avete trovati?" gli chiese tranquillamente. Gliel'aveva già chiesto, ma le sovvenne che non le aveva risposto. Non voleva chiederglielo di nuovo mentre erano in macchina con Tony, nel caso l'esito delle ricerche non fosse stato positivo.

Lui annuì. "Erano infreddoliti, esausti e spaventati, ma vivi."

"Grazie al cielo."

"Eh sì. Erano usciti dal sentiero perché avevano sentito un rumore strano e volevano intravedere un orso, o chissà che altro era, poi si sono persi. Allora hanno camminato per chilometri nella direzione sbagliata, inoltrandosi nella foresta. Avrebbero fatto molto meglio a fermarsi appena capito che si erano persi, per aspettare che qualcuno li trovasse. Abbiamo camminato tutta la notte fino alle prime ore del mattino per tornare indietro, anche perché erano stanchissimi e si erano allontanati molto, ma tutto è bene quel che finisce bene."

"Mi fa piacere."

"Anche a me," concordò lui.

"Zeke, vuoi leggere con me questa sera?" gli chiese Tony facendo capolino nell'atrio dove Elsie e Zeke si erano fermati.

"Non stasera," rispose Elsie per lui. "Zeke è esausto, è stato sveglio tutta la notte a camminare. Che ne dici di preparare insieme a me qualcosa per cena, intanto che Zeke si fa la doccia e si riposa un pochino?"

"Possiamo preparare i taco?" domandò Tony.

Elsie guardò Zeke inarcando un sopracciglio.

"Penso di avere tutto, magari la lattuga non sarà freschissima, ma i pomodori ci sono e anche il formaggio. Ah, però la carne è da scongelare."

"Ci pensiamo noi," lo rassicurò Elsie. "Vai a lavarti, che puzzi," gli ribadì stuzzicandolo.

Zeke sghignazzò. Quando Elsie gli tolse le mani dal viso, lui gliele prese e le strinse leggermente sussurrandole: "Grazie."

Elsie si accorse in quel momento che Zeke probabilmente le somigliava molto più di quanto avesse mai notato. Pensava sempre agli altri, pur non avendo nessuno che si occupasse di lui quando ne aveva bisogno. Sentì crescere in sé la determinazione. Era più che contenta di assumersi lei quell'incarico.

Lui si portò alla bocca la mano di Elsie e le baciò le nocche, poi si avviò nel corridoio per andare in camera sua. Passando vicino a Tony, gli scompigliò i capelli.

Elsie gli fissò il sedere un po' troppo a lungo, poi fece un respiro profondo. "Sei pronto a vedere cosa possiamo preparare per cena, Tony?"

"Sì. Dopo mangiato, stai con me mentre leggo?" le chiese.

"Puoi scommetterci," gli rispose Elsie con entusiasmo: almeno il figlio voleva ancora passare il tempo con lei.

———

Dopo un'ora, Elsie entrava in punta di piedi nella camera da letto di Zeke. Aveva sentito il rumore della doccia, che poi si era fermato; gli aveva lasciato tutto il tempo di farsi un pisolino, prima di svegliarlo per cena. Tony però stava morendo di fame e il profumino delizioso della carne che si cuoceva non contribuiva certo a renderlo più paziente.

Elsie aprì appena la porta e fece capolino. Zeke era sdraiato sul letto con indosso una maglietta e dei pantaloncini. Aveva un braccio sopra la testa, la bocca leggermente aperta, sembrava quasi in letargo. Elsie si prese un momento per gustarsi la scena: era talmente attratta da lui, tanto che quasi le faceva paura.

Per un attimo, ponderando la profondità dei propri sentimenti, andò quasi nel pallone. Se poi lui si fosse rivelato come Doug?

Appena quel pensiero le si formò in mente, Elsie lo allontanò: Zeke non aveva *nulla* in comune con l'ex marito.

Si costrinse a entrare in camera. Rammentandosi che Zeke era stato nelle forze speciali, decise che sarebbe stato più prudente non svegliarlo di soprassalto.

"Zeke?" lo chiamò senza alzare troppo la voce.

Lui non si mosse.

Lei lo chiamò di nuovo per nome, ma un po' più forte.

Quando lui si svegliò all'improvviso, Elsie, non sorpresa, gli disse subito: "Sono io, Elsie, è pronta la cena."

Zeke sospirò e annuì gemendo. Slanciò le gambe fuori dal letto e fissò nel vuoto per un attimo.

Era arruffato e grazioso. Elsie quasi si pentì di averlo svegliato: chiaramente era ancora stanco e doveva riposare. Gli porse la mano e lui l'afferrò, alzandosi. Poi la sorprese tirandola più vicina a sé. Lei inspirò profondamente: amava il profumo di fresco e pulito che gli aveva lasciato addosso la doccia.

"Grazie," le disse.

Elsie non capì esattamente per cosa la stesse ringraziando, ma immaginò non facesse alcuna differenza, quindi si limitò ad annuirgli contro il petto. "Prego. Adesso dai, andiamo, Tony esplode, se non mangia nel giro di due minuti... l'ha detto lui, non io."

Più che sentirlo, percepì le vibrazioni della risatina di Zeke. "Non sia mai," le mormorò. Le mise un braccio intorno alle spalle e uscirono insieme dalla camera da letto.

Zeke andò dritto verso la cucina, ma lei lo fece deviare verso il tavolo. "Seduto," gli ordinò.

"Non devi servirmi a tavola," le disse lui, comunque sedendosi.

"Lo so, ma ho paura che se ti servi da solo finirai per prendere solo il formaggio e tralasciare la carne, tanto sei stanco."

"Probabilmente hai ragione, ma per la cronaca... non mi aspetto e non voglio che pensi che sia normale."

"So anche questo." Elsie lo sapeva: nel poco tempo che aveva trascorso con Zeke, mai una volta lui le aveva dato la sensazione di esserle superiore o di aspettarsi qualcosa solo perché lei era una donna. Anche se si frequentavano da poco, nel loro rapporto non si erano definiti dei ruoli precisi.

Elsie preparò un piatto per Zeke e aiutò Tony a prepararsi quattro tacos. Poi si sedettero a tavola; Elsie ascoltò il figlio chiacchierare con Zeke di ciò che era successo a scuola quel giorno e del libro che aveva letto mentre Zeke dormiva.

Zeke era palesemente ancora mezzo stordito, ma annuì e intervenne sempre dicendo le parole giuste al momento giusto, mentre Tony portava avanti quella conversazione, per lo più a senso unico.

Dopo aver finito di mangiare, Elsie impedì a Zeke di pulire il tavolo: "Oggi tocca a Tony occuparsi dei piatti sporchi," insisté, "tu torna a letto."

"Mi dispiace," disse Zeke, "tratto i miei ospiti in modo terribile."

Elsie non si trattenne e alzò gli occhi al cielo. "Se lo dici tu. Non siamo andati io e Tony in giro per i boschi a salvare la vita di qualcuno. Dai, Zeke, va bene così."

A riprova di quanto fosse sfinito, Zeke si limitò ad annuire. Abbassò la testa e la baciò brevemente sulle labbra, poi si girò e si avviò nel corridoio.

Elsie lo fissò per un lungo momento, percorsa da tante sensazioni. Orgoglio; esasperazione, perché Zeke si era esaurito fisicamente in quel modo. Preoccupazione, per come se la fosse cavata in passato, al rientro da una lunga operazione di ricerca.

Zeke era un uomo adulto, ovviamente in grado di prendersi cura di sé. Lei però odiava saperlo così stanco, tanto da non riuscire a mettere sotto i denti qualcosa, prima di addormentarsi.

Il resto della serata trascorse senza alcun avvenimento particolare. Elsie andò qualche volta a vedere in camera di Zeke, che dormiva sempre come un sasso. Quando arrivarono le nove di sera, Elsie capì di dover tornare al motel. Tony doveva andare a letto, il giorno dopo doveva andare a scuola. Aveva svolto tutti i compiti ed era stato contento di mettersi seduto a leggere il libro che gli aveva prestato Zeke.

"Tony, vai fuori in macchina, intanto io controllo che abbiamo tutto," disse al figlio.

"Posso avviare il motore?" le chiese tutto entusiasta.

"Va bene."

Tony si stava interessando sempre più a tutto ciò che riguardava le macchine, soprattutto da quando Lilly gli aveva insegnato a cambiare una gomma, quella volta che Elsie era rimasta a piedi sul ciglio della strada, un paio di mesi prima.

"Che bello!"esclamò Tony correndo verso l'uscita.

Sorridendo per quell'esuberanza, Elsie andò ancora in camera di Zeke. Aveva pensato di svegliarlo per fargli sapere che stava andando via, ma quando lo sentì russare leggermente, non ebbe il coraggio di disturbarlo.

Notando la sveglia sul comodino vicino al letto, Elsie impostò l'allarme per le nove del mattino dopo. Non era sicura di quanto avrebbe dormito Zeke, ma immaginò non volesse far tardi al lavoro. Poi sorrise: quella sveglia era un modello antiquato, probabilmente Zeke usava l'allarme del cellulare, come quasi tutti gli altri, ma lei non aveva la password per sbloccarlo.

Non riuscendo a trattenersi, Elsie si abbassò su di lui e gli baciò con dolcezza la fronte, come era solito fare lui ogni volta che poteva. "Dormi bene," gli sussurrò, "sono fiera di te."

Zeke non si svegliò, ma sospirò nel sonno.

Elsie si costrinse a indietreggiare verso la porta. Dopo un'altra lunga occhiata all'uomo che stava conquistando il suo cuore, e quello del figlio, uscì e chiuse la porta. Prese lo zaino di Tony, controllò di aver spento i fornelli e sistemato tutto in cucina, poi uscì e chiuse a chiave la porta di casa, infine tornò al motel per la notte.

CAPITOLO OTTO

Zeke dormì come un sasso. A trent'anni non avrebbe dovuto sentirsi così esausto, dopo una ricerca, invece era chiaro che il tempo passato fuori dall'esercito lo aveva rammollito.

Al risveglio, gli sovvenne un vago ricordo della cena con Elsie e Tony, ma tutto il resto della serata era un ricordo confuso. Si era svegliato verso le sette sentendosi completamente riposato. Gli era successo tante volte, dopo una ricerca intensa come quella della notte precedente, di tornare a casa e di addormentarsi dopo la doccia senza neanche mangiare qualcosa. Quel mattino, invece, non aveva lo stomaco che si contorceva per i crampi della fame e non sentiva alcun mal di testa.

Tutto grazie alle cure che Elsie gli aveva riservato. Si era accertata di farlo mangiare, gli aveva fatto bere diversi bicchieri d'acqua. Non l'aveva fatto sentire in colpa, perché non poteva passare il tempo con lei e con Tony. Anzi, l'aveva spinto a tornare a letto subito dopo mangiato, come fosse stato un bambino.

Zeke sorrise. Eh sì, gli riusciva facile pensare di abituarsi alle attenzioni di Elsie. A memoria, non gli sovveniva una sola occasione in cui l'ex moglie l'avesse trattato in quel modo, al rientro da una missione. Eppure erano state tante le occasioni in cui moriva dalla voglia di un abbraccio amorevole. Invece l'ex moglie partiva subito in quarta elencandogli tutto ciò che andava fatto in casa... oltre all'irritazione di non averlo avuto a portata di mano per quelle faccende.

Guardando il telegiornale del mattino, per recuperare ciò che si era perso mentre era in missione nella foresta, nelle ultime ventiquattr'ore, sentì un rumore strano provenire dalla camera da letto. Quando si avvicinò per capire, si accorse che era scattato l'allarme della vecchia sveglia. Era un ricordo d'infanzia, chissà perché c'era rimasto affezionato. Forse per nostalgia, forse per un tocco di follia, ma non ricordava di aver mai usato quell'allarme da quando aveva finito le scuole superiori.

Spegnendo l'allarme della sveglia, capì che doveva essere stata Elsie a impostarlo. Sentì in tutto il corpo un'altra ondata di calore. Era un dettaglio minimo... ma anche un altro modo in cui si era presa cura di lui. Erano le nove del mattino, probabilmente Elsie voleva solo essere sicura di non farlo dormire troppo, facendogli ritardare l'apertura del locale.

Era ancora troppo presto per andare a lavorare, ma Zeke aveva bisogno di vedere Elsie. Appena svegliato, aveva telefonato a Brock, che era andato con Talon a prendergli la macchina, ancora parcheggiata al locale, per portargliela a casa. Avrebbe potuto anche andare al locale a piedi, in fondo non abitava tanto lontano dalla piazza (in realtà non c'era nulla di troppo lontano, dalla piazza centrale di Fallport), ma fu sollevato di riavere il proprio mezzo di trasporto.

Senza pensarci troppo, Zeke andò alla macchina. Si fermò alla pasticceria The Sweet Tooth per un enorme rotolino alla cannella fresco e appiccicoso per Elsie, sapeva che ne andava pazza, fece un salto anche da Grinders per un cappuccino al caramello. Anche se non la frequentava personalmente da tanto tempo, era difficile non notare il debole di Elsie per i dolci.

Finalmente arrivato al Mangree, non vedeva l'ora di stare con lei.

Sistemandosi il bicchiere del cappuccino e il sacchetto con il rotolino alla cannella in una sola mano, Zeke bussò alla porta.

"Chi è?" chiese Elsie da dentro.

Zeke sorrise. Non era bello che alla porta mancasse persino uno spioncino, ma almeno Elsie stava facendo attenzione, era apprezzabile. Anche se quella domanda avrebbe comunicato a chiunque avesse cattive intenzioni che in camera c'era una donna.

"Sono io," le rispose, "e penso che la parola in codice sia ancora 'austero', a meno che tu non l'abbia cambiata nel frattempo."

La sentì ridere un secondo, prima che le serrature della porta si sbloccassero.

Finalmente si trovò davanti il sorriso di Elsie. Bastò quello per trasformare la giornata da bella a grandiosa.

"È ancora 'austero', però hai ragione, è ora di cambiarla. Sì, usiamo la parola in codice anche quando qualcuno bussa alla porta. Dato che Tony è spesso in camera da solo, l'ho avvertito più volte di non aprire mai la porta a nessuno. Anche se qualcuno afferma di dover fare manutenzione o le pulizie. Santo cielo, è odore di cannella quello che sento?"

Zeke non poté trattenere un sorriso enorme. "Eh sì. Se mi fai entrare, potrai mangiare questo rotolino alla cannella bello cremoso che ti ho preso mentre venivo qui. Magari, se fai la *brava* per davvero, potrai bere anche il cappuccino al caramello."

"Vieni qui," gli disse Elsie prendendolo per la maglia e tirandolo in camera. Elsie non sarebbe mai riuscita a smuoverlo, se lui non avesse voluto spostarsi, ma lui era disposto a farsi portare ovunque da lei, quindi entrò in camera.

Lo colpì di nuovo la sensazione di fastidio per il posto in cui viveva Elsie. Non che ci fosse qualcosa di male di per sé, la stanza era pulita e ben ordinata. Era anche piuttosto *sicura*, per essere un motel, proprio accanto alla reception. Però era pur sempre un motel, le porte non erano blindate e le chiusure delle finestre non erano di qualità. Inoltre era un posto sciatto, noioso, la sua Elsie era esattamente l'opposto.

"Non dovevi comprarmi queste cose," lo rimproverò, pur afferrando volentieri il sacchettino e il bicchiere da asporto.

"Lo so, del resto anche tu non dovevi venire da me ieri sera, darmi da mangiare, mettermi a dormire e impostare l'allarme."

Il leggero rossore sul viso di Elsie gli fece venir voglia di tirarla vicino e di stringerla tra le braccia per non lasciarla andare mai più.

"Tu avresti fatto lo stesso per me," gli rispose facendo spallucce, mentre si occupava del rotolino alla cannella. Appoggiò il sacchetto sul tavolino circolare, dopo aver spostato qualche macchinina, poi andò ai cartoni del latte sul pavimento per prendere due piatti, due forchette e un coltello.

Tornò al tavolino, tirò fuori il dolcetto e lo tagliò a metà, mettendone una fetta su ciascun piatto. Infine gli sorrise e gliene indicò uno. "Mangi con me?" gli domandò.

Zeke aveva già fatto colazione e non aveva affatto fame, ma si accomodò sulla sedia di fianco a Elsie e la osservò con le palpebre appesantite, mentre lei prendeva una forchettata del rotolino alla cannella e se la infilava in bocca gemendo.

Quel suono gli fece pulsare l'uccello e Zeke non trattenne un gran sorriso.

"Che c'è?" gli chiese Elsie.

"Guarda che non sto ridendo di te," la rassicurò. Poi decise di doverle spiegare meglio, pur non volendo ammettere di avere un'erezione al solo sentirla gemere per un dolcetto a colazione, così proseguì: "Non ricordo l'ultima volta che qualcuno si è preso cura di me come hai fatto tu ieri sera."

Elsie masticò il dolcetto e lo deglutì, poi bevve un sorso di cappuccino, infine gli rispose: "Non ho fatto nulla di speciale."

"Els, mi hai preparato da mangiare, mi hai lasciato riposare, ti sei *presa cura* di me. Accipicchia, mi hai persino impostato la sveglia! Nessuna, mai nessuna l'ha fatto per me, in passato."

Lei lo guardò negli occhi. "Quando sono uscita, ieri sera, eri completamente andato. Non sapevo fino a che ora volessi dormire, ma ho pensato che ti avrebbe dato fastidio arrivare tardi al lavoro."

"Hai ragione. In realtà mi sono svegliato verso le sette, completamente riposato. Mi è servito un attimo per capire da dove provenisse lo strano rumore che ho sentito in camera da letto, quando l'allarme della sveglia è scattato."

Elsie si mise a ridere. "Eh sì, penso proprio che, se contattassi un museo, sarebbero felici di acquisire quella sveglia come pezzo d'antiquariato. Comunque, ho immaginato che normalmente usassi il cellulare, ma non sapevo come sbloccarlo per impostarlo."

"Quattro sei due sette sei nove," le disse Zeke senza esitare.

"Cos'è?"

"Il mio PIN. Se ti dimentichi i numeri, è come digitare Go Army, il motto dell'esercito."

Elsie lo guardò incredula. "Ma mi hai appena rivelato il PIN del tuo cellulare?"

"Sì."

"E perché?"

"Perché no?"

"Perché no! Zeke, è il tuo telefono personale."

"Non ho niente da nasconderti, Elsie... sono stato sposato, un matrimonio che si è rivelato pieno di segreti. Odio i segreti. Li *detesto*. Quindi mi sono ripromesso che, qualora mi fossi arrischiato a frequentare un'altra donna, avrei fatto di tutto per garantire un rapporto aperto e sincero. Basta segreti. Quindi è per questo che sono contento di dirti il mio PIN. Se vuoi leggere i miei messaggi o la mia posta, sei la benvenuta. Anche se non c'è molto da leggere, sono soprattutto messaggi con gli altri della squadra. Nella posta troverai anche un sacco di spam."

Elsie lo fissò tanto a lungo che Zeke cominciò a preoccuparsi. "Els, va tutto bene?"

"È solo che... wow."

Zeke le prese una mano e se la portò sulla guancia. Si ricordò di essere stato toccato da lei allo stesso modo, la sera prima, gli piaceva molto. "Nessuna pressione, Els."

"Uno uno uno uno nove nove," sbottò lei.

"Come, scusa?"

"È il mio PIN. So che non è molto originale, ma se no non me lo ricordo mai. Avrei dovuto fare come te, scegliere una parola, qualcosa che avesse un senso, invece no. Tra l'altro ho un telefonino di basso livello, sai, quelli con le offerte che paghi al consumo. Quando sono arrivata non potevo permettermi altro. Non mando molti messaggi, anche se penso che ora ne manderò di più; anzi, probabilmente *dovrei* rivedere il mio abbonamento, perché sto conoscendo meglio Lilly e lei manda messaggi a non finire."

Elsie parlava alla svelta, come se fosse stata a disagio. Zeke girò la testa e le baciò il palmo, poi le abbassò la mano e la chiuse con la propria sul tavolo. "Non ti ho detto il mio PIN per metterti sotto pressione, per avere il tuo."

"Lo so," gli rispose senza esitare, "ma anch'io non ho nulla da nascondere."

A Zeke piacque quella risposta. Gli piacque molto. La sua ex moglie si teneva sempre stretto il cellulare, lo proteggeva, gli impediva di leggerne i contenuti e quell'unica volta in cui le aveva chiesto da chi stesse ricevendo tanti messaggi, lei gli aveva fatto una sfuriata.

"Mi dispiace per com'è andato il tuo matrimonio," gli disse Elsie, come in grado di leggergli nella mente.

Zeke scrollò le spalle e le lasciò la mano, per consentirle di mangiare il resto del rotolino alla cannella. "Grazie. Ho scoperto nel modo peggiore che non era adatta a fare la moglie di un militare. Qualche anno dopo che ci siamo sposati, ho scoperto che mi tradiva fin dalla prima missione dopo le nozze."

"Che stronza," commentò Elsie sbalordita.

Anche quel commento fece sorridere Zeke. "Corinne all'inizio è stata molto brava a nascondere i suoi amanti, ma col passare del tempo si è lasciata andare... anche se io non me ne sono accorto. Penso che verso la fine volesse proprio essere scoperta. Io continuavo a illudermi, finché non l'ho trovata letteralmente nel letto con uno. Quando l'ho affrontata, mi ha spiattellato in faccia tutti gli amanti che aveva avuto, dicendo che se mi aveva tradito era tutta colpa mia, perché ero sempre via; se le avessi dedicato le attenzioni che meritava, lei mi sarebbe rimasta fedele."

"Che marea di stronzate," intervenne Elsie ormai infuriata, "dico davvero, darti la colpa perché servivi la patria, mettendo la tua vita in pericolo? Che gesto vile!"

Quella reazione fu meravigliosa e fece sentire Zeke di gran lunga molto meglio. "Tu che mi dici? Cos'è successo col tuo ex? Mi hai detto che anche lui ti ha tradita, è per questo che te ne sei andata?"

Elsie scosse la testa, fece un respiro profondo e poi espirò con lentezza. "È per questo che *avrei dovuto* andarmene. Invece... si comportava malissimo," gli disse semplicemente.

Zeke si innervosì. "Ti ha picchiata?"

"No, ma ogni giorno, dopo sposati, mi ha sempre umiliata con le parole, mi faceva sentire una stupida, una scarsa, non alla sua altezza, carente in tutto. In realtà a un certo punto *stavo* per lasciarlo, ma poi Doug è cambiato. È diventato più simile all'uomo che conoscevo prima di sposarlo. Allora sono rimasta incinta di Tony, ero felicissima. Peccato che fosse tutta una finta. Mi stava solo leccando il culo per convincermi a dargli un figlio. Il suo capo gli aveva fatto capire che avrebbe avuto più possibilità di carriera con una famiglia al completo."

"Dopo che è nato Tony, Doug è tornato a essere la persona orribile di prima. Ha ripreso a urlarmi dietro, dicendomi quanto ero stupida. Sono rimasta per un po', perché non avevo letteralmente un posto dove andare e nessun mezzo di sostentamento... poi sapevo che lasciarlo significava trasformare la vita di Tony in un inferno con molte più difficoltà, senza i soldi e le coperture mediche di Doug. Ma della crescita di nostro figlio mi sono occupata *da sola*. Quando piangeva, quando faceva i capricci, il disordine... tutto. Quando però Doug ha cominciato a dare addosso a Tony, allora ho chiuso. Pensa che ha detto a suo figlio, carne della sua carne, sangue del suo sangue, che si stava comportando da frignone e che se non faceva attenzione sarebbe cresciuto stupido come la madre."

"Alla fine ho capito che... se rimanevo, condannavo Tony a una vita impossibile, costretto a cercare di compiacere un uomo impossibile da accontentare. Non volevo che mio figlio cominciasse a credere che le critiche del padre fossero vere. Quindi me lo sono portato via. Non è stato semplice, ho accettato qualunque lavoro che potessi trovare, mi sono trasferita qualche volta, prima di arrivare a Fallport."

Zeke capì che la storia di Elsie era molto complessa, ma la vedeva sconvolta e non le fece pressioni. "Sono contento che tu sia arrivata qui. Tu e Tony siete la cosa migliore che mi sia mai capitata da quando ho divorziato."

Elsie gli sorrise. "Grazie. Anche noi pensiamo che tu sia una bella meraviglia."

Zeke si mise a ridere, poi le mise un dito sotto al mento e le fece alzare lo sguardo, avvicinandosi a lei. Infine la baciò. Fu un bacio lungo e lento, in cui lui cercò di trasmettere tutte le parole che non poteva ancora dirle.

Quando si staccò da lei, lo sguardo sognante sul viso di

Elsie gli fece venire voglia di trascinarla su uno dei letti del motel; ma non era in quella stanza che Zeke desiderava fare l'amore con lei la prima volta.

Voleva anche essere sicuro che Elsie sapesse con assoluta certezza che non la stava manipolando, che non stava in alcun modo cercando di approfittarsi di lei. Non la stava aiutando, né le stava vicino solo per fare sesso. Gli piaceva proprio passare il tempo con lei, e con Tony.

Quella risolutezza fu messa alla prova quando lei si leccò le labbra. "Sai di cannella," sbottò Elsie.

Zeke fece una risata. "Anche tu, con un retrogusto al caramello."

Si sorrisero a vicenda, poi Zeke le disse: "Dai, finisci di mangiare così possiamo andare. Voglio controllare che il mio locale sia sopravvissuto senza di me per un giorno e mezzo."

Elsie alzò gli occhi al cielo. "Come se non potessimo mandarlo avanti anche più a lungo." Quella determinazione gli piacque. Quando Elsie terminò la sua metà di rotolino alla cannella, allungò gli occhi sulla metà di Zeke. "Hai intenzione di mangiarla tutta?"

"No."

"Posso metterla via per Tony? Gli piacerebbe, come merendina dopo la scuola."

Ogni volta che Elsie diceva qualcosa, Zeke se ne innamorava di più. Sapeva quanto Elsie amasse le paste di The Sweet Tooth. Immaginava anche che se le concedesse assai di rado. Elsie avrebbe potuto spazzolarsi semplicemente l'altra metà di rotolino senza che il figlio venisse mai a saperlo. Invece aveva pensato a quanto gli sarebbe piaciuto quel dolcetto a sorpresa.

Quel pensiero portò Zeke a decidere di dare sia a Elsie che al figlio tanti dolcetti con cui riempirsi lo stomaco, in futuro. "Ma certo che puoi," le rispose, con un po' di ritardo.

Elsie gli regalò un sorriso e si alzò; portò al tavolino un piccolo contenitore alimentare di plastica un po' ammaccato e ci mise dentro ciò che Zeke non aveva mangiato. Poi gettò via il sacchettino, portò le posate nel lavandino, le lavò e tornò al tavolino.

"Ecco, sono pronta."

"Pensi che a Tony piacerebbe venire con me in campeggio, questo fine settimana?" le chiese Zeke.

Elsie sembrò colta di sorpresa per un secondo. Poi sorrise. "Tony sarebbe felicissimo di fare *qualunque* cosa con te, questo fine settimana. Se gli proponi di portarlo in campeggio, sarà entusiasta, al settimo cielo."

"Pensavo di andare per gradi, magari potremmo montare la tenda nel mio giardino. Così se si spaventa, o se non gli piace, possiamo sempre entrare in casa," spiegò Zeke.

Elsie aveva gli occhi lucidi. "Grazie."

"Di che?"

"Di averci pensato. Sono assolutamente sicura che gli piacerà ogni secondo, sporcarsi, fare la pipì all'aperto, mangiare salsicce cotte sul fuoco... però non è mai stato prima in campeggio. Io non sono molto amante della vita all'aria aperta, tra l'altro non avremmo nemmeno il necessario..."

"Elsie, hai dato a tuo figlio *tutto* il necessario. Non pensare nemmeno lontanamente che il tuo amore non sia abbastanza per lui."

Elsie sorrise e Zeke non poté resistere: si alzò e le avvolse un braccio intorno alla vita. Lei gli si avvicinò appena lui abbassò la testa.

Zeke perse la cognizione del tempo mentre la stava baciando, ma capì che, se non si fosse fermato, avrebbero fatto tardi. "Voglio che tu stia da me, mentre stiamo campeggiando. Puoi tenerlo sott'occhio e penso che, per quanto gli piaccia dormire all'aperto, in tenda, si sentirà meglio sapendo che gli sei vicina."

"Va bene." Elsie gli tracciò un disegno sul petto con le dita. Zeke si chiese se lo stesse facendo consapevolmente. A quel contatto, gli venne la pelle d'oca sul braccio. Se solo con le dita, peraltro sopra la stoffa della maglia, Elsie era in grado di fargli quell'effetto, Zeke sospettava che sentire il contatto con la sua pelle gli avrebbe fatto cedere le ginocchia.

"Però non interrompere le nostre attività da ometti," le disse con decisione, rovinando l'effetto del tono severo con il sorriso che non era riuscito a trattenere.

Elsie fece una risatina. "Non mi permetterei mai. Starò seduta in casa a leggere i miei romanzi rosa, lavorare con l'uncinetto e mangiare cioccolato. Ti piace come idea?"

"Sai lavorare con l'uncinetto?" le chiese Zeke,

"No, ma se è per questo non ho nemmeno dei romanzi rosa da leggere. Qui non c'è posto, non saprei dove metterli," gli rispose senza un filo di imbarazzo.

"La biblioteca," le disse Zeke.

"Come?"

"Andremo in biblioteca. Avrei dovuto pensarci prima. Possiamo fare una tessera per te e Tony, Raid ci lavora, sarebbe contento di aiutare."

"Non ho una residenza," gli disse Elsie, per la prima volta con una certa insicurezza.

"Col cavolo che non ce l'hai. Il Mangree ha un indirizzo postale, giusto?"

Lei fece spallucce e annuì.

"Non vedo l'ora di scoprire che tipo di libri ti sceglierai," le disse Zeke.

"Ah sì? Tu leggi molto?"

"Ho letto abbastanza libri."

Elsie sembrò sbalordita. "Davvero?"

"Sì, molti li ho comprati quando ero ancora sposato, li leggevo per cercare di capire mia moglie. Pensavo di trovarci dei consigli su cosa piacesse alle donne, per migliorare il nostro rapporto."

"Ci sei riuscito?"

"A trovare dei consigli? Sì, peccato che Corinne fosse una

stronza di prima categoria, quindi con lei non ha funzionato nulla."

Elsie sghignazzò di nuovo. "Ah, andiamo bene."

"Adesso dobbiamo avviarci *davvero* se vogliamo aprire l'On the Rocks in orario." La lasciò andare in modo che Elsie potesse prendere la borsetta e controllare che nella stanza fosse tutto a posto. Quando anche lei fu pronta, Zeke le appoggiò una mano dietro la schiena e la seguì verso l'uscita.

Elsie chiuse la porta e gli disse: "Posso guidare io."

Zeke stava già scuotendo la testa prima ancora che lei terminasse di parlare: "No no, ci penso io."

"Aspetta un attimo, come hai fatto a riprendere la macchina dal parcheggio del locale?"

Lui le aprì lo sportello del passeggero e attese che fosse salita, prima di risponderle: "Ci hanno pensato due amici."

"Sono stati gentili," commentò lei tranquillamente.

"*Davvero* gentili," concluse lui, che poi prese spunto da quel commento: "I miei amici sono anche *tuoi* amici, Els. Se ti serve qualcosa, qualunque cosa, puoi sempre chiamarli. Ti lascerò i loro numeri di telefono, salvali in memoria appena arriviamo al locale."

Elsie sembrò incerta.

Zeke le si avvicinò, le prese la cintura di sicurezza e gliela agganciò, senza però allontanarsi neanche dopo avergliela fissata. "Cosa pensi che stia succedendo qui, Els?"

"Ehm..." Elsie si fece seria.

"Stiamo insieme, sei la mia ragazza..."

"Donna," lo corresse subito.

"Sì, scusa, sei la mia donna e io sono il tuo uomo. Quindi sei anche nella mia cerchia. Se ti si spezza un'unghia e ti serve una limetta, se non ci sono io puoi sempre telefonare a Ethan, Rocky, Drew, Brock, Talon, o a Raiden."

"Non so quanto sarebbero entusiasti di andare a comprare un oggettino così stupido," gli rispose per stuzzicarlo.

"Ti sbagli. Sarebbero onorati di ricevere la tua richiesta di aiuto. Noi siamo fatti così," le spiegò, "abbiamo visto tutti un sacco di tragedie, situazioni di merda, sappiamo cos'è importante: l'amicizia, l'amore, la lealtà. Se vuoi saperne di più, puoi sempre parlare con Lilly. Lei ti spiegherà meglio."

A quel punto, Zeke la baciò sulla punta del naso, si tirò indietro e chiuse lo sportello, poi girò intorno al veicolo per mettersi al volante.

"Sei pronta?" le chiese, dopo essersi accomodato al posto di guida. Gli riusciva difficile spiegare bene come funzionasse lo spirito di una squadra coesa: non ne parlavano mai, era solo il loro modo di essere, ciò che li caratterizzava. Nessuno poteva attaccare uno della squadra di ricerca e soccorso Eagle Point, incluso chiunque finisse in futuro per frequentare uno di loro.

"Sono pronta," gli rispose Elsie tranquilla, probabilmente stava ancora pensando alle parole di Zeke.

Quando la macchina uscì dal parcheggio e si avviò verso il centro di Fallport, Elsie gli prese la mano con un po' di indecisione, emozionandolo oltremodo. Anche se forse l'aveva un po' spaventata, lei non si era certo tirata indietro.

Elsie Ireland era la donna giusta per Zeke, e lui avrebbe sempre avuto piacere di ricordare a lei e a Tony che avevano una persona speciale, con tutta una squadra intorno.

CAPITOLO NOVE

Quel weekend, Tony era agitato quanto mai; Elsie non l'aveva mai visto così entusiasta come nell'occasione del campeggio: Tony riusciva a contenersi a malapena.

Lei era affacciata alla finestra, guardava Tony e Zeke che montavano la tenda. Zeke era molto paziente, come sempre, lasciava svolgere molti compiti al ragazzo, anche se così impiegavano il doppio del tempo a portarli a termine.

Elsie sorseggiò il tè e sospirò. Era ciò che aveva sempre sognato per il figlio: che fosse trattato con rispetto, che avesse una persona di valore, un esempio da osservare e da cercare di seguire. Non avrebbe potuto scegliere persona migliore di Zeke.

In parte, nel profondo, Elsie aveva ancora timore ad approfondire il rapporto con lui. Nei sei mesi in cui era uscita con Doug prima di sposarlo, anche lui le era sembrato un uomo fantastico.

Scosse la testa: sapeva che il paragone non reggeva. Zeke era l'opposto di Doug sotto ogni aspetto importante. Sorrise nella tazza. In particolare, le piaceva molto quel suo bisogno di contatto. Zeke gliel'aveva detto sinceramente: sembrava gli fosse impossibile tenere le mani lontane da lei. Le sfiorava il braccio mentre parlavano, le sistemava i capelli dietro l'orecchio quando le uscivano dalla coda di cavallo. Quando parlavano vicini, le metteva una mano dietro la schiena... poi la baciava di continuo. Ogni tanto anche baci profondi. Tanti bacetti sulle guance, o sulla fronte, o sulle labbra. Le teneva la mano ogni volta che poteva permetterselo. Al lavoro non succedeva spesso, perché erano sempre indaffarati, ma fuori dal locale le si avvicinava sempre.

"Ottimo lavoro, Totò!" esclamò Zeke alzando una mano per far battere cinque al ragazzo.

Tony sorrise e schiaffeggiò la mano di Zeke, molto più grande della sua.

Zeke gli passò due sacchi a pelo e Tony si infilò nella tenda mentre Zeke veniva verso la casa.

Elsie si girò appena lo vide entrare. Lui la raggiunse direttamente, le tolse di mano la tazza per appoggiarla sul tavolo, poi la cinse alla vita con un braccio, mettendole l'altra mano nei capelli e sporgendosi verso di lei.

Infine la baciò con passione bruciante.

Elsie non poté far altro che tener duro, mentre lui le faceva dimenticare tutto, tranne la sensazione delle loro labbra congiunte. Alla faccia dei bacetti a cui aveva appena pensato. Zeke orientò la testa, invitandola ad aprire la bocca, poi intrecciò la lingua con quella di lei più e più volte, spazzandole via ogni pensiero e invadendola di desiderio.

Quando finalmente staccò le labbra dalla bocca di Elsie, entrambi respiravano a fatica.

"Hai di nuovo sapore di cannella," le disse con un sorriso sensuale.

Non le aveva tolto le mani di dosso, Elsie si sentiva circondata da lui. "Mi sembra giusto, sto bevendo tè alla cannella," gli rispose, con voce un po' tremante.

"Per quanto mi piaccia mostrare a tuo figlio la gioia del campeggio, devo dire che preferirei star qui a passare il tempo con te."

Non c'era nulla che potesse renderglielo più caro dell'onesto divertimento che Zeke provava a passare il tempo con Tony. Anche se Elsie non poteva certo negare che il pensiero di avere Zeke tutto per sé, tutta la notte, la eccitava. Era passato moltissimo tempo da quando aveva trascorso una serata senza il figlio, o anche da quando ne aveva desiderato una.

Strinse i pugni nella maglia di Zeke sussurrando: "Anch'io."

Il sorrisetto che Zeke le regalò compensò il leggero senso di colpa, per il desiderio di essere da sola con lui.

"Pensi che Tony ce la farà a resistere tutta la notte in tenda? Oppure pensi che a un certo punto si arrenderà?"

Elsie sorrise. "È probabile che ti preghi di lasciarlo dormire in tenda ogni volta che veniamo a casa tua, d'ora in poi."

"Allora ce ne staremo fuori tutta la notte," concluse Zeke con un sospiro, "speravo proprio che alla fine mi chiedesse di tornare in casa, così magari potevo intrufolarmi da te."

Elsie fece un gran sorriso. "Intrufolarti?" gli chiese. "Non credo di aver mai conosciuto un uomo che usasse questa parola, figuriamoci farlo davvero."

"Adesso ne hai conosciuto uno. Immagino che non dovrei ammetterlo, ma dopo le due notti che hai passato nel mio letto, io ci ho dormito come un neonato. Il tuo profumo è rimasto sulle lenzuola. Non vedo l'ora di risentirlo domani sera."

"Veramente pensavo di dormire sul divano," lo informò Elsie. L'espressione delusa sul volto di Zeke la fece ridere. "Dai, sto scherzando," gli disse.

"Sei crudele." Zeke strinse la mano che le teneva tra i capelli, poi si riprese e la guardò negli occhi con un'espressione molto seria. "Mi sto abituando rapidamente a dipendere dalla tua presenza, Elsie Ireland. È una dipendenza da cui non voglio disintossicarmi."

Lei lo fissò, poi aprì la bocca per dirgli qualcosa, ma Tony interruppe quel momento magico facendo capolino e dicendo: "Va bene, Zeke, ho preparato i sacchi a pelo. E adesso? Facciamo il fuoco?"

Senza lasciarla andare, Zeke si girò verso Tony: "Sì, l'altro ieri ho preso della legna, pezzi grossi, ma ci servono anche dei legnetti più piccoli per partire. In cortile dovresti trovare parecchi legnetti, se ne raccogli abbastanza, possiamo metterli insieme e accenderli."

"Subito!" esclamò Tony chiudendo la porta scorrevole in vetro con un'esuberanza un po' eccessiva, nella foga di fare ciò che gli aveva detto Zeke.

Elsie era pronta a riprendere il figlio, dicendogli di non sbattere le porte, ma era troppo tardi: Tony se n'era già andato. "Scusalo, sai..."

"Per cosa?" le chiese Zeke.

"Per aver sbattuto la porta. L'ultima cosa che vorrei è che ti rompesse il vetro."

Zeke fece spallucce. "Anche se fosse, la farei sostituire. Non è un disastro." Poi, dopo un attimo, aggiunse: "Come mai mi guardi in questo modo?"

"Quella porta deve costare parecchio."

"Forse, non lo so. Però ci sono cose più importanti di un vetro rotto, in linea di principio. Tony è molto entusiasta del campeggio e sta imparando qualcosa di nuovo, questo è più importante."

Ancora una volta Elsie non trattenne la meraviglia per la reazione di Zeke. Doug aveva sempre qualcosa da dire, soprattutto quando il piccolo Tony faceva danni in casa.

Le tornò in mente un episodio in particolare, quando Tony aveva trovato un evidenziatore indelebile e l'aveva usato su tutti i mobiletti della cucina. Per quanto Elsie avesse cercato di pulire, non era più riuscita a togliere i segni. Quando Doug era tornato a casa e aveva visto i segni, era andato fuori di testa. Si era messo a urlare con Tony, l'aveva fatto piangere, poi aveva bersagliato d'ira Elsie dicendole che era una madre terribile perché aveva lasciato che il figlio rovinasse qualcosa di molto costoso. L'aveva tormentata per mesi, per quell'incidente, che l'aveva costretto a sostituire le ante dei mobili, fatto che lui non aveva mai più mandato giù.

"Sei troppo buono," gli disse sottovoce.

"Ma dai, è solo che so riconoscere cos'è importante, cos'è prezioso. Tu e tuo figlio valete molto più di qualsiasi bene materiale in mio possesso."

Come accorgendosi che Elsie si stava commuovendo, Zeke cambiò immediatamente argomento, dandole il tempo di riprendere il controllo, per non mettersi a piangere.

"Sei sicura di non voler dormire in tenda con noi? Possiamo infilarci nello stesso sacco a pelo," concluse, agitando le sopracciglia per alludere.

"Non sono il tipo," gli ricordò, "perché pensi che Tony non sia mai stato in campeggio?"

"Ho capito, ma l'offerta rimane valida. Se per caso diventi gelosa perché ci divertiamo troppo, sentiti libera di unirti a noi."

"Appunto, ma fossi in te non ci conterei, Zeke."

Lui sghignazzò. "Forse potrei farmi venire paura *io* e tornare in casa per farmi consolare," le disse scherzando.

Elsie alzò gli occhi al cielo. "Se lo dici tu, comunque, per la cronaca, ogni volta che vuoi farti consolare, io ci sono."

Lui tornò a farsi serio. "Lo apprezzo. Sai, ho visto e fatto molte azioni orribili e a volte mi capita di non dormire bene."

Elsie gli mise il palmo di una mano sulla guancia. Le piaceva quel tipo di contatto, era intimo, ancor più quando lui orientava la testa in modo di appoggiarne il peso sulla mano di lei. "Grazie per il tuo servizio nell'esercito, Zeke, so che sembra un luogo comune, ma..."

"Detto da te, so che è sincero," le rispose interrompendola. Poi sospirò. "Sarà meglio che torni fuori, così controllo che Tony non stia preparando un falò di legnetti più alto di lui."

"Si fa prendere dall'entusiasmo," commentò Elsie, quasi scusandosi.

"Non c'è nulla di male," la rassicurò Zeke: "Senti, fai come a casa tua," le disse, "sentiti libera di mangiare e bere quello che vuoi. Io esco e chiudo a chiave. Non che mi aspetti visite, ma non ti lascerei mai da sola in casa senza chiudere la porta."

"Sei in cortile con Tony, non c'è nessuna porta a proteggervi, nel caso venisse... chiunque potrebbe entrare in cortile."

"Tuo figlio è al sicuro, con me, Els," le disse Zeke con tono molto serio.

Lei non riuscì bene a seguire quel filo logico. Non c'era nessun problema se Zeke stava in cortile con Tony, esposti a chiunque potesse entrare (anche perché il cortile non era recintato), ma diventava un problema se lei era in casa con la porta non chiusa a chiave? "Lo so," gli rispose con un po' di ritardo.

"Nel frigo da campo ho già messo un sacco di spuntini e bibite, quindi non dovremmo aver bisogno di entrare, a meno che Tony cominci a stare scomodo. Nel qual caso, prima ti avverto che siamo noi a entrare. Stasera rilassati, fatti un bagno, fai quello che ti va di fare. Goditi la serata libera, tesoro." Poi Zeke l'attirò a sé e la baciò di nuovo.

La libido di Elsie si risvegliò dal letargo in un attimo; quando lui terminò quel bacio infuocato, lei era ormai più che pronta a pregarlo di restare in casa.

"Accidenti," mormorò Zeke, mentre la lasciava andare lentamente e faceva un passo indietro. "Mi stai rendendo la vita difficile, non riesco ad andarmene," le disse.

Elsie gli guardò tra le gambe e fece un gran sorriso. "Lo vedo."

Zeke scoppiò a ridere e scosse la testa. "Vedrai che funzionerà tutto a meraviglia," le disse con tono sicuro, "io e te staremo bene insieme."

Elsie non poteva che essere d'accordo. Si limitò ad annuire.

Lui allargò il sorriso "Che grande serata," le disse, "conoscerò meglio Tony, passeremo un po' di tempo all'aria aperta, mentre tu dormi nel mio letto. L'unico modo in cui potrebbe andar meglio sarebbe dormire con te. Fai sogni d'oro, tesoro."

Lei si sentì percorrere da un brivido, ma riuscì a rispondergli: "Anche tu."

Zeke le regalò un ultimo sorriso, poi andò fuori in giardino. Come le aveva anticipato, si fermò a chiudere la porta a chiave, poi si avviò verso Tony, che nel frattempo aveva ammassato una pila consistente di legnetti per accendere il fuoco.

Più tempo Elsie passava con Zeke, più se ne innamorava. Il futuro sembrava sempre più roseo, per lei e per Tony. Quando era arrivata a Fallport, per un po' non era stata sicura che si rivelasse il posto giusto in cui rimanere; non c'erano molte opportunità di lavoro e i forestieri non erano sempre accolti calorosamente, nei piccoli centri abitati; invece aveva trovato ben altro che un posto in cui abitare: aveva trovato qualcuno con cui cominciava a ipotizzare di passare il resto della vita.

Con un sorriso, Elsie prese la tazza di tè e ne bevve un altro sorso, mentre guardava Zeke che con molto scrupolo insegnava a Tony a sistemare la legna per accendere il fuoco.

———

Zeke avrebbe voluto tornare in casa con tutto se stesso, trascinarsi Elsie a letto e fare l'amore con lei per tutta la notte, a lungo, con una lentezza dolce. Dopo Corinne, non aveva mai più considerato di farsi coinvolgere da una donna in un rapporto serio. Invece con Elsie ormai non riusciva a immaginare di *non* farsi coinvolgere seriamente. Era come una luce potente che gli aveva illuminato la vita, altrimenti piatta.

Passare del tempo con Tony gli ricordò che *anche lui* voleva avere dei figli. Il figlio di Elsie era molto curioso, intelligente e impegnativo. Gli faceva un milione di domande e lo teneva sempre sul chi va là. Inoltre, assorbiva tutte le informazioni che sentiva.

Tony aveva ascoltato molto attentamente Zeke, che gli aveva spiegato i vari passaggi per preparare il fuoco: gli aveva insegnato a usare la pietra focaia per creare la scintilla e far partire le fiamme. A Tony era servito un po' di tempo per imparare a usare la pietra e generare la scintilla, ma lo sguardo fiero, quando era riuscito ad avviare il fuoco, era stata una ricompensa assoluta per Zeke. Era stato lui a insegnarglielo e adorava quel pensiero.

Arrostirono le salsicce, poi i marshmallow da mettere sui biscotti; avevano guardato le stelle, riconoscendo le costellazioni, infine si erano sistemati in tenda per dormire. Il tempo era perfetto per dormire all'aperto, né troppo freddo, né troppo caldo. Un uomo e un ragazzo fianco a fianco: Zeke sospirò contento.

"Zeke?"

"Dimmi, Totò."

"Siamo al sicuro qui fuori, vero?"

Tirandosi su e appoggiandosi al gomito, Zeke riusciva appena a intravedere il viso di Tony, nel buio della tenda. "Ma certo, perché? C'è qualcosa che ti preoccupa?"

"È una stupidata," gli rispose Tony evasivamente.

"Perché non lasci decidere a me?"

Tony sospirò. "È solo... sai quel programma che hanno registrato qui a Fallport un po' di tempo fa? I tipi che cercavano Piedone? Se poi esiste davvero e viene qui a vendicarsi perché il suo nascondiglio è stato svelato a tutti in TV?"

Zeke soffocò una risata. L'ultima cosa di cui Tony aveva bisogno era pensare che qualcuno ridesse di lui. "Non devi preoccuparti assolutamente che Bigfoot venga nel mio giardi-no," gli spiegò in tutta franchezza.

"Come fai a saperlo? Potrebbe essere qui vicino che ci osserva. Magari aspetta che ci addormentiamo."

"Penso che Bigfoot faccia di tutto pur di rimanere lontano dagli esseri umani."

"Però, se poi vuole vendicarsi di quelli che hanno cercato di stanarlo? Se poi sente l'odore delle salsicce che abbiamo cotto e gli viene fame? Il fuoco potrebbe aver attirato la sua attenzione. Il tuo giardino non è recintato. Se poi..."

"Calmati, Totò. Senti qui... hai mai sentito *qualcuno* da queste parti dire di aver visto Bigfoot?"

Tony ci pensò per un momento, poi rispose: "No."

"Appunto. Se Bigfoot esiste davvero, sono sicuro che sarà abbastanza furbo da starsene alla larga da noi. Potrebbe avere una famiglia da proteggere e l'ultima cosa che farebbe sarebbe venire in questo giardino a creare dei problemi, perché i problemi poi si ritorcerebbero contro lui e la *sua* famiglia. Sono anni che si nasconde bene nella foresta, tantissimi anni. Solo perché sono venuti a registrare per un programma televi-sivo, non significa che tutto d'un tratto Bigfoot si presenterà a passeggiare nella piazza centrale. Ti immagini cosa farebbero Otto, Art e Silas se lo vedessero arrivare?"

Tony fece una risatina e Zeke si rilassò. Non era sicuro di aver trovato le parole giuste per convincere quel ragazzo che era al sicuro.

"Ho un'altra domanda," proseguì Tony.

"Spara."

"Come si fa il plurale di Piedone? I Piedoni? I Piedone?"

Zeke scoppiò a ridere. "Non ne ho idea."

"Domani lo chiedo alla mamma, lei lo saprà. Lei sa sempre tutto."

"Tony?"

"Sì?"

"Tu e la tua mamma sarete sempre al sicuro, con me. Se

qualcosa ti fa paura, tu vieni da me. Farò sempre tutto ciò che posso per proteggerti, hai capito?"

Tony rimase tranquillo per un momento, poi gli rispose: "Va bene."

"Bene," ripeté Zeke, "ora pensi di riuscire a dormire?"

"Sì sì."

"Ottimo. Se ti svegli nel bel mezzo della notte e hai bisogno di qualcosa, scuotimi pure. La mamma è in casa, chiusa a chiave, tanto per sicurezza. Non che mi aspetto che succeda qualcosa, ma non è mai saggio dormire a casa senza chiudere a chiave."

"Hai chiuso a chiave la tenda?" gli domandò Tony.

Zeke sussultò. Tony aveva subito collegato le cose. "Siamo chiusi bene," gli disse un po' evasivamente.

"Va bene. È stata una serata fantastica, non vedo l'ora di andare a scuola e raccontare tutto a Bridger."

"Bridger? C'è qualcuno a scuola che si chiama così?" gli chiese Zeke, cercando di non mettersi a ridere.

"Sì sì, ha un quad e si vanta sempre che può andarci dappertutto. Pensa di essere un genio perché sa guidare."

Sul viso di Zeke si formò un sorriso. "Io non ho un quad, ma sto pensando che sei grande abbastanza per imparare a guidare," gli disse impulsivamente.

Il sacco a pelo di fianco a Zeke fece un gran fruscio mentre Tony si metteva seduto di fretta. "*Davvero?*"

"Sì. Anche se, certo, non in strada. Penso che a Simon, sai, il capo della polizia, a lui non farebbe proprio piacere. Però penso che tu sia abbastanza alto per raggiungere i pedali della macchina della mamma. Possiamo andare al parcheggio della scuola nel fine settimana, vedere come va."

"Che bello," commentò Tony con un filo di voce, mentre tornava a sdraiarsi. "Zeke?"

"Eccomi, Totò."

"Sono contento che siamo amici."

Mai Zeke era stato colpito tanto da così poche parole. "Anch'io," gli rispose.

"Buona notte," gli disse Tony.

"Notte, Totò."

Zeke rimase a fissare i teli della tenda e sentì il respiro di Tony farsi più regolare. Invece dei brutti ricordi che spesso lo tormentavano di sera, Zeke rimase sveglio a pensare a quanto si sentiva fortunato. Aveva superato delle situazioni terribili, ma finalmente cominciava a sentirsi ricompensato.

Tony era un ragazzo divertente, riempiva un vuoto di cui Zeke non si era nemmeno mai accorto. Zeke non era certo un idiota: sapeva che quel ragazzo sarebbe cresciuto, l'avrebbe messo alla prova e probabilmente a volte si sarebbe comportato da vandalo. Però sentiva che i momenti belli avrebbero di gran lunga superato quelli brutti.

Poi c'era Elsie. Zeke poteva immaginarsela a letto, con il cuscino stretto al petto, appallottolata su un fianco, mentre dormiva...

Voleva quello, nel suo futuro: passare del tempo con Tony, tornare a casa e trovare Elsie nel suo letto. Avevano entrambi un matrimonio fallito alle spalle, Zeke era sinceramente convinto che quell'esperienza sarebbe servita molto a entrambi, nel rapporto che stavano coltivando.

Quel pensiero gli fece tornare in mente un'idea che gli era venuta due giorni prima, quando aveva portato la colazione a Elsie, al motel. Ne aveva già parlato con Ethan, che si era detto d'accordo al cento per cento. Forse era giunto il momento di mettere in movimento gli ingranaggi.

Edna, al Mangree, era stata meravigliosa con Elsie e con Tony, ma a loro serviva una casa. Zeke sperava che un giorno venissero a stare *da lui*, ma nel frattempo avrebbe aiutato la donna di cui si stava innamorando, e suo figlio, a trovare un posto dove vivere, un posto tutto loro.

CAPITOLO DIECI

I giorni successivi passarono grossomodo come la settimana precedente. Elsie trascorreva il tempo a lavorare con Zeke, poi a fine turno andava da Tony. Quasi sempre finivano a casa di Zeke per cena e per stare un po' insieme. Dopo anni di incertezze, Elsie diventava ogni giorno più contenta.

Ogni volta che vedeva Zeke con la testa abbassata sui compiti di Tony, a tavola, le venivano gli occhi lucidi. Zeke aveva passato più momenti importanti con Tony in un paio di settimane di quanti ne avesse passati il padre in quattro anni. Il legame tra loro due era sempre più evidente, Elsie non poteva che esserne entusiasta.

In quel momento si trovava all'On the Rocks, il turno di lavoro che stava per terminare era stato impegnativo ma non troppo: c'erano stati clienti di continuo, ma niente di troppo affollato.

"Elsie? Prendi la borsa, usciamo un attimo. Lance, ce la fai a gestire la prima linea fintanto che torniamo?" chiese Zeke.

Elsie si accigliò, guardò Zeke e gli chiese: "Dove stiamo andando? Non possiamo uscire così."

"Certo che possiamo, al momento ci sono pochi clienti,

Reina e Valerie se la cavano. Dai, voglio che siamo presenti quando Tony scende dall'autobus."

"È successo qualcosa?" chiese Elsie, mentre Zeke le metteva una mano dietro la schiena e la faceva deviare verso l'ufficio, perché potesse prendere le sue cose.

"Ma no," le rispose Zeke con leggerezza.

"Non mi piacciono le sorprese," brontolò lei togliendosi il grembiule.

"Sì che ti piacciono," ribatté lui. "Ti è piaciuto il fine settimana scorso, quando sono uscito con Tony e ti ho portato caffè e ciambelle a colazione, dopo aver dormito in tenda. Ti è piaciuto anche quando ho insegnato a Tony come pulire a fondo la tua macchina, tanto che quando abbiamo finito ti ci sei specchiata dentro. Ti è piaciuto anche..."

"Va bene, va bene, d'accordo," lo interruppe Elsie con una risata. "Di *solito* non mi piacciono le sorprese, ma tu mi stai convertendo lentamente."

"Bene. Allora dai, andiamo, vedrai che ti diverti."

Scuotendo la testa per l'entusiasmo di Zeke, Elsie stava per protestare ancora. Una "sorpresa" per lei di solito significava che Zeke stava preparando qualcosa per lei e per Tony. Non era mai niente di esagerato, non le aveva mai comprato qualcosa di straordinario, niente follie, come una macchina nuova; eppure le sembrava ancora strano avere qualcuno che si impegnasse tanto spesso per farla felice.

Quando uscirono e furono sul marciapiede circostante la piazza, Zeke alzò una mano per salutare Silas, Otto e Art, che erano seduti al solito posto, dall'altra parte, appena fuori dall'ufficio postale. Stavano sempre a guardare chi passava e cosa succedeva, Zeke li salutava sempre quando usciva dal locale.

La accompagnò al parcheggio, e quando furono in macchina, lui si diresse verso il Motel Camping Mangree.

"Hai intenzione di dirmi dove stiamo andando?" gli chiese.

"No. Non ancora," le rispose Zeke con un sorrisetto.

Elsie si chiese come mai glielo stesse chiedendo: ormai aveva già capito che Zeke era bravissimo a mantenere il segreto su quelle sorprese. Non vuotava il sacco se non quando lo decideva lui.

Accostarono nel parcheggio proprio quando arrivava lo scuolabus di Tony. Quando il ragazzo vide la macchina di Zeke, sul suo viso si aprì un enorme sorriso e si mise a correre verso di loro.

"Ciao! Cosa ci fate qui?" domandò.

"Parola in codice?" gli chiese Zeke ricambiando il sorriso.

"Enumerare," recitò Tony doverosamente. "Anche se, dato che la mamma è presente, tecnicamente non è necessaria."

"Cosa significa?" gli chiese Zeke, ignorando la logica stringente di Tony.

Elsie si limitò a guardarli con un gran sorriso.

Tony alzò gli occhi al cielo. "Significa elencare, contare. Per usarlo in una frase di senso compiuto, non riesco a enumerare tutte le occasioni in cui ti ho detto che non mi serve la parola in codice quando c'è la mamma."

Zeke scoppiò a ridere. "Ottimo lavoro, Totò," gli disse scompigliandogli i capelli. "Oggi pensavo di portarvi in un posto speciale. Io e la tua mamma dobbiamo tornare al lavoro tra poco, ma penso che ti piaceranno i miei programmi."

"Andiamo!" esclamò Tony con entusiasmo, afferrando la maniglia dello sportello posteriore della macchina di Zeke.

Ben presto, i tre furono di nuovo in viaggio. Tony raccontò profusamente la giornata a scuola, Zeke lo incoraggiava facendogli delle domande pertinenti. Elsie si rilassò sul suo sedile, felice di stare ad ascoltare. Quasi non riusciva a credere di aver avuto sospetti sulla possibilità di un rapporto con Zeke. Non avrebbe dovuto. Era un uomo meraviglioso, non faceva mai sentire Tony un terzo incomodo, non le aveva mai fatto pressioni per correre, tenendo sempre il rapporto su un livello che andasse bene anche a lei.

Anzi, Elsie quasi avrebbe preferito che insistesse un po' di più.

Desiderava Zeke. Moltissimo. Voleva andare oltre ai baci rubati quando potevano.

Mentre Zeke era fuori in tenda con Tony, Elsie aveva passato la notte nel suo letto. Circondata dal suo profumo inebriante, ne aveva approfittato per darsi piacere da sola, respirandolo e immaginando per tutto il tempo che fosse *Zeke* a toccarla.

"Eccoci qui," annunciò Zeke, risvegliando Elsie dai propri pensieri. Lei guardò fuori dal parabrezza e vide che erano arrivati alla biblioteca pubblica di Fallport.

"La biblioteca?" gli chiese perplessa.

"Sì. Dai, andiamo. Qui ci lavora Raid, ci sta aspettando."

Tony saltò fuori dal sedile posteriore, mentre Zeke girò intorno al veicolo, la prese per mano e si abbassò, portandole le labbra vicino all'orecchio e mormorandole: "Fidati di me."

La sera prima, avevano parlato dell'amore di Tony per la lettura. A quel ragazzo non interessava guardare la TV o giocare ai videogiochi, come a tanti altri della sua età, ma poteva perdersi per ore su un libro. Aveva consumato a tempo di record tutta la selezione di libri adatti alla sua età che aveva trovato nella libreria di Zeke.

Elsie si era impegnata al massimo per far sì che il figlio avesse sempre abbastanza libri che lo tenessero impegnato, ma al motel non c'era molto spazio e lei non aveva mai trovato il tempo di andare in biblioteca.

Tony arrivò a grandi balzi alla porta e la aprì per Elsie e Zeke.

"Ricordati di parlare a voce bassa in biblioteca," lo avvertì Elsie, sapendo che il figlio aveva la tendenza a farsi sentire parecchio, quando si entusiasmava.

"Va bene," le rispose Tony.

Quando entrarono, Zeke gli disse: "Totò, dammi un secondo con la tua mamma. I libri appena arrivati adatti alla tua fascia di età li trovi laggiù," gli disse indicando una sezione non troppo lontana. "Vedi se c'è qualcosa che ti incuriosisce."

"Va bene," rispose Tony con slancio, prima di andarsene quasi di corsa.

Zeke si rivolse a Elsie e le disse: "Prima che ti arrabbi, lascia che ti spieghi."

"Non sono arrabbiata," intervenne Elsie. "Avrei dovuto portarlo qui già da tempo, o almeno passarci al mattino prima del lavoro, da quando ho smesso di lavorare per Edna. Avevamo anche parlato della possibilità di fargli una tessera in biblioteca, anche una per me. Solo che da allora non ci ho più pensato."

Zeke annuì. "Mi fa piacere. Comunque c'è dell'altro." Vedendola perplessa, continuò a spiegarle. "Sai che ne abbiamo parlato, mi hai detto che non ti piace lasciare Tony da solo quando torna da scuola finché torni a casa. Sinceramente, anche a me dà qualche pensiero. Allora ho telefonato alla segreteria della scuola e ho scoperto che c'è un altro scuolabus che si ferma a due isolati dalla biblioteca. Sai che Raiden lavora qui, ho parlato anche con lui... e sarebbe più che contento di far venire qui Tony dopo la scuola, invece che farlo tornare a casa. Tanto Raiden deve venire in biblioteca perché ci lavora, sai, ha detto che lo può tenere d'occhio finché non vieni a prenderlo."

Elsie rimase ferma a fissare Zeke, incredula.

"Ma sei matto?"

Elsie chiuse gli occhi e si sforzò di non mettersi a piangere.

"Els? Dimmi qualcosa."

Lei riaprì gli occhi e sbottò: "Adesso voglio proprio baciarti."

Lui fece un gran sorriso.

"Però è meglio di no, perché il tipo di bacio che voglio darti sarebbe del tutto inadatto a un luogo pubblico come la biblioteca. Poi mio figlio probabilmente commenterebbe schifato. Sei *sicuro* che a Raid vada bene? Non penso che sia un problema per Tony, ma sai, dopo un po' l'entusiasmo per la novità potrebbe raffreddarsi e lui potrebbe annoiarsi."

"Dovesse succedere, vedremo cosa fare. Non mettiamo il carro davanti ai buoi. Peraltro, penso che ci siano libri a sufficienza per tenerlo impegnato molto tempo; se poi dovesse annoiarsi, immagino che Raid troverà qualcosa da fargli fare. Dai, andiamo a salutarlo, poi vediamo se ci sono dei libri che Tony può portare con sé... così gli diamo anche la notizia che in futuro potrà passare più tempo in biblioteca."

Zeke si avviò verso il bancone del servizio agli utenti, ma Elsie gli mise una mano sul braccio per fermarlo.

"Dico sul serio... proprio quando penso che sia impossibile migliorare, tu superi te stesso e mi dimostri che mi sbagliavo," gli disse sottovoce.

Zeke le si avvicinò e fece quel gesto che lei amava tanto: le mise una mano dietro la nuca. "Smuoverei le montagne per vedere il tuo sguardo addolcirsi, Els. Credimi, non è stato affatto difficile."

"Non ho bisogno che tu smuova le montagne, Zeke. Ho solo bisogno di *te*."

"Eccomi qua."

Si fissarono a vicenda per un lungo momento, poi Zeke fece un respiro profondo. "Sai che vorrei tanto rimanere qui con te, ma dobbiamo parlare con Raiden, sistemare Tony e poi tornare al lavoro."

"Lo so," gli sussurrò lei.

Zeke fece un gran sorriso. "Però non ti muovi."

"Nemmeno tu," ribatté lei.

"Che ne pensa Tony di dormire fuori?" le domandò Zeke.

Elsie si accigliò confusa. "Dormire fuori?"

"Sì, intendo a casa di qualche amico, o magari potrebbe fare una gita di un giorno con Talon e Rocky, sono sicuro che sarebbero felicissimi di portarlo a fare un giretto zaino in spalla."

"Sarebbe felicissimo," rispose Elsie, "ma perché?"

Zeke si abbassò e le sussurrò in un orecchio: "Perché ti voglio. *Parecchio*. Non voglio distrazioni e non voglio che ti preoccupi che Tony ci senta. Voglio dormire nel mio letto *con* te. Voglio dimostrarti quanto tengo a te. Voglio svegliarmi con te tra le braccia, voglio fare colazione senza fretta, poi fare di nuovo l'amore."

Il cuore di Elsie stava correndo a mille prima ancora che Zeke finisse di parlare. "Lo voglio anch'io," gli rispose con un filo di voce.

"Meno male," ribatté lui sospirando.

Elsie scosse la testa. "Pensavi davvero che potessi dire di no?"

Zeke fece spallucce: "La prima volta che faremo l'amore, non voglio avere fretta. Voglio potermi prendere tutto il tempo. Voglio che tu possa fare tutto il rumore che vuoi. Però non ero sicuro ti facesse piacere l'idea che Tony passasse la notte fuori casa. È tanto tempo che non vi separate mai."

Ecco, Zeke si preoccupava di nuovo di lei, di ciò che Elsie poteva provare. "Non mi farebbe piacere se Tony dovesse passare la notte con chiunque altro, ma con uno dei tuoi amici? Non c'è alcun problema. Sono brave persone, proprio come te. Mi fido di loro, so di potermi fidare. Anche se si tratta della persona più importante della mia vita. Quando?"

L'entusiasmo di Elsie lo fece sorridere. "Stasera parlo con loro e vediamo quando c'è un buon momento."

Elsie annuì. Sentiva scorrere nelle vene entusiasmo e desiderio. Non sapeva nemmeno lei quando si era affezionata così tanto a Zeke, ma sapeva il perché. Non solo perché lo trovava un uomo molto affascinante, oggettivamente bello, senza dubbio. Però era il suo carattere *interiore* che l'aveva convinta ad abbassare gli scudi con cui si era abituata a difendersi. Anche lui era stato ferito, proprio come lei, ma non si era indurito a tal punto da non riuscire più a correre il rischio di tentare un altro rapporto. Per fortuna.

"Non ho mai voluto una donna tanto quanto voglio te, Els," le disse.

"Idem," gli rispose.

Zeke annuì. "Bene. La seccatura è che ci sarà un po' da aspettare, ma ne vale la pena. Aspetterei tutto il tempo necessario, per trovarmi dentro di te, per vedere quei begli occhi marroni che mi guardano, mentre ti concedi a me."

Elsie deglutì a fatica. "Così mi rendi tutto più complicato."

Lui sbuffò. "Sì, scusami, cercherò di fare il bravo. Forse."

Elsie non si trattenne e scosse la testa. "Mi sembra di essere tornata un'adolescente che cerca il modo di pomiciare con il ragazzo a casa senza che i genitori se ne accorgano."

Zeke rise. "Dai, andiamo a trovare Raid."

Intrecciarono le dita delle mani e Zeke si portò la mano di Elsie alla bocca per baciarle le nocche, prima di farle strada per il bancone del servizio agli utenti. Ci girò intorno e si diresse verso un ufficio sul retro.

"Ciao Raid," disse Zeke entrando nell'ufficio senza bussare.

Ovviamente Raid li aveva visti, perché non fu minimamente colto di sorpresa al loro arrivo. Duke, il suo segugio enorme, nero e marrone, alzò il muso alle parole di Zeke, poi quando lo vide lo abbassò di nuovo, con un lungo sospiro disinteressato.

"Vedo che Duke è fuori di sé dalla gioia di vedermi," scherzò Zeke.

"Oggi sono stato nei vari reparti per sistemare dei libri sugli scaffali, è stanco perché mi ha seguito ovunque," spiegò Raiden scrollando le spalle, "stai interrompendo il suo pisolino."

"Scusa tanto, Duke," disse Zeke al cane, ma il segugio non alzò nemmeno lo sguardo sentendosi chiamare per nome.

"Sei sicuro che va bene, se Tony rimane qui da solo dopo la scuola?" gli chiese Elsie.

"Certo, se no non avrei accettato," rispose Raiden.

Tra tutti gli amici di Zeke, Raid era quello più... distaccato. Elsie non era nemmeno sicura fosse quella la parola che lo descriveva meglio, ma ci andava vicino. Parlandone con Zeke, Elsie aveva saputo che Raiden era stato nell'unità cinofila della guardia costiera. Passava il tempo con il suo compagno a quattro zampe a cercare droga sulle barche che venivano intercettate nelle acque territoriali circostanti la Florida. Poi era successo qualcosa (Zeke non le aveva detto cosa) e Raiden si era dimesso, arrivando a Fallport per entrare nella squadra di ricerca e soccorso Eagle Point.

Era stato un arrivo fortunato per quella cittadina, Elsie lo riconosceva, a prescindere dai motivi che ce l'avessero portato.

Sicuramente le donne single di Fallport e dintorni dovevano essere altrettanto contente. Raid era di certo un bello spettacolo per gli occhi, coi suoi capelli fulvi e la barba più folta rispetto agli altri suoi amici. Le orecchie erano ben visibili e delicate, il naso lungo e stretto. Non era il classico bell'uomo, ma nell'insieme i suoi tratti lo rendevano affascinante.

In quel momento, Raid indossava una camicia a scacchi rosso-blu e un paio di jeans, sembrava un montanaro, uno degli eroi di cui Elsie leggeva nei romanzi. Rifletté anche sull'ipotesi che Raid nascondesse un'accetta a casa per spaccare la legna nel tempo libero.

Poi subito le venne voglia di darsi uno scappellotto per aver addossato uno stereotipo a quel pover'uomo.

"Raid, io..."

Tutti i presenti nella stanza si voltarono a quella voce: una donna era arrivata alla porta. Era una signora esile, poco oltre il metro e sessanta, piuttosto formosa. Aveva i capelli castano chiari tirati indietro in una coda di cavallo molto a modo. Gli occhi nocciola erano concentrati su Raid; entrò in ufficio, ma appena si accorse di non essere da sola con lui, si fermò.

Duke, che russava letteralmente con un volume sufficiente a farsi sentire dall'altra parte della biblioteca, scattò in piedi e si diresse verso di lei con la coda che si muoveva a mille all'ora, come se stesse tornando dalla persona a lui più cara al mondo.

"Non viene mai a salutare *me* in questo modo," commentò Zeke, mentre Duke spingeva ripetutamente il muso contro la mano di quella donna.

"Mi dispiace, non sapevo ci fosse qualcuno," disse la donna arrossendo leggermente, mentre faceva le coccole a Duke; poi si girò per andarsene.

"Khloe, ti presento Elsie Ireland e il mio amico Zeke Calhoun. Lavora con me nella squadra Eagle Point."

"Piacere," disse Elsie con un sorriso.

"Piacere di conoscerti," disse Zeke.

Khloe rispose con un sorrisetto. "Torno più tardi," disse a Raid, accarezzando Duke un'ultima volta, prima di avviarsi per uscire.

Mentre se ne andava, Elsie notò che claudicava parecchio. Non si trattenne e corrugò la fronte preoccupata.

"Che signora gentile," commentò Zeke osservando Raid e senza nascondere la curiosità.

"Sta bene?" domandò Elsie allo stesso tempo.

"È forte," rispose Raiden con tono burbero, mentre Duke tornava a sdraiarsi nel suo lettino. "È stata assunta due giorni fa, Duke le vuole già bene; che strano, a lui di solito non piace *quasi* nessuno."

"Hmmm," commentò Zeke.

"Comunque, se Duke la trova simpatica, vuol dire che è simpatica," tagliò corto Raiden, "e per rispondere alla tua domanda, Elsie, sì, sta bene. Ha parlato di un vecchio infortunio da cui non è mai guarita del tutto." Si alzò in piedi, Elsie fu leggermente meravigliata per quanto era alto. Sembrava torreggiare su Zeke, che non era certo un metro e sessanta. Raiden era alto almeno due metri. Elsie si sentiva una donna in miniatura, al loro confronto.

"Hai già detto tutto a Tony?" chiese Raid.

"Non ne abbiamo ancora parlato. Appena siamo entrati, gli si sono accesi gli occhi di gioia, probabilmente si è già perso in qualche libro," rispose Zeke.

"Allora andiamo a trovarlo, così possiamo dirgli che non deve leggere tutti i libri in un colpo solo. Potrà approfittarne ogni pomeriggio," disse Raiden. "Duke, stai qui," disse al cane incamminandosi verso la porta.

Elsie era in piedi dietro a Zeke, che stava spiegando a Tony che avrebbe passato ogni pomeriggio dopo la scuola nella biblioteca, invece che nella stanza del motel. La gioia negli occhi del figlio fece venire voglia a Elsie di piangere e di stringere forte Zeke allo stesso tempo. Ogni pomeriggio, lei era preoccupata per Tony e odiava doverlo lasciare tanto tempo da solo, per di più in un motel. Tony avrebbe potuto finalmente fare qualcosa che amava, dopo la scuola (in particolare perdersi nella lettura di una storia), pur sempre con qualcuno che lo teneva d'occhio, in un ambiente sicuro: per lei era un sollievo inestimabile.

"Io e la mamma adesso dobbiamo tornare al lavoro, Totò. Tu sei a posto?" gli chiese Zeke.

In tutta risposta, Tony saltò in avanti per abbracciarlo con forza. "Grazie," gli disse con grande gioia.

"Non devi ringraziarmi," gli disse Zeke ricambiando l'abbraccio. "Ringrazia la mamma, è stata lei a dire di sì."

Tony lasciò andare Zeke e avvolse le braccia intorno a Elsie. "Grazie mamma!"

Elsie chiuse gli occhi per godersi quel momento fino in fondo. "Figurati, Tony, però devi fare il bravo," lo avvertì, "se Raiden, o Khloe, o chiunque altro mi dice che non ti comporti bene, dovremo rinunciare, hai capito?"

Tony annuì e alzò lo sguardo verso la mamma: "Quanti libri posso prendere allo stesso tempo?"

Elsie non riuscì a trattenere un sorriso, gli scostò dagli occhi una ciocca dei capelli troppo lunghi: "Cerchiamo di non esagerare, va bene? A casa non abbiamo tanto spazio. Diciamo che potremmo cominciare con tre?"

Tony abbassò lo sguardo ma annuì: "Va bene."

"Penso che siano abbastanza, specialmente perché sarai qui tutti i giorni," gli disse Elsie, "puoi sempre leggere mentre sei in biblioteca, però dovrai fare i compiti subito dopo cena, se vuoi leggere anche la sera," lo avvertì.

"Va bene," le rispose Tony.

Elsie ebbe la sensazione che per anteporre i compiti alla lettura ci sarebbe stato da discutere, ma per il momento accettò quella semplice risposta. "Ti voglio bene, Tony."

"Anch'io ti voglio bene, mamma."

Elsie guardò l'orologio "Torno a prenderti tra un'oretta e mezza."

Tony annuì subito e si allontanò, così Zeke fece un passo verso di lei e la cinse con un braccio. "Non parlare con gli estranei, Totò. Se qualcuno ti dà fastidio, vai via e fila in ufficio da Raiden. Non c'è niente di male ad andar via, se non ti senti a tuo agio con qualcuno, hai capito?"

"Va bene."

"Ah, non uscire, per nessun motivo, senza prima parlare con Raid."

"Ho capito."

"Quando arrivi, puoi mettere lo zaino in ufficio."

Tony annuì.

"La regola più importante..." proseguì Zeke abbassando il tono della voce.

"Sì?" gli chiese Tony.

"Se leggi qualcosa di molto interessante, scriviti il titolo e l'autore che così me lo leggo anch'io."

Tony fece un gran sorriso. "Lo farò."

"Perfetto, allora fai il bravo."

Tony annuì di nuovo, poi si girò per andare alla sezione dei libri di fantascienza per ragazzi. Elsie lanciò un'occhiata alla donna che era entrata nell'ufficio di Raiden, stava tirando fuori un libro da uno scaffale e lo porgeva a un ragazzo, poi si metteva a parlare con lui, probabilmente per descrivergli i contenuti di quel libro.

L'aveva incontrata in un frangente un po' improvvisato, ma sembrava non avesse problemi a interagire con i ragazzini dell'età di Tony.

"Grazie ancora," disse Zeke a Raiden.

"Figurati. parlerò anche con gli altri dipendenti per spiegare loro la situazione, nel caso non ci sia io. Lo terranno tutti d'occhio," aggiunse Raid, rivolgendosi più a Elsie che a Zeke.

"L'apprezzo."

"Nessun problema."

"Ci vediamo," concluse Zeke, salutando l'amico con un cenno del mento.

Raiden rispose con lo stesso cenno, poi tornò in ufficio.

Usciti dalla biblioteca, Zeke le aprì lo sportello della macchina; poi, appena fu al volante, Elsie si appoggiò a lui, gli mise una mano sulla coscia e lo baciò sulla guancia.

Zeke girò la testa e lei non si tirò certo indietro. Spinse le labbra su quelle di Zeke, cercando di dimostrargli come meglio poteva tutta la gratitudine in quel bacio. Sentì i capezzoli indurirsi sotto la maglia e sentì un brivido sotto il sedere.

Non riusciva a togliersi dalla testa ciò che Zeke le aveva detto prima.

Anche lei voleva tutto ciò che lui le aveva elencato. Lo voleva da morire. Aveva passato gli ultimi nove anni mettendo sempre Tony al primo posto. Non rimpiangeva un singolo momento... ma poter avere tutto per sé Zeke per una notte stava rapidamente diventando il suo desiderio più importante.

"Accidenti, sei tremenda," le disse Zeke quando lei finalmente si staccò da lui. Lo vide muoversi sul sedile per sistemarsi i pantaloni, chiaramente in difficoltà.

Gli sorrise e tornò a sedersi dalla sua parte. "Dimmi, quando vorresti parlare coi tuoi amici?"

"Non sarà mai abbastanza presto," mormorò lui, che poi le sorrise. "Mi piace vederti così."

"Così come? Frustrata ed eccitata?"

Zeke aprì il suo sorriso. "No, felice, spensierata, meno stressata."

Aveva ragione: Elsie in quel preciso momento si sentiva meno stressata di quanto non fosse stata negli ultimi anni. Aveva sempre molto di cui preoccuparsi, ma ormai non si sentiva più sola, aveva un compagno, un uomo a cui poteva appoggiarsi nei momenti di bisogno. Che meraviglia.

"È tutto grazie a te," gli rispose.

Lui scosse subito la testa. "No no, è tutto grazie a te. Dai, torniamo all'On the Rocks prima che Otto e gli altri comincino a dire in giro che siamo stati rapiti da Bigfoot."

Elsie sghignazzò. "Non riusciremo mai a metterci quel programma alle spalle, vero?"

"Probabilmente no, mai. Quando lo trasmetteranno in TV, Harry al negozio spera che arrivino un sacco di turisti in cerca di Piedone, tutti alla ricerca disperata di magliette, tazze e altre cavolate che lui è pronto a vendere loro."

"Cioè, immagino che un afflusso maggiore di persone porti anche più soldi, ma è anche un rischio maggiore che qualcuno si perda e si faccia male, vero?" gli chiese Elsie.

Zeke annuì mentre avviava la macchina. "Eh sì. Immagino che in tanti andranno a spasso per le montagne, ma poi gli animi si raffredderanno quando nessuno troverà tracce della creatura leggendaria."

"Allora tu non credi che Bigfoot esista?" gli chiese Elsie.

"Tu ci credi?" ribatté lui.

"No, ma c'è sempre quell'un per cento di rischio che esista davvero... dico, non sarebbe meglio lasciarlo in pace? A volte il mondo può diventare un ambiente ostile, specialmente per uno come Piedone. Se il governo gli mettesse le mani addosso, vorrebbe esaminarlo, magari anche sezionarlo, cose del genere. Spero davvero che rimanga nascosto dov'è."

"Anch'io," concordò Zeke.

Non servì loro molto tempo per arrivare al parcheggio dietro la piazza. Come sempre, Zeke la prese per mano mentre camminavano verso l'ingresso dell'On the Rocks.

"Grazie, Zeke," disse Elsie sottovoce mentre si avvicinavano al locale. "Nessuno è mai stato tanto buono, con me o con Tony."

"Non è affatto difficile rendervi felici," rispose Zeke, che si fermò sull'uscio per baciarla sulla testa, poi salutò con un cenno della mano i tre signori che li guardavano con avida curiosità, infine la seguì all'interno.

CAPITOLO UNDICI

Era difficile fare qualcosa per Elsie, ma Zeke non si sentiva affatto scoraggiato. Ogni aiuto sembrava metterla molto a disagio, a meno che non fosse per il bene del figlio. Zeke aveva capito alla svelta che quello era l'appoggio più sicuro per farle accettare ciò che voleva fare per lei.

Tuttavia, sperava di non aver esagerato nel passo successivo: non che volesse insistere per darle qualcosa di suo... aveva solo parlato con alcune persone per organizzare qualcosa che sperava lei accettasse.

Quella sera c'era in programma una uscita a quattro con Lilly e Ethan. Tony passava la serata a casa di Whitney Crawford, la proprietaria del Bed & Breakfast in cui aveva alloggiato Lilly quando era arrivata a Fallport per lavoro; da allora, Whitney e Lilly erano diventate molto amiche. Whitney era molto contenta di potersi rendere utile, tenendo Tony con sé in modo che Lilly potesse passare del tempo con la sua unica altra amica.

Ethan e Lilly si erano spesi molto per mettere in moto il piano di Zeke. Ormai non rimaneva altro che far dire di sì a Elsie.

Avrebbero passato la serata nella casa che Ethan aveva

comprato, la casa a cui Ethan aveva lavorato col fratello, era stata una ristrutturazione molto impegnativa. Non era ancora terminata del tutto, ma i due fratelli avevano un sacco di lavoro e almeno la casa era vivibile.

"Sono davvero ansiosa di vedere la casa," disse Elsie dal sedile di fianco a Zeke, che guidava. Non era lontana dal centro del paese (a Fallport, nulla era lontano dal centro). Venivano direttamente da casa di Whitney, dove avevano accompagnato Tony, che si era detto felicissimo di visitare un ambiente nuovo; Whit aveva in animo di insegnargli a fare il pane in casa, prima di preparare gli spiedini.

"Anch'io," replicò Zeke, che in realtà era molto ansioso di scoprire come avrebbe reagito Elsie alla proposta, ma solo al momento giusto. Accostando nel vialetto, Zeke rimase positivamente impressionato: Ethan e Rocky avevano lavorato moltissimo su quella vecchia casa, in un lasso di tempo breve.

Lilly uscì per riceverli, Elsie l'abbracciò come se non si vedessero da mesi, anche se in realtà era passato un giorno, massimo due. Zeke sentiva il cuore sciogliersi, vedendo Elsie così amica di un'altra donna: aveva bisogno di amiche, le meritava. Lilly era una persona fantastica.

"Ciao," disse Ethan a Zeke, che si avvicinava alla porta di casa dietro le due donne.

"Ciao," gli rispose lui, chiedendogli: "Tutto bene?"

"Sì, tutto pronto."

L'argomento della conversazione poteva facilmente sembrare la cena. Zeke si rilassò un pochino. Ethan aveva dovuto dirimere alcune complicazioni con il proprietario dell'edificio in cui aveva vissuto con Lilly, era bello sapere che ci era riuscito.

Fecero un giro della nuova casa. Zeke si meravigliò di nuovo delle abilità di Ethan e Rocky. La camera da letto principale era già completa, anche i bagni. La cucina era quasi terminata, mancavano ancora alcune finiture, più che altro estetiche. Le camere da letto per gli ospiti erano ancora in alto mare, l'ufficio e la zona giorno erano ancora da completare (sembravano reduci da un disastro), ma Zeke non aveva dubbi: sarebbero stato completate prima di quanto sembrasse.

Mentre Lilly versava del vino per tutti, cominciarono a parlare del più e del meno nel giardino sul retro, mentre l'arrosto finiva di cuocere nel forno. Quando passarono nella sala da pranzo, pronti a mangiare, Lilly introdusse l'argomento centrale, il motivo per cui Zeke ed Elsie erano stati invitati a cena.

"Allora... come vedete, io e Ethan stiamo traslocando," disse Lilly. "Anche se la casa non è ancora finita, non ce la facevo più ad aspettare. Ormai mi sento già a casa, qui."

"È una casa bellissima, Lilly," le disse Elsie con un sorriso enorme. "Si vede chiaramente tutto il lavoro che c'è dietro."

"Vero? Quanto hanno fatto Ethan e Rocky è impressionante. Si sono fatti il mazzo. Continuo a dir loro che non devono passare qui tutto quel tempo, ormai la casa l'abbiamo comprata, possono lavorarci nel tempo libero, ma penso che anche loro abbiano altrettanta voglia di vederla completata." Lilly fece un sorriso a Ethan.

"Dobbiamo terminare i lavori prima delle nozze," spiegò Ethan.

"Avete fissato la data?" domandò Elsie.

"Ci stavamo proprio pensando. L'idea di sposarci per Halloween sarebbe perfetta. Dovrebbe esserci abbastanza fresco, così nessuno suderà per il troppo caldo, per via dei vestiti eleganti, però non sarà nemmeno troppo freddo, quindi non dovremmo gelare."

"Ma è meraviglioso!" esclamò Elsie. "Congratulazioni!"

"Grazie," dissero Ethan e Lilly allo stesso tempo.

"Abbiamo già sentito i parenti e sembra che riusciranno tutti a prendersi dei permessi dal lavoro e dalla scuola, insomma, si libereranno per essere presenti. Già solo questo è un piccolo miracolo."

Lilly aveva una famiglia molto grande, Elsie sapeva quanto ci teneva alla presenza di tutti i parenti alla cerimonia, inclusa la sorella di Ethan.

"Ora che ci siamo trasferiti in questa casa e ci stiamo sistemando, Elsie, io e Lilly volevamo affrontare un certo discorso con te," disse Ethan.

Zeke la sentì incuriosita, anche un po' in apprensione, così allungò un braccio per metterle una mano sulla gamba. Elsie lo guardò per un momento, poi tornò a rivolgersi a Ethan.

"Con me?" domandò Elsie.

"Sì, con te. Mi sono rimasti circa otto mesi di contratto d'affitto dell'appartamento, avevo appena rinnovato per un anno. Io e Lilly non ne abbiamo più bisogno, perché ormai viviamo qui. Non è lontano dalla piazza e anche dall'On the Rocks. Mio fratello vive nello stesso palazzo. Non è un appartamento lussuoso, a dire il vero; è piuttosto fatiscente, ma le tubature sono in ottimo stato e l'acqua calda non manca mai. A me ha fatto sempre piacere. Il deposito di cauzione non è rimborsabile, se interrompo il contratto o se lo trasferisco. A quel tempo non mi ero fatto problemi a rinnovare, perché pensavo di viverci almeno un altro anno... poi ho incontrato Lilly..." Ethan sorrise alla sua fidanzata.

"Comunque, dato che non potrei chiudere il contratto di affitto, pensavo che magari tu e Tony potreste andarci a vivere; ho già parlato col padrone di casa, è contento di trasferire il contratto a tuo nome. Gli ho garantito che tuo figlio è un bravo ragazzo e non creerà problemi. Rocky sarebbe anche disponibile volentieri a tenerlo d'occhio, se e quando ne avessi bisogno."

Zeke aveva tenuto gli occhi fissi su Elsie per tutto il tempo in cui Ethan aveva parlato. Era difficile capire dalla sua espressione cosa stesse pensando. Aveva uno sguardo quasi impassibile... ma negli occhi che fissavano Ethan le si leggeva il desiderio, una voglia che faceva quasi male a guardarla.

Non rispose subito, così Lilly si inserì nel discorso.

"Sarebbe una soluzione perfetta. So che a Tony piace tanto la piscina del Mangree, ma almeno nell'appartamento avrebbe una cameretta tutta per sé. Le pareti sono molto sottili, ma i vicini di casa sono ben educati. Els, è un ottimo posto, tanto per cominciare. Ti prego, di' di sì."

Elsie deglutì a fatica una volta, poi un'altra volta. Appoggiò la forchetta sul piatto, dopo averla tenuta fin troppo stretta, facendola sferragliare sonoramente. "Perché... io?"

"Perché cosa?" chiese Ethan. "Perché lo stiamo offrendo a te? Perché ti meriti qualcosa di bello, alla buon'ora, Elsie. Ti fai il mazzo da mattina a sera per garantire ciò di cui Tony ha bisogno, sei nostra amica, non solo perché frequenti uno dei miei amici più cari, ma soprattutto perché *sei* nostra amica. Lasciaci fare, per te e per Tony."

"Posso pagare l'affitto..."

"No," disse Ethan, mentre Lilly scuoteva la testa con decisione. "L'affitto è già pagato fino alla fine del contratto."

"*Cosa?!* No, non posso accettare!" esclamò Elsie scuotendo a sua volta la testa. "Sono migliaia di dollari, dai, andiamo!"

"Els, per favore? Ti prego, lascia che facciamo questo gesto per te," la implorò Lilly, "lavori sempre *duramente* e sei una persona eccezionale, un'amica fantastica, una mamma superlativa."

"Non so che dire," sussurrò Elsie, chiaramente sopraffatta.

"Allora di' di sì!" esclamò Lilly con una risata.

"Poi ho parlato con gli altri ragazzi della squadra e loro si sono rivolti ad altre persone, insomma, abbiamo messo insieme qualche mobile per l'appartamento. I letti, un tavolo, un divano, due poltrone, dei libri, la libreria per la camera di Tony, un paio di tappeti, delle suppellettili per la cucina, i comodini... sai, cose utili," le spiegò Zeke.

Elsie si voltò per guardarlo. "Tu lo sapevi?" gli chiese.

"Saperlo?" domandò Lilly con gli occhi scintillanti. "Chi pensi abbia dato il la a tutto questo?"

In quel preciso istante, gli occhi di Elsie furono inondati dalle lacrime.

Per un attimo, Zeke si preoccupò. Temeva di aver esagerato, di essere stato invadente, persino di averla offesa, mandando all'aria del tutto il loro rapporto. Elsie era una donna orgogliosa, non aveva mai chiesto aiuto, mai una sola volta, anche quando pativa la fame per dare da mangiare al figlio. L'ultima cosa che Zeke voleva era farla star male per la situazione in cui si trovava.

Si era offerto di pagare lui l'affitto degli otto mesi residui, per l'appartamento di Ethan, ma l'amico non ci aveva nemmeno pensato. Alla fine si erano divisi le spese... un'altra conferma dell'amicizia splendida che li legava.

Quando Elsie praticamente gli si gettò addosso, Zeke chiuse gli occhi per il sollievo, mentre la prendeva tra le braccia.

Si spinse indietro dal tavolo per lasciare a Elsie lo spazio di accomodarsi sulle sue ginocchia, poi la tenne stretta mentre lei piangeva. Ethan e Lilly sorridevano entrambi, dall'altra parte del tavolo. Ethan allungò un braccio per prendere la mano di Lilly, mentre lasciavano che Elsie sfogasse le proprie emozioni.

Dopo qualche minuto, Elsie sollevò la testa, si asciugò gli occhi e si voltò per guardare gli altri. "Vi ringrazio tantissimo," disse con un tono che esprimeva la massima riconoscenza.

"Allora accetti?" le chiese Lilly, che ovviamente cercava una conferma.

"Sarei una stupida se rifiutassi," ammise Elsie.

Sghignazzarono tutti.

"Hai proprio ragione, ma lo sappiamo che non sei una stupida," aggiunse Lilly facendo l'occhiolino. "È una settimana che trasportiamo nell'appartamento i mobili che ci hanno regalato, quindi è già tutto pronto per te e per Tony.

Che ne dici di traslocare il resto della vostra roba questo fine settimana?"

"Questo fine settimana?" chiese Elsie sorpresa.

"Non c'è motivo di aspettare," le spiegò Ethan, "noi abbiamo già portato via tutte le nostre cose, l'appartamento è vuoto. Anzi, non proprio *vuoto*, adesso c'è un sacco di roba, ma insomma, hai capito cosa intendo."

"Io, eh... wow."

"Allora è un sì!" esclamò Lilly.

"Sempre che non ci siano emergenze, se non dobbiamo uscire con la squadra, saremo tutti disponibili per aiutare," le disse Zeke.

Elsie si voltò per guardarlo, poi si lasciò sfuggire una risatina. "Non servirete certo tutti e sette per far traslocare me e Tony. Non abbiamo così tanti bagagli."

"Allora non ci servirà tanto tempo," concluse Zeke; gli piaceva molto avere Elsie seduta sulle proprie ginocchia. Era una posizione intima, che lui amava soprattutto sapendo che lei era sopraffatta dalle emozioni e che si era appoggiata a lui per avere supporto e rassicurazioni.

Proprio mentre Zeke ci stava pensando, Elsie sembrò accorgersi di dove si era seduta. Arrossì e cercò di togliersi per tornare alla sua sedia. Zeke la trattenne per un momento per chiederle: "Allora ti va bene?"

Lei lo guardò negli occhi annuendo. "È da quando sono arrivata a Fallport che punto a trovare un posto più stabile in cui vivere con Tony. Non pensavo di metterci così tanto tempo, ma poi ci sono stati un sacco di imprevisti. Tony si è ammalato, ho dovuto pagare le medicine e le visite a domicilio. Poi è cresciuto alla svelta e cambiava vestiti di continuo. La mia macchina da aggiustare, un problema dopo l'altro. Fosse solo per me, non mi farei alcuno scrupolo a rimanere al motel per tutto il tempo necessario, ma Tony merita di avere un posto migliore in cui vivere. Si merita uno spazio più accogliente di una stanza da condividere con sua madre."

Elsie si voltò verso Ethan e Lilly e disse loro sottovoce: "Grazie. Se doveste avere bisogno di qualcosa, non avete che da chiedere. Ci penso io. Non ho molto da offrire, ma posso aiutarvi a pulire casa, o a sistemare il giardino. *Qualunque* cosa."

Ethan alzò gli occhi al cielo. "Sì, adesso ti chiedo di venire a sistemarmi il giardino," commentò quasi risentito.

"A noi basta che tu sia nostra amica," le disse Lilly, "in particolare *mia* amica. In città ci sono ancora tante persone che non mi prestano particolari attenzioni, per via di quel programma su Bigfoot che probabilmente farà arrivare un sacco di svitati qui a Fallport. A me non interessa tanto di piacere agli altri, ma un'amica mi farebbe tanto comodo."

A quel punto, quando Elsie cercò di alzarsi e di togliersi dalle sue ginocchia, Zeke l'aiutò sostenendola. Lei andò dall'altra parte del tavolo e abbracciò Lilly a lungo. Poi ripeté lo stesso gesto con Ethan.

Quando Elsie tornò alla sua sedia, ormai non piangeva più e stava sorridendo. "Non riesco a crederci," disse, "Tony impazzirà dalla gioia. Un momento... ma gliel'hai già detto?" chiese a Zeke.

"Pensi che sarebbe riuscito a non spifferare tutto, se gliel'avessi detto?" le chiese Zeke.

Elsie si mise a ridere. "Logico, certo che no. Mio figlio non riesce a tenersi un segreto nemmeno se ne andasse della sua stessa vita. Il che mi fa solo piacere. Almeno mi accorgo subito se c'è qualcosa che non va."

Zeke allungò una mano per stringere quella di Elsie.

"Bene, allora *questa* è fatta, adesso finiamo di mangiare così poi ti faccio vedere dove Ethan e Rocky mi costruiranno una casetta nel giardino," disse Lilly.

"Una casetta?" domandò Elsie.

"Sì, una specie di ufficio indipendente in cui potrò ritoccare le foto e i video."

"Allora hai deciso? Avvierai ufficialmente un'attività da fotografa?"

"Ne ho parlato oggi con Nissi, è una che si occupa di queste pratiche legali in città. Mi aiuterà a compilare i moduli di richiesta per aprire una società a responsabilità limitata," confermò Lilly.

"Evviva!"esclamò Elsie.

"Allora bisogna brindare," commentò Zeke alzando il bicchiere di vino.

Anche gli altri alzarono i bicchieri.

"Casa nuova, vita nuova, e attività nuova! Agli amici e al buon cibo!" esclamò Zeke.

I bicchieri tintinnarono; Zeke non riusciva a trattenere l'entusiasmo per il futuro. Stava andando tutto alla grande: il lavoro che procedeva a gonfie vele, i successi della squadra di ricerca, il rapporto con Elsie, che si era rivelato molto meglio di qualunque altro rapporto del passato.

Zeke era arrivato a un punto nella vita in cui sembrava che tutto il duro lavoro e le difficoltà passate finalmente stessero portando frutti. Il suo passato gli aveva riservato molti pessimi momenti, ma ora tutto sembrava procedere per il meglio.

———

Elsie fissava quel palazzo dal sedile del passeggero, sulla macchina di Zeke, che ce l'aveva accompagnata subito dopo la cena a casa di Lilly e Ethan, giusto per mostrarle di che appartamento si trattasse.

Non era certo un palazzo di lusso. Ethan gliel'aveva detto, l'aspetto lasciava un po' a desiderare, ma non quanto il Mangree. Agli occhi di Elsie era perfetto.

"Che ne pensi?" le chiese Zeke.

Guardando l'orologio, Elsie si accorse che mancavano trenta

minuti all'orario in cui dovevano andare a riprendere Tony a casa di Whitney. Si slacciò la cintura di sicurezza, si spostò verso il sedile di Zeke per mettersi seduta sulle sue ginocchia.

Lui andò subito con la mano alla leva di regolazione del sedile per spingerlo indietro, lasciandole più spazio in modo che il volante non le desse fastidio alla schiena. Era una posizione scomoda, Elsie pensò che le ginocchia si sarebbero lamentate ancor prima di dover camminare, ma in quel momento era felice di dov'era.

Avvolse le braccia intorno al collo di Zeke e si avvicinò di più. Sentì l'uccello che spingeva proprio al centro, quando lui la prese per i fianchi stringendola.

"È stata tutta una tua idea, vero?"

Zeke fece spallucce.

"L'appartamento, i mobili donati… tutto?"

"Ethan stava lasciando l'appartamento, io sapevo che tu cercavi un appartamento. Mi è solo sembrata una coincidenza perfetta."

"Immagino che non avesse intenzione di uscire da quell'appartamento, se non una volta terminata la casa," disse Elsie con una certa ironia.

"Quando io e te abbiamo cominciato a frequentarci seriamente, mi sono ripromesso che avrei fatto di tutto per farti vivere meglio, Elsie. Sto solo cercando di mantenere quella promessa."

Lei lo scrutò a fondo. Era seduta sulle ginocchia di Zeke, i loro occhi erano vicini. A volte quegli occhi le sembravano più azzurri, altre volte risaltava il verde. Quella sera, nella luce soffusa dei lampioni di quel piccolo parcheggio, gli occhi di Zeke sembravano più grigi. Come sempre, in quegli occhi lei leggeva un'espressione sincera.

"Sai, mi spaventi," ammise Elsie.

Zeke sbatté le palpebre sorpreso, allentando un pochino la presa sui fianchi di Elsie; aprì la bocca per dire qualcosa, ma lei riprese a parlare, non dandogli l'opportunità di intervenire.

"La mia vita è stata difficile, ma non sono l'unica. Capita a tutti di soffrire, di dover superare delle difficoltà. Penso solo di averne avute più di quante ne meritassi. Dalla morte dei miei genitori al rapporto con Doug, poi Tony che ha subito un intervento al cuore da piccolissimo, infine quando mi sono trasferita da sola a Fallport, una mamma single con nulla in mano, se non il diploma di scuola superiore, nessun talento particolare. A me però non interessava nient'altro che Tony, è stato lui a mandarmi sempre avanti. Poi tu mi hai offerto un lavoro e ho capito che mi piace proprio quello che faccio. So che fare la cameriera non è proprio la carriera da sogno a cui aspirano in tanti, ma a me piace parlare con la gente, rendere felici i clienti, anche se si tratta solo di portare da mangiare e da bere."

"In tutto questo, non mi aspettavo *te*, Zeke. Grazie a te, la mia vita è diventata più stabile. Mi sono sentita supportata. Ho conosciuto Lilly e Ethan, immagino che conoscerò anche gli altri, se stiamo insieme."

"Noi stiamo insieme," intervenne Zeke senza esitare.

Elsie gli sorrise. "Non so cosa sto cercando di dire, se non... sono contentissima di averti nella mia vita, e in quella di Tony. Adesso non fa altro che parlare di campeggio, di libri, poi ha detto che devi insegnargli a guidare...?"

"Sono *io* quello contentissimo di averti nella mia vita, Els," ribatté Zeke. "Prima del tuo arrivo, andavo avanti alla giornata. Mi è servito del tempo per accorgermi di ciò che avevo davanti agli occhi, ma adesso che l'ho capito non potrei nemmeno immaginare di non avere te e Tony vicino."

Elsie ebbe l'impressione che le stesse per scoppiare il cuore di gioia. Zeke era riuscito a restituirle una certa fiducia negli uomini. Le aveva dimostrato che non erano tutti come il suo ex marito. Forse la loro intesa si basava molto sulla comune esperienza di un rapporto andato male.

Elsie si avvicinò e lo baciò.

Bastò quello per scatenare delle scintille. Quel che era

cominciato come un breve bacio di ringraziamento, divampò in qualcosa di molto più profondo. Elsie passò una mano tra i capelli di Zeke, stringendone una ciocca mentre lui giocava con la lingua nella bocca di Elsie. Zeke le passò una mano sotto la maglia e gliela mise dietro la schiena, avvicinandola a sé col palmo tiepido. L'altra mano salì un poco, per andare a prenderle un seno.

Elsie inarcò la schiena, sentendo meglio l'uccello duro tra le gambe. Poi cominciò a oscillare su di lui, muovendo i fianchi senza sosta e orientando la testa per approfondire il bacio. Le venne una voglia disperata di andare oltre, di sentire la pelle di Zeke sulla propria. Non solo voleva quell'uomo, ne aveva *bisogno*. Le sembrava che la sua vita dipendesse dall'averlo dentro di sé.

"Cazzo," mormorò Zeke staccando le labbra da quelle di lei e lasciando cadere la testa sul poggiatesta.

Elsie sentiva il cuore che le martellava in petto, sentiva anche le mutandine bagnate. Zeke aveva una mano appoggiata sul seno nudo di Elsie, le aveva abbassato la coppa del reggiseno. Pur essendo seduto, apparentemente immobile sotto di lei, con la testa all'indietro e gli occhi chiusi, continuava a giocherellare con le dita sul capezzolo.

Lei sentì i brividi e non si trattenne, si abbassò sull'uccello lasciandosi sfuggire un versolino.

A quel suono, lui aprì gli occhi e fissò quelli di lei sussurrandole: "Bellissima."

"Zeke," esordì Elsie, non sapendo bene nemmeno lei cosa chiedere.

Lui però sembrò averlo capito. Strinse le dita sul capezzolo, mentre le portava l'altra mano sul sedere. Poi la tirò di scatto contro di sé, con forza. "Prenditi ciò che vuoi, bella."

A quel punto fu Elsie a chiudere gli occhi. "Zeke..."

"Muoviti contro di me," la invitò. "Ecco, dai, voglio vederti venire."

Allora Elsie si accorse di quanto poco le mancava per

raggiungere l'orgasmo. Zeke aveva interpretato i segnali lampanti che il corpo di Elsie gli aveva lanciato. Con l'ex marito, Elsie aveva praticamente descritto ogni passaggio di ciò che le piaceva, eppure *lui* non era arrivato mai a farla venire, nemmeno lontanamente.

Cominciò a spingere col bacino, sempre più forte, mentre lui continuava a stuzzicare eroticamente il capezzolo, il seno. Un attimo la stimolava delicatamente, poi la pizzicava con più forza. Elsie non sapeva cosa aspettarsi, stava diventando un momento sempre più erotico.

In parte anche lei si rendeva conto che non era il luogo adatto per ciò che stavano facendo. Erano fermi nel parcheggio del palazzo in cui stava per andare ad abitare, si stavano eccitando, lei lo cavalcava da vestita: si sentiva un'adolescente alle scuole superiori che pomiciava col fidanzatino in macchina, prima di dover tornare a casa entro l'orario stabilito dai genitori.

"Smettila di pensare," le ordinò Zeke, "vivi il momento."

"Ma tu... non è giusto."

"Col cazzo che non è giusto. Ti vedrò venire per la prima volta. Non c'è *nulla* di ingiusto in questo momento."

Elsie stava per aggiungere altro, ma il piacere era troppo. Era troppo felice. Troppo sollevata al pensiero di poter dare finalmente una casa a Tony. Almeno un luogo più stabile di un motel. Non dovendo pagare l'affitto per otto mesi, nel frattempo poteva risparmiare molto, garantendo a sé e a Tony il primo, leggero assaggio di stabilità economica.

Era entusiasta per il futuro proprio e del figlio, più di quanto non fosse mai stata in vita sua, almeno da tantissimo tempo; doveva ringraziare solo Zeke.

Aprì gli occhi e fissò quelli di Zeke, mentre continuava a strofinare il clitoride contro il suo uccello durissimo. Le dava un piacere incredibile anche attraverso i vestiti. Doveva fargli male, ma negli occhi di Zeke non c'era altro che piacere. Stava godendo per lei.

"Prenditi ciò che vuoi, Els," le disse.

Fu proprio ciò che fece. Senza mai togliere gli occhi da quelli di Zeke, Elsie continuò a oscillare su di lui, strofinandosi sempre più veloce, fino ad arrivare sul punto di venire. Dopo un singhiozzo e un piccolo gemito di gola, le sue gambe cominciarono a tremare, mentre l'orgasmo si stava avvicinando.

Zeke le pizzicò di nuovo il capezzolo e affondò le dita sotto la cintura dei jeans, afferrandole il sedere; l'aiutò a spingersi contro di lui con più forza, più volte.

Fu l'aiuto che le serviva. Elsie aprì la bocca senza emettere alcun suono, a parte i respiri affannati, mentre superava l'apice della passione. Non riuscì a tenere gli occhi aperti, mentre sentiva ondate di piacere in tutto il corpo.

Zeke si avvicinò e affondò il naso tra il collo e la spalla di Elsie, lei lo tenne stretto, mentre tremava.

Quando la tempesta di emozioni cominciò finalmente a calmarsi, Zeke alzò la testa leggermente. Continuava ad accarezzarle il capezzolo con le dita, con delicatezza, era una sensazione diversa da qualche attimo prima. Le portò l'altra mano sul fianco per tenerla stretta.

"Sei affascinante, accidenti," le mormorò contro la pelle.

Elsie sentì i brividi per il fiato caldo di Zeke sul collo. "Dovrei sentirmi in imbarazzo per tutto questo?" gli chiese sottovoce.

"No, accidenti!" esclamò Zeke alzando la testa. "È stato uno dei momenti più belli della mia vita. Se mi dici che ti senti in imbarazzo, va a finire che mi metto a piangere."

Elsie gli sorrise e fece un respiro profondo. Al che lui mosse la mano per rimetterle a posto la coppa del reggiseno. In qualunque altro frangente, lei sarebbe arrossita per quel gesto, ma in quel momento Elsie non trovava le forze se non per sentirsi soddisfatta, sazia.

Zeke si mosse sotto di lei ed Elsie si accorse che ce l'aveva ancora duro come prima. Dimostrando di essere sulla stessa lunghezza d'onda con lei, Zeke le disse: "Non preoccuparti, vedrai che torna giù, forse... prima o poi."

Elsie non trattenne una risata.

Zeke le sorrise. "Quanto mi piace sentirti ridere." Poi la tirò più vicina, Elsie si lasciò tirare volentieri e gli appoggiò una guancia sul cuore, ascoltandone il palpito. Rimasero seduti in quel modo per un paio di minuti, finché lei cominciò a sentire i crampi alle cosce.

"Cacchio, devo spostarmi," gli disse muovendosi.

Ancor prima che lei finisse di parlare, Zeke la stava già aiutando a spostarsi per rimettersi seduta sul lato del passeggero. "Tutto bene?" le chiese.

"Sì, tutto a posto. Immagino di non essere più agile come una volta, sai, invecchiando..."

Zeke alzò gli occhi al cielo. "Dai, hai solo trentatré anni."

"Appunto, vecchia," ribadì lei scherzando.

Zeke le mise una mano sulla guancia dicendole: "Sei meravigliosa."

Lei gli restituì un sorriso con un certo imbarazzo. Non essendo più persa nel proprio piacere, non più seduta sulle ginocchia di Zeke, si sentiva un po' a disagio per quanto aveva appena fatto.

"No, dai, non fare così. Quello che è appena successo è naturale, è bello. Sei talmente sexy che quasi quasi venivo nei pantaloni. Els, non si torna indietro. Andiamo solo avanti."

Cosa poteva replicare lei? "Va bene."

"Va bene," confermò lui, "allora che ne dici di andare a prendere Tony, così gli diciamo anche che presto potrà avere una cameretta tutta sua?"

Elsie annuì.

"Passiamo di qui mentre torniamo al motel. Dovrai spiegargli bene che non potrà aprire la porta a nessuno senza prima sentire la parola in codice. Poi gli serviranno le chiavi. Pensi che starà attento a non perderle?"

"Penso che se *noi* gli faremo capire quanto sono importanti le chiavi, quanto la sua e la mia sicurezza dipenda dal non perderle, se la caverà."

Solo quando finì di parlare, Elsie si accorse di aver detto *noi*... non *io*. Aver parlato al plurale non la preoccupò, con sua grande meraviglia. Un ulteriore segnale di aver scelto bene, stando con Zeke.

"Mi sembra un'ottima strategia," le disse lui, che poi mise la mano sulla console della macchina; Elsie intrecciò volentieri le dita con le sue. Si tennero per mano per tutto il tragitto fino al Bed & Breakfast.

Si avvicinava l'ora in cui Tony doveva andare a dormire, ma Elsie era talmente distesa che non si stava preoccupando. Ringraziarono Whitney, spiegarono a Tony la buona notizia appena entrati in macchina, poi lo portarono al palazzo, infine Zeke si avviò verso il Mangree.

La novità del trasloco entusiasmò Tony, che fece un milione di domande a Zeke e a Elsie, la quale cercò di rispondere a tutto meglio che poteva. Quando Tony fu dentro la camera, Elsie si soffermò per salutare Zeke.

Rimasero in piedi davanti alla macchina, lui l'abbracciò forte.

"Grazie per aver accettato l'offerta di Ethan," le disse.

Elsie gli teneva le braccia intorno alla vita, si stringevano e i loro corpi erano attaccati dai fianchi al petto. Elsie sentiva di nuovo contro la pancia l'uccello di Zeke, tornato duro. Aveva voglia di vederlo. Voleva aiutarlo a scaricare la pressione. Non era il luogo né il momento giusto, ma anche quello sarebbe venuto, senza doppi sensi. Elsie non vedeva l'ora.

"Grazie per aver organizzato tutto."

"Per te tutto, mari e monti per aiutarti," le rispose semplicemente.

Per la centesima volta in una sera, Elsie si chiese cos'avesse mai fatto per meritarlo.

"Domani, prima del lavoro, ti porto degli scatoloni," le disse, "così puoi cominciare a metterci le vostre cose, poi i ragazzi passeranno a prenderle e nel fine settimana portiamo tutto nell'appartamento."

"Comunque vedrai che non c'è molto," gli disse lei con una risata nervosa. "Penso che basterà una macchina."

"Non sono gli oggetti materiali la vera ricchezza. È il tipo di vita che conduci. Els, tu sei una donna oltremodo ricca. Non devi fare altro che guardare il figlio che stai crescendo."

Zeke aveva ragione. Elsie sentì le labbra tremare.

"Non cominciare a piangere," la ammonì con un sorrisetto, "se no Tony si preoccupa e vuole sapere cosa ti ho detto per farti piangere."

"Allora smettila di essere così meraviglioso."

Zeke rise. Poi si abbassò su di lei per un ultimo bacio lungo e dolce, un bacio che le fece tornare ancora la voglia di lui. "Ci vediamo domattina."

"Non vedo l'ora," gli rispose Elsie.

"Mi riesce sempre più difficile allontanarmi," brontolò Zeke lasciandola andare.

Elsie non poteva essere più d'accordo. Più tempo passava con lui, meno voleva staccarsi da lui.

"Domani ti porto un cappuccino al caramello?" le chiese.

"Non devi fermarti a comprarmi la colazione," gli disse Elsie.

"Non ti ho chiesto questo," le disse lui.

"Allora sì, grazie."

"Contaci," concluse Zeke, che fece due passi indietro e poi mormorò: "Cazzo." Tornò verso di lei e la baciò di nuovo. Fu un ultimo bacio lungo, appassionato, quasi disperato, poi si staccò di getto e si incamminò verso il lato passeggero della macchina.

Elsie si passò la lingua sulle labbra mentre lo guardava avviare il motore.

"Vai dentro, Els," le disse dopo aver tirato giù il finestrino.

Lei annuì e lo salutò con un cenno della mano, un gesto

forse goffo, ma in quel momento a lei non importava; poi si avviò verso la porta della stanza.

Gli fece un altro cenno di saluto con la mano appena prima di chiudere la porta, poi inserì il chiavistello e la catena.

"Davvero traslochiamo questo weekend?" le chiese Tony.

Elsie si girò per guardare il figlio. "Sì, sei sicuro che ti va bene?"

"Certo! Perché mai non dovrebbe andar bene?" le chiese.

"Beh, nel nuovo appartamento non c'è la piscina."

"Non mi interessa. Avrò una camera tutta per me!" esclamò Tony.

Servì più tempo del solito per farlo calmare e farlo addormentare. Quando finalmente Tony cominciò a russare dolcemente nel buio della stanza, Elsie si crogiolò nel piacere di tutto ciò che era capitato quella sera.

Finalmente lei e Tony avrebbero avuto un posto in cui vivere.

C'era stato un primo passo per portare il rapporto con Zeke a un livello più intimo.

Era stato un passo... splendido.

La sua vita stava cambiando ed Elsie non poteva essere più contenta di così.

CAPITOLO DODICI

Era stata una giornata molto frenetica, ma anche una delle giornate migliori di Elsie, da moltissimo tempo. Fece un respiro profondo e si soffermò un breve attimo a guardare il suo nuovo appartamento.

Era in cucina con Lilly, insieme a Drew, che si era offerto di aiutare con gli spuntini. Zeke e gli altri amici erano in salotto, impegnati a giocare a carte con Tony. Sembrava un misto tra il vecchio rubamazzo e un poker scoperto.

Zeke e Tony erano in squadra insieme e giocavano con le stesse carte, mentre Ethan, Rocky, Brock, Tal e anche Raiden erano seduti intorno al tavolino da caffè. I giocatori si scambiavano epiteti benevoli e ridevano, si stavano divertendo un sacco. Duke, il segugio di Raid, era sdraiato sul pavimento con la pancia per aria; russava e ignorava le follie che gli avvenivano intorno.

Quasi tutti i mobili nell'appartamento erano stati regalati dagli abitanti della comunità. Il tavolino da caffè, i piatti, i letti... accidenti, persino gli asciugamani del bagno.

In passato, Elsie si sarebbe anche sentita in imbarazzo per tutta la beneficienza ricevuta; invece in quel momento era felicissima di avere un posto che poteva considerare casa sua.

"Elsie," la chiamò Lilly, cercando di catturare la sua attenzione.

Elsie si girò per guardare l'amica, sempre col sorriso... e si ritrovò davanti agli occhi l'obiettivo di una fotocamera.

"Dai, smettila," brontolò Elsie senza troppa foga.

"Scusa, ma non ho resistito," rispose Lilly.

"Vai a scattare delle foto di *quelli là*," le ordinò indicando il gruppetto chiassoso che giocava a carte nell'altra stanza.

"Te la cavi a finire, qui in cucina?" le chiese Lilly.

"E io che sono, un fegatino tritato?" chiese Drew sentendo la domanda di Lilly. "Ci pensiamo io ed Elsie. Sciò."

Lilly rise e colpì Drew con il gomito, poi si avviò verso l'altra camera.

L'appartamento non era enorme, la cucina era comunque troppo piccola per lavorarci in tre, ma per Elsie, che si era fatta bastare una camera di un motel, lo spazio di quel nuovo alloggio era quasi un lusso.

"Te la cavi bene?" le chiese Drew.

Elsie lo guardò. Non sapeva molto su di lui. Zeke le aveva detto che era stato un poliziotto, poi aveva smesso ed era entrato nella squadra di ricerca e soccorso. Era il più anziano, quarantacinque anni, capelli neri e barba ben tenuta, come molti degli altri. Di lavoro faceva il contabile, si diceva che fosse molto bravo, quando c'erano le scadenze fiscali era sempre impegnatissimo, poi riusciva a rilassarsi un po'.

A Elsie piaceva, le piacevano tutti gli amici di Zeke. Erano divertenti, si erano dimostrati più volte molto professionali, quando si trattava di ritrovare persone scomparse nella foresta.

"Sì. È tutto... c'è tanto a cui devo abituarmi," gli rispose. "Ma in senso buono."

Drew annuì. "Mi fa piacere. A Zeke piaci molto," le disse.

Elsie inarcò un sopracciglio, sorpresa da quel cambio di argomento. "Anche lui mi piace," gli rispose a cuore aperto.

"La sua ex moglie gliene ha combinate di tutti i colori," aggiunse Drew.

Elsie stava per scherzare, dicendogli che stava facendo gossip come Otto, Silas e Art, ma Drew parlava seriamente, così lei si tenne per sé quel commento.

"È arrivata al punto di farlo dubitare di se stesso," proseguì Drew. "Mentre lui partiva, rischiando la vita in prima linea, affrontando il peggio dell'umanità, lei si scopava chiunque, le bastava che respirassero. Non ha avuto il minimo rispetto per lui o per l'esercito. Quando tutti i documenti sono stati firmati e il divorzio è diventato ufficiale, lui si è dimesso. Di sicuro era più che pronto a uscirne, dopo tutto ciò che aveva visto e fatto, ma lui stesso ha riconosciuto che in parte si era dimesso per evitare che Corinne gli soffiasse altri soldi."

"Wow. Che schifo."

"Infatti. Ti dico tutto questo perché negli anni passati abbiamo sentito in moltissime occasioni Zeke che diceva di avere chiuso con le donne, sosteneva che non si sarebbe messo mai più nella stessa situazione in cui si era trovato con l'ex moglie. Si è buttato nell'attività all'On the Rocks dando il massimo, senza farsi problemi se doveva lavorare da mattina a notte. Poi sei arrivata tu... e tutto ciò che Zeke pensava di volere gli si è rovesciato sottosopra."

Elsie non era sicura se Drew stesse insinuando qualcosa di positivo o di negativo.

"Gli hai fatto bene," le disse lui, quasi intuendone i pensieri. "Lo hai fatto uscire dal guscio in cui si era rinchiuso per anni. Gli hai mostrato che non tutte le donne sono come la sua ex. Adesso è più felice, è più soddisfatto. Lavora sempre un sacco, ma non al punto da esaurirsi come prima. Quindi... grazie."

Elsie scosse appena la testa. Non ci credeva: Drew la stava *ringraziando*. "Anch'io ero nelle stesse condizioni," gli spiegò, "il mio ex me ne ha combinate di tutti i colori. Zeke mi ha dimostrato che non tutti gli uomini sono dei bastardi come Doug, uno che non ha nemmeno voluto il proprio figlio. Non avrei mai creduto di trovare qualcuno che volesse bene a Tony quanto gliene vuole Zeke. Invece l'ho trovato. Zeke non fa finta di sopportarlo, non cerca di andarci d'accordo solo per portarmi a letto. Guardali," aggiunse girandosi verso il gruppetto di uomini intorno al tavolino da caffè.

Zeke aveva un braccio intorno a Tony e gli sussurrava qualcosa. Tony lasciò andare la testa all'indietro per ridere proprio in quel momento, Elsie sentì il cuore gonfio di gioia vedendolo.

"Non sono la donna più furba al mondo, ma persino io mi accorgo che non finge di divertirsi, quando passa il tempo con mio figlio."

"Di sicuro non finge," confermò Drew, "voi due l'avete reso felice negli ultimi mesi, più di quanto non lo abbia mai visto prima."

Quelle parole fecero star bene Elsie. Davvero bene. "Tu invece che mi dici?" gli chiese, sentendosi in colpa un po' in ritardo per aver parlato di Zeke alle sue spalle. "C'è qualcuna che ti interessa?"

Drew sbuffò. "No."

Elsie sbatté le palpebre. "Beh, sei andato dritto al sodo senza girarci attorno."

Drew fece spallucce.

"Non ti conosco molto bene, ma spero di rimediare. Però, dal mio punto di vista, voi ragazzi siete tutti fantastici. Qualunque donna sarebbe molto fortunata ad averti al suo fianco."

Drew non commentò, tornò semplicemente alle confezioni di spuntini che stava mettendo nelle ciotole.

"Mi ricordi molto me stessa," gli disse Elsie sottovoce, "quando incontrerai quella giusta voglio essere io la prima a dirti: 'Te l'avevo detto'."

"Dubito molto che avverrà, ma nel caso... sarò felice di sentirtelo dire," le rispose lui.

Elsie avrebbe voluto abbracciarlo, ma ebbe l'impressione che Drew avesse già voltato pagina. Quindi fece spallucce e si mise a lavorare vicino a lui, aprendo pacchettini di cibo spazzatura.

———

Quella sera, dopo che se n'erano andati via tutti, dopo aver aiutato Tony a sistemarsi nella sua nuova cameretta e dopo aver passato un po' di tempo con lui, anche per farlo rilassare, leggendogli un capitolo dell'ultimo libro che aveva preso in prestito in biblioteca, Zeke si sedette sul divano con Elsie. Lei si accoccolò contro di lui, appoggiandogli la testa sul petto e mettendogli un braccio intorno alla pancia, con le ginocchia sulle cosce.

"Casa tua mi piace molto," gli disse all'improvviso, "ma è davvero bello avere un posto *mio* dove invitarti e starcene così."

"Sì," concordò Zeke, più che sollevato di averla tirata fuori dal Motel Camping Mangree. Elsie si era messa a piangere quando aveva salutato Edna. La proprietaria del Mangree era una signora che poteva sembrare burbera, ma aveva sempre usato un occhio di riguardo per Elsie e per Tony, mentre alloggiavano da lei. Zeke aveva sentito Edna parlare con Elsie per dirle che poteva portare Tony quando voleva per farlo nuotare in piscina; era un'offerta unica, perché era risaputo che Edna cacciava via chiunque si avvicinasse alla piscina senza essere un cliente pagante di una camera o di uno spazio per campeggio sul retro.

Quando gli uomini della squadra avevano chiesto in giro delle donazioni per l'appartamento, appena la gente aveva sentito per chi era la richiesta, in tanti si erano offerti volentieri di donare per Elsie, che era arrivata al cuore di più

persone di quante credesse. Anche se era arrivata relativa-
mente da poco tempo a Fallport, il suo approccio amichevole
e positivo, la sua personalità e il lavoro duro avevano conqui-
stato tutti.

"Tony stasera si è divertito un mondo. Era al settimo cielo
in compagnia degli altri," disse Elsie. "Ti sono davvero molto
grata, sono certa che avessero tutti di meglio da fare, che non
passare il tempo con un bambino di nove anni, dopo aver
portato in casa tutta la nostra roba."

"Forse non sarai più altrettanto grata, quando comincerà a
ripetere alcune delle parole che ha sentito stasera," le disse
Zeke con sarcasmo.

Elsie gli sghignazzò addosso. "Che tu ci creda o meno,
molte di quelle parole le aveva già sentite. Non sono certo
una principessa perfettina. Peraltro, sa bene che non deve
ripetere certe parole a scuola o di fronte a degli estranei. Con
me a volte gli scappano, ma in generale è un bambino
educato, prende dei bei voti, è molto buono, non posso certo
lamentarmi se ogni tanto gli scappa una parolaccia."

"Sei una mamma meravigliosa," le disse Zeke, che cercava
di ricordarglielo spesso.

Elsie fece spallucce. "Forse. Ma sai quanti errori ho fatto,
con lui? Però spero che sappia quanto lo amo, più di
qualunque altra cosa al mondo, voglio solo che sia felice."

"È felice," le disse Zeke. "Sai cos'ha detto a Ethan stasera,
quando se ne stava andando?"

Elsie scosse la testa.

"Lo ha ringraziato per averti lasciato questo appartamento. Ha detto che ti sei fatta il mazzo e che meritavi un
posto in cui non dovevi condividere una camera con tuo
figlio." Zeke sentì Elsie che tirava su col naso, se la portò
più vicina. "Anche se ha solo nove anni, gli hai insegnato la
differenza tra giusto e sbagliato, è molto comprensivo,
empatico, è in grado di apprezzare anche le piccole cose,
nella vita. Non è un bambino viziato, ama molto la sua

mamma. Non so proprio che altro potrebbe volere una madre dal figlio."

Rimasero in silenzio sul divano per un minuto o due, poi Elsie disse: "Penso che stasera Lilly abbia scattato un milione di foto."

Zeke fece una risatina: "Eh sì."

"Me ne ha fatte vedere alcune. Sono davvero venute bene. Qui non c'era una gran luce, eppure è riuscita a fare degli scatti che sembrano presi in uno studio professionale, tanto è brava. Ha detto che ne stamperà alcune per darmele."

"Che bello," commentò Zeke.

"Tu non capisci," gli disse Elsie sottovoce dopo un momento.

"Cos'è che non capisco?" le chiese Zeke.

"Non ho tante foto di Tony. Ne ho qualcuna di quando era piccolo, ma non potevo permettermi di comprare una fotocamera o di stampare delle foto. Al mio ex marito non è mai interessato nulla di queste cose." Fece una pausa per respirare. "Le foto che ha scattato Lilly questa sera, le foto che ha scattato alla sua festa di compleanno, sono le prime foto che ho di Tony da quando era piccolo."

Zeke sentì il cuore spezzarsi per Elsie. Erano troppe le cose che lui aveva dato per scontato. "Procureremo delle cornici così puoi metterci le foto," le disse.

Elsie gli strinse la pancia. "Non te lo dicevo per farti impietosire per me," gli disse, "volevo solo esprimerti la mia gratitudine nei confronti di Lilly: non ha esitato a scattare tutte quelle foto."

"Penso proprio che niente e nessuno avrebbe potuto fermarla," le disse Zeke con un gran sorriso, "e io non potrei mai impietosirmi per te, Els. C'è più amore nella tua vita di quanto ce ne sia nella vita di chi ha dieci volte tanto in beni materiali."

"Lo so," gli sussurrò.

Zeke la baciò sulla testa. "Non per cambiare argomento,

ma hai sentito la chiacchierata sul campeggio che Tony ha avviato con Rocky e Brock?"

Elsie alzò la testa. "Quando ti prendevano in giro perché hai campeggiato in giardino e poi hanno insistito per portarlo in un campeggio 'vero'?"

"Proprio quella," confermò Zeke, "devo confessarti qualcosa."

"Ah sì?" gli chiese Elsie.

"Ho imboccato io l'argomento con loro, spero che non ti dispiaccia."

"Certo che no. Mi fido di lasciare Tony con i tuoi amici, ma perché?"

Quelle parole fecero battere il cuore di Zeke più forte. Elsie le aveva pronunciate senza pensarci troppo: si fidava di lasciare agli amici di Zeke la cosa più importante che avesse, il figlio. Non aveva nemmeno esitato. Quella fiducia significava tutto, per Zeke.

"Che c'è? Cos'ho detto?" gli chiese con una certa preoccupazione.

"Di loro ti *puoi* fidare. Non farebbero mai nulla che mettesse Tony in pericolo."

"Lo so," gli disse Elsie sottovoce. "Zeke, voi siete degli eroi, sia per il vostro servizio da militari che per il servizio che offrite adesso. Non esitate a inoltrarvi nei boschi per cercare chiunque si perda. Ragazzi, anziani, turisti sprovveduti, persino criminali in fuga o animali. È impossibile che tu o gli altri facciate qualcosa che possa mettere a rischio mio figlio. Di sicuro non si perderà quando sta con gli uomini della migliore squadra di ricerca e soccorso di tutta la regione. Forse di tutta la costa orientale. Inoltre, passare il tempo con degli uomini adulti per lui è un sogno che diventa realtà È da una vita che cerca la compagnia di qualche adulto. Beh... almeno da quando si è accorto che la sua situazione era cambiata, perché non c'era più suo padre. Ma certo che mi fido di voi."

"Beh, per me è molto importante, anche per loro. Comunque, in un certo senso ho suggerito loro che chiedessero a Tony se voleva andare in campeggio con loro il prossimo fine settimana... perché ti voglio tutta per me."

Lei lo fissò.

"Ne avevamo parlato, di Tony che dormiva da qualche altra parte, per poter passare il tempo io e te da soli. Ho immaginato che sarebbe stata un'idea perfetta. L'appartamento è comunque meglio del motel, ma non voglio fare l'amore con te per la prima volta se c'è tuo figlio dall'altra parte della parete. Poi le pareti qui sono troppo sottili, non potresti godere la nostra prima volta per il timore che Tony senta tutto. Quindi ho fatto in modo che possiamo passare la notte da soli. Ti dà fastidio che non ne abbia parlato prima con te, dell'idea del campeggio?"

Elsie si prese un momento prima di rispondere, Zeke trattenne il fiato in attesa della sua reazione.

"Non mi dà fastidio," disse Elsie, e Zeke si lasciò andare a un sospiro di sollievo. "Però *adesso* sono un po' nervosa."

"per cosa?" le domandò Zeke sorpreso.

"Sai, per me è passato un po' di tempo," ammise Elsie, "e non sono mai stata una cima a fare sesso."

"Cavolate," commentò Zeke senza esitare.

Elsie inarcò un sopracciglio sorpresa.

"Scusa, è solo che... mi sembra di sentir parlare il tuo ex marito. Mi hai raccontato di quanto fosse sempre negativo, di quanto ti sminuisse di continuo. Dimentica tutto ciò che ti ha detto. Io non ho dubbi che mi farai perdere la testa."

Lei lo guardò scettica, così Zeke le prese la mano che lei gli teneva sulla pancia e la abbassò spudoratamente: "Lo senti? Ormai mi sembra di avercelo così da settimane. Fidati, ho imparato tanto tempo fa come calmare i miei bollenti ardori, ma ogni volta che ti sto vicino, che sento il tuo profumo, che ti ascolto parlare, che ti vedo sorridere, mi viene subito duro. Non hai nulla di cui preoccuparti, tesoro. Te lo garantisco."

Invece di reagire con un sorriso timido o annuendo, uno sguardo malizioso si aprì nel volto di Elsie, che strinse la mano intorno all'uccello di Zeke facendolo gemere e facendogli contrarre ogni muscolo del corpo.

"Non ti ho mai restituito il piacere dell'altra sera, vero?" gli chiese.

Zeke non poté far altro che ricordare quanto fosse stato bello averla in braccio che si agitava su di lui per sfogare la propria voglia. Elsie era stata una meraviglia assoluta in preda agli spasmi del piacere, una meraviglia che lui non vedeva l'ora di riaccendere.

Le prese il polso per fermarla, impedendole di massaggiarglielo.

Elsie abbozzò un broncio, era totalmente adorabile.

"Voglio aspettare," le disse, "voglio essere dentro di te fino in fondo, quando mi farai venire la prima volta."

La sentì fremere.

"Per me sei speciale, voglio essere sicuro di trasmetterti quanto ti apprezzo, quanto ci tengo a te. Non è solo per il sesso, Elsie, almeno non per me. C'è di più. Molto di più."

"Anche per me," gli rispose Elsie.

Zeke si portò la mano di Elsie alla bocca e ne baciò il palmo, poi tornò ad appoggiarsela sulla pancia, coprendola con la propria.

"Non ho... non prendo niente," gli disse Elsie.

Il colore paonazzo sulle sue guance era sorprendente. Erano adulti e parlare di anticoncezionali non avrebbe dovuto imbarazzarla così tanto, invece era arrossita.

"Ci penso io," le disse Zeke.

"Ti prego, promettimi che non andrai al negozio di Grogan per comprare dei preservativi," lo implorò, "tutta Fallport saprebbe che facciamo sesso."

Zeke fece un gran sorriso. "Immagino che prima o poi lo

sapranno tutti lo stesso," le disse, "almeno credo. Ti darebbe fastidio?"

"No," gli rispose senza esitare, "sono orgogliosa di stare con te, ma non per questo voglio rendere pubblico ciò che facciamo nella nostra intimità."

"Sono d'accordo," aggiunse Zeke, "ci penso io e farò in modo che Otto e gli altri non dicano in giro che ho comprato dei preservativi."

"Lascerai che dicano in giro che hai passato la notte da me, vero?" gli chiese con un sorriso.

Zeke sghignazzò. "Non posso farci molto. Comunque, Rocky e Brock passano a prendere Tony sabato mattina. Hanno scelto uno dei punti di campeggio più popolari, ci passeranno la notte, poi lo porteranno a casa domenica pomeriggio."

"Allora avremo ventiquattr'ore tutte per noi?" gli chiese Elsie.

Zeke sorrise. "Eh sì. Per fortuna il tuo capo ti ha già dato il fine settimana libero così puoi sistemarti nell'appartamento nuovo."

"Che fortuna," commentò Elsie con un sorriso. Poi alzò la schiena e si mise su di lui, cavalcandolo come aveva fatto quella sera in macchina.

Zeke sentì l'uccello che gli spingeva ancor di più nei pantaloni. Quella era diventata una delle sue posizioni preferite e decise di ricordarsi di fare l'amore con lei in quella posizione in un futuro prossimo.

Elsie avvolse le braccia intorno a lui e si fece più vicina che poteva. "Oggi è stata una delle giornate più belle della mia vita. Grazie, Zeke."

"Ci mancherebbe, tesoro."

"Allora... non possiamo fare l'amore perché c'è Tony in cameretta sua, ma pensi che potremmo battezzare il divano con qualche pomiciata?"

"Penso che si possa fare," rispose Zeke con un sorriso.

La mezz'ora successiva fu una gara di autocontrollo per Zeke. Non aveva mai voluto una donna tanto quanto voleva Elsie. Si spostarono sul divano finché lei non fu sotto, lui le infilò una mano sotto la maglia e gliela mise sul seno, con l'altra tra i suoi capelli; la teneva ferma per baciarla meglio. Lei gli infilò una mano nei pantaloni per andare a prendergli il sedere, mentre con l'altra gli teneva un braccio, affondandogli le unghie nella carne.

Zeke sapeva di doversi fermare prima che fosse troppo tardi. A giudicare da come si agitava Elsie sotto di lui, era chiaro che anche lei non ce l'avrebbe fatta a frenarsi.

Zeke fece un respiro profondo, senza muovere le mani. Gli piaceva molto sentire con la mano il seno di Elsie, era godurioso, pieno, aveva il capezzolo turgido, gli veniva l'acquolina in bocca al pensiero di giocarci con la lingua.

"Els, dobbiamo fermarci," le disse.

Il leggero gemito che le sfuggì era maledettamente adorabile.

"Lo so," gli rispose dopo un momento. "Però, per la cronaca, sappi che mi piace, mi piace molto."

"Anche a me," le disse Zeke.

"Poi... penso che il mio ex marito sia stato un idiota."

Zeke sghignazzò. "Un vero idiota. Per che motivo, adesso, in particolare?"

Lei lo guardò negli occhi mentre con le dita gli accarezzava il braccio. Zeke pensò che forse lo stesse coccolando senza nemmeno accorgersene, ma preferì non dirglielo per evitare che si fermasse. Gli piaceva molto sentire le sue mani sul proprio corpo.

"Non mi ha mai fatta sentire così. Mai. Quindi penso che il problema, nel nostro caso, fosse proprio lui, non io. Allora vuole dire che non sono frigida. Proprio per nulla. Se tra noi c'è un'intesa fisica così forte come mi sembra, potresti ritrovarti con un bel problema sul groppone."

Zeke fece una risata. "Un problema?"

"Eh sì, perché ne avrò *voglia* parecchio."

Mentre diceva "voglia", Elsie spinse un fianco contro l'uccello di Zeke, facendogli venire la pelle d'oca sulle braccia. Lui si abbassò per baciarla con tanta passione. Poi alzò la testa quanto bastava per riuscire a parlare, sfiorando a ogni parola le labbra di Elsie con le proprie mentre le diceva: "Ogni volta che hai voglia di fare l'amore, non hai che da dirmelo. Sono tutto tuo, Els."

"Anche se ho voglia di una sveltina al lavoro?" gli chiese Elsie con molta malizia.

"Cazzo, che donna! Così mi farai morire," commentò Zeke.

"Allora è un no?"

"No, maledizione, non è un no! Sono tuo, quando e come vuoi."

Lei gli sorrise. Poi si fece seria. "Ho paura, Zeke."

"Paura di cosa?" le chiese lui, allontanandosi un poco per lasciarle dello spazio. Lei però non lo lasciò andare, gli tenne le unghie ben piantate nel sedere per fargli capire che non voleva farlo allontanare più di tanto.

"Sto mettendo in gioco molto, il mio lavoro, questo appartamento. Tony ti vuole già molto bene, a te e anche ai tuoi amici..."

Zeke fece del suo meglio per tenere le emozioni sotto controllo. "Niente di ciò che succede tra noi cambierà mai tutto il resto."

"Non puoi esserne sicuro," gli disse lei.

"Col cavolo che non posso. Senti, io non so cosa ci riserverà il futuro, ma anche se per caso il nostro rapporto non funzionasse, vedrai che la tua situazione non cambierà. La tua e quella di Tony. Però te lo dico subito: farò tutto ciò che posso per assicurarmi che tra noi due *funzioni*. Non sono uno scemo, mi accorgo quando trovo qualcosa di così meravigliosamente bello. Tu, Elsie Ireland, sei una delle cose migliori che mi sia mai capitata. Non ho intenzione di rovinare tutto."

"Io la penso allo stesso modo, solo che non posso non preoccuparmi."

"Non possiamo cambiare il passato, abbiamo entrambi una zavorra alle spalle. La cosa migliore che possiamo fare è voltare pagina, basta con le cavolate, concentriamoci sul presente, su di noi. Tu non sei Corinne e io non sono Doug. Punto. Faremo a modo nostro. Tabula rasa."

"Mi piace l'idea."

"Anche a me. Adesso mi alzo e mi avvio, prima che tu mi salti addosso sul tuo divano."

Elsie fece una risatina e dato che Zeke non le aveva tolto la mano da sotto la maglia, la sentì ridacchiare dalla vibrazione della carne nel palmo della mano. Zeke dovette sforzarsi al massimo per lasciarla andare, lentamente. Sospirarono entrambi, staccando le mani l'uno dall'altra e mettendosi seduti. Zeke la tirò a sé e la tenne stretta per un lungo momento. Dall'alto del suo uno e ottantotto, lei era davvero piccolina, solo uno e sessantacinque, ma lui non si accorgeva quasi mai della differenza di altezza. Agli occhi di Zeke, Elsie era una donna piena di vita.

Le prese la mano e si incamminò verso l'uscita. La lasciò giusto il tempo di mettersi le scarpe, che si era tolto nel piccolo atrio, poi la tirò di nuovo vicino. Non potendo resistere, la baciò di nuovo. Quando lei si staccò, ansimavano entrambi.

"Grazie ancora, per oggi... per tutto."

"Prego. Senti, domani dopo aver portato Tony a scuola, cerca di rilassarti prima di venire a lavorare."

"Ah, non passi di qua?" gli chiese Elsie inclinando la testa in modo grazioso.

"No. Non perché non voglia vederti. È solo che se rimango da solo con te poi mi verrà voglia di fare l'amore, ma non voglio correre. Voglio aspettare sabato, quando avremo tutto il tempo di questo mondo per esplorarci. Voglio scoprire ogni centimetro del tuo corpo. Però se hai bisogno di me, non esitare a chiamarmi."

Elsi arrossì, ma annuì. "Questo senso di attesa... è un po' frustrante, ma anche divertente."

Zeke gemette. "Chiamalo come preferisci... ci vediamo domani, tesoro. Dormi bene."

"Anche tu."

"Buona notte," le disse, baciandola sulla fronte e sforzandosi di girarsi verso la porta. Ethan aveva cambiato le serrature, aggiungendo un catenaccio in più. "Ricordati di chiudere bene la porta," le ricordò Zeke.

Elsie alzò gli occhi al cielo. "Non avevo certo intenzione di lasciare la porta aperta," gli disse con tono canzonatorio.

"Birbante," ribatté lui per stuzzicarla.

"Grazie per tutte le tue attenzioni," gli disse lei seriamente.

"Le mie sono più che semplici attenzioni," sbottò lui. Era un po' troppo presto per dire certe cose, ma lei doveva sapere che Zeke non la considerava un rapporto passeggero. Dal modo in cui la vide mordersi le labbra, con uno sguardo pieno di amore, Zeke fu sicuro che anche lei provasse gli stessi sentimenti.

"Ci vediamo domani," le disse aprendo la porta e avviandosi verso il breve corridoio in cemento che portava alle scale.

Sentì la porta chiudersi, fece un respiro profondo e si avviò verso la macchina. Era stata una giornata perfetta. Elsie era perfetta e lui non vedeva l'ora che arrivasse il fine settimana, per farla sua in ogni modo possibile.

CAPITOLO TREDICI

Elsie era nervosa.

Forse era una preoccupazione sciocca. Lo voleva anche lei. Voleva Zeke.

Quando però si ritrovarono in piedi nel parcheggio a salutare a grandi cenni Tony, Rocky e Brock che partivano per la gita in tenda, tutto a un tratto Elsie non era più così sicura dei programmi che aveva stabilito con Zeke.

In passato, aveva creduto che Doug fosse l'uomo della sua vita, e invece *ecco* com'era andata a finire.

Per non parlare di Tony, di cui lei doveva comunque sempre preoccuparsi. Si era affezionato molto a Zeke e agli altri; se fosse stato costretto ad allontanarsi da loro, sarebbe stato devastato.

Accidenti, ma chi prendeva in giro? Tony sarebbe stato malissimo *immediatamente*, se il rapporto con Zeke non avesse funzionato.

Proprio quando Elsie stava cominciando a convincersi di non passare la notte con lui, Zeke le disse: "Andiamo."

Elsie alzò lo sguardo e lo vide avviarsi verso la macchina, invece che alle scale che portavano all'appartamento.

"Dove andiamo?" gli chiese.

"Non lo so, lo capiremo appena ci arriviamo."

Elsie si accigliò confusa. "Pensavo che andassimo di sopra e... sai..."

"L'idea era quella, ma adesso sei nervosa, quindi penso sia meglio andare da qualche parte a passare un po' di tempo insieme."

Bastarono quelle parole per far sciogliere ogni riserbo a Elsie, che gli disse sottovoce: "Sto bene."

"Ti voglio, Els," le disse Zeke con molta praticità, "ma voglio che tu sia eccitata quanto me. Non c'è alcuna fretta, non scappo da nessuna parte. Se non facciamo l'amore questo fine settimana, non c'è problema. Possiamo aspettare."

"Ma l'idea di mandare Tony in campeggio è nata proprio per farlo star fuori di casa, così potevamo stare da soli."

"Passiamo comunque la giornata insieme," insisté Zeke. "Niente potrà mai impedirmi di passare con te le nostre giornate libere, a meno che non sia tu a cacciarmi via. Però voglio vederti rilassata, non in ansia. Quindi dai, andiamo, salta su in macchina. Troveremo qualcosa da fare per un po' di tempo, così potrai distrarti da ogni pensiero che ti rende così nervosa."

Zeke era davvero un brav'uomo.

"Non ho con me la mia borsetta."

"Dato che oggi non devi pagare nulla, non ti servirà," le disse Zeke.

Elsie alzò gli occhi al cielo. "Va bene, ma dentro ci sono altre cose che potrebbero servirmi."

"Ad esempio?"

Elsie si chiuse nelle spalle. "Non so, il lucidalabbra, le chiavi dell'appartamento. Fazzolettini di carta. *Roba*."

Zeke sghignazzò. "Va bene. Che scemo che sono, non si chiede mai a una donna cosa tiene nella borsetta. Vuoi aspettarmi qui, mentre faccio un salto su a prenderla? O preferisci starmi alle calcagna?"

Elsie alzò gli occhi al cielo. "Alle calcagna? Cosa sono, un cane rabbioso?"

"In un certo senso, per questo ti tratto con la massima attenzione. Qualche minuto fa, pensavo che stessi per dirmi che saresti andata con tuo figlio e con gli altri nonostante tu odi la vita all'aria aperta, solo per evitare di rimanere da sola con me."

Elsie fu subito dispiaciuta. Zeke non era del tutto fuori strada: lei si *era* fatta prendere dal panico. Tutte le menzogne con cui Doug le aveva riempito la testa per tantissimo tempo avevano lasciato il segno, inducendola a dubitare di ciò che stava facendo, o della sua capacità di vivere un rapporto normale.

Elsie si avvicinò a Zeke e gli avvolse le braccia intorno alla vita, mentre lo guardava negli occhi. "Non ti mentirò: c'è stato un momento di ripensamento, è vero, ma la causa sono io, non sei tu. Adesso sto bene."

Zeke abbassò la testa e appoggiò la fronte a quella di Elsie, intrecciando le mani dietro la sua schiena. "Te l'ho detto prima, ma te lo ripeto: se ti serve più tempo, non hai che da dirlo. Ti ho aspettato per tanto tempo, posso aspettare ancora, voglio che tu sia sicura al cento per cento di stare con me."

Quelle parole cementarono ancor di più la decisione di Elsie. Zeke non sarebbe cambiato con lei subito dopo aver fatto l'amore. Non sarebbe diventato un uomo completamente diverso dopo averla avuta, non avrebbe messo da parte lei e Tony. Elsie lo sapeva. "Non voglio aspettare," gli disse semplicemente.

Gli occhi nocciola di Zeke si fissarono in quelli di Elsie, che lo vide leccarsi le labbra. "Sei incredibile," le disse sottovoce. "Tosta fino al midollo."

Elsie scosse la testa. "In realtà proprio no."

A quel punto fu Zeke ad alzare gli occhi al cielo. "Va beh... adesso su in macchina, bellezza, mentre vado a prenderti la borsa. Hai bisogno di qualcosa, intanto che salgo su? Vuoi che ti porti una bottiglietta d'acqua, qualcos'altro?"

"Pensi di portarmi a fare una camminata?" gli chiese Elsie.

Zeke la guardò confuso. "Ma no, non ti piacerebbe affatto."

"Allora non mi serve l'acqua," gli spiegò con un dolce sorriso.

"Ecco." Zeke ricambiò il sorriso, la baciò al volo sulle labbra con molto slancio, poi la spinse leggermente per invitarla a salire in macchina. "Torno in un attimo."

Elsie stava ancora sorridendo quando salì in macchina e chiuse lo sportello. Osservò Zeke che saliva al suo appartamento (oddio, che belle parole, il *suo appartamento*), poi usciva, controllava che la porta fosse ben chiusa e trotterellava giù dalle scale per raggiungerla.

Più tempo passava con lui, più le sembrava che diventasse affascinante. Al solo pensiero di averlo tutto per sé, più tardi, a letto, le veniva la pelle d'oca su tutte le braccia. Però Zeke aveva ragione, le serviva ancora del tempo. Le sembrava strano salutare il figlio e tornare in casa per spogliarsi. Peraltro, le piaceva molto passare il tempo con Zeke.

Non sapeva bene cosa potessero fare insieme, anche perché a Fallport non c'era molto da fare, ma qualunque cosa suggerisse Zeke, lei ci sarebbe stata.

Zeke tornò in macchina e appoggiò la borsa sul sedile, vicino a lei. "Sei pronta?" le chiese avviando il motore.

"Pronta," confermò lei.

———

Cinque ore dopo, Elsie non poteva credere di aver pensato che a Fallport non ci fosse nulla da fare. Zeke si era superato nel farla divertire.

Prima si erano fermati da Grinders, dove Zeke le aveva preso un cappuccino lungo al caramello. Poi erano andati al numero civico successivo, al Libro Aperto, il negozio di libri usati che dava sulla piazza. Era molto vicino al locale di Zeke, ma lei non ci era mai stata. Appena entrata, Elsie si era sentita come in paradiso. C'erano montagne di libri praticamente ovunque: sul pavimento, su ogni scaffale (tanto che alcune mensole sembravano cedere), persino nei corridoietti. Ne era uscita con una borsa piena di libri in formato tascabile che Zeke aveva insistito per comprarle. Lei aveva cercato di protestare, ma lui le si era avvicinato all'orecchio dicendole: "Els, costano venticinque centesimi ciascuno, penso di potermi permettere una spesa di cinque dollari per la mia donna."

Quella logica ferrea l'aveva convinta, così Elsie aveva accettato ed era tutta entusiasta di portare a casa quei nuovi tesori per metterli nella libreria del nuovo appartamento, libreria che qualcuno aveva donato.

Poi Zeke l'aveva accompagnata al parco attrezzato per i cani, il "Can che abbaia", dove avevano passato una quarantina di minuti a giocare con i cagnolini che si divertivano all'aria aperta. Più tardi erano tornati in piazza, dove Zeke aveva fatto un salto alla tavola calda, l'Occhio di Bue, per prendere qualcosa da mangiare, mentre Elsie chiacchierava con Art, Otto e Silas.

I tre signori erano come sempre un po' burberi e un po' spassosi; quando Zeke tornò da lei, Elsie aveva già raccontato ai tre amici della gita di Tony in campeggio, aveva ammesso di non essere mai andata a giocare a bowling, aveva confidato che il viaggio dei suoi sogni era andare alle Hawaii, e che quando aveva otto anni aveva trovato in cortile un serpente e l'aveva tenuto come fosse un animale domestico... per una settimana, finché sua madre non l'aveva trovato nell'armadio (era scappato dalla scatola in cui lo rinchiudeva mentre lei era a scuola).

Come avessero fatto quei tre a farle dire tutte quelle cose, non lo sapeva nemmeno lei, ma Elsie ormai aveva capito come si erano meritato il titolo di campioni del gossip a Fallport.

Zeke poi l'aveva portata al Caboose Park, che prendeva il nome da un vecchio Caboose rosso, un vagone ferroviario che tipicamente chiudeva i convogli merci dei treni a vapore: era in mezzo a un prato enorme e i bambini potevano salirci per giocare. Al parco avevano pranzato, Elsie non ricordava di aver mai riso tanto.

Durante la giornata passata con Zeke, lui non le aveva mai, in nessun momento trasmesso irritazione per non essere tornati in appartamento a fare sesso sfrenato. Ecco un'altra enorme differenza rispetto all'ex marito: all'inizio, nei primi tempi dopo le nozze, prima di perdere completamente ogni appetito, Doug si era lamentato sostenendo che Elsie non ci metteva abbastanza impegno.

Quando Zeke fece manovra nel parcheggio del palazzo, Elsie era ormai completamente rilassata.

Zeke spense il motore e si voltò verso di lei. "Come mai quest'espressione?" le chiese, esaminando il sorriso enorme sul viso di Elsie.

"Mi sono divertita un sacco," gli rispose.

Zeke le fece l'occhiolino. "Son proprio contento. Hai assolutamente ragione, Fallport non è certo la capitale del divertimento, ma se non ti mancano i ristoranti stellati, i musei o i centri commerciali giganti, c'è sempre qualcosa da fare."

"Speriamo che Tony sia d'accordo, quando crescerà," aggiunse Elsie con una risatina.

Zeke ricambiò il sorriso, poi aprì la portiera, fece il giro del veicolo e prese la borsa di libri che Elsie gli stava porgendo, l'aveva appena presa dai sedili posteriori. Quando anche lei fu scesa, Zeke chiuse lo sportello del passeggero e la prese per mano. Si avviarono insieme su per le scale del palazzo.

Una volta entrati nell'appartamento di Elsie, Zeke posò la borsa coi libri sul tavolino nella zona giorno, poi si girò verso di lei. "Dipende tutto da te, tesoro. Se hai bisogno di tempo, posso tornare a casa mia. Però mi farebbe piacere tornare domattina a prepararti la colazione."

Il solo pensiero di vederlo andar via fece stringere lo stomaco di Elsie, ma sapere che era sinceramente disposto a lasciarle altro spazio, nonostante avessero in pratica deciso di passare la notte insieme, la fece innamorare di lui ancora di più.

In tutta risposta, Elsie fece un passo in avanti appoggiandosi a lui con tutto il corpo. "Sei riuscito a comprare i preservativi?" gli chiese. "Cioè, senza che se ne accorgesse il vecchio Grogan, o magari metà degli abitanti di Fallport?"

Zeke fece una risata, il cui suono fece vibrare Elsie in tutto il corpo. "Sono andato da Walmart, anche se per due volte ho dovuto interrompere la missione in partenza. La prima volta, proprio quando stavo per raggiungere la corsia giusta, è sbucata dal nulla Sandra (sai, la proprietaria della tavola calda) e mi ha attaccato un filo interminabile. Poi, quando se n'è andata via, stavo tornando alla corsia, ma sono stato superato da un gruppetto di adolescenti che si sono piantati proprio davanti all'espositore dei profilattici per un'eternità, solo per discutere di quali modelli fossero più comodi o chiedendosi quali fossero quelli più grossi."

Elsie ridacchiò.

"Vero? Non potevo certo interrompere quel dibattito. Quindi ho fatto un altro giro e ho comprato un po' di robe che non mi servivano. Al terzo tentativo, finalmente ho trovato la corsia libera. Ho preso quello che volevo e me la sono svignata. Ah... però mi sono fatto quasi beccare perché in coda alla cassa avevo davanti Simon."

"Il capo della polizia?" gli chiese Elsie.

"Proprio lui, in persona. Non potevo certo mettere i pacchetti di preservativi sul nastro della cassa proprio sotto il suo naso. Anche se lo conosco bene e lo rispetto, non c'è bisogno di fargli sapere gli affari nostri. Quindi ho cambiato cassa. Ci ho messo una ventina di minuti in più, ma almeno è fatta, ne è valsa la pena."

"*Pacchetti?*" gli chiese Elsie, accentuando il plurale.

Zeke la strinse tre le braccia. "Eh sì. Sono sicurissimo che un pacchetto non basterebbe, perché ti voglio troppo."

Elsie si sentì percorrere dal pizzicore, poi gli disse: "Ho un'altra domanda."

"Spara. Per te sono un libro aperto, tesoro. Puoi chiedermi quello che vuoi, come e quando vuoi."

"Immagino che tu ce l'abbia fatta a comprare quelli che volevi, nonostante gli adolescenti avessero già fatto fuori tutti i modelli più grossi, eh?" riuscì a chiedergli sforzandosi di tenere un'espressione seria; ma quando Zeke spalancò gli occhi, Elsie non si trattenne.

"Ma senti, ci piace scherzare... buono a sapersi," disse Zeke con un sorriso enorme. "Per tua informazione, erano rimasti molti modelli Magnum extra-large. Si vede che quei ragazzi si sono accontentati."

Parlare di sesso non era mai stato così, per Elsie. Anche se non l'avevano mai fatto, non ancora, Elsie non aveva mai scherzato sull'argomento in quel modo, in passato. Di solito era un momento di disagio, quando chiedeva al ragazzo di turno se avesse un profilattico, e la reazione più comune erano brontolii, facce serie, gemiti, anche se alla fine il preservativo saltava fuori dal portafogli. Doug non si era mai nemmeno preoccupato di usarli. Non si era mai nemmeno spinto a *chiederle* cosa preferisse fare, per evitare una gravidanza.

"A cosa pensavi?" le chiese Zeke tranquillamente.

Cacchio. Per un attimo Elsie si era persa nei pensieri sul passato. Quando stava con Zeke, le succedeva sempre più spesso. Continuava a confrontarlo con l'ex marito e Zeke ne usciva sempre più vincente.

"Stavo solo pensando che non è affatto imbarazzante," gli

rispose con sincerità, "credo di non essere mai stata con uno che parlasse in tutta tranquillità degli anticoncezionali."

"Vuoi avere altri figli?" le chiese Zeke.

"Sì." Era una domanda a cui era facile rispondere. "Ma non so se succederà mai. Di sicuro non voglio portare un bambino nella situazione in cui mi trovo adesso. Troppe incertezze. I figli costano."

"Te l'ho già detto e te lo ripeto: il passato è passato. Non ci saranno più problemi per mangiare, sono finiti i tempi del motel. Non dovrai più farti in quattro per mettere insieme la cena per Tony, non salterai più i pasti," disse Zeke con fermezza.

Quelle parole fecero molto bene a Elsie, che però non era disposta ad approfittare di lui fino a quel punto, ci mancherebbe. "Lo apprezzo molto, ma lo sai che non può andare così per tutta la vita," gli disse.

Lui annuì. "Hai bisogno di più tempo per capire bene chi sono, devo dimostrarti che non sono come quel bastardo del tuo ex. Ti capisco appieno, ci sta. Per me non è una cotta, Elsie. Avevo già rinunciato alle donne, dopo quello che mi ha fatto Corinne, avevo *chiuso*. Poi in un certo senso mi hai fatto crollare ogni barriera. Tu sei tutto ciò che ho sempre cercato. Sei fedele, lavori sodo, sei divertente, bella e una madre eccezionale. Io ho sempre voluto avere dei figli, ma grazie al cielo non ne ho avuti con Corinne. Anche se forse ti spaventerà, voglio dirtelo: io mi ci *vedo* ad avere figli con te."

Elsie deglutì a fatica. Zeke aveva ragione: un po' la *spaventava*.

"Però non adesso. Hai bisogno di tempo per capire che per te ci sono, devi abituarci, la tua vita è diversa, anche quella di Tony. Non mi importa quanto tempo servirà, io ci sono."

"Come siamo passati dal discutere di preservativi all'avere figli nostri?" gli chiese Elsie.

"Non ne ho idea. Ma senti, la conclusione è che se vuoi

che usi i preservativi, li userò. Niente discussioni, niente facce strane. Farò tutto ciò che posso per proteggerti, sia fisicamente che mentalmente."

"Faccio fatica a credere che sia vero," ammise lei.

"È vero. *Noi due* siamo veri," la rassicurò Zeke. "Adesso... preferisci che vada?"

"No."

Elsie si accorse di quanto Zeke fosse teso solo quando lo vide abbassare le spalle. "Grazie."

Si era impegnato molto per farla rilassare, per farla sorridere, per assicurarsi che fosse a suo agio. In quel momento Elsie si accorse che da quando Tony era partito non si era più preoccupata per lui. In passato, ogni volta che il figlio si allontanava, lei era nervosa e non si calmava se non quando lo sentiva tornare a casa. Invece quel giorno, anche se Tony era in gita per boschi con degli uomini di cui lei si fidava (pur non conoscendoli molto bene), Elsie non si era preoccupata. Si chiese se ciò la rendesse una madre migliore o peggiore.

"Andiamo, sistemiamo i libri nella libreria. Poi possiamo guardare un film, o qualcos'altro," le disse Zeke.

Elsie gli prese la mano mentre lui stava per muoversi. "Ma non facciamo..." si interruppe.

"...facciamo l'amore? Facciamo sesso? Scopiamo? Sì, tutti e tre, ma prima voglio essere sicuro al cento per cento che tu sia pronta. Non c'è fretta. Stiamo insieme, ci rilassiamo, pensiamo a cosa preparare per cena."

"Va bene," rispose Elsie.

"Va bene."

Lei si lasciò accompagnare nell'altra stanza, dove Zeke la fece accomodare sul divano. Poi prese la borsa con i libri che le aveva comprato e la mise sul tavolino davanti a lei.

Per un paio d'ore, fecero esattamente quello che aveva suggerito Zeke. Le sembrava strano starsene seduta con lui a non fare nulla, da troppo tempo la sua vita era stata frenetica. Con Zeke al suo fianco, Elsie non si preoccupava più di tanto.

Era stata una giornata perfetta. *Lui* era stato perfetto, fino al punto di lasciarle dello spazio, qualora ne avesse avuto bisogno.

Col passare del tempo, però, Elsie si rese conto che non era lo spazio, ciò che voleva. Lei voleva Zeke. Era ancora una sensazione strana, stare con un uomo tanto in linea con le sue esigenze. Più tempo passavano insieme, più Elsie *voleva* stare con lui. Poteva sembrare strano a molti: lavorava con lui tutto il giorno e poi era perfettamente contenta di stargli al fianco anche la sera e la mattina dopo. Ma Elsie era diversa.

Certo, Lilly era un'amica, ma Zeke era il *migliore* amico di Elsie. Sentiva di potergli dire tutto, lui l'avrebbe ascoltata senza mai fare una piega. Anche lei voleva ricambiare quella disponibilità. Al di là della chimica pazzesca, voleva conoscerlo meglio, nel profondo.

Sapeva poco del servizio di Zeke nell'esercito, o dei suoi genitori, dipendenti dalle droghe, ma desiderava saperne di più.

"Come sei finito qui a Fallport?" gli chiese.

Senza esitare, Zeke abbassò il volume della TV e si concentrò su di lei. Era un gesto che lei apprezzava: quando gli parlava, o quando parlava Tony, Zeke li guardava sempre negli occhi per mostrare la massima attenzione.

"Hai sentito quando raccontavo a Tony di una delle mie ultime missioni. Avevo superato il limite di sopportazione. All'inizio amavo il mio lavoro, ma ero arrivato al punto di temere le missioni all'estero. Non solo per quanto faceva mia moglie a casa, quando non c'ero, ma anche perché avevo perso la fiducia nei miei superiori. Non era più un bell'ambiente. Quindi quando è arrivato il momento di rinnovare il contratto ho preferito uscirne. Ero un po' perso, non sapevo bene che fare, quando Ethan mi ha contattato. Lo avevo incontrato qualche volta, perché capita che le squadre delle forze speciali si imbattano in altre squadre, di tanto in tanto; possono capitare anche missioni congiunte. Aveva sentito che mollavo l'esercito e voleva sapere se mi interessava unirmi alla squadra di ricerca e soccorso."

"Ha persino cercato di descrivere Fallport peggio che poteva," Zeke sghignazzò, "probabilmente per non crearmi troppe aspettative. Ha detto che era un paesino piccolo in mezzo al nulla, senza centri commerciali, senza cinema multisala, con solo una scuola che comprendeva elementari, medie e superiori, con dei sentieri fitti di sterpaglia e non ben segnati. L'incarico mi è sembrato subito interessante, e l'idea di trovarmi in mezzo al nulla mi è piaciuta, dopo tutto quello che avevo vissuto. Mi sono trasferito qui senza rimpianti e non me ne sono mai pentito. E tu invece? Tu come ci sei arrivata?"

Elsie fece spallucce. "Anche se non mi piace la vita all'aria aperta, mi piacciono le cittadine più piccole. Le strade sono tranquille, ci sono gli alberi, le montagne. Mi piace stare lontana dalle metropoli. Poi mi piace la Virginia, a parte la zona nord, vicino a Washington, dove vivevo con Doug. Dopo essermene andata, ho fatto fatica a cavarmela. Prima ho alloggiato da un'amica, poi ho girato per un po' alla ricerca di un posto in cui fossi contenta di portare Tony, per poterci sistemare. Dopo un paio d'anni di ricerche... ho trovato Fallport. Quando siamo arrivati, ovviamente non avevo molti soldi e non avevo altra scelta *se non* quella di rimanerci," concluse con semplicità.

"Beh, io sono contentissimo che tu ci sia arrivata, che siate arrivati entrambi a Fallport."

Elsie si accoccolò vicino a Zeke; amava la sensazione del suo braccio intorno alle spalle.

"Hai detto al tuo ex dove andavi?" le chiese.

Elsie annuì. "Sì, non ho rapito Tony, se è questo che intendi," gli rispose un po' sulle difensive.

"Non mi è passato minimamente per la testa, stavo solo pensando a quanto si è perso il tuo ex marito, con suo figlio."

"Si è perso tutto," confermò Elsie, "ha sempre saputo dove

eravamo, nel caso volesse vedere Tony. Gli ho scritto quando siamo arrivati e gli ho lasciato l'indirizzo del Motel Camping Mangree. Lui non mi ha mai risposto. Non ha mai mostrato il minimo interesse nel vedere Tony, da quando ce ne siamo andati, tanti anni fa."

"Peggio per lui," commentò Zeke. "Tony è un ragazzino meraviglioso."

"Davvero," disse Elsie, che poi scosse la testa. "Ma come hai fatto? Avevamo cominciato a parlare di te e poi siamo finiti a parlare di nuovo di me e di Tony."

"Siete molto più interessanti di me," rispose Zeke.

"Non è assolutamente vero. Come sei arrivato ad aprire il locale?"

"Non è una storia molto emozionante," rispose Zeke in modo un po' vago.

Elsie si sistemò sul divano. "Beh, adesso voglio *proprio* conoscerla, specialmente perché sembri tanto riluttante a raccontarla."

"Non sono riluttante, è solo che..." sospirò, "va bene. Sono stato gabbato da Art e dagli altri." Elsie lo guardò sorpresa e lui proseguì. "Mi annoiavo. A forza di camminate nei boschi e allenamenti, a un certo punto rischi di impazzire. Un giorno ero all'ufficio postale per alcune consegne e come sempre ci ho trovato i tre moschettieri. Art mi ha detto che il proprietario del locale si stava trasferendo. Mi ha detto che era un peccato, perché nessuno si era offerto di comprarlo e probabilmente avrebbe dovuto chiudere. Silas ha detto la sua, raccontando che c'era un tipo di Roanoke che stava valutando l'acquisto per trasformarlo in un locale Oxybar, sai, sono quei posti in cui ci si siede per respirare ossigeno aromatizzato, cavolate del genere? A quel punto Otto ha aggiunto che il proprietario della Tana forse voleva comprare il locale per espandersi."

"Il circolo del biliardo? Quel posto non è molto raccomandabile, vero?"

"Eh già. Insomma, mi sono lasciato trasportare dalle loro chiacchiere e sono andato a parlare con quel tizio quello stesso giorno. Dopo una settimana, ero il nuovo proprietario dell'On the Rocks. Le giornate di noia erano ufficialmente terminate e quei tre affermano tuttora di aver salvato tutto il centro, convincendomi a comprare."

"Non hanno tutti i torti. Prova a immaginare che piazza deprimente, se fosse diventata tutta come la Tana, o se ci fosse stato un locale strambo come un oxygen bar," disse Elsie con una risatina.

"In realtà stavo pensando di aggiungere una postazione vapori," disse Zeke con espressione completamente seria, "la metterei nell'angolo, comincerei con dell'ossigeno allo zucchero o all'amarena."

"Ma falla finita!" esclamò Elsie.

Zeke si sporse in avanti, cogliendo Elsie impreparata con un attacco di solletico. Lei fece del suo meglio per toglierselo di dosso, ma ormai stava già ridendo troppo. Si ritrovò supina sul divano, con Zeke che la sovrastava.

"Non ti piace la mia idea? Sono io il capo, ti deve piacere *tutto* ciò che propongo."

"Non se proponi un'idea stupida," gli rispose.

Zeke affondò meglio le dita nei fianchi di Elsie, che rise tanto quanto non ricordava di aver mai riso in vita sua. Poi il solletico cambiò forma, diventando una carezza delicata. Elsie si rese conto di avere Zeke sdraiato tra le gambe, la teneva ferma con le dita sulla pelle dei fianchi.

Lui le alzò la maglietta scoprendole la pancia, poi si abbassò e la baciò con dolcezza.

"Troppo... sexy... maledizione," le disse con un filo di voce, facendole sentire l'alito caldo sulla pelle.

"Zeke..." sussurrò Elsie afferrandogli le spalle, non per spingerlo via, solo per aggrapparsi a qualcosa mentre sentiva ondate di calore in tutto il corpo, improvvisamente accesa di desiderio.

Lui alzò lo sguardo, il fuoco che gli accendeva gli occhi quasi la bruciò sull'istante. "Ti voglio," le disse sottovoce. "Ti voglio più di quanto abbia mai voluto qualcosa in tutta la mia vita. Facciamo l'amore?"

Come poteva dirgli di no? Non poteva. Soprattutto perché anche lei lo voleva con altrettanta forza.

"Sì," gli sussurrò.

CAPITOLO QUATTORDICI

Le parole le stavano ancora uscendo dalla bocca e Zeke si era già alzato tirandola a sé. La tenne per mano con decisione mentre la accompagnava in camera da letto. L'agitazione che aveva preso Elsie quel mattino era completamente svanita, come se non ci fosse mai stata.

Era la scelta giusta. Una delle scelte più giuste di tutta la sua vita. Voleva stare con Zeke. Voleva toccarlo e farsi toccare da lui. Sapeva senza ombra di dubbio che fare l'amore con Zeke sarebbe stato totalmente diverso da come era stato con l'ex marito. Doug era sempre e solo concentrato su di *sé*. Voleva sfogare il proprio bisogno sessuale, non aveva alcun interesse a far venire anche lei.

Zeke invece faceva *tutto* tenendo sempre presente anche il benessere di Elsie. Da quanto lavorava al locale a come sistemare Tony dopo la scuola, organizzando la biblioteca con la supervisione di Raiden, fino ad assicurarsi che entrambi mangiassero cibi sani. Fare l'amore sarebbe stato lo stesso. Anzi, Elsie ebbe la netta sensazione che si sarebbe dovuta impegnare di più per convincerlo a prendersi anche lui il suo turno di piacere, evitando che si concentrasse solo su di lei.

Zeke aveva portato con sé una borsa con il necessario per

passare la notte con lei, ma non aveva voluto portarla nell'appartamento quando c'era Tony. Un altro dettaglio che dimostrava la costante attenzione che Zeke poneva nei confronti del bene di Elsie e del figlio.

La prima cosa che Zeke fece, appena chiusa la porta della camera da letto, fu prendere la borsa e tirar fuori un pacchetto di profilattici. Li mise sul comodino a fianco del letto a una piazza e mezza, poi si voltò verso di lei.

Elsie stava giocherellando con le dita, chiedendosi cosa fare. Non avrebbe dovuto preoccuparsi: Zeke alzò le braccia, afferrò il colletto della maglia dietro la testa e se la sfilò. Rimase solo con i jeans, che poi cominciò a sbottonare, ma senza toglierseli.

Lei era ancora là in piedi, ferma a osservare l'uomo più bello che avesse mai visto. Un ciuffetto di peli neri gli copriva il petto, i peli si infoltivano un poco scendendo verso la parte anteriore dei jeans. In mezzo al pettorale sinistro, aveva un tatuaggio, era il disegno di uno scudo con un teschio. Sotto c'era scritto qualcosa. Elsie non era mai stata eccitata dai tatuaggi, ma dovette ammettere che quello di Zeke era proprio adatto a lui.

Notando dove si erano fissati gli occhi di Elsie, Zeke le disse: "*De Oppresso Liber.*" È quello che c'è scritto, il motto dei Berretti Verdi."

"E cosa vuole dire?" gli chiese lei sottovoce, sempre fissandolo da lontano.

"Da oppresso a libero. Combattere per liberare chi non può difendersi da solo."

"Come me," disse Elsie.

Zeke scosse immediatamente la testa. "No. Tu te la sei cavata benissimo a combattere, non solo per te stessa, ma anche per Tony. Tu non avresti avuto bisogno di me."

"Su questo, penso che ti sbagli," disse, parlando più a se stessa che a lui.

Zeke alzò un braccio. "Vieni qui, Els."

Anche se solo per un secondo, Elsie si sentì sopraffatta da quell'uomo: era fantastico. Anche lui aveva i suoi difetti, ma per ciò che contava era perfetto. Lei lo vedeva totalmente fuori dalla sua portata.

Nel viso di Zeke passò una vibrazione di desiderio talmente sfuggente che Elsie quasi se la perse, poi lo vide raccogliere dal pavimento la maglia che si era appena tolto.

Il pensiero che Zeke stesse per andarsene la svegliò e la fece muovere. In un attimo fu contro di lui.

"Sei sicura?" le chiese lasciando cadere di nuovo la maglia.

"Sono nervosa, ho paura di non soddisfare le tue aspettative, ma sono sicura di volerci provare."

Zeke fece una risata. "L'unica aspettativa che ho è che perderò il controllo troppo facilmente, appena sarò dentro di te."

Le immagini evocate da quelle parole fecero venire i brividi a Elsie.

"Quindi voglio andare con calma, conoscere ogni centimetro del tuo corpo, prima ancora di arrivare a quel punto. Alza le braccia."

Zeke era autoritario e tenero allo stesso tempo. Elsie amava quel contrasto. Alzò le braccia e sentì le mani di Zeke sull'orlo della maglia. Si aspettava che gliela togliesse rapidamente, invece lui la sollevò con flemma. Con le dita le sfiorò i fianchi, mentre alzava la maglia.

Dopo averle tolto l'indumento, Zeke si fermò a fissarla. Elsie non poté far altro che inarcare un poco la schiena. Il desiderio e il piacere negli occhi di Zeke la fecero sentire più bella.

"Accidenti," mormorò Zeke con un filo di voce, appena prima di allungare le mani verso di lei. Invece di prenderle i seni, andò verso il bottone dei jeans. Si mise in ginocchio e le fece scivolare i jeans giù dai fianchi. Di nuovo, mentre glieli toglieva, con la punta delle dita le sfiorava la pelle. Elsie uscì dai jeans e Zeke alzò gli occhi per guardarle il corpo. Le mise le mani sui fianchi rimanendo accovacciato davanti a lei.

Elsie si aspettava che si alzasse, vedendolo rimanere giù inarcò un sopracciglio. "Zeke?"

"Shhhh. Sto cercando di memorizzare questo momento," le disse con voce profonda, era un tono che Elsie riconobbe appena. Se anche Elsie avesse avuto dei dubbi sull'attrazione di Zeke nei suoi confronti, furono spazzati via dall'espressione con cui lui scrutava il suo corpo quasi nudo.

Elsie aveva partorito un figlio e aveva conservato le tracce della gravidanza nella forma della pancia, tracce che non era mai riuscita a eliminare, nonostante i vari tentativi. Le erano rimaste delle smagliature, anche se negli anni erano un po' svanite, ma erano ancora presenti, a memoria del fatto che aveva avuto un figlio. I suoi seni erano un po' più cadenti di quanto fosse normale alla sua età.

Eppure Zeke era di fronte a lei che si leccava le labbra, facendola sentire più bella che mai. Elsie vedeva il rigonfiamento nei pantaloni di Zeke e si sentiva ancor più desiderata.

Quell'uomo la voleva e anche lei lo voleva senza alcun dubbio.

Proprio quando Elsie stava per afferrare un braccio di Zeke e farlo alzare in piedi, lui sollevò il mento fissandola per ammettere: "Non so da dove cominciare."

Elsie non si trattenne e si mise a ridere. "Penso che se ci mettessimo sul letto sarebbe un buon inizio," gli disse scherzando.

Lui accennò un sorriso. "Ah sì," confermò, poi si alzò, ma senza perdere il contatto fisico con lei. Le tenne la mano sul fianco, carezzandole con il pollice la pelle del ventre, mentre le altre dita la stringevano con sicurezza. La fece indietreggiare con dolcezza finché Elsie non si trovò con le ginocchia a contatto col letto e si mise seduta.

"Fatti più in là," le ordinò.

Elsie aveva letto dei libri in cui l'eroe aveva un carattere dominante. Non era sicura di amare quel genere di situazioni, ma quando Zeke le diceva cosa fare con quella voce profonda e roca, lei capiva il motivo per cui le eroine di quei libri erano tanto desiderose di soddisfare qualunque richiesta di quegli eroi.

Elsie si spostò verso il centro del letto, sempre tenendo gli occhi fissi su Zeke, che si scrollò di dosso i pantaloni, spingendo giù allo stesso tempo anche l'intimo. Elsie non riuscì a togliere gli occhi di dosso dal suo uccello. Non era molto lungo, ma santo cielo, era *grosso*.

Zeke fece un gran sorriso, salì sul letto con le mani e con le ginocchia. Lei si sdraiò, mentre lui continuava ad avvicinarsi, poi gli disse di getto: "Prima stavo scherzando, sui profilattici extra-large, ma ce l'hai davvero grosso."

Lui allargò il sorriso rispondendole con sicurezza: "Vedrai che staremo bene."

Elsie lo guardò un po' scettica.

"Dico davvero," insisté lui, "siamo fatti l'uno per l'altra, e poi prima di arrivare a quel punto farò in modo che tu sia ben lubrificata. Te lo garantisco, quando arriverà il momento, non avrai altro pensiero che volermi dentro di te."

"Non so se è il caso di prenderti per il culo per tutta questa sicurezza e presunzione, o se preoccuparmi per quello che stiamo per fare."

"Non dovrai mai preoccuparti per quello che faremo insieme," le disse subito Zeke, "sia che siamo a letto, o in macchina, o al lavoro, o anche se stiamo passando il tempo chissà dove. Con me sei sempre al sicuro."

"Zeke," sussurrò Elsie, sentendosi sopraffatta.

Senza togliere gli occhi da quelli di Elsie, Zeke infilò le dita sotto l'elastico delle sue mutandine. Lei alzò i fianchi per aiutarlo a toglierle. Lui gettò l'indumento di cotone da parte, poi abbassò lo sguardo.

Fece un respiro profondo e si spostò lungo il corpo di Elsie fino a trovarsi tra le sue gambe. Lei dovette divaricarle per lasciargli più spazio. Zeke sembrava incapace di distogliere lo sguardo dalla sua passera. Elsie non era abituata a depilarsi completamente, era un impegno eccessivo e lei non aveva tutto quel tempo. Però cercava di tenersi in ordine e Zeke sembrava apprezzare.

Elsie si accorse di avere ancora addosso il reggiseno, inarcò la schiena e raggiunse i gancetti dietro la schiena. Era una posizione scomoda, ma lei ci riuscì. Gettò il reggiseno di fianco al letto, quando tornò a guardare Zeke, lo vide che le osservava i seni.

Si impegnò a soffocare la risata che le stava per sfuggire. Gli uomini eterosessuali di tutto il mondo sembravano avere un punto in comune: erano sempre affascinati dalle poppe.

"Sei bella," le disse con dolcezza, "e sei tutta mia."

"Anche tu sei tutto mio?" gli chiese lei. Se qualunque altro uomo le avesse detto lo stesso, lei l'avrebbe messo a posto: Elsie non 'apparteneva' a nessuno. Era una persona autonoma e indipendente. Punto.

Invece quelle parole pronunciate da Zeke, con voce profonda e vibrante, mentre la guardava ammirato, le avevano fatto venir voglia di ricambiare la rivendicazione.

"Ci puoi giurare che sono tutto tuo," le rispose. Poi, senza aggiungere altro, Zeke abbassò la testa.

Dapprima avvicinò solo il naso inalando profondamente, come per conoscerne le forme e i profumi. Poi alzò gli occhi tra le gambe di Elsie. "Sei pronta?"

Elsie rise un po' nervosamente. "Sì?" Le uscì più come una domanda che come una risposta.

Zeke fece un gran sorriso, poi strofinò la barba contro la pelle sensibile dell'interno coscia di Elsie, facendola agitare. Infine sembrò decidersi a smetterla di tirarla per le lunghe e si mise al lavoro.

Al primo contatto della lingua con il clitoride, Elsie scattò tra le mani di Zeke. Era passato moltissimo tempo da quando qualcuno le aveva praticato sesso orale, ma qualunque ricordo di amanti passati fu spazzato via dall'ondata di piacere scatenato da Zeke.

Con le dita, con la lingua, con le labbra, Zeke le fece dimenticare tutto e tutti. Quella della barba sulla pelle era una delle sensazioni più sensuali che Elsie avesse mai provato. I suoni che Zeke faceva mentre la divorava erano quasi osceni. Gemiti gutturali, lunghe leccate, grugniti profondi, persino un mormorio d'estasi ogni tanto; ognuno di quei rumori contribuiva a farla eccitare.

Non passò molto tempo ed Elsie stava già muovendo i fianchi. Allargò le cosce e gli affondò le dita nei capelli, tenendolo stretto mentre il piacere continuava a crescere.

Quella reazione sembrò eccitarlo ancor di più. Zeke attaccò le labbra al clitoride e le infilò due dita dentro, cominciando a scoparla mentre le succhiava con forza il fascio di nervi sensibili.

In generale, gli orgasmi che Elsie si era provocata da sola negli anni le erano piaciuti. Non in modo eccessivo, niente di particolarmente memorabile, ma belli.

Il primo orgasmo con Zeke fu tutt'altro che 'bello'. Fu un'ondata di piacere che le attraversò tutto il corpo, tanto intensa da farle quasi male. Non aveva mai provato nulla del genere: tutti i muscoli del corpo contratti mentre le scariche di passione la attraversavano.

Si aspettava che Zeke alzasse la testa e procedesse nel fare l'amore con lei, dopo quell'orgasmo... invece lui non smise di succhiarle il clitoride, sorprendendola e quasi allarmandola.

"Zeke!" esclamò Elsie, "è troppo! Non posso..."

Ma lui la ignorò, anzi: accelerò il movimento delle dita, spingendo dentro e fuori di lei, mentre con la lingua le stimolava il clitoride.

Un secondo orgasmo si inserì nel primo, la pancia di Elsie arrivò a farle male, tanto i muscoli si contraevano. Le cosce le tremarono fuori controllo, Elsie fece fatica a prender fiato. Ogni terminazione nervosa sembrava infuocarsi. Strinse i capelli corti di Zeke con tanta forza che doveva per forza fargli male, ma non poteva lasciarlo andare. Doveva aggrapparsi a qualcosa per evitare di cadere in un milione di pezzi.

Finalmente Zeke alzò la testa ed Elsie riuscì a fare un tanto agognato respiro. Finanche il fiato caldo sul clitoride le faceva venire i brividi di piacere in tutto il corpo.

"Porca vacca," sussurrò Elsie.

"Lo sapevo che sarebbe andata così," le disse Zeke sottovoce, "il tuo corpo reagisce che è una meraviglia."

"Solo con te," sbottò lei.

"*Modestamente*," commentò lui.

A lei non importò nulla di quel commento del tutto immodesto; accidenti, Zeke se lo meritava. Lei non era mai venuta con tanta forza come in quel momento. Non era nemmeno sicura al cento per cento che le piacesse ciò che Zeke aveva appena fatto, tanta era stata l'intensità, ma Elsie non poteva negare le sensazioni incredibili che le aveva provocato.

Alzando la testa, Elsie guardò il proprio corpo e vide che Zeke le era rimasto tra le gambe. Le teneva una mano appoggiata sulla pancia, mentre con l'altra le accarezzava dolcemente la passera, passando il pollice tra i succhi che le aveva fatto produrre, come un conquistatore che si gustava il bottino. Non vedendolo muoversi, Elsie si agitò un poco.

"Zeke?"

"Sì?"

"Vuoi che... ti voglio."

"Anch'io ti voglio," le rispose immediatamente, "ma non penso che tu sia abbastanza bagnata, non ancora." Poi abbassò la testa.

"Oh, merda!" gridò Elsie, che passò di nuovo da un momento di rilassatezza morbida al culmine di un altro orgasmo.

Chiaramente Zeke aveva detto sul serio, promettendole di farla bagnare abbastanza prima di prenderlo, per non avere problemi, perciò la fece venire una terza volta. Elsie si rese conto di quanto fosse fradicia. Zeke aveva il viso che luccicava per i succhi che gli erano rimasti addosso. Si leccò le labbra mentre le dita entravano e uscivano da lei senza foga.

Quando Zeke si alzò, Elsie era ormai sicura che finalmente avrebbe fatto l'amore con lei... invece lui si fermò con la testa all'altezza dei suoi seni. La mano che le teneva tra le gambe non smise mai di stimolarla dolcemente, mentre lui le prese in bocca un capezzolo, appoggiando il proprio peso sull'altro gomito.

Elsie fu sopraffatta dalle sensazioni. Non si era mai sentita tanto al centro dell'attenzione. In passato, i preliminari si erano limitati a uno stimolo con le dita, mentre lei prendeva in bocca l'uccello del tipo con cui stava. Con Zeke era stato...

Non sapeva nemmeno lei come descriverlo.

Zeke le succhiò un capezzolo e lei sentì la schiena inarcarsi. Non era sicura se chiedergli di più o se dirgli di fermarsi. Gli appoggiò una mano dietro la testa, inspirando di scatto.

"Accidenti, sei perfetta," le disse Zeke soffiando sulla punta turgida, "sensibilissima."

Elsie poté solo gemere.

"Riesci a venire anche solo mentre ti succhio le tette?" le chiese.

Elsie lo fissò. Aveva un 'no' sulla punta della lingua, ma ci ripensò: ebbe la sensazione che Zeke potesse farla venire anche solo con lo sguardo. Ormai non si sentiva più padrona del proprio corpo. Era di Zeke. *Lei* era di Zeke.

"Che ne dici di scoprirlo?" le chiese, senza lasciarle il tempo di trovare le parole per rispondere.

Passarono una ventina di minuti a sperimentare, Zeke cercava di scoprire cosa le piacesse di più, cosa la portasse oltre il limite. Anche se Elsie non era riuscita a venire solo con gli stimoli ai seni e ai capezzoli, era riuscita con l'aggiunta delle dita tra le gambe a raggiungere un altro orgasmo, per fortuna non altrettanto prorompente.

Quando lei smise di tremare, Zeke alzò la testa e la fissò negli occhi. Elsie si sentì scossa fino al midollo dalla sicurezza e dall'orgoglio che gli leggeva in faccia. All'improvviso, stare sdraiata passivamente non le bastò più: voleva rendergli parte di quel piacere.

Si mise seduta e gli appoggiò una mano sul petto, spingendolo all'indietro. Lui si lasciò spingere volentieri, altrimenti lei non sarebbe mai riuscita a smuoverlo con la forza. Quel pensiero, invece di spaventarla, la eccitò ancor di più. Zeke lasciò che prendesse lei il controllo, per il momento, ma non c'era alcun dubbio su chi avesse l'iniziativa e la regia, a letto.

———

Zeke si mise supino, il sapore inebriante di Elsie nella bocca, sulle dita, impresso per sempre nell'anima. Era stata tanto reattiva che gli era riuscito difficile accontentarsi. L'aveva stimolata al massimo, ma lei, invece di esaurirsi, sembrava continuamente aprirsi a lui. Zeke si sentiva vicino a Elsie anche più di prima.

Elsie era in ginocchio su di lui, con i seni liberi che gli facevano venire voglia di succhiarli di nuovo. Elsie era a cavalcioni su una gamba di Zeke, che poteva sentire sulla pelle quanto fosse bagnata. Accidenti, Zeke non aveva mai visto nulla di più bello di quando l'aveva spinta oltre il limite. Avrebbe potuto passare tutta la notte tra le sue gambe, facendole raggiungere l'orgasmo di continuo, leccando ogni prodotto di quel piacere. Riusciva a sentire tutti i succhi di Elsie sulla barba, gli facevano venire voglia di mettersi seduto a picchiarsi sul petto come un cavernicolo.

Ogni pensiero fu allontanato appena lei abbassò la testa. Zeke sentì i capelli di Elsie sulla pancia e spostò subito una mano per afferrarli. Voleva guardarla bene mentre glielo prendeva in bocca. La vista della lingua che usciva per leccarglielo era più erotica di qualunque altra visione, di qualunque altra fantasia. Ancor più erotica per l'occhiata vagamente timida che Elsie gli lanciò mentre si leccava le labbra, per poi infilarselo in bocca più che poteva.

A Zeke sfuggì un lungo, strascicato gemito, ma lui si costrinse a non chiudere gli occhi. Elsie gli prese con una mano la base dell'uccello, spostandola su e giù insieme alla bocca.

Maledizione, Zeke si sentì a un attimo dal venire, ma non poteva assolutamente fermarla. Allungò una mano e la avvolse intorno a quella di Elsie, alla base, stringendo con forza per interrompere l'arrivo dell'orgasmo.

"Continua," le rantolò, dato che quel movimento l'aveva fatta interrompere.

Il sorriso che le incurvò le labbra era sexy da morire.

Zeke piegò un ginocchio e spostò di lato la gamba. Elsie era cavalcioni sull'altra gamba e quindi non poteva muoverla. Con la mano libera, Elsie gli afferrò le palle, facendogli sfuggire un altro gemito di gola. Si muoveva avventurosamente, con una certa titubanza, Zeke non aveva mai provato tanto piacere in un pompino.

Si trattenne più che poteva, ma sapeva che sarebbe esploso ben prima di volerlo, se non avesse fatto qualcosa.

Fece un respiro profondo e staccò da sé la bocca di Elsie. La perdita di quel calore fu quasi dolorosa, ma Zeke sapeva che era solo questione di tempo: presto avrebbe affondato l'uccello nel centro bollente tra le gambe di Elsie.

Portò la testa di Elsie verso la propria e la baciò. Sentì sulla sua lingua il proprio sapore, esattamente come Elsie riuscì a sentire il proprio sapore sulle sue labbra. Fu un momento molto erotico e intimo.

Senza mai staccare le labbra da quelle di Elsie, Zeke rotolò sul letto e allungò una mano per prendere la confezione di profilattici che aveva messo sul comodino. Per fortuna aveva già aperto il pacchetto prima di appoggiarlo sul comodino vicino al letto, ma dovette comunque lavorare con le dita per estrarne uno.

Alla fine Zeke staccò le labbra dalla bocca di Elsie e si mise in ginocchio sul letto, sovrastandola. Lei era sdraiata sulla schiena con le gambe divaricate e un sorrisetto compiaciuto in viso. Aveva chiazze rossastre sul petto per gli orgasmi, Zeke fece fatica a distogliere lo sguardo da lei per concentrarsi su ciò che stava facendo.

Allargò le gambe spingendo le cosce di Elsie, che a sua volta dovette divaricare meglio; aveva la passera lucida per gli orgasmi; proprio mentre lui la guardava, vide una goccia che le usciva dalle piccole labbra e si trattenne per non abbassarsi a leccarla via.

Si infilò il profilattico in tutta la lunghezza; avrebbe preferito non doverlo usare, ma aveva promesso a Elsie di prendersi cura di lei, esattamente ciò che stava facendo. Anche se venire dentro di lei, riempirla del proprio seme, fare un bambino, erano tutti desideri che avrebbe voluto senz'altro realizzare in futuro. Quei pensieri non lo spaventarono nemmeno. Aveva capito fin dal primo bacio di volere un rapporto stabile e duraturo con Elsie.

"Dai, Zeke, ti prego," gli sussurrò lei spostando le mani sui suoi fianchi e accarezzandogli le ossa sporgenti con i pollici. Fu un tocco innocente, ma gli fece reagire l'uccello d'impazienza.

Zeke si fece avanti, facendo divaricare le gambe di Elsie fino al limite. Lei le alzò e gliele avvolse intorno alla vita. L'uccello di Zeke, come attirato da un magnete, si fece strada tra le gambe di Elsie senza nemmeno bisogno di essere guidato.

Zeke abbassò una mano, se lo prese alla base e raccolse i succhi di Elsie per lubrificare la punta.

"Sei pronta?" le chiese senza pensarci.

In tutta risposta, Elsie fece una risata. "Se non capisci quanto sono pronta per te, allora è un problema."

Zeke sorrise e poi spinse la punta dell'uccello dentro di lei.

Dovette digrignare i denti per non venire all'istante; non era dentro nemmeno per intero e già gli sembrava che glielo stesse strangolando.

Gemettero entrambi.

"Sì, Zeke, di più!"

"Non voglio farti male."

"Non mi fai male. Ti voglio *di più*. Ti prego!"

Lui aveva pensato di arrivare a farla implorare, ma adesso che lei lo stava pregando... Zeke si accorse che non gli piaceva quanto si aspettava. Non voleva che Elsie fosse costretta a pregarlo per *nulla*. Nemmeno per prenderlo dentro.

Si mosse lentamente, ben sapendo quanto era stretta e quanto *lui* era grosso. Si spinse dentro un poco, poi si tirò indietro, facendoglielo prendere un po' alla volta.

Dopo qualche spinta leggera, Elsie sembrò perdere la pazienza e sollevò in alto i fianchi alla spinta successiva. Così lui affondò più di prima, perse ogni controllo e non si fermò più. Si spinse completamente nella guaina calda e accogliente.

"Sì!" esclamò lei. "Oddio... mi sento piena, porca vacca, Zeke, che bello, è fantastico... dai, ancora, ti prego. *Muoviti!*"

Lui era altrettanto perso e nulla avrebbe potuto impedirgli di spingere ancora. Avrebbe preferito andarci piano, prendersela con calma, invece non riusciva più a controllarsi e continuava a tirarsi indietro e spingersi dentro con forza. Il contatto costante era delizioso, Zeke capì che avrebbe sempre agognato quella sensazione. *Lei*.

L'amore dolce che aveva pensato di fare con Elsie fu scagliato fuori dalla finestra, mentre la scopava come un animale. I seni le rimbalzavano su e giù sul petto a ogni spinta. Elsie gli afferrò il sedere e vi affondò le unghie mentre lui oscillava i fianchi a velocità sempre maggiore.

Gocce di sudore si formarono sulla fronte di Zeke, mentre

l'orgasmo che era riuscito a trattenere fino a quel momento si stava riaffacciando con forza.

Fu il lungo gemito acuto di Elsie che lo spinse oltre il limite. Zeke si accorse di venire con sorpresa; non voleva esplodere se non dopo averle fatto raggiungere un altro orgasmo, ma non ce la fece. Era troppo stretta, troppo calda, troppo bagnata, troppo *tutto*. I rumori che l'uccello produceva infilandosi dentro e fuoriuscendo dal corpo di Elsie erano sonori e lussuriosi, a ogni spinta i loro corpi si colpivano: Zeke non era mai stato tanto eccitato in vita sua.

Si spinse dentro di lei più che poteva e tirò indietro la testa mentre veniva. Sentì l'uccello circondato di calore dentro il profilattico, non poté far altro che tenersi su. Quando finì, l'uccello rimase mezzo duro; non era pronto a ricominciare subito, ma era più che contento di rimanere dentro di lei.

Zeke abbassò lo sguardo e vide Elsie che gli sorrideva.

"Ciao," gli disse sottovoce.

Zeke si mosse leggermente, mise una mano tra le gambe e raccolse un po' di succhi con il pollice, cominciando a massaggiarle il clitoride.

Elsie scattò contro di lui, che grugnì alla sensazione dei suoi muscoli interni che si stringevano intorno all'uccello. "Zeke, sono... porca vacca, è..."

Elsie sembrava incapace di formare una frase di senso compiuto, Zeke ne fu contento. Spinse con forza contro il clitoride, aveva bisogno di sentirla venire un'altra volta. "Mi dispiace," le disse.

"Di cosa?" gli chiese lei, mentre scattava in alto coi fianchi.

"Di essere venuto prima di te."

Elsie lo guardò sorpresa. "Ehm, che mi dici di tutti gli orgasmi che mi hai fatto venire prima?" gli chiese.

"Quelli non contano. Cioè, contano, ma servivano solo a

prepararti per prendermi. Per tua informazione, te li farò venire ogni volta che faremo l'amore."

"Non so se riuscirò a sopravvivere a tanto," gli rispose ansimando.

"Ce la farai, e io farò del mio meglio per farti venire prima anche quando sono dentro di te, in futuro; anche se non so quanto ci riuscirò. È che mi piaci troppo, il mio uccello dentro di te ci sta alla perfezione, Els. Siamo fatti l'uno per l'altra; però mi dispiace perdermi la sensazione di te che vieni intorno al mio uccello. Adesso recupero subito e ti voglio *sentire* così tutte le volte."

"*Zeke*," gemette Elsie.

"Ecco, dai," la incitò lui stimolando il clitoride con più forza. "Vieni su di me, tesoro, fammi sentire."

Elsie ansimò e gli strinse le cosce intorno ai fianchi, mentre il suo corpo cominciò a tremare; si lasciò sfuggire un versolino adorabile mentre andava di nuovo oltre il limite.

La sensazione di sentirla stringere intorno all'uccello fu indescrivibile. Fu quasi dolorosa, ma sempre piacevole.

Era chiaro che Zeke si era legato a Elsie come a una linfa vitale.

Le tolse la mano dalle gambe e si abbassò su di lei, che nel frattempo si stava calmando dall'ultimo orgasmo. Erano entrambi sudati e arrossati. Elsie aveva i capelli in disordine sul cuscino, Zeke sapeva che sotto ai loro corpi doveva esserci una grande chiazza di sudore.

Non si era mai sentito tanto vicino a un altro essere umano quanto con Elsie, in quel momento.

Le appoggiò le labbra sul lato del collo, quasi sopraffatto dalle emozioni e incapace di guardarla negli occhi. La sentì girare la testa per baciarlo sulla tempia; fu un gesto intimo e amorevole, chiuse gli occhi per memorizzare il momento. Elsie lo stava accarezzando sulla schiena, mentre gli teneva le gambe avvolte intorno al corpo. Erano intrecciati quanto più possibile, eppure lui voleva avvicinarsi meglio.

Non gli era mai successo. La sua ex moglie lo spingeva sempre via appena finivano di fare sesso. Zeke non aveva mai saputo di aver *bisogno* di quella vicinanza, prima di quel momento.

Non voleva muoversi, ma sapeva di doversi togliere il preservativo. Con un sospiro, alzò la testa e guardò la donna a cui aveva donato il cuore. "Devo alzarmi per un secondo."

Lei annuì e lentamente gli tolse di dosso le gambe.

Lui digrignò i denti e si tirò fuori da lei. Gli dava fastidio anche solo allontanarsi da lei, separarsene anche solo per un momento. Scese dal letto, per nulla in imbarazzo, mentre andava nel piccolo bagno vicino.

Tornò da lei in pochi attimi, ma si chiese se Elsie preferisse dormire da sola, se preferisse farlo tornare a casa; non riusciva a nascondersi una certa indecisione sul da farsi.

Non avrebbe dovuto lasciarsi prendere dai dubbi: Elsie si era messa sotto il lenzuolo e appena lo vide avvicinarsi al letto, spostò il lenzuolo per invitarlo a sdraiarsi con lei. Zeke lasciò andare un sospiro di sollievo quando Elsie gli si appiccicò addosso quasi subito, appena lui si fu sdraiato. Gli mise una mano sulla pancia e una gamba sulla coscia.

Zeke le mise un braccio intorno al corpo e sospirò soddisfatto.

"Non dormo dove c'è bagnato di sudore," gli disse sottovoce.

Zeke fece una risatina. "Aggiudicato."

"È un po' presto per andare a dormire, ma non me la sento di muovermi, adesso, per te va bene?"

"Anch'io non me la sento, va benissimo."

Rimasero entrambi in silenzio per un lungo momento, poi Elsie alzò la testa e si tirò su per arrivare all'altezza della testa di Zeke. Infine si abbassò su di lui per baciarlo. Fu un bacio lungo, lento, pieno di aspettative, tanto intimo che Zeke si sentì quasi dilaniato quando finalmente lei si staccò per respirare.

Elsie si spostò e appoggiò la testa sulla spalla di Zeke, tenendolo stretto. "Per la cronaca…"

Non sentendola proseguire, Zeke le chiese: "Sì?"

"Mi è piaciuto. Un sacco."

Zeke rise. "Anche a me."

La sentì sorridere contro il petto.

Poi si appisolarono per un po' di tempo. Quando si alzarono dal letto, si fecero una doccia, insieme. Fu una doccia un po' ridicola, perché il box era troppo piccolo per contenere entrambi. Finirono per fare l'amore di nuovo, con Elsie piegata sul mobile del bagno e Zeke che la prendeva da dietro. Poi si lavarono (ancora) e prepararono la cena.

Dopo cena si misero comodi sul divano e Zeke le praticò di nuovo sesso orale. Non riusciva ad accontentarsi di assaggiarla. Le sensazione e la vista di Elsie che raggiungeva l'orgasmo mentre lui la teneva tra le braccia, passandole la lingua addosso, non gli bastava mai. La prese in braccio e la riportò in camera da letto e tenne fede alla promessa fattale, ritrovando la pazienza che prima aveva perso. Esplorò ogni centimetro del suo corpo, mentre lei ricambiava perlustrando il suo.

Si addormentarono abbracciati.

Era passato moltissimo tempo da quando Zeke aveva dormito tanto profondamente. Gli incubi che di solito gli facevano rivivere ciò che aveva visto e fatto nell'esercito, quella notte non si presentarono: dormì con una pace che non lo accompagnava da anni.

CAPITOLO QUINDICI

Arrivò la domenica pomeriggio, Elsie era tutta indolenzita, ma completamente soddisfatta. Non avrebbe mai immaginato che il rapporto con Zeke diventasse così... esplosivo. Zeke aveva mantenuto la parola data: si era assicurato di farle venire vari orgasmi prima ancora di cominciare a fare l'amore con lei. Ed era senz'altro amore, non c'era alcun dubbio che i sentimenti fossero forti da parte di entrambi.

Elsie si sentiva ottimista sul futuro; ormai si era quasi abituata all'idea di vivere da sola per il resto della vita, pensava di stare con Tony finché lui non avesse raggiunto l'età del college, oppure fino al diploma delle superiori, dopo il quale si sarebbe trasferito per conto proprio, appena trovato un impiego. Invece, grazie a Zeke, ora non si vedeva più da sola, si vedeva con lui. Chissà, forse avrebbero potuto avere dei figli insieme, o forse no, ma qualunque cosa fosse successa, Elsie voleva al proprio fianco Zeke e non aveva dubbi che la cosa fosse reciproca.

Tony era tornato all'appartamento molto vivacizzato, entusiasta dell'uscita in campeggio. Aveva parlato senza sosta per un'ora intera, raccontando a Elsie e a Zeke tutto ciò che aveva fatto con Rocky e Brock. A guardarlo, sembrava si fosse rotolato per terra, puzzava come un maialino sudato. Si convinse a farsi una doccia solo dopo essersi tolto lo sfizio di raccontare tutti i momenti salienti che si ricordava del fine settimana.

Domenica sera, era stato difficile per Elsie salutare Zeke. Anche dopo una sola notte passata tra le sue braccia, Elsie si sentiva presa. Però non era pronta a farlo dormire con sé quando Tony era a casa; Zeke si era detto d'accordo. Anche perché l'appartamento stesso era una novità per il figlio.

I due giorni successivi erano stati fantastici. Tony era felice di avere la sua cameretta ed era ancora pieno di adrenalina per la gita "coi ragazzi", contentissimo di passare del tempo con Zeke ogni pomeriggio.

Elsie si sentiva distesa, contenta. La piccola somma che era riuscita a racimolare sul conto in banca, per quanto modesta, era sempre più di quanto avesse risparmiato in passato (soprattutto grazie alla generosità di Ethan e Lilly), il figlio era felice e i pochi momenti rubati di intimità con Zeke la facevano sentire in brodo di giuggiole, come una ragazzina. Non avevano ancora rifatto l'amore, ma l'espressione sul viso di Zeke, quando lo beccava a fissarla sul posto di lavoro, era sufficiente a farla arrossire.

I colleghi avevano tutti notato che il rapporto tra lei e Zeke era cambiato (quei pochi che non se n'erano già accorti prima) ed erano tutti felicissimi per entrambi.

Andava tutto talmente bene, che Elsie fu colta di sorpresa quando andò a prendere Tony in biblioteca dopo il lavoro, mercoledì, e lo trovò di pessimo umore. Era diventato irascibile, non rispondeva alle domande che lei gli poneva, quando gli aveva chiesto cosa volesse per cena aveva reagito con uno scatto rabbioso.

Era totalmente fuori di sé. Quando arrivarono a casa, Tony corse dritto in camera sua e sbatté la porta; ormai Elsie era molto preoccupata.

Non era da lui. Al contrario.

Dopo il lavoro, di solito Zeke lasciava passare un po' di tempo perché lei si sistemasse, prima di raggiungerla. Era un momento in cui madre e figlio potevano stare da soli a parlare della scuola e della vita in generale, prima che arrivasse lui. A volte Zeke portava la cena, altre volte cucinava da solo, o con Elsie.

Quando Zeke bussò alla porta quella sera, Tony non aveva ancora aperto bocca ed Elsie era fuori di sé.

"Cosa succede?" le chiese Zeke appena lei gli aprì la porta.

"È Tony."

"Si è fatto male?"

Sentire la voce di Zeke preoccupata aiutò Elsie a calmarsi un pochino e a fare un respiro profondo. "No, ma c'è qualcosa che non va, è fuori di sé, burbero, mentre tornavamo a casa non ha spiccicato parola e appena in casa si è chiuso in camera sua e non è più uscito."

"Saranno gli ormoni," le disse Zeke annuendo.

"Ma ha solo nove anni!" ribatté Elsie.

"Non manca molto alla pubertà," le disse Zeke.

"Puoi parlargli tu?" gli chiese Elsie ignorando il commento sugli ormoni. Non si sentiva pronta ad affrontare un figlio adolescente, non ancora. Era troppo presto. Voleva che il figlio rimanesse un bimbo, almeno un po' più a lungo.

Zeke la guardò in un modo che lei non capì. "Cosa c'è?"

"Puoi parlargli tu?" gli chiese di nuovo. "Cerca di capire cos'ha che non va, magari con te parlerà."

Zeke continuò a fissarla.

"Se non te la senti, va bene," gli disse di fretta.

"Non è che non me la sento, è solo che... ti fidi di me al punto da chiedermi di scoprire cos'ha Tony... per me significa molto."

"Zeke, Tony ti vuole bene," gli disse Elsie. "Ma *certo* che mi fido di te. Su di lui hai avuto un'influenza soltanto positiva. Non è detto che ti spieghi come mai fa così, ma magari, intanto che preparo gli hamburger per cena, puoi convincerlo ad aprirsi un poco."

Zeke si avvicinò a lei di un passo e le prese la faccia tra le mani. "Per me è importantissimo che ti fidi di me."

Elsie gli afferrò i polsi. Sentirlo così vicino le ravvivava tutti gli ormoni, ma non era quello il momento, non era il posto giusto per pensare al sesso. "*Tu* sei importantissimo per me," gli disse sottovoce.

"Volete dormire da me, questo fine settimana?" le chiese, dandole l'impressione di cambiare argomento.

"Ehm... sì?"

"Bene. Le pareti di casa mia sono più spesse di queste, la camera degli ospiti è lontana da camera mia, ma non voglio farti pressioni, va bene?"

Lei sentì la passera pulsare. "Lo so che per te costringermi a fare qualcosa che non voglio è impossibile, sarebbe come se ti chiamassero a ritrovare qualcuno disperso nel bosco e tu ti rifiutassi," gli disse. "Questo fine settimana non vorrei essere in altro luogo che con te."

"Pensi che Tony si farà dei problemi se dormirai con me in camera mia?" le chiese passandole un pollice su uno zigomo.

"No, non penso che sia il nostro rapporto a dargli fastidio."

"Va bene, comunque ci andremo piano. Se ci accorgiamo che si comporta in modo strano perché passiamo troppo tempo insieme, facciamo un passo indietro. Troveremo il modo."

Elsie si chiese di nuovo come fosse arrivata a quel punto, come fosse riuscita a trovare un uomo meraviglioso come Zeke, che la trovava attraente.

"Adesso vado a parlare con Tony, tu stai bene?"

"Adesso che sei qui, sì. Mi racconti cosa ti dice, dopo?" gli chiese, non sapendo trattenersi.

"Ma certo," le rispose Zeke con un tono sorpreso. "Non ti nasconderei mai nulla, soprattutto se si tratta di tuo figlio."

"Grazie."

"Non devi ringraziarmi per questo," le disse, poi abbassò la testa e la baciò. Non fu un bacio a stampo, ma nemmeno un bacio profondo ed eccitante. Fu il bacio perfetto in quel momento. "Torno presto."

"Non c'è fretta," gli disse Elsie, mentre lui attraversava il salottino dell'appartamento.

Elsie lo guardò andar via, sollevata dalla sua presenza, nella speranza che Tony gli raccontasse cosa gli avesse dato tanto fastidio. Le faceva piacere condividere la responsabilità genitoriale con qualcuno di cui si fidava, era una sensazione fantastica.

Scosse la testa e si allontanò dal piccolo atrio in cui si trovava la porta d'ingresso dell'appartamento per andare in cucina a preparare la cena per i suoi uomini.

––––––

Zeke bussò leggermente alla porta della camera di Tony. "Ciao Totò, ci sei?"

"Sì."

La risposta di Tony non fu molto allegra, ma Zeke aprì la porta comunque. Lo vide seduto sul letto con la schiena appoggiata alla testiera e le piante dei piedi sulla coperta, le braccia intorno alle ginocchia.

Zeke entrò nella cameretta e chiuse la porta; andò verso il letto e si sedette sul bordo. "Giornataccia?" gli chiese.

Tony scrollò le spalle.

"Lo sai, a volte ti aiuta parlare di ciò che ti dà fastidio," gli disse cercando di avviare la conversazione.

Tony si lasciò sfuggire un enorme sospiro, poi alzò gli occhi verso Zeke, aveva lo sguardo pieno di tristezza. "Perché alcune persone sono così cattive?"

"Se gli scienziati potessero scoprire il perché alcune

persone sono cattive e altre più dolci e gentili, il mondo sarebbe un posto molto migliore," gli spiegò Zeke.

Tony si fece serio.

"Parla con me, Totò, la tua mamma è preoccupata, non è da te, diventare così scontroso."

Zeke fu sorpreso di non dover insistere più di tanto.

"Ti ricordi che ti parlavo di quel ragazzo di nome Bridger?"

"Quello che ha il quad, vero?" gli chiese Zeke.

"Sì sì, quello. Oggi a scuola era ancora là che si vantava, diceva a tutti che ieri sera ha guidato in giro sul terreno di famiglia, poi ha cominciato a prendermi in giro. Non so nemmeno il *perché*. Io non gli do mai fastidio. Ha detto che io non arriverò mai a guidare un quad perché mia mamma è una poveraccia, mi ha preso in giro perché sono stato in motel per tanto tempo, ha detto che ero patetico, perché ero contento di andare in un appartamento. Credo che mi abbia sentito parlare con Gabe, o in un altro momento." Tony guardò di nuovo Zeke negli occhi. "Non mi importa se parla male di me, ma quando ha cominciato con la mamma ho perso la testa."

Zeke sentì forte il bisogno di dare a quel Bridger una lezione di umiltà, ma in quel momento rimase calmo. "Cos'hai fatto?"

"Nulla," rispose Tony tristemente. "Gli ho detto di stare zitto e me ne sono andato."

"Dev'essere stato difficile," gli disse Zeke.

Tony si accigliò. "Pensavo mi avresti detto che era la cosa *giusta* da fare," gli disse.

"Infatti," confermò Zeke, "ma non significa che sia stato facile. A volte la cosa giusta da fare è anche quella più difficile. Cosa sarebbe successo se ti fossi messo a bisticciare con quel Bridger?"

"Sarei finito nei guai," borbottò Tony.

"Esatto. Così la mamma ci sarebbe rimasta male e si sarebbe preoccupata. Magari a scuola ti avrebbero classificato come il ragazzino che crea dei problemi. Gli insegnanti avrebbero cambiato opinione su di te. Altri bulli si sarebbero presentati per prenderti in giro. A undici anni avresti cominciato a fumare, a dodici ti saresti fatto un tatuaggio, via di casa a tredici anni per vivere una vita da fannullone."

Quando Zeke finì di parlare, Tony stava già sorridendo. "Stai esagerando," gli disse.

Zeke ricambiò il sorriso. "Sto solo dicendo che la scelta di fare la cosa giusta invece che reagire male è la scelta più responsabile e ti rende una persona migliore."

"Penso di sì," rispose Tony.

"Sono fiero di te," disse Zeke, "la tua mamma è una delle persone più gentili e adorabili che io conosca e lavora sodo. Farebbe di tutto per gli altri, anche a costo di consumarsi fino all'ultimo centesimo. Tu sai benissimo che ha patito la fame per farti mangiare. Chiunque prenda in giro una persona come tua mamma è uno stupido. Un bullo patetico."

"Ma senti cosa ti dico... se in futuro ci fosse una situazione in cui avessi bisogno di difenderti da una persona come quel Bridger, allora non ti tirare indietro. I bulli come lui hanno bisogno di una lezione, anche se probabilmente non cambierà mai. A volte i ragazzini come lui crescono così, hanno tutto e danno tutto per scontato. Non devono risparmiare, sacrificarsi, lavorare per arrivare dove vogliono. Se per questo devi passare dei guai, allora amen."

Tony spalancò gli occhi. "Tu non ti arrabbieresti?"

"No. Non mi arrabbierei se devi difenderti, se devi proteggere la tua mamma o chiunque altro ne abbia bisogno. Ecco come stanno le cose, Totò, c'è sempre qualcuno più grosso, più forte e più pericoloso. Chi usa la forza fisica contro gli altri merita di essere contrastato e ridimensionato, mi capisci?"

"Penso di sì."

"Preferisco di gran lunga che tu sia quello che protegge gli altri, non il bullo," concluse Zeke, "però adesso non devi andare in giro a prendere a pugni i bulli solo per divertimento, perché non è così che funziona. Però a volte è meglio far vedere anche a loro che al mondo ci sono delle persone che non sono disposte ad accettare quei comportamenti di merda."

"È così che hai fatto tu," gli disse Tony. Non era una domanda. "Nell'esercito, tu te la prendevi coi bulli."

Zeke annuì lentamente. "Sì, credo di sì? Sai che c'è?"

"Cosa?"

Zeke era contento che Tony sembrasse un po' meno giù di morale. Non era certo che Elsie approvasse ogni singola parola che gli aveva detto, ma ormai era fatta. "Sai che ti dicevo che ti avrei insegnato a guidare? Ti va ancora di imparare?"

Tony spalancò gli occhi e annuì con entusiasmo.

"Che ne dici di andarci adesso?"

"Adesso?" gli chiese Tony confuso.

"Sì."

"Ma domani vado a scuola."

"Lo so, ma non staremo fuori tutta la notte a bere e fumare," ribatté Zeke scherzosamente.

Tony si mise a ridere. Poi si calmò. "Ho solo nove anni, sono troppo giovane per guidare."

"È vero, ma anche Bridger è troppo giovane, eppure suo padre gli lascia guidare il quad," spiegò Zeke.

Tony si mise seduto con la schiena dritta. "No so se la mamma mi lascerà."

"Lascia che alla mamma ci pensi io." Zeke allungò una mano e la posò sulla gamba di Tony. "Sei un bravo ragazzo," gli disse, "so che è una seccatura, ma ci saranno sempre dei tipi come quel Bridger in circolazione. Tu stai crescendo, alla tua età i bulli a scuola diventano più cattivi. Tu trova gli altri, quelli che vengono presi in giro, quelli diversi, che vengono emarginati durante la ricreazione, quelli che cominciano a odiare la scuola perché sono lasciati da soli e senza supporto:

sii gentile con loro. Diventa loro amico. Fidati di me: la tua gentilezza renderà gli altri più felici. Io non ho mai incontrato un bullo felice," spiegò Zeke. "sai che c'è il proverbio che dice 'vale più un fatto che mille parole'? Beh, è un proverbio sbagliato, perché anche le *parole* possono fare male. Invece se trovi un amico, anche le parole di un bullo alla lunga non ti daranno più fastidio."

Tony annuì.

"Bene, allora, vuoi cambiarti, devi prepararti, prima che usciamo per la tua prima lezione di guida?" gli chiese Zeke.

"No no, sono pronto," rispose subito Tony spostando le gambe per scendere dal letto.

"Ottimo, dammi un minuto che parlo alla tua mamma, poi andiamo."

"Fantastico! Ah, Zeke?"

"Sì, Totò?"

"Grazie."

"Non c'è di che. Ogni volta che vuoi parlare, o se hai bisogno di me per qualcosa, sai che ci sono."

Tony annuì, così Zeke si alzò. Non era sicuro di cosa dire a Elsie per convincerla a lasciare il figlio in macchina per una lezione di guida... ma avrebbe trovato le parole giuste.

Uscì dalla stanza di Tony e andò in salotto. Come era prevedibile, Elsie si voltò verso Zeke appena lui entrò. La raggiunse subito, la fece girare e la fece appoggiare con la schiena a uno dei mobili del cucinotto.

"Sta bene?" gli chiese Elsie.

"Sì, un ragazzino a scuola ha fatto lo stronzo, sono riuscito a parlargli."

Elsie sospirò. "Perché mai certi ragazzini sono così crudeli? Cioè, davvero, sembra che col passare del tempo diventino più cattivi sempre più giovani. Di solito era alle scuole medie che si creavano i gruppetti e cominciavano i veri tormenti."

"Non lo so, ma dovresti essere fiera di lui. Tony non si è

arrabbiato perché qualcuno ha preso in giro *lui*," le disse Zeke.

"Ah no?"

"No. Questo bullo a scuola stava parlando male di *te*. Per questo Tony si è adirato."

L'espressione di Elsie si tramutò in puro sgomento. "Sono rimasta troppo tempo in motel..." cominciò a dire.

"No."

"No cosa?" gli chiese guardandolo negli occhi.

"Non farlo. Non sobbarcarti questo peso sulle spalle, dopo tutto quello che hai dovuto patire. Tony è più amato di tanti altri. Voi due passate sempre tanto tempo insieme, gli altri non hanno questa fortuna, perché sono sempre seduti davanti alla TV o a giocare coi videogiochi, sul telefonino. Tu e Tony non siete solo mamma e figlio, siete anche amici."

"È vero," disse lei sottovoce.

"Appunto, allora... ho fatto una specie di promessa a Tony e non sono sicuro che ne sarai troppo entusiasta," le disse Zeke.

"Ossignore, che mai sarà?" gli chiese Elsie.

"In mia difesa, devo dire che me l'ha accennato lui per primo, quando eravamo in coda mentre lo portavo a scuola, in mezzo al traffico, era come essere in un girone dell'inferno."

Con gran sollievo di Zeke, Elsie fece una risata. "È proprio vero."

"Comunque senti, mi diceva che c'è un ragazzino, un certo Bridger che ha un quad e si vanta sempre di saper guidare. Io volevo solo che Tony si sentisse meglio... allora gli ho detto che gli avrei insegnato a guidare una macchina *vera*." Trattenne il fiato nell'attesa della reazione di Elsie. Lei invece continuò a fissarlo, allora le disse: "Insomma, per aiutarlo a sentirsi meglio dopo questa giornataccia a scuola gli ho detto che magari potevamo andarci oggi pomeriggio, tanto per provare."

"Ha solo nove anni," disse Elsie dopo un momento.

Zeke fece una risata. "È esattamente quello che ha detto anche *lui*. Non ho intenzione di portarlo sulle strade trafficate per farlo uscire fuori di testa," proseguì Zeke, "pensavo di andare nel parcheggio della scuola superiore per fargli fare qualche giro in tondo. Però forse sarebbe meglio farlo cominciare con la tua macchina, non con la mia."

"Direi che è un'ottima idea."

Zeke sbatté le palpebre sorpreso per quella risposta. "Non sei incazzata?" le chiese, non sapendo trattenersi.

"No."

"Perché no?"

"Lascerai che si faccia del male?" gli chiese Elsie, invece di rispondergli.

"Col cavolo, certo che no."

"Infatti, ecco perché non sono incazzata. Cioè, dovrai assicurarti che non si faccia l'idea di potersi prendere la mia macchina per andare a divertirsi ogni volta che vuole, in futuro, ma posso solo immaginare quanto sia entusiasta adesso. Non posso certo comprargli un quad, se è per questo nemmeno un accidente di bicicletta, quindi se passi del tempo con lui, gli insegni come stare al sicuro anche in macchina, probabilmente è l'attività più emozionante che gli sia capitata nella vita finora."

Che donna. Non reagiva mai come Zeke si aspettava. Le mise le mani sui fianchi dicendole: "Salta sul mobile, Els."

Lei corrugò la fronte confusa, ma fece come lui le aveva chiesto.

Zeke l'aiutò sollevandola mentre lei saltava sul mobiletto. Poi lui si avvicinò, facendole divaricare le gambe, si abbassò e avvicinò gli occhi a quelli di Elsie. "Non c'è bisogno di comprare una bicicletta a Tony, non devi fissarti sugli oggetti materiali, lui ha bisogno solo di amore e da te ne riceve a bizzeffe. Conoscerlo è stata per me un'esperienza incredibile. Diventerà un grand'uomo."

"È il miglior complimento che potessi ricevere," rispose Elsie.

"Grazie per avermi fatto entrare nella sua vita."

"Grazie per aver *voluto* far parte della sua vita," ribatté lei.

Zeke fece un gran sorriso. "Non penso che staremo fuori troppo a lungo, probabilmente meno di un'ora. Però finirà a letto un po' più tardi del solito e... pensi che morirà di fame se ritardiamo la cena così tanto?"

Elsie fece una risatina. "No, ma faresti meglio a portarti uno spuntino, intanto che gli insegni come diventare un asso del volante prima degli undici anni."

Zeke scosse la testa e sghignazzò. La sua Elsie era divertente. "Ecco. Allora *tu* morirai di fame se ritardiamo la cena?"

"No."

"Ah, ma tanto non lo ammetteresti," le disse scuotendo la testa.

"Zeke, questa è casa mia, adesso, sono nella mia cucina, la dispensa è piena di cibo... il che è meraviglioso, tra l'altro. Posso sempre piluccare qualcosa se mi viene appetito prima che rientriate. Vedere il mio ragazzo contento è una soddisfazione per cui vale la pena di ritardare un po' la cena. Grazie per averlo aiutato a star meglio."

"Si sarebbe ripreso anche da solo, senza il mio aiuto," le disse Zeke.

"Sì, ma ci sarebbe voluto molto più tempo e io sarei rimasta preoccupata per lui tutta sera," ribatté Elsie.

"Allora va bene?"

Zeke si girò e vide Tony in piedi sulla porta del corridoio che portava alle camere da letto. Si mordeva le labbra, sembrava nervoso.

Prima che potesse dire qualcosa, Elsie lo anticipò.

"Sì! Però se vuoi davvero andare, devi ascoltare tutto quello che ti dice Zeke. Scordati di andare veloce. I quad non vanno tanto veloci e la macchina è molto più potente. Ricordati anche che non potrai mai, *mai* guidare da solo se non a diciott'anni, quando avrai la tua patente. Oh, forse è meglio se non ti vanti troppo a scuola di aver guidato la mia macchina. So che sarà difficile, perché ti verrà voglia di mettere al suo posto quel Bridger, ma Zeke potrebbe passare dei guai se si sapesse che ti ha lasciato guidare."

L'ultima parte sembrava un po' stiracchiata, ma Zeke non aveva intenzione di contraddire Elsie. Era molto carino vedere Tony che annuiva doverosamente, ma Zeke ebbe l'impressione di dover andare, altrimenti Elsie si sarebbe fatta venire in mente centinaia di altri avvertimenti e regole per Tony.

"Farò attenzione," disse Tony alla madre, poi guardò Zeke. "Adesso possiamo andare?"

Zeke ridacchiò. "Sì, Totò, lo sai come si avvia la macchina della mamma?"

Tony alzò gli occhi al cielo. "Ma va là? Si infila la chiave e la si gira. La mamma me lo lascia fare sempre."

"Bene, allora prendi le chiavi e vai fuori, avvia il motore, ti raggiungo subito." Zeke sentì Elsie innervosirsi contro di lui, ma non la lasciò andare.

"Evvai!" esclamò Tony, che corse in cucina, prese le chiavi della macchina vicino alla borsetta poi uscì di casa.

"Perfetto, magari adesso ho cambiato idea," mormorò Elsie sentendo Tony che sbatteva la porta.

Zeke non perse tempo. Tirò il sedere di Elsie verso il bordo del mobile e l'avvolse con un braccio all'altezza della vita, intrecciando le dita nei suoi capelli. Quando lei lo guardò sorpresa, lui le spiegò.

"La tua fiducia significa tutto, per me," le disse sottovoce, "so benissimo che quel fanciullo è la persona più importante della tua vita. Uccideresti per proteggerlo, lo farei anch'io. Con me è al sicuro, Els."

"Lo so. Se avessi avuto anche il minimo dubbio, non avrei mai acconsentito a questa pazza idea che ti è venuta."

Zeke si mise a ridere. "Come dici? Insegnare a un

bambino di nove anni come si guida la macchina è una pazza idea?"

Elsie alzò gli occhi al cielo. "Lo sai che è una follia."

"Ci sono tanti ragazzini anche più giovani di lui che sanno guidare. Nelle fattorie, i bambini imparano a far funzionare il trattore e i camioncini o altri veicoli. Vedrai che se la caverà."

"Sì, ma noi non viviamo in una fattoria," ribatté lei.

"Non è divertente, quando ti prendono in giro. Anche se non potrà vantarsi di aver guidato, *lui* almeno lo saprà. Voglio che si senta speciale, unico. Questa è la prima idea che mi è venuta in mente, quando mi ha raccontato di quel ragazzino, quel Bridger che si è vantato di guidare il quad."

"Va bene, adesso vai, così tornate prima. Domani deve andare a scuola e di sicuro avrà dei compiti da svolgere."

"Lo sai che li finirà in un quarto d'ora," le disse Zeke, "è un ragazzino intelligentissimo." Zeke strinse la mano con cui le teneva i capelli e le fece orientare la testa un po' all'indietro. "Adesso baciami, così poi vado."

Zeke abbassò la testa e incontrò le labbra di Elsie con le proprie; sentirono entrambi la stessa eccitazione nelle vene. Non vedevano l'ora che arrivasse il fine settimana. Zeke la voleva di nuovo sotto di sé, anche sopra, o in ginocchio davanti a sé. Anche in doccia. Insomma, non gli importava dove avrebbero fatto l'amore, gli importava solo che la voleva.

Quando Zeke si costrinse a staccarsi da lei, erano entrambi affannati. L'aiutò a scendere dal mobiletto, poi non poté fare a meno di abbassarsi per un ultimo bacio. "Accidenti, che donna," le disse facendo un passo indietro. "Magari Tony può imparare a guidare per conto suo e io posso rimanere qui con te."

Elsie si mise a ridere. "Dai, vai!" gli ordinò. "Se per caso vi ferma Simon, o un altro della polizia, io non c'entro."

A quel punto fu Zeke a farsi una risata. "Ma certo." Le passò le nocche di una mano sulla guancia arrossata, poi si girò verso la porta.

Dopo qualche minuto, Zeke era seduto sul sedile del passeggero della macchina di Elsie, nel parcheggio della scuola, e insegnava a Tony come guidare. Il sedile di guida era spostato completamente in avanti, Tony era seduto su una coperta che Elsie teneva nel baule, l'avevano piegata più volte per fare in modo che Tony arrivasse a vedere il cruscotto.

"Bene, allora, normalmente si usa un piede per accelerare o per frenare, ma per adesso puoi usare il destro sul gas e il sinistro sul freno. Adesso prova a premere il pedale di destra, solo un pochino." Quando la macchina cominciò a muoversi, Zeke fece un gran sorriso. "Bravissimo! Vai così, stai guidando, Totò!"

Tony aveva sul viso un'espressione concentratissima, mentre scorrazzava ai cinque all'ora nell'enorme parcheggio vuoto.

Zeke gli scattò una foto col cellulare per farla poi vedere a Elsie. Era adorabile. Zeke ricordava bene il commento di Elsie, che non aveva tante foto del figlio: quello era un momento da conservare e condividere.

"Va bene, adesso impariamo a fare le curve. Gira il volante un po' verso di me. Bravo. Adesso di più. Sì! Ci sei riuscito benissimo!"

Tony sembrava intimorito dalla velocità, quindi non superò mai i dieci, quindici chilometri all'ora, ma dopo una mezz'ora Tony sembrò aver compreso come usare l'accelera-tore, il freno e come svoltare. Dopo vari giri in tondo nel parcheggio enorme, Zeke non avrebbe potuto essere più orgoglioso di Tony.

Dopo aver fermato la macchina e averla messa in folle, Tony si voltò verso di lui con un sorriso enorme in volto. "È stato meraviglioso!" esclamò.

"Sei stato bravissimo, Totò! Ti è venuto naturale," aggiunse Zeke elogiandolo.

Tony fece un gran sospiro, come se stesse per dire qual-cosa... ma poi guardò fuori dal parabrezza in silenzio.

"Che succede?" gli chiese Zeke.

"Nulla, è solo che... questo è il giorno più bello della mia vita," gli spiegò Tony, che poi si voltò per guardare Zeke in faccia. "Vorrei che fossi tu il mio papà."

Zeke sbatté le palpebre. Non se l'aspettava e non sapeva bene quale fosse la risposta migliore, ma Tony proseguì senza lasciargli il tempo di rispondere.

"Lo so che non sei tu, ma vorrei tanto che lo fossi. La mamma non mi parla mai di mio padre, ma io mi chiedo lo stesso come mai il mio vero papà non mi voglia."

Zeke allungò una mano e gliela mise sulla spalla. "Ne abbiamo parlato, Totò. Perché è un idiota."

"Ma tu lo conosci?" gli chiese Tony.

"No, ma chiunque ti incontri e non voglia diventare tuo amico è un idiota," concluse Zeke con un tono più duro del dovuto.

Poi fece un respiro profondo. Ne aveva già parlato con Tony, ma non gli dispiaceva ripetergli più volte ciò che Tony aveva bisogno di sentirsi dire. "I rapporti possono essere strani," gli spiegò, "il rapporto tra la tua mamma e il tuo papà non ha funzionato, ma tu non c'entri *nulla*, il problema era solo lui. Alcuni uomini non sono tagliati per diventare genitori, del resto anche alcune donne non sono destinate a diventare madri. Però è lui che ci perde, Tony."

Il ragazzino annuì e sospirò. "Va bene, non mi serve lui, ci sei tu, poi Rocky, Ethan, Drew, Brock, Tal e Raid. Brock mi insegnerà come si cambia l'olio della macchina. Andare in campeggio con Rocky e Brock è stato fantastico, Duke è adorabile. Raid me lo lascia vicino, quando leggo in biblioteca. L'accento di Tal è divertente, mi ha detto che piace a tutte le ragazze. Ethan mi aiuterà con il mio progetto per la giornata della scienza. Prepareremo un oggettino che darà a chi lo tocca una scossa, non una forte, nessuno si farà male, ma sarà divertente vedere la reazione della gente." Fece un gran sorriso a quel pensiero. "Comunque... non mi serve il mio vero papà, ci siete voi."

Zeke non poté fare a meno di commuoversi. "Sì, è vero, Totò."

"Ti voglio bene, Zeke."

Zeke inspirò di scatto, sentendoglielo dire. Poteva mai andargli meglio di così? "Anch'io ti voglio bene."

Chiaramente Tony non sembrò sentire il momento con la stessa profondità con cui lo sentiva Zeke. "Ho fame, adesso possiamo andare a casa?"

Zeke fece una risata. "Sì, va bene, intanto che torniamo al tuo appartamento ti parlo un po' delle regole da rispettare quando si guida."

"Bene. Ti fermi a cena?"

"Sì, ti fa piacere?"

"Certo. Ti fermi a dormire?" gli chiese Tony.

Zeke avrebbe voluto dire di sì, ma prima preferiva sentire cosa ne pensasse Tony. "Non questa notte," gli rispose con circospezione.

"Va bene, però, nel caso te lo chiedessi, per me va bene se ti fermi. A te piace la mia mamma, vero?"

Zeke quasi sghignazzò. 'Piacere' non era la parola giusta, ma annuì lo stesso. "Sì, Totò, certo che mi piace la tua mamma."

"State insieme?"

"Sì."

"Quando le coppie stanno insieme, dormono anche insieme. Quindi anche tu e la mamma dovreste dormire insieme."

A Zeke venne voglia di ridere. Quante preoccupazioni inutili sul fatto che Tony accettasse di convivere per il fine settimana o risentisse nel vederlo dormire nella stessa stanza con Elsie. "Che ne dici di questo fine settimana?" gli chiese. "Vuoi venire a passare il weekend a casa mia?"

"Sì!" rispose Tony allegramente. "Anche la mamma?"

"Certo, anche la mamma."

"Bene, possiamo fare il fuoco e preparare ancora i biscotti?"

"Se ti va, certo."

"Grandioso!"

Tony era un ragazzino flemmatico. Certo, aveva passato una giornataccia, ma per fortuna era riuscito a tornare allegro piuttosto alla svelta. Zeke collegò il suo carattere al modo in cui Elsie lo aveva cresciuto. Non era viziato, era empatico e molto sveglio.

Più tardi, quella sera, dopo che Tony aveva parlato senza sosta del suo talento per la guida e del fine settimana che avrebbero passato a casa di Zeke, dopo aver finalmente completato i compiti ed essersi calmato in camera sua a leggere un libro, Zeke prese Elsie tra le braccia vicino alla porta di casa.

Zeke se ne stava andando a un'ora più tarda del solito e dovette sforzarsi per convincersi a uscire da quella porta. Ormai si era assuefatto a stare con Elsie e non aveva alcun problema ad ammetterlo. Lo rendeva felice a un livello mai provato prima... in assoluto. Ciò che provava per lei era molto più profondo di qualunque sentimento del passato. L'amore che aveva creduto di provare per l'ex moglie sembrava una minuzia insignificante, rispetto a ciò che provava per Elsie.

"Non ho mai visto Tony tanto felice, proprio mai," gli disse Elsie, "penso che non abbia preso fiato per dieci minuti, continuava a parlare di come ha passato il tempo con te nel pomeriggio."

Aveva ragione. "Mi piace passare il tempo con lui, è divertente," le disse Zeke.

Elsie scosse appena la testa. "Adora essere al centro della tua attenzione," gli disse facendo spallucce. "Grazie per essere così buono con lui."

"Come potrei non esserlo?"

"Lascia stare, ti sorprenderesti. Alcuni adulti proprio non apprezzano, non sanno come passare il tempo coi bambini."

"Non sanno cosa si perdono," commentò Zeke.

Elsie annuì. "Di sicuro mi sembra d'accordo a passare il fine settimana da te."

"Quando è andato in argomento mi sono un po' preoccupato, ma lui mi ha rassicurato dicendomi che quando le coppie si frequentano è normale che dormano insieme."

Elsie si mise a ridere. "Sono sollevata. Cioè, voglio dire, ha nove anni, non quattro, ma insomma."

"Vedrai che andrà tutto bene," le disse Zeke con decisione.

"Lo spero tanto," sussurrò Elsie.

"Ne sono sicuro. Dormi bene, ci vediamo domani al lavoro."

"Vuoi passare in mattinata?" gli chiese con una certa timidezza.

"Voglio? Certo. Però so che ti trovi con Lilly per colazione. Verranno i momenti in cui mi accontenterò anche di una sveltina... ma adesso non riesco a immaginare di non passare diverse ore a esplorare i nostri corpi insieme."

Elsie arrossì, ma non lo contraddisse.

"Adesso stai pensando alle sveltine, vero?" le chiese con un gran sorriso.

"Adesso è impossibile *non* pensarci," ribatté lei.

Zeke si abbassò per baciarla. Fu un bacio breve, non la spinse contro la parete per farle sentire quanto sarebbe stata fantastica una sveltina contro il muro, ma per il resto era stato sincero. Più stava in contatto con lei e più voleva prendersi del tempo per esplorarla.

"Ci vediamo domani al locale, fammi sapere se ti serve qualcosa."

"Cosa dovrebbe servirmi?" gli chiese, sinceramente curiosa.

Zeke pensò ancora brevemente alla ex moglie, che gli

inviava di continuo messaggi perché voleva fargli svolgere delle faccende: fermarsi in negozio, riparare qualcosa a casa... Elsie non gli chiedeva mai nulla, se non tempo e affetto. Era un vero e proprio sogno che si realizzava.

"Non saprei, ma se *per caso* ti serve qualcosa, non hai che da chiederlo."

"Va bene, grazie."

Zeke la baciò sulla fronte, poi arretrò verso la porta. Le parole 'ti amo' gli vennero sulla punta della lingua, ma si trattenne. Le sorrise e lei ricambiò. Poi Zeke aprì la porta e uscì per andare alla macchina.

Era stata una bella serata, davvero bella. Zeke sperava di riuscire almeno in parte ad aiutare Tony nell'avventurarsi verso la pubertà. Se non altro, l'aveva rallegrato. Insegnargli a guidare era stato divertente, ma quel ragazzo aveva ancora molta strada da percorrere, prima di essere pronto ad affrontare il mondo. Tuttavia non era quello il punto. Passare del tempo con lui, farlo sentire unico, legare con lui... quello era il punto.

In più, Tony gli aveva detto papale papale che approvava il rapporto con la sua mamma. Gli faceva piacere dormire tutti sotto lo stesso tetto, era senz'altro un bel segno di approvazione.

Zeke non poteva che ripensare al modo in cui Tony gli aveva detto che gli voleva bene. Tony ed Elsie Ireland gli erano entrati nell'animo e nel cuore profondamente, Zeke faceva fatica a ripensare alla propria vita, prima che loro ne facessero parte.

Era proprio amore. Zeke pensava di aver amato in passato, ma si era sbagliato. La sensazione di voler essere costantemente insieme a Elsie e a Tony era quasi sconvolgente, ma in senso buono. Avevano passato tutti dei momenti difficili, prima di arrivare a Fallport. Ormai Zeke non vedeva altro che un futuro roseo per loro tre.

CAPITOLO SEDICI

Il giorno dopo, Elsie non riusciva a togliere gli occhi di dosso a Zeke. Era rimasta nel letto sveglia quasi tutta la notte, ripensando alla propria vita, a Zeke. Era innamorata di lui. Zeke le aveva dimostrato più volte di essere affidabile, di meritare il cuore di Elsie e anche quello del figlio.

Finalmente Elsie cominciava a credere alle parole che Zeke le aveva detto più di una volta: la vita sarebbe stata molto migliore, insieme a lui. Quando gliel'aveva detto la prima volta, Elsie quasi aveva scrollato le spalle: era stata una dichiarazione troppo forte. Invece lui aveva più volte dimostrato che non gliel'aveva detto solo per tranquillizzarla, o solo per portarsela a letto. C'erano state moltissime occasioni in cui avrebbero potuto fare sesso: le mattine, dopo aver portato Tony a scuola, qualche sveltina qua e là... ma lui aveva chiarito che non era quello che voleva da lei.

Ma era stato proprio il modo in cui si era preso cura di Tony la sera prima a farle perdere completamente la testa per lui. Elsie non era troppo su di giri per il fatto che il figlio imparasse a guidare, a soli nove anni, ma si fidava di Zeke. Si era quasi spaventata ai racconti che Tony aveva fatto, quando erano tornati dopo la guida, ma Zeke l'aveva presa da parte e le aveva spiegato tranquillamente che Tony non aveva mai superato i dieci, quindici chilometri all'ora e che i gesti sfreccianti che le aveva fatto con le braccia erano solo nella sua immaginazione.

Zeke si comportava sia con lei che con Tony come se fossero le due persone più importanti della sua vita. Elsie non ricordava di essersi mai sentita tanto al sicuro con un uomo. Era una sensazione inebriante, ma anche preoccupante. Zeke poteva ferirla più di quanto l'avesse ferita Doug.

La colazione con Lilly era stata divertente. Erano andate all'Occhio di Bue ed Elsie aveva insistito per pagare. Si sentiva una milionaria, con tutti i soldi che stava risparmiando. Non era neanche lontanamente ricca, ma lei si sentiva abbastanza tranquilla da poter spendere trenta dollari per un pasto, il minimo che potesse fare per l'amica.

Lilly le aveva detto che il vecchio Grogan aveva quasi terminato di preparare i progetti per le magliette che voleva vendere a tutti i cacciatori di Bigfoot che sarebbero senz'altro arrivati in paese, una volta che lo spettacolo *Indagini Paranormali*, quello a cui aveva lavorato anche Lilly, fosse stato trasmesso. Elsie aveva anche appreso dei lavori che Ethan e il fratello avevano portato avanti nella casa nuova.

Ovviamente Lilly era riuscita con discrezione a indagare sul rapporto tra Elsie e Zeke. Dato che Elsie non parlava mai della propria vita privata sul posto di lavoro, in generale, le fece piacere poterne parlare con un'amica.

Si era un po' preoccupata della rapidità con cui aveva portato avanti la relazione con Zeke, ma Lilly si era messa a ridere, ricordandole quanto fosse stato rapido il rapporto con Ethan. Elsie si era sentita molto meglio. Guardando Lilly e Ethan, era chiaro che erano molto innamorati e che la loro relazione, per quanto fosse partita rapidamente, funzionava in modo ottimale. Questa constatazione diede a Elsie la speranza che, se stava funzionando per l'amica, avrebbe funzionato anche per lei e Zeke.

Dopo la colazione, Elsie era tornata a piedi all'On the Rocks per cominciare il turno di lavoro. Forse era perché aveva finalmente ammesso con se stessa di essere innamorata di Zeke, ma tutte le persone che incontrava sembravano di umore fantastico. Elsie, Valerie e Tiana scherzavano con tutti i clienti, Reuben non si stava lamentando perché doveva controllare le scorte di alcolici, in modo che Zeke potesse fare l'ordine settimanale; persino i clienti del pranzo erano sorridenti e lasciarono mance più sostanziose del solito.

Così, quando intorno alle tre e mezza si aprì la porta del locale, Elsie era ancora tutta sorridente e pronta ad accogliere un altro dei soliti clienti.

Era totalmente impreparata a vedere l'uomo che entrò.

Sbatté le palpebre, sicura che si trattasse di un'illusione ottica. Quando la porta si chiuse dietro le spalle di quell'uomo, gli occhi di Elsie ebbero bisogno di un minuto per ambientarsi, dopo l'abbaglio dei raggi solari di metà pomeriggio. Ormai quell'uomo si stava già avvicinando e si fermò molto vicino a lei.

"Ciao Elsie," le disse, "da quanto tempo."

Elsie non gli rispose. Non poteva. Era sotto choc, non trovava il modo di parlare.

Prima ancora di vederlo, percepì Zeke che le si avvicinava di fianco e le appoggiava una mano dietro la schiena; le bastò quel contatto per darle un minimo di sollievo.

"Che c'è? Non hai niente da dirmi?" le chiese l'uomo, che poi guardò Zeke e si accigliò, notando che Zeke le teneva un braccio intorno alle spalle.

"Non dirmi che uscite insieme," le disse.

Elsie deglutì a fatica. "È passato molto tempo. Come mai sei qui a Fallport, Doug?"

Sentendo il nome dell'ex marito di Elsie, Zeke strinse le dita della mano che le teneva dietro la schiena. Elsie era sorpresa quanto Zeke di quell'incontro. Lei non aveva mai avuto intenzione di nascondersi, o di nascondere il figlio, infatti non era sparita... ma aveva sempre creduto che a Doug non importasse di *dove* fossero. Il fatto che fossero passati cinque anni da quando l'aveva visto per l'ultima volta, da quando aveva avuto sue notizie, le aveva dato ragione.

"Mi sei mancata. Anche nostro figlio. Dov'è, adesso?"

Elsie si fece seria. "A scuola."

"Pensavo fosse già fuori, a quest'ora," commentò Doug.

Elsie si trattenne per non alzare gli occhi al cielo. Anche quando Tony aveva pochi mesi di età, Doug non si era mai sforzato di conoscerne gli orari e gli impegni. Non sapeva a che ora mangiasse, a che ora facesse il pisolino, nemmeno a che ora andasse all'asilo nido. L'unico orario che Doug notava davvero era quando Tony piangeva, perché gli dava fastidio.

"Non importa... mi sei mancata, Elsie. Ho ripensato a quanto stavamo bene insieme. Voglio vedere se possiamo metterci una pezza, così puoi tornare a casa e possiamo ricominciare a essere di nuovo una famiglia."

Elsie quasi gli rise in faccia. Non gli era mancata affatto. A casa? Era moltissimo tempo che non le tornava in mente la casa nella zona di Washington DC. "Avresti dovuto telefonare," gli disse, "ti saresti risparmiato il viaggio."

Di nuovo, gli occhi di Doug passarono a guardare Zeke, poi furono di nuovo su di lei. A quel punto lei si accorse che Doug stava facendo i suoi calcoli mentalmente. Era uno sguardo che lei conosceva bene, l'aveva imparato convivendo con lui, ma era uno sguardo che non le era mancato affatto, negli ultimi cinque anni. "Volevo rivedere mia *moglie*," sottolineò Doug, "riconciliarmi. Ammetto di non essere stato un gran marito, ma mi sono accorto di amarti tantissimo e mi manchi. Voglio riprovarci."

Elsie aprì la bocca per dirgli che piuttosto che dargli una possibilità e tornare da lui avrebbe preferito bruciare all'inferno, ma Zeke parlò prima di lei.

"Elsie *non* è tua moglie."

"Per me è ancora come se lo fosse," commentò Doug con una smorfia viscida.

"Per me tu non sei più mio marito," gli disse Elsie. "Anzi, ormai non ti penso nemmeno più."

"Non fare così," insisté Doug cercando di persuaderla, "ti metti sempre sulle difensive."

Elsie si irrigidì per quella critica implicita.

"Elsie, tesoro, dobbiamo parlare," proseguì lui, "da soli," aggiunse, alzando gli occhi verso Zeke... dovette alzarli parecchio, perché Zeke era molto più alto di lui.

"Dacci un secondo," disse Zeke, che senza aspettare la risposta di Doug prese Elsie per mano e l'accompagnò qualche metro più in là, tenendo Doug dietro la schiena.

Prima che Zeke potesse dirle qualcosa, Elsie cominciò a parlare: "Non lo sapevo che si sarebbe presentato qui oggi, non sono stata io a contattarlo."

"Lo so," le disse Zeke.

Però la voce di Zeke era... strana. Elsie non riusciva bene a capire cosa ci fosse che non andava.

Poi le venne quasi da ridere. Cosa *c'era* che non andava? L'ex marito che si presentava e la chiamava ancora "moglie", dicendole che gli era mancata e che voleva tornare insieme a lei. Per forza Zeke doveva essere come minimo irritato in quel momento.

"Vuoi parlare con lui?" le chiese Zeke, "perché se non vuoi, lo mando fuori a calci in culo."

Elsie sospirò. *Non* voleva parlare con Doug, ma lo conosceva bene: era insistente, cocciuto, chiaramente si era presentato per qualche motivo e non avrebbe lasciato perdere se non dopo essersi fatto ascoltare. Era meglio lasciarlo parlare subito, piuttosto che contrastarlo.

Elsie scosse la testa. "Gli parlerò."

Zeke la fissò per un lungo momento. Lei notò i muscoli ai lati della mandibola che stringevano, mentre lui stringeva i denti. "Va bene, preferisci che io ti stia vicino?"

Certo che l'avrebbe preferito. Oh, Elsie voleva tanto che Zeke la sostenesse, ma qualunque cosa Doug fosse venuto a dirle, di sicuro non sarebbe finita bene. Di certo non l'avrebbe messa in buona luce. Lei non aveva mai fatto nulla di male, da quando aveva lasciato l'ex marito, ma non voleva che Zeke ascoltasse le cattiverie malefiche che Doug probabilmente le avrebbe rivolto. C'era il rischio che Zeke reagisse facendo qualcosa di cui poi si sarebbe pentito. Doug non avrebbe esitato a provocarlo, per poi denunciarlo, se Zeke avesse perso le staffe.

No. Non poteva rischiare di metterlo in pericolo. Toccava a lei risolvere il problema Doug.

"Non c'è bisogno, lo ascolterò e poi probabilmente se ne andrà via."

"Va bene."

Zeke fece un passo indietro ed Elsie avrebbe voluto quasi subito sbottare dicendo di aver cambiato idea, che voleva farlo rimanere al proprio fianco; ma drizzò la schiena per farsi forza: poteva farcela. Aveva commesso l'errore di sposare Doug, in principio, doveva gestirselo da sola.

Eppure... non poteva nascondersi una punta di delusione, anche se era completamente illogica. Però non *voleva* che Zeke la lasciasse scegliere, avrebbe preferito che insistesse per rimanere con lei.

Oddio! Doug era rientrato nella sua vita da nemmeno due minuti e lei era già andata nel pallone.

Quando si voltò di nuovo verso Doug, lo vide con la stessa smorfia in faccia. Era come se pensasse di aver vinto il primo round, chissà in che situazione pensava di trovarsi. Elsie aveva sempre odiato quello sguardo altezzoso, quell'atteggiamento di superiorità, quando Doug pensava di aver ottenuto esattamente ciò che voleva.

"Puoi usare l'ufficio sul retro," le disse Zeke.

Elsie sentì per un attimo il contatto delle dita di Zeke sulla schiena, prima che lui se ne andasse. Un brivido la percorse quando la lasciò da sola con Doug. Gliel'aveva chiesto lei, gli aveva detto che era ciò che voleva, ma la realtà la stava già facendo risvegliare.

Stava per rimanere da sola con l'uomo che aveva reso la sua vita un inferno.

Con passo incerto, fece strada a Doug nel corridoio verso l'ufficio. Nell'attimo stesso in cui la porta si chiuse, Elsie si voltò verso l'ex marito per chiedergli con freddezza: "Si può sapere cosa vuoi, Doug?"

"Solo quello che ho detto. Voglio conoscere mio figlio, vedere se possiamo riprovarci insieme."

"Puoi vedere Tony, non te l'ho mai tenuto nascosto, ma per quanto riguarda noi due, è finita. Per sempre."

"Vedo che sei ancora molto emotiva."

Elsie trasalì. Doug era arrivato da meno di cinque minuti e aveva ricominciato a comportarsi come sempre: usava le parole per cercare di smontarla, di farla sentire sempre inadeguata, inferiore a lui. Elsie aveva dovuto fare molta fatica per convincersi a superare i dubbi e le fragilità che le aveva instillato negli anni, per dimenticare il modo in cui lui aveva distrutto ogni autostima in lei, facendola sentire a terra, episodio dopo episodio.

Non gliel'avrebbe consentito mai più.

"Non sono molto emotiva," gli rispose con fermezza, "sei tu che sei uno stronzo." Difendersi e tener testa all'ex marito la fece stare molto bene. Non l'aveva mai fatto prima, con lui si era sempre mossa in punta di piedi. Però Doug era venuto da *lei*, dove lavorava, a Fallport, dopo cinque anni di silenzio. Elsie non era la stessa persona che lui aveva sposato.

"Lo sai che c'è?" gli disse all'improvviso, "ho cambiato idea. Non ho intenzione di parlarne adesso, sto lavorando, sono impegnata. Se vuoi davvero un qualche tipo di rapporto con tuo figlio, va bene, ma ne parleremo più tardi."

Si incamminò verso la porta con l'intenzione di aprirla per farlo andare via, ma Doug la fermò afferrandole un braccio.

Lei si girò verso di lui. "Lasciami andare!" sibilò.

Lui la lasciò andare immediatamente. "Dobbiamo parlare."

"Sì, ma non adesso."

"Perché no?" le chiese quasi piagnucolando.

Anche *quello* era uno dei suoi soliti comportamenti: arrivava a piagnucolare per averla vinta. Se poi non funzionava, cominciava a rimproverarla per farla star male, perché non era il tipo di donna che sembrava compiacerlo. Mai più. Elsie non avrebbe più accettato quelle cavolate, né in quel momento, né in futuro.

"Perché non mi hai avvertita che stavi venendo a Fallport. ho bisogno di tempo per prepararmi."

"Ecco, si tratta sempre si *te*," disse Doug ghignando.

Elsie raddrizzò la schiena. "Adesso? Puoi giurarci che si tratta di me. Sei venuto qui, non ti ho invitato," gli ricordò, "e per la cronaca, non ci sarà alcuna riconciliazione. Preferirei bruciare all'inferno."

"Ti amo, Elsie."

Elsie alzò gli occhi al cielo. "Sì, certo, per questo non ho tue notizie da cinque anni. Ma falla finita, Doug! Non dovevi nemmeno venire."

Doug socchiuse gli occhi. "Non puoi tenermi lontano da mio figlio," le disse con tono minaccioso.

Elsie sentì il sangue raggelarsi nelle vene, ma cercò di evitare di mostrare le proprie emozioni. "Non sto cercando di tenertelo lontano, ma se anche solo lontanamente *pensi* di chiedere l'affidamento, qualunque giudice avrà qualcosa da ridire sul fatto che non hai mai nemmeno *telefonato* a tuo figlio per cinque anni."

"Non voglio l'affidamento," si affrettò a risponderle.

Ma certo che non voleva l'affidamento. Elsie frenò a malapena l'istinto di alzare di nuovo gli occhi al cielo.

"Voglio solo vederlo, parlare con lui. Un ragazzo ha bisogno di una figura paterna nella vita."

Tony aveva molte figure paterne nella sua vita... a partire da Zeke, ma Elsie non lo disse a voce alta. "Va bene, ne parleremo," gli disse con fermezza.

"Quando? Come faccio a trovarti?"

"Non siamo a Washington, Doug, siamo a Fallport. Immagino che tu stia all'hotel in periferia?"

"Certo, era l'unico posto possibile," le rispose.

C'era anche il motel Mangree, che era molto più vicino al centro, ma lei preferì non puntualizzarlo. "Ti contatto io."

"Voglio vedere Tony," ripeté Doug per la milionesima volta.

"L'hai già detto. Prima però devo parlare con lui, devo spiegargli."

"*Spiegargli* cosa? Sono suo padre, non c'è bisogno di spiegare altro."

Elsie scosse la testa. Doug non ci arrivava. Non ci sarebbe mai arrivato. Lei avrebbe preferito che Doug non rientrasse nella vita del figlio, l'aveva deluso, proprio come aveva deluso lei. Se Doug pensava di poter sminuire il figlio come si era abituato a fare con Elsie quando stavano insieme, si sbagliava di grosso. "Ti contatto io," gli ripeté spostando la mano verso la porta e pregando che la lasciasse finalmente andare.

Elsie trattenne il fiato, poi lui la fissò e finalmente uscì dall'ufficio come un bambino in preda ai capricci.

Elsie si sentiva floscia, aveva le spalle abbassate. Tener testa a Doug era stato bello, ma era stato anche molto impegnativo. Si prese qualche minuto da sola per riprendere il controllo sulla rabbia e sul risentimento nei confronti di quell'uomo.

Doveva vedere Zeke. Aveva bisogno di sentirsi rassicurata da lui, doveva sentirsi dire che sarebbe andato tutto bene. Non avrebbe mai permesso a Doug di chiedere l'affidamento del figlio.

Si incamminò verso il locale, si guardò attorno per un paio di minuti e poi si fece seria.

"Stai cercando Zeke?" le chiese Reuben da dietro il bancone del bar.

Elsie annuì.

"È andato via."

A quelle parole, Elsie si raggelò. "Cosa?"

"Quando sei andata in ufficio col tuo ex, lui se n'è andato," ripeté Reuben.

Elsie era sbalordita, senza parole. Non riusciva a credere che Zeke se ne fosse andato senza prima parlarle. Sì, era un uomo adulto e poteva fare ciò che voleva senza chiedere il permesso a lei... ma considerando il suo istinto di protezione, lei si aspettava che rimanesse, almeno fino a vedere Doug che se ne andava, per controllare che lei stesse bene.

Si sentiva ferita.

Molto.

Era innamorata pazzamente di Zeke e a ruoli invertiti, se Corinne si fosse presentata al locale per dire a Zeke che voleva tornare con lui, che le era mancato, Elsie non se ne sarebbe mai andata senza prima parlargli, senza verificare che stesse bene.

"Ti ha detto qualcosa prima di andarsene?" gli chiese Elsie.

"Non mi sembrava molto contento," le rispose il barista, scrollando le spalle quasi per scusarsi, "ma no, non mi ha detto dove andava o perché andava via."

"Va bene."

"Anche tu non mi sembri molto in te," proseguì Reuben, "sei un po' pallida. Perché non ti prendi del tempo, vuoi uscire prima? Adesso non ci sono molti clienti, possiamo anche cavarcela, Elsie."

Di solito lei non se ne andava in anticipo dal lavoro, ma in quel momento fu grata dell'offerta. Aveva bisogno di pensare. Era preoccupata, non sapeva che intenzioni avesse l'ex marito, voleva parlare con Zeke, dirgli tutto, ma lui se n'era *andato*, quindi in quel momento non poteva parlargli.

In parte lo capiva, poteva immaginare il motivo per cui se n'era andato. Gli aveva chiesto molto: farsi da parte per lasciarla discutere da sola con Doug. Sapeva di aver chiesto a Zeke di andare contro ai propri istinti. Però si sentiva anche in parte ferita, molto confusa. Così annuì a Reuben. "Grazie, penso proprio che me ne andrò *davvero*. Se tu sei sicuro..."

"Sono sicuro," confermò lui con un sorriso cordiale.

Elsie salutò in poco tempo gli altri e andò a recuperare la borsetta. Doveva andare a prendere Tony, trovare una scusa per presentarsi in biblioteca prima del solito, pensare a cosa preparare per cena...

Doveva trovare il modo di dire al figlio che suo padre era in città e voleva vederlo.

Di *certo* doveva trovare il modo di aiutare Tony a muoversi con cautela con Doug... pur sapendo che il figlio non desiderava altro che avere un padre.

Elsie avrebbe tanto voluto sperare che Doug *fosse* rinsavito, ma non ce la faceva. Conosceva bene l'ex marito. Si muoveva sempre e solo per qualche finalità. Elsie ci avrebbe scommesso tutto ciò che possedeva... che non era moltissimo, ma non era quello il punto.

Doug avrebbe ferito Tony, Elsie lo sapeva, ma non aveva idea di come impedirglielo.

Lei non aveva mai parlato male di Doug davanti al figlio. Non voleva essere "quel" tipo di madre. Se Tony voleva avere un rapporto col padre, crescendo, lei non voleva creargli dei pregiudizi, delle immagini negative del padre. Tony aveva il diritto di crearsi delle opinioni proprie, in base a come Doug l'avrebbe trattato. Elsie però non voleva esporre il figlio a una delusione eccessiva, rischiando che Doug spezzasse il cuore del figlio, come lei sapeva possibile.

Con un sospiro, Elsie si massaggiò la tempia. Le era venuta un'emicrania furiosa. Era angosciata. Non aveva idea di cosa sarebbe successo l'indomani, ma avrebbe affrontato qualunque evento un giorno alla volta. Prima o poi avrebbe parlato con Zeke, anche per capire come mai se ne fosse andato senza dirle una parola.

Prima però doveva scoprire cosa volesse l'ex marito, perché fosse venuto a cercarla. Doveva proteggere Tony. Tutto il resto poteva aspettare.

———

Zeke continuava a camminare avanti e indietro per casa, l'adrenalina lo stava facendo impazzire. Non riusciva a non pensare a quanto stava accadendo. L'attimo prima si sentiva padrone del mondo, entusiasta di passare il fine settimana con Elsie e Tony, l'attimo dopo ecco che arrivava l'ex marito di Elsie che le diceva di amarla e di rivolerla con sé.

Ma che cazzo?

Aveva sentito il forte bisogno di un po' di spazio. Doveva riflettere.

Non poteva perdere Elsie. *Non voleva*. Ma non dipendeva solo da lui. Se da un lato si fidava di lei, in parte, una piccola parte (quella ancora devastata dai tradimenti di Corinne), si chiedeva... Elsie *voleva* tornare con l'ex marito?

Zeke sapeva benissimo che Tony voleva un papà. Sperava di poter assumere lui un giorno quel ruolo, anche ufficialmente... ma l'improvviso ritorno di Doug l'aveva fatto barcollare e rischiava di frantumare ogni progetto.

Ripensare a Doug che chiamava Elsie sua *moglie* faceva arrabbiare Zeke così tanto che faceva fatica a ragionare. Era ridicolo, irritante, fuori luogo.

Quasi sperava che Elsie si opponesse con maggiore fermezza.

L'amava troppo. Se da un lato Zeke aveva sentito le budella contorcersi dall'agitazione, assistere alla *calma* con cui Elsie aveva discusso con l'ex marito gli aveva fatto male.

Quando lei aveva insistito per parlare con Doug da sola,

Zeke si era sentito devastato. Non voleva farsi sostenere da lui. Non lo voleva vicino.

I ricordi riflessi di Corinne continuavano a ripresentarsi.

Ecco perché era andato via. Non ricordava molto bene cos'aveva detto a Reuben prima di filarsela. L'unico suo pensiero di quel momento era prendere un po' d'aria fresca. Aveva bisogno di spazio.

Ma quando il pomeriggio cedette il passo alla sera, Zeke aveva cominciato a pensare con maggiore lucidità.

Era ancora stravolto (infatti continuava a camminare avanti e indietro per casa), ma si stava lentamente cominciando a chiedere se per caso non avesse fatto un errore madornale.

Non aveva idea di cosa avessero parlato Elsie e Doug, ma la donna che lui aveva conosciuto non aveva nulla di buono da dire sull'ex marito. Non aveva mai espresso alcun rimpianto per averlo lasciato, né mai aveva riflettuto sulla possibilità di tornare con lui. Secondo Elsie, Doug era stato sempre crudele, in ogni occasione, attaccandola con ogni parola possibile.

Santo cielo...

Zeke si sentì un idiota per non essere rimasto, per non aver preteso di sapere cosa volesse l'ex marito di Elsie. Erano passati degli anni da quando lei se n'era andata, e quel Doug non aveva mai cercato di contattarla, non aveva mai chiesto di vedere il figlio, nemmeno una volta. Perché si era ripresentato? Voleva forse prendere Tony e portarlo via a Elsie?

Come stava Elsie? Era spaventata? Incazzata? Probabilmente era assai stravolta dopo aver parlato con Doug, poi si era accorta che Zeke se n'era semplicemente andato via.

Merda. Zeke si accorse di aver fatto una gran cavolata.

Proprio quando forse Elsie aveva più bisogno di lui, l'aveva abbandonata.

Quella singola decisione poteva distruggere tutta la fiducia che si era guadagnato con tanta fatica.

Zeke voleva telefonarle. Voleva raggiungerla nel suo appartamento, ma non era sicuro di cosa dirle. "Scusa, sono stato un imbecille, me ne sono andato senza nemmeno vedere come stavi. Com'è andata con quel coglione del tuo ex?"

Come cavolo poteva scusarsi, dopo una cavolata così enorme?

Si stava ancora rimproverando nel tentativo di scoprire cosa mai poter fare, quando sentì il telefono squillare.

Per un attimo, Zeke si aggrappò al barlume di speranza che fosse Elsie a telefonargli, che stesse bene e che fosse pronta a spiegargli come fosse andata con Doug, come se lui non l'avesse lasciata da sola ad affrontare lo schiaffo emotivo che doveva aver sentito.

La realtà non tardò a ripresentarsi. Impossibile, Elsie non avrebbe mai voluto parlargli in quel momento, non dopo il modo in cui l'aveva trattata.

Quando abbassò lo sguardo... Zeke si accorse che invece era proprio *lei* a telefonare.

Sentì il cuore accelerare i battiti e rispose.

"Els?"

"Sono Tony," rispose una voce flebile e indecisa.

"Tony, che succede?" gli chiese con urgenza.

"È la mamma."

"Che succede alla mamma? Dov'è? C'è anche tuo padre? State bene?"

"La mamma è qui, no, mio papà no. Mamma però mi ha detto che è in città, è vero?"

"Sì, Totò, tuo papà è in città, l'ho incontrato oggi."

"Mamma mi ha detto che vuole vedermi, ma io penso che sia strano. Non è strano? Cioè, perché adesso? Gliel'ho chiesto, ma lei non sa che rispondere. Ha detto che dipende da me se voglio passare del tempo con lui e quanto."

Ignorando le domande di Tony (perché aveva ragione, era davvero *strano*), Zeke gli chiese: "Allora, che succede alla mamma, come mai mi hai chiamato?"

"Pensavo che andasse tutto bene, ma lei non parlava. Poi, dopo cena, ha detto che andava a dormire. Lei non va *mai* a dormire prima di me. Ho cercato di entrare in camera sua, ma ha chiuso la porta a chiave. Ho sentito che stava piangendo. Non so cosa sta succedendo, Zeke! Ho paura. Ho trovato qui il suo telefono e tu mi avevi detto che potevo chiamarti ogni volta che avevo bisogno..."

"È vero, te l'ho detto e sono contento che tu mi abbia telefonato. Arrivo subito."

"Davvero?"

"Certo."

"Va bene."

L'immenso sollievo che Zeke sentì nella voce di Tony gli fece quasi piangere il cuore. Quel ragazzino era ben più che spaventato. Era terrorizzato. Probabilmente anche molto confuso, visto cosa stava succedendo con suo padre. "Qual è la parola in codice di questa settimana?" gli chiese Zeke.

"Rammaricarsi."

Zeke non poté non sorridere. "Sai anche cosa significa?" gli chiese, mentre afferrava le chiavi della macchina e si avviava verso l'uscita.

"Essere tristi per qualcosa. Mi rammarico di non poter far sentire meglio la mamma."

A quel punto, Zeke sentì quasi il cuore spezzarsi.

"Ci penso io," disse a Tony, "non aprire la porta se non quando senti la parola in codice."

"Va bene. Ah, Zeke?"

"Dimmi Totò."

"Farai star meglio la mamma, vero? Le dirai che le prometto di non lasciarla mai per andare a vivere con mio papà? Immagino che forse è per questo che è triste. Forse ha paura che, adesso che mio padre è arrivato qui, io la possa lasciare perché ho voluto un papà per tanto tempo."

Zeke fece un respiro profondo prima di rispondere. "Glielo dirò, ma dubito sia questo il motivo per cui è triste."

"Allora perché?"

Sapendo di dover essere onesto, Zeke gli rispose: "Oggi ho fatto un disastro, Totò. L'ho ferita. Non volevo, ma sono rimasto malissimo quando ho visto tuo padre e avevo bisogno di tempo per elaborare."

"Non capisco."

"Lo so che non puoi capire, ma vedrai che sistemo tutto."

"Promesso?"

"Promesso."

"Bene, perché non mi piace sentirla piangere."

Tony era un ragazzino eccezionale. Zeke comprese *esattamente* cosa si sarebbe perso, se avesse mandato all'aria per sempre il rapporto con Elsie. Doveva convincerla a perdonarlo per averla abbandonata con l'ex marito senza dirle una parola.

"Anche a me non piace."

"Non farlo più," lo avvertì Tony, "non devi starle vicino se poi la fai diventare triste."

Che strana sensazione, orgoglio e senso di colpa allo stesso tempo. Zeke era orgoglioso di Tony, che difendeva la mamma, ma si sentiva in colpa per averlo messo nella condizione di doverla difendere. Da *lui*. L'uomo che avrebbe dovuto rimanere al fianco di Elsie dal momento stesso in cui Doug si era presentato.

"Lo capisco e ti do la mia parola che non succederà mai più."

"Va bene, sei già partito?"

Zeke sorrise. "Sì, Totò, arriverò probabilmente in meno di cinque minuti."

"Bene, ma non correre, altrimenti se ti fermano e prendi una multa poi ci metti più di cinque minuti."

"Non correrò. Grazie per avermi telefonato, Tony."

"A tra poco, ciao."

"Ciao."

Zeke riattaccò e fece un respiro profondo. Poi un altro.

Non era felice dell'arrivo dell'ex marito di Elsie, che sembrava chiederle una seconda possibilità di far funzionare il loro rapporto, ma dopo averci riflettuto per un po' di tempo, sapeva che quella visita doveva avere alle spalle altre motivazioni, non solo riallacciare i rapporti con Elsie. Doug era rimasto fuori dalla vita di Elsie per cinque anni. Non aveva alzato un dito per conoscere il figlio o per aiutarlo. Persone del genere non cambiano all'improvviso senza un motivo... o senza una finalità.

Zeke amava Elsie. Qualunque cosa stesse succedendo, l'avrebbero affrontata insieme.

Sentendosi di nuovo pienamente determinato, Zeke accelerò un poco. Doveva porre rimedio al danno che aveva causato. Prima era, meglio era. Pregava solo che Elsie gli desse una chance di correggere quell'errore.

CAPITOLO DICIASSETTE

Zeke era in piedi fuori dalla porta della camera da letto di Elsie. Appena aveva visto il viso di Tony, aveva capito che aveva pianto. Ecco un altro disastro che aveva causato. Zeke si era preso il tempo di abbracciarlo, tenendolo stretto e rassicurandolo di nuovo che avrebbe fatto star meglio la sua mamma. Poi gli aveva chiesto di rimanere in salotto, di trovare un film in TV da guardare. Zeke era sicuro che Tony fosse troppo stravolto per prestare molta attenzione alla televisione, ma preferiva cercare di sistemare le cose con Elsie per un po' di tempo senza che Tony li sentisse.

Bussò alla porta e udì la voce attutita di Elsie che diceva: "Sto bene, Tony, sono solo stanca."

"Sono Zeke," le disse, "per favore, apri la porta, vorrei parlarti."

"Vai via, Zeke," gli rispose con un po' più di forza, "non dobbiamo parlare, adesso."

Col cavolo che non dovevano! Ma Zeke non voleva avviare una discussione importante, magari implorarla, dall'altra parte di una porta chiusa. Si era presentato preparato, dato che Tony gli aveva detto che Elsie si era chiusa a chiave in camera da letto. Infilò la graffetta deformata nella toppa della serratura, nella maniglia della porta, e nel giro di pochi secondi aprì leggermente la porta.

Meno male che le serrature economiche erano facili da sbloccare.

Aprì la porta lentamente ed entrò in camera e sentì subito un tonfo al cuore.

Elsie non aveva nemmeno acceso la luce. Era seduta per terra, vicino al letto, dalla parte opposta rispetto alla porta. Aveva la schiena appoggiata al muro e le gambe raccolte. Le lacrime le avevano rigato il viso. Anche mentre Zeke entrava, lei continuava a piangere e le lacrime le cadevano dalle ciglia. Elsie appoggiò una guancia sulle ginocchia e distolse lo sguardo.

"Dico davvero, Zeke... vai via. È stata una giornataccia e non c'è bisogno di peggiorare le cose."

Zeke trasalì, ma ignorò quella richiesta e si avvicinò al punto in cui lei era seduta. Poi si abbassò sul pavimento davanti a lei e le mise i piedi ai lati dei fianchi e si sedette, avvicinandosi fino a toccarle le gambe con l'interno coscia.

Le lacrime cominciarono a farsi più rapide. "Non posso affrontarti adesso," gli sussurrò.

"Non devi fare nulla, ti chiedo solo di ascoltarmi ," le disse Zeke.

Elsie chiuse gli occhi e appoggiò di nuovo la guancia sulle ginocchia, distogliendo ancora lo sguardo. Strinse le braccia intorno alle gambe, tagliandolo completamente fuori con il linguaggio del corpo.

Quella chiusura gli fece male, molto male, ma Zeke la capiva. Non avrebbe dovuto lasciarla da sola con l'ex marito. Non avrebbe dovuto andarsene senza parlarle, senza control- lare come stesse.

"Non avrei dovuto andar via," le disse con tranquillità. Avrebbe voluto prenderla, tirarla a sé, abbracciarla, ma rimase dov'era, sfiorandola solo con le gambe, abbastanza vicino da sentire il profumo del suo shampoo.

"Quando mi sono sposato... ero contentissimo. Sentivo di avere tutto il mondo nelle mie mani. Una bella moglie, una carriera in cui me la cavavo bene, la speranza di una famiglia. Invece, nel giro di un anno, tutte le mie speranze e i miei sogni per il futuro si sono frantumati davanti a me. Anziché di ricevere supporto da mia moglie, ogni volta che andavo in missione lei mi tormentava. Mentre ero via, mai una lettera, mai nemmeno un'email. Quando tornavo a casa, mi trattava con sdegno per almeno una settimana. Immagino volesse punirmi per essermene andato... non che potessi scegliere."

Zeke fece un respiro profondo. "È stato uno dei miei commilitoni a dirmi che mia moglie mi tradiva. Eravamo all'estero, in missione sulle montagne, davamo la caccia a dei terroristi. Era notte, eravamo sdraiati per terra, non mangiavo un pasto decente da una settimana. Eravamo sporchi, affamati, esausti; i terroristi ci erano sfuggiti. Avevo fatto un commento, dicendo che avrei tanto voluto essere a casa, che sarebbe stato bello dormire a letto con mia moglie, dopo una bella cena abbondante... e lui ha sputato il rospo."

"Mi ha detto che Corinne non mi era fedele, che lui lo sapeva perché almeno altri quattro militari della base erano stati con lei da quando ci eravamo sposati. Che era ovvio che la trovassi di malumore quando tornavo dalle missioni, perché interrompevo i suoi festini."

Elsie non alzò lo sguardo, ma Zeke la sentì sospirare. Sperò che fosse un buon segno.

"Non ho idea di come lo sapesse... forse aveva sentito qualcuno vantarsi di essersela fatta, non lo so. Però ero imbarazzato, demoralizzato, avevo scoperto le sue infedeltà da qualcun altro. Mi sentii un deficiente. Non le piacevo abbastanza? Ero un marito tanto schifoso da costringerla a rivolgersi ad altri uomini? Facevo così schifo a letto?"

"Continuavo a scervellarmi per cercare di capire cosa potessi aver sbagliato e come porvi rimedio. Non volevo crederci, mi ero mezzo convinto che il mio commilitone si fosse sbagliato, o che mentisse, per chissà quale motivo; poi però sono tornato a casa l'ultima volta e l'ho beccata a letto con un soldato di diciott'anni. Anche allora... nonostante l'avessi colta in flagrante... le ho detto che volevo andare con lei da un consulente matrimoniale, per salvare il matrimonio."

Zeke fece una pausa e deglutì a fatica, quei ricordi lo attanagliavano.

"Lei cos'ha detto?" sussurrò Elsie, che aveva girato la testa e gli fissava il petto: almeno era un passo avanti.

"Mi ha detto che ero ridicolo, che lei non aveva idea di come potesse esistere una donna che voleva rimanere sposata con me. Ha detto che, quando le avevo proposto di sposarci, mi aveva risposto di sì solo perché sapeva che sarei stato spesso lontano per lavoro e perché sapeva che, grazie al mio stipendio delle forze speciali, lei non avrebbe più dovuto lavorare, sposandomi. Avevo l'alloggio pagato dal governo, i bonus missioni... una vita facile. Mi sono accorto che per lei ero stato solo uno strumento per raggiungere un fine, fin dall'inizio. Non mi aveva mai amato. Aveva fatto una gran recita, quando ci frequentavamo... io me la sono bevuta, cascandoci come un pivellino. Non potevo porre rimedio a qualcosa che lei nemmeno voleva."

Elsie gli mise una mano sul polpaccio e lo strinse.

Zeke sospirò. "Tu non hai nulla a che spartire con lei. *Nulla*. Ma non so, quando è arrivato il tuo ex marito, tutto desideroso di tornare con te... e tu hai preferito parlare con lui senza di me, mi sono riemersi i ricordi del matrimonio. All'improvviso mi sono sentito... insicuro. Su di noi. Immagino avessi bisogno di pensare. Ero troppo *incazzato* con lui. Lo sono ancora. Perché mai doveva presentarsi, dopo tutti questi anni senza mai farsi sentire, e passare del tempo con te? O con Tony, per quel che poteva contare? *Odiavo* pensarti da sola con lui nell'ufficio."

"Ma ci ho riflettuto e ho capito di aver fatto una cazzata. Ti ho *lasciata* là con lui. E se avesse cercato di farti del male?

E se ti avesse detto delle cattiverie? Merda... ti *ha* fatto del male?"

Elsie scosse la testa.

Zeke sospirò per il sollievo. "Mi dispiace, Els. Non avrei dovuto andarmene senza prima parlare con te. Dovevo controllare che stessi bene. Non so cosa sta succedendo, ma sai che c'è? Non mi interessa. Non ho intenzione di mollare senza combattere. Quello stronzo potrà anche volerti indietro, ma per quanto mi riguarda ha perso ogni diritto di stare con te. Era insieme a te e ha mandato tutto a puttane. Non avrà una seconda chance, almeno per quanto mi riguarda. Lo *so* che non lo ami, è impossibile che lui ti ami. Non si è nemmeno preoccupato di telefonarti, non sente Tony da anni. Chi ama non si comporta così." Zeke aveva alzato il tono, incapace di trattenersi.

"Ho paura," ammise Elsie sottovoce.

Ormai Zeke non poteva più evitare il contatto fisico: si avvicinò a lei fino a sentire sul petto le ginocchia di Elsie, poi l'avvolse con le braccia. Lei gli appoggiò la testa sulla spalla e tremò. Lasciò andare le proprie ginocchia e mise le mani sui fianchi di Zeke. Era una posizione un po' stramba, ma a Zeke non importava. Almeno Elsie accettava il contatto fisico... non aveva mandato tutto all'aria.

"Sono qui. Mi dispiace di averti abbandonata."

"Io ero sbalordita quanto te," gli disse Elsie parlandogli contro una spalla, "prima di lasciarlo, sono andata su internet e ho comprato i moduli per il divorzio su un sito di consulenza legale. Non gli ho chiesto *nulla*. Non sono scappata in piena notte. Gli ho sempre detto che poteva venire a trovare Tony quando voleva. Gli ho consegnato i documenti una sera, quando è tornato dal lavoro... una delle rare occasioni in cui è tornato a casa. L'ho informato che me ne andavo e che potevamo entrambi voltare pagina e vivere la nostra vita. Non l'ha presa bene. Mi ha risposto con delle cattiverie, ma alla fine ha firmato i documenti, quando gli ho detto che altrimenti avrei chiesto al tribunale metà dei suoi beni e avrei raccontato dei suoi tradimenti."

Elsie tirò su col naso, poi rimase in silenzio per un attimo. "Lui mi ha dato un giorno solo per prendere le mie cose e andarmene, così ho preso di corsa Tony e me ne sono andata. Ho sempre comunicato a Doug dove andavamo, i vari trasferimenti negli anni; quando sono arrivata a Fallport, gli ho fatto avere l'indirizzo del Mangree; ma non ho mai ricevuto nulla da lui. Nulla fino ad oggi."

Elsie alzò la testa, aveva gli occhi arrossati, le guance bagnate dalle lacrime; Zeke si sentì ancor più avvilito. "Non tornerò mai con lui. *Mai*. Tony è suo figlio e se davvero vuole frequentarlo, non posso certo negarglielo. Ma il fatto che Doug sia venuto qui a Fallport all'improvviso, affermando di voler tornare con me, dicendo che sono sua moglie... mi ha spaventata a morte. Non so cosa vuole, ma so che non porta nulla di buono."

"Domattina andiamo da Nissi O'Neill, a quel che ne so è un'avvocatessa coi fiocchi," le disse Zeke.

"Se volesse l'affidamento di Tony?" sussurrò Elsie.

"Non l'avrà," rispose Zeke con fermezza.

"Zeke, io ho vissuto in motel, Tony riceve i pasti per le famiglie bisognose, non ci farò certo la parte della madre modello, rispetto ai mezzi di cui dispone Doug."

"Hai un lavoro a tempo pieno, adesso vivi in questo appartamento, Tony è felice e sta bene. Peraltro, dov'è stato Doug negli ultimi cinque anni? Non ha mai visto il figlio, non ti ha mai dato un centesimo di sostegno economico."

"Ma se vuole portarlo via?"

"*Non* lo porterà via. Anzi, per la verità tuo figlio mi ha chiesto di rassicurarti che vuole rimanere con te."

"Davvero?"

"Sì, Els, ti vuole bene, sei l'unico genitore che abbia mai avuto davvero. Potrà essere curioso di conoscere il padre, ma non vorrà mai lasciare Fallport per vivere con lui a tempo pieno."

"Tu non conosci Doug," gli disse Elsie, "sa manipolare le persone in maniera incredibile. È subdolo, deve avere un'arma segreta, qualche asso nella manica."

"Beh, abbiamo Simon e la polizia dalla nostra. E Nissi, appena le parleremo domani. Anche tutti gli altri amici miei. Tony non va da nessuna parte. Però... cosa mi dici di *noi due*? Puoi perdonarmi per essermi perso momentaneamente?"

Zeke trattenne il fiato nell'attesa della risposta di Elsie.

"Mi hai ferita..." gli sussurrò lei, senza guardarlo negli occhi.

"Lo so, ci sto malissimo," la interruppe Zeke.

"Non ho finito," gli disse lei.

"Scusa, vai avanti."

"Mi hai ferita, ma onestamente... anch'io ti ho ferito. Avrei dovuto rifiutare di parlare da sola con Doug. Ti capisco, Zeke, Corinne ti ha trattato malissimo e non posso biasimarti, se avevi bisogno di spazio per riflettere."

"Non succederà mai più," le promise Zeke, "non lascerò mai più che la mia ex moglie mi incasini la vita. Perderti mi distruggerebbe, Elsie. Ho bisogno di te. Non posso prometterti che non farò mai più errori in futuro, perché sono sempre un essere umano, ma te lo giuro con tutto il cuore: cercherò sempre di parlarti, se c'è qualcosa che mi dà fastidio."

"Se Doug pensasse davvero di potermi riconquistare?" gli chiese Elsie.

"Ma tu lo ami?"

"No!"

"Allora è inutile preoccuparsi di quello che pensa *lui*. Nissi controllerà che l'affidamento di Tony sia regolare e a tuo nome. Doug si dovrà accontentare dell'affidamento parziale oppure se ne tornerà da dove è venuto. In ogni caso, io ti starò sempre al fianco e quando... *se*... sarai pronta, ti chiederò la tua mano e tu sposerai *me*."

Elsie spalancò gli occhi. "Cosa?"

"Ti amo, Elsie. Ecco perché quel deficiente, quando ti ha detto che voleva tornare con te, mi ha dato un fastidio dell'anima. Ti amo così tanto che il solo pensiero che tu potessi tornare con quel demente mi ha spezzato il cuore."

"Zeke..." sussurrò Elsie.

"Io voglio sposarti. Voglio passare il resto della mia vita con te. Tutto ciò che è mio è anche tuo. Non ti trascurerò mai, voglio un altro figlio con te, se è un'ipotesi che ti andrebbe di considerare. Tony sarà sempre il tuo primogenito e se siete d'accordo entrambi, sono disposto anche ad adottarlo. So che tutto questo avverrà solo in futuro, a un certo punto, ma voglio essere sicuro di farti sapere che quel che è successo oggi mi ha dato uno scossone. Tremendo. Mi ha fatto capire esattamente quanto siete importanti per me tu e tuo figlio."

Il viso di Elsie si aprì in un sorrisetto timido. "Mi hai appena chiesto di sposarti?"

Zeke fece una risatina. "No, non proprio. Quando te lo chiederò, te ne accorgerai. Non sarà un momento con delle questioni in sospeso. Però *sì*, ti ho appena detto nel modo più chiaro possibile quali sono le mie intenzioni. Non ti deluderò mai più come ho fatto oggi. Avrei dovuto rimanere al tuo fianco per sostenerti, invece ti ho abbandonata. Ti prego, dimmi che mi perdoni."

Elsie lo guardò negli occhi. "Di solito non sono una piagnona. Ho passato momenti troppo duri per piangere a ogni intoppo. Ma devo ammettere che oggi è stata una giornata esagerata. L'arrivo di Doug, tu che te ne sei andato, dover parlare con Tony dell'arrivo di suo padre, la preoccupazione delle intenzioni di Doug... tutto insieme è stato troppo. Però dovresti sapere che... domani, tornata in me, avevo intenzione di venire a lavorare e di condividere con te, avevo intenzione di dirti quanto ero delusa che te ne fossi andato così."

Zeke lasciò andare un sospiro di sollievo. "Ah sì?"

"Eh sì. Quindi, certo che ti perdono, mi dispiace tantissimo di averti chiesto di lasciarmi da sola a parlare con Doug. Non succederà mai più. Ho bisogno di te tanto quanto tu hai bisogno di me, Zeke. Non ti biasimo per il modo in cui hai reagito. Forse avrei reagito nello stesso modo anch'io, trovandomi in una situazione simile. Fa male, non posso negarlo, ma adesso sei qui e già questo basta per farmi stare molto meglio."

"Tony mi ha telefonato."

Elsie sbatté le palpebre. "Ti ha telefonato?"

"Sì, aveva paura, era preoccupato per te."

"Cacchio. Non volevo che mi vedesse piangere."

"Lo sa. Per questo era preoccupato. Che ne dici di tirarci su, darci una lavata al viso e andare a tranquillizzarlo che va tutto bene?" le suggerì Zeke.

Elsie annuì. "Zeke?"

"Sì, tesoro?"

"Anch'io ti amo."

Furono parole appena sussurrate, ma ascoltandole Zeke sentì il cuore gonfiarsi. "Lo so."

Elsie fece una smorfia. "Lo sai?"

"Sì. Altrimenti non mi avresti mai perdonato tanto facilmente. Non ti saresti mai lasciata abbracciare in questo modo. Però grazie per avermelo detto. Non mi merito questo dono, dopo il modo in cui mi sono comportato oggi, ma ne sono felice lo stesso."

"Non posso sopportarlo di nuovo," gli disse, quasi avvertendolo sommessamente.

Zeke non ebbe bisogno di chiederle a cosa si riferisse. "Non dovrai. A prescindere da ciò che scopriremo domani, la settimana prossima, il mese prossimo, ci sono io al tuo fianco.

Cercheremo entrambi di comunicare meglio, quando saremo alterati."

Le lacrime tornarono a formarsi negli occhi di Elsie, Zeke pregò che fossero lacrime di sollievo. Le parole che gli disse glielo confermarono.

"Ti amo." Più forte. Più determinata.

"Anch'io ti amo."

Zeke la tirò a sé ancora una volta, poi si alzò in piedi goffamente, aiutandola ad alzarsi. Si avviò con lei verso il bagno, prese un asciugamani pulito dal mobiletto e glielo passò.

"Ora basta piangere, Els, affrontiamo tutto insieme. Qualunque asso abbia nella manica il tuo ex, vedremo cosa fare. Domani incontriamo Nissi e penserà lei a scoprire tutto ciò che può. Se avremo bisogno di più armi, per così dire, ho ancora dei contatti personali, persone che ho conosciuto quando ero nelle forze speciali. Doug non si porterà via Tony. Non legalmente. Tuo figlio di sicuro non ha intenzione di andare via, almeno non per tanto tempo. È un ragazzino intelligente: per quanto abbia voglia di avere un padre, non si berrà le stronzate di Doug."

"Lo spero proprio."

"Vedrai che non abboccherà. Prenditi un attimo, io vado fuori a dire a Tony che va tutto bene."

Elsie annuì. "Ti fermi?"

Zeke si bloccò. "Vuoi che mi fermi?"

Lei annuì.

"Allora mi fermo," le rispose con decisione.

"Va bene."

"Ottimo." Zeke si abbassò e la baciò in fronte, poi si sforzò di uscire dalla camera.

Zeke in realtà avrebbe voluto portarla a letto per abbracciarla e tenersela stretta. Sapeva di essere andato molto vicino a perdere la cosa migliore che gli fosse mai capitata. Il fatto che Elsie avesse accettato con tanto amore le sue scuse la diceva lunga su di lei.

Zeke non poteva che amare la decisione di Elsie, di affrontarlo comunque l'indomani. Le scuse e la volontà di lottare per ciò che avevano costruito insieme contribuiva molto a rassicurarlo: il futuro che lui aveva previsto insieme a lei era alla loro portata.

Come le aveva detto: mai più. Anche se andava contro tutto ciò che Zeke aveva appreso nei Berretti Verdi: dubitare sempre delle intenzioni degli altri, specialmente dopo l'esperienza con Corinne. Ma ormai si era convinto: Elsie faceva eccezione. Non avrebbe dubitato mai più di lei. Come lei non avrebbe dubitato di lui. Zeke lo sapeva nel profondo dell'anima.

─────

Elsie si guardò nello specchio del bagno. Era conciata male. Aveva gli occhi gonfi e arrossati, la faccia tutta segnata... ma non poteva non sorridere.

Zeke l'amava.

Le sembrava un miracolo.

Sì, l'aveva appena delusa, ma anche lei l'aveva deluso. Gli aveva detto la verità: aveva intenzione di affrontarlo il giorno dopo. Valeva la pena battersi per Zeke. Il fatto che lui l'avesse anticipata e fosse venuto a trovarla, nel momento stesso in cui Tony gli aveva telefonato, era una dimostrazione più che sufficiente.

Una volta chiarito il rapporto con lui, Elsie doveva sentire Tony. Doveva scusarsi per averlo fatto preoccupare. Doveva ringraziarlo per aver telefonato a Zeke in un momento di preoccupazione e sconvolgimento.

L'unica cosa che Elsie non voleva fare era raccontare al figlio storie terribili sul padre. Doug era un bastardo, ma lei non voleva compromettere le future interazioni di Tony col padre. Era pur sempre il padre e se c'era anche solo una possibilità che Doug si fosse presentato perché voleva davvero un rapporto col figlio, lei non avrebbe fatto nulla per sabotarlo.

Peraltro, Tony era un ragazzino intelligente e sveglio, proprio come aveva detto Zeke. Prima o poi Doug si sarebbe mostrato per quello che era veramente e Tony avrebbe confrontato il padre biologico con gli uomini che gli erano stati vicino di recente: Doug non avrebbe mai retto il confronto.

Anche se Elsie non voleva vuotare il sacco e dire subito tutte le cattiverie che pensava su Doug, voleva comunque mettere sul chi va là Tony. Voleva dirgli di fare attenzione nel rapporto col padre, pur senza mettergli il figlio contro, prima che Doug avesse una chance di fare la cosa giusta. Solo il tempo avrebbe dimostrato come stavano veramente le cose.

Elsie era ancora preoccupata che Doug cercasse di portarle via il figlio, ma si sentiva molto meglio, dopo che Zeke le aveva detto che sarebbero andati insieme a parlare con un avvocato. Elsie era una persona diversa da quella di cinque anni prima. Non avrebbe più consentito a Doug di maltrattarla. Non come l'aveva lasciato fare in passato.

Non riusciva a non pensare al modo in cui Zeke le aveva praticamente chiesto di sposarla. In tutta onestà, gli avrebbe risposto di sì e sarebbe andata immediatamente all'anagrafe, se lui gliel'avesse chiesto. Doug non si era mai scusato per nulla, di tutto ciò che le aveva fatto. Almeno, non si era mai scusato sinceramente.

Le parole genuine e il tono impaurito di Zeke, quando l'aveva implorata di perdonarlo, le avevano facilitato molto la decisione.

Dopo un respiro profondo, Elsie si spinse via dal mobiletto e andò alla porta. Andò verso il salotto, poi si fermò a osservare senza farsi notare per un momento. Zeke era seduto sul divano con Tony. Teneva un braccio intorno al figlio, parlavano con le teste molto vicine. Zeke stava tranquillizzando

Tony, dicendogli che la mamma stava bene e che li avrebbe raggiunti presto. Poi gli chiedeva come fosse andata la scuola e se Bridger lo stesse ancora tormentando.

Zeke sarebbe stato un padre incredibile. Accidenti, era già mille volte meglio di quanto non fosse stato Doug.

Probabilmente Elsie fece rumore, perché sia Tony che Zeke si voltarono alzando la testa verso di lei. Tony saltò in piedi dal divano e le corse incontro. Elsie lasciò andare uno sbuffo appena il figlio le arrivò addosso. Fece un passo indietro per non perdere l'equilibrio, Tony le mise le braccia intorno al corpo all'altezza della vita, appoggiandole la testa sul petto.

"Mamma! Stai bene?"

"Sto bene, piccolo," gli rispose accarezzandogli la testa. "Scusami se ti ho fatto preoccupare."

Tony alzò la testa e la guardò negli occhi. "Io voglio stare con te!" esclamò. "Ho detto a Zeke di dirtelo, te l'ha detto?"

"Sì, me l'ha detto."

"Voglio conoscere il papà, ma non significa che devo andare via."

"Certo, sono contenta di sentirtelo dire. Ti voglio bene, figlio mio."

"Anch'io ti voglio bene. Nessuno mi costringerà ad andare via con lui, vero?"

"No." Fu Zeke a rispondere. Si era alzato ed era in piedi vicino a loro, li osservava.

Tony si voltò per guardare Zeke. "Promesso?"

"Promesso," gli rispose senza esitare. "Ormai non sei più un bambino piccolo, anche la tua opinione conta, per decidere dove vivrai."

"Va bene." Tony fece un respiro profondo e indietreggiò. "Adesso che stai meglio, vado a leggere, posso?"

Elsie non fu nemmeno sorpresa che Tony prendesse come oro colato la parola di Zeke. Non mise minimamente in dubbio quella promessa.

"Vuoi mangiare qualcosina?" gli chiese Elsie.

"No, sono a posto così, ma... magari domattina possiamo preparare dei waffle?" le chiese.

"Certo che possiamo."

"Ti va bene se mi fermo a dormire, stanotte?" gli chiese Zeke.

Tony si girò verso di lui e annuì. "Sì! Verremo ancora a casa tua questo weekend?"

"Se ti va," gli disse Zeke con semplicità.

"A me va," gli rispose Tony con un sorriso enorme. Poi gli corse incontro e lo abbracciò stretto, infine si avviò verso la sua cameretta.

Elsie fece qualche passo fino a trovarsi di fronte a Zeke e ripeté il gesto del figlio, abbracciandolo con forza. Zeke si girò senza lasciarla andare e lentamente arretrò verso il divano. Si sedette lentamente insieme a lei; Elsie non avrebbe mai voluto uscire dall'abbraccio di quell'uomo. Quel giorno era stata sopraffatta da un mare di emozioni, si sentiva sfinita, esausta.

Quando fu seduta vicino a Zeke, però, sentendosi stretta dalle sue braccia, Elsie avvertiva una soddisfazione che raramente aveva provato prima. Era il tipo di rapporto che voleva ogni giorno, per il resto della vita. Trovarsi la sera sempre abbracciati.

"Hai fame?" le chiese Zeke tranquillamente.

Elsie scosse di nuovo la testa.

"Sete?"

"No."

"Di cos'hai bisogno?" le chiese.

"Di questo," rispose lei con decisione. "Di te."

"Eccomi qua."

Dopo un po', Elsie finì per addormentarsi e si risvegliò solo quando si sentì presa in braccio. "Ce la faccio a camminare," borbottò.

"Lo so," le disse Zeke, senza però metterla giù.

Accoccolandosi contro l'uomo che amava, Elsie si lasciò portare in camera. Zeke la mise sul letto e cominciò a sbottonarle i jeans. Glieli tolse, poi le slacciò il reggiseno sotto la maglia. Non le tolse la maglia, non le tolse le mutandine, ma la fece sistemare sotto le coperte. "Torno subito," le disse, poi la baciò sulla bocca con dolcezza.

Elsie lo guardò andare nel bagno. Quando ne uscì, Zeke indossava solo un paio di boxer. Si mise sul letto e lei lo abbracciò, mentre lui le metteva un braccio intorno alle spalle.

Elsie si aspettava che lui facesse una mossa per andare oltre, invece che rimanere solo sdraiato nel letto, ma lui non si muoveva, così lei lo chiamò: "Zeke?"

"Sì?"

"Ti va di... mi capisci?"

"Fare l'amore? Sì, certo, ma ho ancor più bisogno di tenerti abbracciata."

Ecco, allora come faceva Elsie a lamentarsi?

"Vedrai che mi farò perdonare per oggi," le sussurrò lui dopo un momento.

Elsie era mezza addormentata, ma riuscì a rispondergli: "Non hai nulla da farti perdonare."

"Ti sbagli, ma va bene, mi farò perdonare lo stesso."

Elsie decise di lasciar perdere e gli annuì addosso. "Grazie per essere venuto qui."

"Non c'è altro posto in cui vorrei essere," la rassicurò lui, "dormi, tesoro. Domani ci aspetta una giornata intensa. Portiamo Tony a scuola, andiamo dall'avvocato, poi purtroppo dovremo telefonare a Doug per cercare di scoprire cosa diavolo è venuto a fare qui a Fallport."

"Tu sarai al mio fianco?" gli chiese Elsie.

"Ma certo."

Bastarono quelle due parole per allontanare tutto lo stress che la opprimeva sul giorno dopo. Non sapeva come sarebbe andata, ma Zeke sarebbe rimasto al suo fianco in ogni caso.

Era stata una giornata difficile, ma alla fine lei e Zeke si erano avvicinati ancor di più.

"Non stai dormendo," la riprese Zeke dolcemente.

"Scusami. Ti amo."

Zeke la strinse tra le braccia per un momento. "Anch'io ti amo, Els."

Elsie si addormentò dopo poco e sognò di essere seduta di fianco a Zeke, con Tony all'altro fianco, mentre guardavano tutti insieme un neonato avvolto in fasce che lei teneva in braccio.

CAPITOLO DICIOTTO

Il mattino successivo, dopo aver portato Tony a scuola, Elsie cercò di non farsi prendere dallo stress per l'appuntamento con l'avvocato. Svegliarsi insieme a Zeke era stato paradisiaco. Elsie era stata da sola per quasi tutta la sua vita da donna adulta. Sì, si era sposata, ma Doug non l'aveva mai aiutata con la casa o con Tony. Mentre si faceva una doccia, Zeke aveva svegliato Tony, aveva preparato gli ingredienti per i waffle (facendo poi impastare a Tony) e aveva avviato un carico di lavatrice, mettendo in lavastoviglie tutti i piatti che aveva sporcato per preparare la colazione.

Elsie si era sorpresa, anche se ormai forse non avrebbe dovuto sorprendersi. Zeke le aveva dato un bacio di sfuggita prima di andare a farsi una doccia, convinto di non aver fatto niente di straordinario.

Anche Tony si era dato da fare, quel mattino. Elsie immaginò che il figlio fosse ancora preoccupato per lei e che non volesse fare nulla che la intristisse. Di nuovo, Elsie ringraziò il cielo per averle regalato un figlio tanto bravo.

Al momento, Elsie stava accostando nel parcheggio antistante lo studio legale. L'ufficio di Nissi era sul lato est della piazza, tra il locale del bowling e l'Occhio di Bue. Elsie l'aveva già notato, chiaramente, ma non ci aveva mai pensato perché non ne aveva mai avuto bisogno, né aveva mai avuto abbastanza soldi per permettersi un avvocato.

"Calmati, Els. Vedrai che andrà tutto bene."

"Non ne sono sicurissima," gli rispose con tono cordiale. "In questo momento ho la sensazione che la mia situazione finanziaria stia per crollare."

"Guardami," le disse Zeke con fermezza.

Elsie fece un respiro profondo e si voltò verso di lui.

"Ieri ho fatto una cazzata. Era il primo vero test del nostro rapporto e io ho fallito."

Elsie fece una risata nasale. "Zeke, sei venuto nel mio appartamento meno di quattro ore dopo che Doug è arrivato a vomitare le sue cavolate. Non so come puoi definirlo un fallimento."

"Son contento che tu la veda così, ma resta il fatto che, invece di rimanere al tuo fianco, me ne sono andato lasciandoti in pasto ai lupi, per così dire. Non succederà mai più. A cominciare da stamattina."

"Non posso lasciarti pagare per l'avvocato," gli disse.

"Perché no?"

"*Perché no!*"

"Io ti amo, voglio bene a Tony, il tuo ex marito è un deficiente, se si è messo in testa qualche tiro mancino, è meglio fermare subito le sue cavolate. Els, pensa che lo faccio per me, perché prima tagli i ponti con quel coglione e prima potrò farti ufficialmente mia. Per favore, lascia che mi prenda cura di voi due pagando Nissi e assicurandomi così che il tuo ex marito non trovi alcun cavillo legale che possa allontanare uno di voi due da me."

"Io non vado da nessuna parte," gli rispose lei seriamente.

"Bene. Io ti amo e voglio che tu sia felice. Tu *e* Tony. In questo momento, garantire protezione a te ed evitare che il tuo ex marito ottenga qualcosa renderebbe felice anche *me*. Ecco perché faccio tutto questo."

"Sei troppo buono," gli disse Elsie sottovoce, "non so se posso sopportarlo."

"Sì che puoi, anzi, sarà meglio che ti abitui, perché non ho intenzione di smettere tanto presto di farti felice. Adesso dai, andiamo? Voglio ottenere quante più informazioni possiamo, prima di rivedere il tuo ex," concluse Zeke.

Elsie non poteva certo mettersi a discutere. Aveva pensato molto a Doug, a cosa fosse venuto a fare, a cosa volesse. Non le era ancora venuto in mente nulla di buono. Zeke aprì lo sportello della macchina, Elsie fece lo stesso sul suo lato. Si trovarono sul marciapiedi ed entrarono mano nella mano nello studio legale di Nissi O'Neill.

Una segretaria venne ad accoglierli e Zeke le spiegò brevemente la situazione e il motivo per cui avevano bisogno dell'avvocato. Nonostante non avessero un appuntamento, la segretaria disse loro che Nissi li avrebbe ricevuti.

Dopo circa un quarto d'ora, Elsie era seduta davanti alla scrivania dell'avvocato e aveva le mani conserte sulle ginocchia; faceva dei respiri profondi. L'avvocato era una bella donna. Aveva i capelli neri e ricci, Elsie avrebbe dato chissà cosa per avere gli stessi riccioli; la pelle di Nissi era scura e senza alcuna imperfezione, gli occhi scuri erano molto espressivi e trasmettevano intelligenza. Elsie stava finendo di spiegare tutta la situazione con Doug, com'era stato il matrimonio, il divorzio consensuale che aveva acquistato online prima di andarsene, persino la paura che aver vissuto nel Motel Camping Mangree potesse diventare un'arma nelle mani dell'ex marito, che avrebbe potuto usare la mancanza di risorse contro di lei.

Zeke era rimasto più che altro in silenzio, Elsie l'aveva apprezzato. Non aveva cercato di intervenire per spiegare, l'aveva lasciata parlare senza interromperla.

Nissi si sporse in avanti e appoggiò i gomiti sulla scrivania. "Perché pensi sia venuto qui?"

"Non lo so, ma l'unica cosa a cui posso pensare... deve

avere a che fare con Tony. A Doug io non piaccio, sono sicura che non stia cercando davvero di tornare insieme a me. Non ho niente in contrario se vuole conoscere Tony, ma alle mie condizioni, non alle sue. Sono cinque anni che non cerca nemmeno di mettersi in contatto, nonostante abbia sempre saputo dov'ero e come contattarmi."

"Va bene," disse Nissi. "Nello stato della Virginia, entrambi i genitori sono egualmente responsabili del mantenimento del figlio. Non importa che siano o meno sposati. Tutti e due i genitori devono sostenere spese come dentista, medicine, scuole e altri costi legati alla crescita di un figlio. Anche fuori dal matrimonio: il divorzio non lo esenta da queste responsabilità."

"Ma il divorzio consensuale che abbiamo sottoscritto prevede che lui non debba sostenere alcuna spesa," ribatté Elsie.

"Tecnicamente è vero. Tuttavia, adesso, se vuole rientrare nella vita di Tony... sarà meglio che recuperi e contribuisca in qualche modo. Non può presentarsi così nella vita del figlio e decidere di punto in bianco di fare il padre, sempre aspettandosi che sia *tu* a pagare per tutto."

"A me non interessano i soldi," commentò Elsie.

"A me sì," ribatté Nissi spostandosi sulla sedia. "Senti, tu e tuo figlio avete dei diritti. Anche se Doug è il padre di Tony, non significa che può presentarsi qui dopo cinque anni e cominciare a pretendere chissà che da voi due. I soldi non compensano la mancanza di interesse e di supporto, ma almeno possono aiutare con le esigenze future di Tony."

Aveva ragione, Elsie annuì.

"Ecco il mio numero diretto," proseguì Nissi passando un biglietto da visita, "voglio che mi telefoni se Doug fa o dice qualcosa, *qualunque* cosa ti metta a disagio. Hai capito?"

Elsie annuì, sentendosi come se un enorme peso le fosse stato tolto dalle spalle.

"Mentre uscite, dovresti fermarti dalla mia assistente per

compilare alcuni moduli. Metti tutti i dettagli che ricordi su Doug... compleanno, codice fiscale, eccetera; mi saranno utili per risparmiare tempo nel fare delle ricerche. Reperiremo ogni possibile informazione prima di stilare le condizioni dell'affidamento da presentare a Doug. Nel frattempo, rimaniamo in contatto." Nissi si alzò e porse la mano a Elsie.

Elsie la strinse e le chiese con poca convinzione: "Ehm, più o meno quanto mi costerà?"

Nissi fece un gran sorriso. "Puoi contare sullo sconto speciale per parenti e amici."

Elsie sbatté le palpebre per la sorpresa. "Davvero?"

"Sì. Dato che Zeke ti ha tenuto una mano sulla schiena per tutto il tempo, direi che probabilmente state insieme?"

Elsie guardò Zeke con la coda dell'occhio, poi annuì timidamente a Nissi.

"La squadra di ricerca e soccorso Eagle Point ha ritrovato mia madre, qualche anno fa: era uscita di casa e si era persa nei boschi. Mia madre soffriva di demenza e quando ho scoperto che era sparita non sapevo più che pesci pigliare. Questi ragazzi sono rimasti fuori tutta notte finché non l'hanno ritrovata. Poi l'hanno tenuta al sicuro, aiutandola a non morire di freddo, perché aveva troppa paura per convincersi a seguirli; alla fine si è fidata ed è tornata a casa. A quel punto potevano anche lasciarla ai soccorritori, ma uno della squadra (mi dispiace, non mi ricordo bene chi fosse) è rimasto con lei anche in ospedale, tenendola per mano finché non sono arrivata io.

"Sono in debito con Zeke e con tutti gli altri della squadra, un enorme debito di gratitudine. Quando sapremo come stanno le cose e avremo concluso l'accordo per l'affidamento, lo depositeremo in cancelleria, poi vedremo per i soldi. Va bene?"

Elsie non riusciva a credere che quella donna fosse disposta a lavorare praticamente gratis fino alla conclusione dell'accordo, ma sarebbe stata una stupida a rifiutare. "Grazie," le disse con grande riconoscenza.

"Prego. Anche se non ho ancora incontrato il tuo ex marito, sono sicura che tu abbia cambiato in meglio," le disse Nissi facendole l'occhiolino.

Elsie non poteva non sorridere a quel commento. "Senz'altro in meglio."

"Però fai attenzione," proseguì Nissi facendosi più seria. "Non ho idea dei motivi che abbiano portato qui a Fallport il tuo ex marito, ma ho già lavorato a parecchi casi di divorzio con dispute sull'affidamento dei figli e in molti casi sono conflitti che si fanno subdoli."

"Elsie è al sicuro," intervenne Zeke.

Nissi lo guardò e annuì. "Bene, ci sentiamo presto allora," concluse.

Elsie comprese da quel saluto che l'incontro era terminato, ringraziò di nuovo l'avvocato e si alzò per avviarsi alla porta. Passò una ventina di minuti a compilare moduli e firmare la delega per assumere Nissi; quando uscirono dallo studio, Elsie fece un respiro profondo.

"Stai bene?" le chiese Zeke.

Lei si voltò verso di lui. "Che strano, sì, mi sento bene. Davvero avete ritrovato sua madre nel bosco?"

"Sì. Sua madre è morta un anno fa, ma non dimenticherò mai quella ricerca. Siamo stati fortunati a trovarla, era fuori da tutti i sentieri battuti, si stava facendo strada tra la sterpaglia e i rovi. Era tutta piena di graffi. Quando abbiamo cercato di avvicinarci, lei si è messa a gridare, quindi abbiamo deciso che uno di noi doveva provare a calmarla. Gli altri sono rimasti più indietro, io mi sono fatto avanti, ma è servito un bel po' di tempo per convincerla a fidarsi di me e per farle capire che poteva uscire dal bosco senza problemi."

Elsie si appoggiò a lui mettendogli le mani sul petto. "Pensavo già che tu fossi davvero magnifico, ma adesso sono ancora più impressionata."

Zeke fece una risata. "Facevo solo il mio dovere," le disse.

Elsie alzò gli occhi al cielo. "Come facevo a saperlo, che avresti risposto così?"

"Perché sei intelligente," le rispose Zeke con molta praticità. "Adesso, dato che manca circa un'ora e mezza all'apertura del locale, vuoi che andiamo da Grinders per prendere un cappuccino al caramello? Magari potremmo anche passare allo Sweet Tooth per un rotolino alla cannella sederci al Cerchio intanto che arriva l'orario di apertura."

"Sarebbe bellissimo. So che probabilmente dovrei telefonare a Doug, ma preferisco di gran lunga passare il tempo con te."

"Ovviamente anche con Otto, Art e Silas," scherzò Zeke indicando col capo i tre chiacchieroni seduti al solito posto, davanti all'ufficio postale.

Elsie fece una risata: "Sì, anche con loro."

"Va bene, allora andiamo. Sono fiero di te," le disse Zeke.

"Per che motivo?"

"Perché sei rimasta forte, non ti sei fatta prendere dal panico per tutto questo casino col tuo ex."

"Oh, ma io sono nel panico totale," gli rispose, "però ho imparato che non si risolve nulla con delle reazioni eccessivamente emotive. Come ieri sera," gli disse con un tono un po' sarcastico. "Avrei dovuto telefonarti, invece di lasciarmi prendere dai dubbi troppo alla svelta."

"Sono d'accordo. Non esitare mai a rinfacciarmi le mie stronzate, in futuro," ribadì Zeke. "Anche se mi impegnerò anima e corpo per non fare mai più nulla di tanto stupido."

"Vale anche per te," proseguì Elsie, "se mi comporto in modo indelicato, se faccio qualcosa che ti dà fastidio, per favore fammelo sapere. Cioè, non voglio che mi attacchi, ma almeno se c'è qualcosa che non va, preferisco saperlo."

"Affare fatto." Poi Zeke si abbassò per prendere le labbra di Elsie con le proprie. Non fu un bacio tanto casto. Fu profondo e prolungato. Quando Zeke si staccò da lei, Elsie avrebbe voluto tornare all'appartamento, o anche a casa di Zeke, invece di pensare a mangiare e bere.

Sorridendo ampiamente, come se avesse intuito esattamente a cosa stava pensando Elsie, Zeke la prese per mano e le fece strada verso Grinders.

————

Zeke non fu affatto sorpreso vedendo Doug Germain entrare all'On the Rocks, quel pomeriggio. Si aspettava di vederlo tornare alla carica. Quell'uomo doveva avere un piano e Zeke fu più che contento di dargli corda per scoprire come mai fosse a Fallport.

Però non l'avrebbe mai più lasciato da solo con Elsie.

A colazione, Zeke aveva scoperto che, quando Elsie si era sposata, non aveva cambiato il proprio cognome in quello del marito. Quando era nato Tony, a Doug non interessava nulla di dargli o meno il proprio cognome. Strano, dato che gli serviva un figlio per trasmettere l'immagine del perfetto padre di famiglia. Allora Elsie aveva deciso che, se al marito non interessava, avrebbe dato *lei* il cognome al figlio.

Zeke non riusciva a immaginare di non voler condividere la propria vita con la moglie *oppure* con il figlio. Non era certo un uomo all'antica che pretendeva di far prendere alla moglie il proprio cognome, ma almeno ne avrebbe parlato; invece gli era sembrato che Doug non fosse nemmeno entrato in argomento.

Senza bisogno di chiamarlo, Talon aveva mollato il negozio del barbiere per passare un po' di tempo nel locale. Gli amici di Zeke ormai erano stati informati a grandi linee di ciò che stava accadendo; era bello avere un amico vicino per farsi sostenere, per sostenere Elsie.

Doug entrò nel locale con una smorfia crudele in viso. Sembrava sapere che il suo arrivo, il giorno prima, aveva stravolto il mondo di Elsie, e non gli importava. Fece un cenno con la mano a Reina, che lo salutò e gli offrì di portarlo a un tavolo.

Doug si incamminò verso il bancone, dove aveva visto Elsie, poi le disse: "Ieri non siamo riusciti a parlare e dato che non mi hai telefonato, eccomi qua."

Zeke odiava vedere Elsie in quella posizione, ma fu orgoglioso di lei, quando la vide annuire. "Non mi sorprende che tu pensi sia normale presentarti sul mio posto di lavoro, interrompermi, pretendere che ti parli. Ma dato che Zeke è un ottimo datore di lavoro (e anche meglio come partner) ci ha gentilmente concesso di nuovo l'utilizzo dell'ufficio. Hai venti minuti."

Doug accennò un sorrisetto. "Che gesto magnanimo," commentò con un filo di voce.

Zeke aveva promesso a Elsie che sarebbe rimasto in silenzio... sempre che Doug si fosse comportato bene. Ma dato che era stato Doug a lanciare la prima frecciata, Zeke si sentì giustificato nel rispondere. "Infatti," gli disse, "immagino che tu non consenta a chissà chi di fare irruzione nel tuo posto di lavoro pretendendo la tua attenzione, non ti farebbe piacere, specialmente se si tratta di ex. Ti concedo venti minuti, poi basta. Ti suggerisco di andare dritto al punto, altrimenti dovrò interromperti e cacciarti via."

Doug gli lanciò un'occhiataccia, poi guardò Elsie. "Bene, non potevi trovare di meglio?"

In tutta risposta, lei si girò e andò verso il corridoietto che portava all'ufficio.

Doug sembrò un po' spiazzato da quella mancata reazione, ma la seguì con passo rapido.

Zeke chiuse la porta dell'ufficio... e Doug si voltò e lo guardò sorpreso.

"Non avrai davvero pensato che ti lasciassi ancora da solo con lei, vero?" gli chiese Zeke.

"In realtà sì. Dobbiamo parlare di questioni che non ti riguardano."

"Ecco, qui ti sbagli. *Tutto* ciò che riguarda Elsie e il suo benessere mi riguarda direttamente."

Zeke si accorse del momento preciso in cui Doug decise di cambiare tattica. Lo vide girarsi per dargli la schiena. "Che bello rivederti, piccola."

"Taglia corto, Doug," gli rispose Elsie, "che cosa vuoi? Perché sei qui?"

"Mi sei mancata..." cominciò a dire l'ex marito.

Elsie alzò gli occhi al cielo. "Ti prego, non è vero e lo sappiamo entrambi. Quando me ne sono andata, per te è stato solo un sollievo."

"Il nostro rapporto è stato litigioso, per un po'," ammise Doug, "ma ultimamente ci ho ripensato e mi dispiace non essere rimasto nella tua vita. O nella vita di nostro figlio. Voglio correggere quanto è successo."

"Far parte della mia vita è assolutamente fuori discussione," gli disse Elsie con decisione.

Zeke si accorse che la pazienza di Elsie era al lumicino. Era pronto a intervenire, in caso di bisogno, ma fino a quel momento Els se la stava cavando più che bene.

"Adesso vai al punto, per favore."

"Ecco... va bene. Mi dispiace di come sono finite le cose tra noi. Tu sei sempre stata la cosa migliore della mia vita, solo che non me ne sono accorto. Dopo che sei andata via, il lavoro è stato molto difficile e ha un po' consumato la mia vita. Adesso però è tutto più stabile, sono arrivato al punto in cui mi sento pronto a essere un padre migliore."

"Un padre migliore? Doug, tu non sei *mai* stato un padre per Tony."

La faccia di Doug era paonazza, i pugni serrati. Elsie non aveva mai detto che l'ex marito fosse un violento, ma Zeke non era disposto a correre alcun rischio: gli girò attorno e si appoggiò alla scrivania, di fianco a Elsie. Se Doug avesse fatto una mossa sbagliata verso di lei, Zeke avrebbe fatto in modo che se ne pentisse.

Quasi capendo le intenzioni di Zeke, Doug fece un respiro profondo e fece un passo indietro. "Ci ho *provato*," brontolò, "ma quando tornavo a casa ero sempre stanco e lui piangeva troppo. Era sempre... appiccicoso. Non ero pronto emotivamente a fare il padre."

"E adesso sei pronto?"

"Sì."

"Per quanto tempo? Una settimana? Due? Tony si merita molto di più di un padre presente per una settimana o poco più ogni cinque anni. Se vuoi che ti lasci entrare nella sua vita, dovrai rimanerci a lungo," disse Elsie con tono duro.

Zeke sapeva che quelle parole le costavano molto. L'ultima cosa che Elsie voleva era dover avere di nuovo a che fare con Doug, anche solo da lontano. Però Doug era il padre di Tony e lei non voleva impedirgli di vedere il figlio, se davvero aveva deciso di cambiare.

"Ci sarò," rispose Doug.

"Perché proprio adesso?" gli chiese Elsie tranquillamente.

"Ha dieci anni, ha bisogno di un uomo nella sua vita," rispose Doug.

Zeke si trattenne per evitare di sbuffare.

"Merda, Doug... non ti ricordi nemmeno quanti anni ha tuo figlio! Non ha dieci anni, ne ha solo nove! Poi c'è *già* un uomo nella sua vita. Più di uno."

"Ti sei data da fare, eh?" le chiese Doug ghignando.

Elsie ansimò e Zeke si tirò su dalla posizione rilassata in cui era rimasto fino a quel momento, sulla scrivania, ma Elsie lo fermò mettendogli una mano sul braccio e impedendogli così di prendere a pugni l'ex marito.

"Certo, è ovvio quello che puoi pensare del mio commento," gli disse Elsie scuotendo la testa. "Non che siano affari tuoi, ma non ho mai frequentato nessuno prima di Zeke. Però non ho vissuto sotto una campana di vetro, Doug. Fallport è un paese fantastico, ci vivono tantissime persone meravigliose. Anche tanti uomini. Uomini che si sono offerti di insegnare a Tony le cose che un *padre* avrebbe dovuto insegnargli. Ma anche *se* io avessi frequentato più uomini negli ultimi cinque anni, non sarebbero affari tuoi. Vogliamo parlare di quante donne hai frequentato tu da quando me ne sono andata? O anche mentre stavamo insieme?"

Chiaramente a Doug non conveniva proseguire su quella strada. "Hai ragione, scusami."

I due rimasero in silenzio. Non era un silenzio piacevole. Finalmente fu Elsie a riprendere: "Stamattina sono andata dall'avvocato, giusto per controllare che il divorzio consensuale non presentasse crepe, come anche l'affidamento di Tony a me."

"Una volta stavamo bene, possiamo tornare..." riprese Doug.

Elsie però si rifiutò di farlo continuare. "No."

"Ma..."

"No, Doug. Non solo no, ma *col cavolo*. Tra noi è finita. Più che finita."

"Anche se fosse," proseguì Doug, senza cedere, "Tony non si merita di vivere così."

"Così come?" gli chiese Elsie con tono secco, squadrandolo.

Doug scrollò le spalle. "Tu fai la cameriera, Elsie, io posso dargli molto di più di te."

"Non voglio i tuoi soldi," ribatté lei, "non li ho mai voluti. Quel che volevo era il tuo tempo e il tuo amore, ma non sei mai stato capace di dare a me *o* a Tony nessuno dei due."

"Voglio solo fare la cosa giusta per mio figlio," ribadì Doug.

Zeke capì che quelle parole non erano del tutto sincere.

Elsie fece spallucce. "Sono contenta, perché anch'io voglio solo fare la cosa giusta per mio figlio," gli disse.

Doug sospirò. "Voglio vedere Tony, voglio passare del tempo con lui."

"Perché?"

"Perché? Perché è *mio figlio!*"

"È stato tuo figlio per tutti questi anni e tu non hai mai voluto vederlo, nemmeno prima che me ne andassi," ribatté Elsie.

"Beh, adesso voglio."

A quel punto fu Elsie a sospirare. "Non ho nulla in contrario... ma sarà alle sue condizioni, non alle tue."

"Cosa intendi dire?" le chiese Doug, che sembrava davvero perplesso. "È un ragazzino, dovrebbe fare ciò che gli si dice."

"*È* un ragazzino, ma ha nove anni. Sa quello che vuole e quello che non vuole. Io non l'ho mai costretto a fare nulla e non ho intenzione di cominciare adesso. Puoi vederlo se Tony è d'accordo."

"Hai detto che non mi avresti impedito di vederlo," insisté Doug, che chiaramente era sempre più frustrato e arrabbiato.

"Infatti non te lo impedirò. Anzi, gli fa piacere di conoscerti. Però se fai *qualcosa* che lo spaventa, che lo ferisce, o che lo fa star male, la mia disponibilità sparisce in un istante."

"La tua disponibilità," ripeté Doug con un tono sarcastico, "ma fammi il piacere."

"Sono io a dare le carte," chiarì Elsie, "tu sei solo un padre sulla carta, non ti sei mai interessato di sentire tuo figlio in cinque anni."

Zeke poteva quasi vedere il vapore sotto pressione che usciva dalle orecchie di Doug. "Sei cambiata," disse Doug a Elsie dopo un momento... era chiaro che non intendesse in senso positivo.

Elsie annuì. "Se intendi dire che non sono più disposta a mandar giù le tue cavolate, sì, hai ragione. Mi hai sempre trattata di merda, Doug, sempre pronto a sminuirmi, a dirmi che madre terribile ero, che moglie terribile, dandomi della stupida. Ci ho messo parecchio a capire che era solo il tuo modo per controllarmi, ma adesso che l'ho capito, non tornerò mai a essere quella persona."

"Ti ho dato tutto," ribatté Doug in fermento, "non eri *nessuno* prima di incontrarmi."

"Sbagliato. Ero *me stessa*: una persona con sentimenti, speranze e sogni, e tu hai fatto di tutto per distruggermi."

"Sì, lo vedo quanto sei stata brava a realizzare i tuoi sogni," rispose Doug, che ormai stava chiaramente per perdere la calma. "Fai la cameriera in un localaccio in mezzo al nulla. Hai vissuto in un *motel*, Elsie, se decidessi di chiedere l'affidamento, lo otterrei in un batter d'occhio."

Zeke non ne poté più di ascoltare quelle stronzate.

Evidentemente, anche Elsie si era stufata: fece un passo verso Doug e gli puntò un dito in faccia. "Vediamo se hai il coraggio," gli disse, chiudendo con una risatina tutt'altro che divertita. "Dico davvero. Prima di tutto, Tony non è un neonato e può dire tranquillamente a qualunque giudice che non vuole andarsene da Fallport. Qui ci sono i suoi amici, la scuola che gli piace. Poi, anche se ho vissuto in un motel, Tony non ha mai saltato un pasto e ha sempre avuto un tetto sulla testa. Sì, è vero, faccio la cameriera e sono anche molto brava. Mi piace il mio lavoro e non ti consento di sminuire me, o quel che faccio per prendermi cura di mio figlio. Inoltre, non esiste alcun tribunale in tutto lo stato che ti concederebbe l'affidamento, sapendo che non hai contribuito nemmeno con un centesimo alla crescita di Tony negli anni, a *prescindere* da quel che dice il nostro divorzio.

"Se sei venuto per tentare di portarmelo via, hai fallito in partenza e puoi anche tornartene a Washington. Se sei qui perché davvero vuoi imbastire un certo rapporto con tuo figlio prima che sia troppo tardi, allora va bene, ti sosterrò. Ma ricordati bene quello che ti dico, Doug: nel momento stesso in cui dovessi rendermi conto che hai altre finalità, sei fuori. *Fuori*."

"Non mi piace questa nuova Elsie," ribatté Doug.

Elsie rise di nuovo. "Non m'importa."

"Quando posso vedere Tony?" le chiese Doug. "Voglio vederlo oggi."

Elsie annuì.

"A che ora esce di scuola?"

"Possiamo trovarci al Caboose Park verso le quattro e mezza," gli disse Elsie.

"Non voglio che ci ronzi attorno, mentre ci conosciamo," le disse Doug.

"Beh, peccato, perché non ho alcuna intenzione di lasciarti da solo con lui prima che anche *lui* se la senta."

Doug ed Elsie si fissarono a vicenda per un lungo momento, poi alla fine lui annuì. "D'accordo."

"D'accordo. Ti servono indicazioni per trovare il parco?" gli chiese Elsie.

Doug sbuffò. "Come se questo paesino sperduto nel nulla fosse tanto grande da avere bisogno di indicazioni per non perdersi. Lo troverò." Poi si girò e andò alla porta senza dire altro. Uscì e la chiuse sbattendola, come se quello fosse il suo modo di avere l'ultima parola.

Nel momento stesso in cui la porta si chiuse, Elsie rilassò ogni muscolo.

Zeke la prese tra le braccia e la tenne stretta. Elsie tremava. "Tranquilla, Els, sei stata incredibile."

"Non mi piace questa situazione."

"Lo so, ma hai detto tutte le cose giuste. Adesso sa di avere una montagna da recuperare col figlio, sa che non accetterai più i suoi giochetti, che non gli consentirai più di trattarti male. Hai giocato bene le tue carte e lui lo sa benissimo." Zeke le fece alzare il mento e le sorrise. "Sei stata fantastica," le disse sottovoce.

Elsie ricambiò il sorriso. "Devo ammettere che mi sono sentita bene, ma vuoi sapere la verità?"

"Certo, qual è?" le chiese Zeke non sentendola proseguire.

"Non sono sicura che sarei riuscita a dire ciò che ho detto, senza la tua presenza."

"Sì, ci saresti riuscita," ribatté lui.

Elsie scosse la testa. "No. Sapevo che non avrebbe mai detto o fatto nulla che ti facesse incazzare. È sempre stato così. In presenza di altre persone è sempre stato gentile ed educato, ma in privato pensa di poter dire quel che vuole. Grazie."

"Non devi mai ringraziarmi per essere stato al tuo fianco. Mi dispiace solo averti lasciata da sola con lui, ieri."

Elsie scosse la testa. "No, dai, è passata. Non ci pensiamo più. Adesso basta sentirti responsabile."

Zeke sapeva che non avrebbe mai cessato di sentirsi responsabile, ma per fare felice Elsie almeno ci avrebbe provato.

"Grazie per avermi lasciato un paio d'ore libere nel pomeriggio, così almeno posso controllare che con Tony vada tutto bene," gli disse Elsie.

"Ci mancherebbe, ma lo sai che non ti lascerò andare da sola, vero?"

Elsie si accigliò. "*Lasciarmi?*"

"Scusa, mi sono espresso male. Non mi fido di lui. L'hai detto anche tu, se rimane da solo con te poi fa il bastardo. Non consentirò che ti getti addosso dell'altro fango. Non se posso evitarlo."

"Ma il tuo locale..." cominciò a dirgli Elsie, che però si interruppe.

"Cos'ha il mio locale?"

"Se esci prima, dovrai pagare Hank, Lance o Reuben per gli straordinari."

"E allora?" le domandò Zeke.

"Non so per quanto tempo Doug rimarrà in zona. Ti costerà una fortuna, alla lunga."

Zeke mise le mani intorno al viso di Elsie. "Tu e Tony siete molto più importanti dei soldi, di questo locale. Non mi interessa se rimango sul lastrico, rimarrò al tuo fianco finché ne avrai bisogno."

"Zeke," sussurrò Elsie.

"Non ti commuovere solo perché sono il tipo di uomo che ti meriti da sempre," le disse.

"Allora smettila di essere così carino!" ribatté lei.

"Mai." Zeke abbassò la testa e la baciò, prima lentamente, senza esagerare, ma ben presto perse il controllo. Era passato troppo tempo da quando l'aveva avuta e sentì l'uccello pulsare nei pantaloni. Zeke si convinse che non si sarebbe mai stancato di Elsie. Quando era con lei, lo infiammava come benzina sul fuoco.

Dopo un respiro tremante, Zeke si tirò indietro. Quando la vide leccarsi le labbra, dovette sforzarsi al massimo per non farla sdraiare sulla scrivania e prenderla sul posto, in quel momento.

"Ti amo," gli sussurrò Elsie.

"Anch'io ti amo. Pensi che se ne sia andato?" le chiese Zeke.

Elsie fece una risatina. "Immagino di sì. L'On the Rocks non è il tipo di locale che preferisce."

"Bene. Devo uscire per parlare con Talon. Devo aggiornarlo alla svelta sulle intenzioni del tuo ex."

"*Quali* sono le sue intenzioni?" gli chiese Elsie scuotendo appena la testa.

"Non lo so, ma ho la sensazione che non ci sia sotto niente di buono."

"Anch'io ho la stessa sensazione. Finirà per far del male a Tony," disse Elsie sottovoce.

"Tony non è uno stupido," ribatté Zeke, "certo, è entusiasta di vedere il padre, vuole conoscerlo, ma non accetterà le sue cavolate. Sai come faccio a saperlo?"

"Come fai?"

"Perché sua madre è fortissima e gli ha insegnato cos'è l'amore incondizionato. Poi ci sono io, c'è Ethan, ci sono Rocky e Tal, gli altri della squadra. Accidenti, tutta la cittadinanza di Fallport gli starà vicino, se necessario, per quel che vale."

"Spero che tu abbia ragione," gli disse Elsie.

"Ho ragione. Adesso... tornando al parco, se Doug vuole, possiamo anche lasciarglielo portare a cena all'Occhio di Bue. Possono parlare a un tavolo mentre noi mangiamo in quello vicino. Poi tutti insieme (cioè io, te e Tony) possiamo andare a casa mia e preparare un fortino coi cuscini in salotto per guardarci un film e mangiare popcorn. Tanto per iniziare bene il fine settimana. Che ne dici?"

Gli occhi di Elsie si riempirono ancora di lacrime. "Hai ricominciato a essere troppo carino," si lamentò sbattendo le palpebre con forza per impedire alle lacrime di uscire dagli occhi.

"Vedrai che ti ci abitui," le disse Zeke, "sei sempre dell'idea di fermarti da me?"

"Certo."

"Potete rimanere per tre notti? Posso portarlo a scuola lunedì mattina. So che la coda davanti a scuola ti dà alla testa."

"Dà alla testa anche a te," ribatté lei.

"Sì, ma sono disposto a tutto, pur di tenerti tra le mie braccia per tre notti di fila e passare del tempo con Tony."

"Sarebbe bello, però prima di dire di sì voglio chiedere a Tony se è d'accordo."

Il rispetto che Elsie aveva nei confronti del figlio era un altro motivo per cui Zeke era innamorato pazzamente di Elsie. "Va bene."

"Zeke?"

"Che c'è, tesoro?"

"Dimmi che andrà tutto bene, che Doug non manderà sottosopra la mia vita, la vita di Tony."

"Non lo farà. Ormai non sei più da sola, Els. Se cerca di mettere a segno qualche colpo basso si ritroverà subito nella merda."

"Va bene."

"Ottimo."

Si spostarono nella sala principale e Zeke fu contento di notare che Elsie era tornata velocemente a occuparsi dei clienti. La tenne d'occhio per un po', finché fu sicuro che stesse davvero bene. Era una donna forte, senza dubbio. Non aveva accettato alcun attacco da parte dell'ex marito, motivo in più per essere orgoglioso di lei. Ma Zeke non riusciva a scrollarsi di dosso la sensazione che quell'uomo avesse delle mire; quali fossero, Zeke non lo sapeva, ma avrebbe tenuto occhi e orecchie aperti per impedirgli di ferire la donna e il ragazzo che amava.

CAPITOLO DICIANNOVE

La settimana successiva passò estremamente bene, almeno per Elsie e Zeke. Ogni giorno, lei si sentiva sempre più innamorata di lui; per contro, Elsie non abbassava certo la guardia con l'ex marito solo perché il rapporto con Zeke andava bene. Elsie era ogni giorno sempre più convinta che l'ex marito stesse tramando qualcosa. Non si era *mai* preso tanto tempo lontano dal lavoro, che lei sapesse. Se l'aveva fatto, doveva esserci qualche motivo straordinario e l'istinto di Elsie la metteva in allarme totale.

Elsie e Tony avevano passato il fine settimana a casa di Zeke e lei non ricordava di aver mai sentito il figlio ridere tanto. Zeke gli prestava attenzione, ma senza viziarlo. L'anno scolastico era terminato il martedì e Zeke aveva tenuto Tony impegnato con un elenco di faccende che il ragazzino poteva svolgere ogni mattina, prima di passare del tempo col padre. Per fortuna, Tony sembrava sempre molto entusiasta di ogni incarico, specialmente se Zeke lavorava al suo fianco. Tony sembrava fiorire, quando aveva l'attenzione di Zeke.

Nel frattempo, Doug faceva di tutto per conquistarsi l'affetto di Tony sotto ogni aspetto. Si era veramente fatto in quattro. Aveva passato ogni giorno del tempo col figlio... ma gli aveva anche portato già troppa roba. Una bicicletta, una Xbox, altri giocattoli, libri, quintali di vestiti. Elsie gli aveva chiesto di smetterla, insistendo che a Tony non servivano tanto gli oggetti materiali, ma naturalmente l'ex marito non l'aveva ascoltata.

Doug aveva dato il meglio di sé col figlio, ovviamente. Ogni tanto infilava qualche frecciata nei confronti di Elsie, ma era riuscito sorprendentemente a limitarsi.

Ogni sera, Elsie si sedeva con Tony sul letto della cameretta e parlava con lui della giornata, anche delle reazioni agli incontri con Doug. Era chiaro che il rapporto tra padre e figlio aveva fatto enormi passi avanti. I regali avevano senz'altro contribuito, il che aveva ingelosito Elsie, che odiava non poter dare al figlio le cose che gli aveva portato il padre. Però lei aveva fatto del suo meglio per tenersi dentro quelle sensazioni. Tony era contento, null'altro importava.

Era sera, erano tornati all'appartamento. Per quanto Elsie volesse passare ogni notte nel letto insieme a Zeke, non voleva confondere Tony. Peraltro sapeva che, ogni volta che andavano a casa di Zeke, diventava sempre più difficile poi allontanarsene. Tony aveva una cameretta tutta sua a casa di Zeke, che l'aveva aiutato a tinteggiarla due sere prima. Cominciava a diventare più familiare la casa di Zeke, rispetto all'appartamento, tanto che Elsie si sentiva in colpa. Non era passato molto tempo, da quando avevano lasciato il motel; il trasloco nell'appartamento era stata la realizzazione di un sogno.

"Mamma?" Tony la chiamò mentre stava seduto sul letto insieme a lei.

"Sì?"

"Stasera il papà mi ha chiesto qualcosa e volevo parlarne con te."

Elsie si mise subito sul chi va là, ma riuscì comunque ad annuire. "Dimmi tutto."

"Adesso che la scuola è finita, vuole che vada a casa sua per due settimane, a Washington, DC. Ha detto che può portarmi a vedere tutti i monumenti e che potremmo fare visita alla Casa Bianca, è dove vive il presidente. Forse potremmo salire fino al monumento a Washington."

All'improvviso, Elsie fece fatica a respirare. Stava concedendo a Doug più tempo da solo con Tony, ma non era sicura di dare il permesso all'ex marito di portare il figlio lontano, fino a Washington.

"Ha detto che avrei una camera tutta per me e che vicino a casa sua c'è un ragazzino della mia età," proseguì Tony.

Elsie abbassò gli occhi verso il figlio. Aveva i capelli castani arruffati, era ora di andare dal barbiere. Si era appena fatto un bagno e i capelli non erano ancora asciutti. La guardava con enormi occhi color nocciola. "Tu ci andresti, vero?" gli chiese.

Tony scrollò le spalle e abbassò lo sguardo sul libro che aveva in grembo, era il libro che leggeva da qualche giorno, dopo che Elsie gli dava la buona notte.

"Guardami, Tony," gli disse Elsie.

Tony alzò la testa e la guardò di nuovo negli occhi.

"Dimmi la verità. Doug ti ha detto qualcosa che ti ha dato fastidio, qualunque cosa?"

Tony scosse la testa, ma lei era stata a stretto contatto col figlio per nove anni e capì che le stava mentendo. "Tony," lo richiamò con un tono più serio.

Tony sospirò. "A volte dice delle cattiverie su di te, però io non lo ascolto. Non ti conosce. Come mai tu non dici mai delle cattiverie su di *lui*?" le chiese.

Elsie gli scostò dalla fronte una ciocca di capelli. "Non è un segreto che con tuo padre non vado d'accordo, una volta sì, l'ho amato e penso che anche lui mi abbia amato. Ma poi ci siamo allontanati. Rispetto il fatto che sia tuo padre, ma voglio che sia tu a decidere il rapporto con lui, senza che ti lasci influenzare dalle cose che dico io. Non sarebbe giusto nei tuoi confronti, o nei suoi."

Tony annuì. Poi le chiese: "Come mai il papà non ti ha mai dato i soldi per non vivere al motel e prendere un appartamento?"

Elsie avrebbe voluto lasciarsi sfuggire un gemito. L'innocente verità. "Non lo so, ma torniamo a parlare del viaggio a Washington. La mia unica preoccupazione sei *tu*. Ti sentiresti abbastanza tranquillo ad andare con tuo padre per due settimane?"

"Penso di sì."

"Devi essere sicuro, perché se vai, poi sarebbe... complicato, se cambiassi idea," lo avvertì Elsie.

"Se mi fa schifo, posso tornare?" le chiese Tony.

Elsie abbracciò il figlio. "Non ti costringerei mai a rimanere in un posto in cui non ti trovi bene o non sei felice. Ti ricordi quando eri in seconda e sei andato a dormire da un tuo amico e mi hai fatto telefonare in piena notte?" gli chiese.

Tony annuì. "Sei venuta a prendermi, anche se era piena notte, era davvero tardissimo."

"Esatto. La stessa cosa vale adesso. Anche se non sei proprio nella stessa città, se succede qualcosa e vuoi tornare a casa, devi solo telefonarmi e io vengo a prenderti."

"È gentile, quasi sempre," disse tranquillamente Tony, "mi porta dei regali."

Elsie annuì. Le dava molto fastidio che il trucco dei regali avesse funzionato, ma del resto Tony aveva solo nove anni, non c'era da sorprendersi.

"Penso di volerci andare," concluse Tony.

"Allora vedremo come fare." Elsie sentiva il voltastomaco, ma si rifiutò di essere una madre opprimente che impauriva il figlio per evitare di fargli sperimentare la vita. In fin dei conti, Doug *era* il padre di Tony. Anche se si comportava da stronzo con lei, nell'ultima settimana sembrava essersi goduto il tempo passato con Tony e la sua compagnia. Non c'era da sorprendersi: Tony era un bravo bambino. Stava simpatico a tutti quelli che incontrava.

"Grazie, mamma," le disse Tony abbracciandola. "Non voglio stare con lui per sempre, è solo una visita."

"Meno male! Avrei bisogno di starti vicino qualche anno in più," gli disse Elsie scherzando. "Se no chi mi porta fuori la spazzatura, chi mi sistema i piatti?" Aveva il tono di voce un po' incerto, ma le sembrò che Tony non lo notasse.

Elsie doveva parlare con Doug, fagli capire che la gita era solo per un periodo limitato.

Mentre Tony cominciava a leggere a voce alta, Elsie cominciò a pensare. La sua mente non poteva che andare all'ultimo fine settimana passato con Zeke: era stato meraviglioso. Avevano fatto l'amore con tenerezza, dolcemente, ma le aveva anche dimostrato cos'era sempre mancato nel matrimonio con Doug: la passione.

Zeke la eccitava anche solo con uno sguardo, con un tocco innocente, più di quanto potesse immaginarsi. Stare a letto con lui, vicino a lui, tra le sue braccia, era una delle soddisfazioni più grandi di una vita. Zeke l'amava con generosità, la faceva sempre venire prima almeno una volta, prima ancora di pensare al proprio piacere. All'inizio lei era nervosa nel fare l'amore mentre Tony era in casa, ma le giornate di Tony erano lunghe: passava del tempo col padre prima, poi con Zeke, così finiva per addormentarsi profondamente ogni sera.

Tutto sommato, la vita di Elsie stava procedendo per il verso giusto... a parte i dubbi riguardanti l'ex marito. Tony era entusiasta di quel viaggio, però, quindi Elsie si sarebbe tenuta per sé ogni dubbio e avrebbe fatto ciò che era necessario per far sentire il figlio al sicuro il più possibile.

Il primo passo era comprargli un telefono. Elsie non avrebbe voluto che il figlio possedesse un cellulare già a nove anni, ma era almeno da un anno che Tony la pregava di averne uno. I suoi amichetti a scuola ce l'avevano quasi tutti. Il viaggio a Washington sembrava l'occasione perfetta per cominciare ad assumersi quella responsabilità... anche per fare in modo che potesse telefonarle ogni sera, per farle sapere come stava.

Quando Tony finì di leggere il capitolo, Elsie lo baciò sulla testa e gli diede la buona notte. Aspettò una mezz'ora che si addormentasse, poi telefonò a Zeke. Non voleva che Tony sentisse quella conversazione.

"Ciao tesoro," le disse Zeke rispondendo.

"Doug ha chiesto a Tony se vuole andare per due settimane da lui, a Washington DC," disse Elsie senza troppi preamboli.

"Cosa?"

"Gli ho detto che si può fare, se è quello che vuole, ma adesso mi sta venendo il nervoso, Zeke!"

"Respira, Els," le disse.

Elsie si accorse che stava andando in iperventilazione e si sforzò di respirare con lentezza.

"Quando?"

"Non lo so, devo prima parlarne con Doug, credo," gli disse.

"Dobbiamo prendere un telefono per Tony," disse Zeke.

Elsie non trattenne una risata per quel suggerimento.

"Che c'è? Come mai ti viene da ridere?" le chiese Zeke.

"Nulla, è solo che ho pensato anch'io la stessa cosa. Voglio che sia in grado di telefonarmi ogni volta che ne sente la necessità. Gli ho detto che se ce lo chiede andiamo a prenderlo in qualunque momento, senza alcun problema."

"Certamente," commentò Zeke.

"Tu che ne pensi?" gli chiese Elsie.

Il telefono rimase muto per un momento, Elsie sentì una stretta allo stomaco.

"In parte mi viene da dire che è una buona cosa. Mi stupisce che Doug sia rimasto qui così tanto, sembra davvero interessato a fare il padre, finalmente."

"In parte?" gli chiese Elsie.

"In parte mi verrebbe da chiudere a chiave Tony e col

cavolo che se lo porta fuori da Fallport."

Che meraviglia: quelle parole fecero sentire Elsie molto meglio. "Condivido," gli disse.

"Se intendi opporti, sai che sono al tuo fianco. Una settimana non è affatto un tempo sufficiente per recuperare i cinque anni in cui vi ha trascurati," spiegò Zeke.

"Lo so. Ma sai... Tony è entusiasta. Non è mai stato a Washington DC e ovviamente Doug gli ha promesso che lo porterà alla Casa Bianca, cavolo... potevo anche dire di no, ma se c'è una possibilità anche remota che questo viaggio possa instaurare un legame duraturo tra Tony e suo padre, sarei una madre orribile a impedirglielo."

"Saresti un essere umano," rispose Zeke con dolcezza.

Elsie chiuse gli occhi. Oddio, quanto amava quell'uomo! Aprì gli occhi e rimase con lo sguardo perso nel vuoto. "Non ho mai passato più di qualche notte lontana da Tony, da quando siamo arrivati a Fallport," ammise.

"Beh, io sono un po' più vecchio di lui e di sicuro non sono caruccio come tuo figlio, ma posso fare in modo che tu non ti senta sola, intanto che è via."

Elsie non trattenne il sorriso che le illuminò il viso. "Ah sì?"

"Eh sì."

"Grazie," gli disse Elsie dopo una pausa tranquilla.

"Sai, mi stupisci," le disse Zeke, "avresti tutti i motivi per tenere Tony lontano dal tuo ex marito, che non ti ha mai trattata bene, invece non ti sei lasciata abbattere, sei stata superiore e gli hai concesso di conoscere il figlio."

"Non sono ancora del tutto certa che sia la decisione giusta," gli disse Elsie. "Se poi questa gita si rivelasse un disastro?"

"Allora vorrà dire che Tony conoscerà in prima persona le vere tinte di Doug. Non sarebbe necessariamente un male."

"Se poi ci rimane male, se rimanesse ferito?" domandò Elsie.

"Se Doug dice o fa qualcosa di stupido, Tony potrà fare affidamento su di *noi* per aiutarlo a capire che non ne ha lui la colpa, ma che è Doug, che è fatto così. Tony starà bene, Els."

"Lo spero proprio."

La conversazione passò dall'ex marito di Elsie ad altre faccende quotidiane. Il lavoro, cosa serviva comprare in negozio, cose del genere. Quando Elsie sbadigliò per la quarta volta, Zeke le disse: "Ti senti meglio, adesso?"

"Sì. Parlare con te mi fa sempre star meglio," gli rispose.

"Bene. Vengo da te a colazione," le disse per informarla.

"Va bene," rispose subito Elsie.

"Meno male che non ti sei lamentata. Mi dà fastidio non essere con te in questo momento," le disse Zeke. "Voglio assicurarmi che stiate bene, sia tu che Tony."

C'era mai stato nessuno che l'aveva messa tanto su un piedistallo come Zeke? La risposta era un secco no. "Stiamo bene," gli disse.

"Domattina ne sarò più sicuro. Vuoi il solito, da Grinders?"

"Zeke, con tutti quei cappuccini finirai per spendere una fortuna! Ma lo sai quanti libri avrei potuto comprare, con tutti i cappuccini al caramello che mi porti?"

"Ti piacciono?"

"Lo sai che mi piacciono."

"Allora va bene. Se poi vuoi un libro, ti basta dirmelo. Posso prenderli con la mia tessera."

"Sono sicura che non vorrai prendere in prestito una sfilza di romanzi rosa, con la tua tessera della biblioteca," gli disse Elsie facendosi una risata.

"Ancora non ci credi, vero?" le chiese Zeke sospirando.

"Credo a cosa?"

"Non credi che farei i salti mortali per darti tutto ciò che vuoi, tutto ciò di cui hai bisogno. Io ti amo, voglio che tu sia felice. Se per questo devo spendere qualche dollaro per un cappuccino, allora è quello che farò. Se devo procurarti dei romanzi rosa e farmi inviare email con scene romantiche di promozione per i prossimi vent'anni, non è un problema, perché la tua felicità è più importante di qualunque catena di Sant'Antonio nella posta elettronica. Se preferisci, possiamo anche andare a Washington e passare in hotel le due settimane in cui Tony starà con Doug, così possiamo stargli vicino, basta che tu lo dica."

Elsie aveva un groppo alla gola e non riusciva a parlare.

"Els, me ne accorgo, quando mi capita qualcosa di bello; eppure ho quasi perso le due persone a me più care quando me ne sono andato senza *parlarti*, quando è arrivato Doug. Non succederà mai più. D'ora in poi siamo sulla stessa barca, fine della storia. Punto. Niente giochetti, dritti dritti sempre insieme."

"Va bene ho capito, la devi finire di essere così brillante," riuscì a dire Elsie.

"Va bene, la finirò. Per ora. Tony è il ragazzino più fortunato al mondo perché ha te come mamma," le disse Zeke.

"Allora non la finisci," insisté Elsie con una mezza risata e un mezzo singhiozzo.

"Ecco, adesso sì, chiuso il discorso. Ci vediamo domattina."

"Ti amo, Zeke."

"Anch'io, ti amo tanto che mi fa male, Els. Buona notte."

"Buona notte."

Quando Elsie chiuse la telefonata, si sentì molto meglio. Le faceva bene sapere che nemmeno Zeke era convintissimo delle motivazioni di Doug, che non era solo una sua fisima, non era una madre paranoica o iperprotettiva.

Non voleva che Tony fosse ferito, ma voleva anche metterlo nelle condizioni di decidere per sé.

Elsie si addormentò con le parole di Zeke che le rimbalzavano in mente, più determinata che mai a fare tutto ciò che poteva per preparare al meglio Tony al viaggio col padre e a qualunque cosa potesse mettergli davanti Doug.

CAPITOLO VENTI

Il mattino dopo, Elsie fu sorpresa perché Zeke non si presentò alle prime luci dell'alba. Avrebbe dovuto capire che c'era qualcosa sotto, infatti quando finalmente Zeke arrivò, aveva con sé dei regali. Chissà come, prima di arrivare era riuscito a procurarsi un telefono cellulare per Tony, nonostante i negozi fossero quasi tutti chiusi.

"Zeke, è troppo," protestò Elsie.

"Ti sei dimenticata cosa ti dicevo ieri sera?" le chiese.

"No, ma per la prima volta in vita mia, posso davvero permettermi un regalo per Tony."

Senza esitare, Zeke glielo mise in mano. "So che puoi permettertelo, ma volevo fare qualcosa per lui *e* per te. Per favore, accettalo."

Come poteva chiedergli di riprenderlo, quando era esattamente la stessa tipologia di cellulare che anche lei avrebbe comprato per il figlio? Niente di esagerato, un modello semplice con traffico prepagato ricaricabile. Niente connessione a internet, solo telefonate e SMS. Un modello perfetto per cominciare. Era solo una questione di tempo, prima che Tony iniziasse a chiedere un modello più moderno, ma lei sapeva che il figlio per il momento sarebbe stato felicissimo di ricevere un modello *qualunque*.

Elsie aveva sentito l'entusiasmo di Zeke dal tono di voce. Doug aveva ricoperto il figlio di doni e non c'era da sorprendersi se anche Zeke non voleva essere da meno.

Passò di nuovo la scatola a Zeke. "No, daglielo tu."

"Sei sicura?" le chiese Zeke.

"Sì."

Zeke si lanciò su di lei per baciarla con grande passione. "Ti amo," le disse con decisione.

"Anch'io ti amo. Dai, se vuole arrivare a casa del suo amico in orario, deve finire di mangiare e avere il tempo di studiare come funziona il telefonino."

"Vedrai che sarà in orario," le disse Zeke facendo spallucce. Poi, con lo stesso entusiasmo che aveva Tony il mattino di Natale, entrò nell'appartamento per andare a salutare il ragazzino.

Alla fine, Tony *era* in ritardo, ma era talmente impegnato con Zeke a impostare il cellulare e ad apprezzarlo, che Elsie non se la sentì di interromperli.

Quando Zeke tornò, dopo aver portato Tony a casa di un amico, con cui avrebbe passato la mattinata, Elsie riconobbe subito l'espressione nei suoi occhi.

Zeke chiuse a chiave la porta dell'appartamento e si avviò a grandi falcate verso di lei.

Elsie sorrise e gli andò incontro a metà strada. Quando le loro labbra si unirono, Zeke la prese in braccio senza esitazione. Lei lo avvolse con le gambe e approfondì il bacio, mentre lui la portava in camera da letto.

Come se si fossero messi d'accordo prima, nell'attimo stesso in cui Elsie toccò terra coi piedi, cominciarono entrambi a spogliarsi. I vestiti volarono via e nel giro di pochi secondi si ritrovarono sul letto. Elsie si aggrappò ai capelli di Zeke mentre lui abbassava la testa sui suoi seni.

Quando lui cominciò a scivolare più in giù, Elsie lo tirò

più vicino, gli spinse una spalla e lui si lasciò guidare, mettendosi supino. Elsie si mise a cavalcioni su di lui e gli afferrò il pene, cominciando a masturbarlo.

Zeke gemette e cominciò a spingerle in mano. In pochi secondi, gli venne duro come una roccia. Allungò una mano verso il comodino, poi le fece scostare le mani e se lo infilò. Infine le mise le mani intorno ai fianchi e la tirò su fino a mettersela sopra.

"Scopami, Els," la invitò.

"Agli ordini," gli sussurrò mentre si stava già muovendo. Appena sentì la punta dell'uccello tra le pieghe bagnate in mezzo alle gambe, Elsie affondò su di lui con un solo movimento fluido.

Gemettero entrambi mentre lui la penetrò fino in fondo.

"Muoviti," la pregò.

Non dovette chiederglielo due volte. Elsie non l'aveva fatto spesso in quella posizione, ma con l'aiuto di Zeke si ritrovò ben presto a cavalcarlo con una foga sfrenata. La sensazione che le provocava sentirlo dentro così in profondità, ogni volta che si abbassava su di lui, era mozzafiato. Le piaceva molto anche il contatto e lo stimolo che le dava ogni volta che glielo tirava fuori.

Era ovvio che Zeke si stesse godendo il panorama. Aveva le pupille dilatate e con lo sguardo seguiva prima il movimento dei seni di Elsie, che rimbalzavano su e giù, poi il movimento nel punto in cui i loro corpi erano uniti.

Poi Zeke mosse una mano e gliela portò sul clitoride, cominciando a strofinarlo con forza con il pollice.

Elsie contrasse i muscoli.

"Continua a muoverti," le disse.

"Non ce la faccio!" gli rispose ansimando. Elsie smise di muoversi su e giù e invece cominciò a oscillare avanti e indietro. La sensazione del pollice di Zeke che le strofinava il fascio di nervi, già estremamente sensibile, era troppo forte. Stava scaricando su di lui tutto il peso, mentre lui la penetrava in profondità; Elsie allora si lasciò andare all'indietro per lasciargli più spazio per manovrare. Si aggrappò alle sue cosce dietro di sé e lanciò un urlo profondo e prolungato.

"Accidenti quanto sei affascinante," le disse Zeke, "che bello sentire che mi stringi l'uccello."

"Meno parole, più fatti," gli rispose Elsie ansimando.

Per fortuna, Zeke era proprio dell'umore giusto per eseguire.

Elsie lo sentiva dentro mentre veniva, si sentiva piena, quasi troppo, era indescrivibile. Le piaceva quando lui la leccava fino a farla venire, ma anche in quella posizione il piacere era sconvolgente.

Nell'attimo in cui Elsie cominciò a riprendersi da uno degli orgasmi più potenti che avesse mai avuto, Zeke si mise seduto, la fece accomodare con la schiena sul letto e cominciò a scoparla con molta forza.

Elsie era senza fiato e non riusciva a credere che un altro orgasmo si stesse piano piano facendo strada in lei. Venne una seconda volta dopo che Zeke si spinse in lei con forza e si mantenne dentro, mentre veniva. Erano entrambi sudati ed esausti, quando lui si abbassò su di lei, appoggiandosi un attimo prima di accasciarsi, per evitare di pesarle addosso.

"Santo cielo, che donna," le disse dopo un momento, col fiato corto, "per poco non ci rimango."

"Potrei dire la stessa cosa," gli mormorò.

Zeke si tirò su un gomito e le passò un pollice sulle labbra. "Da impazzire," le disse tranquillamente.

"Eh sì."

"No, dico davvero, ogni volta che vuoi stare sopra di me, in futuro, sono favorevole al cento per cento. Guardarti mentre mi cavalchi, con l'uccello completamente affondato nel tuo corpo, sentire i tuoi muscoli che palpitano contro di me... accidenti che bello, è stato fantastico."

Elsie non poteva non sorridere. "Anche per me," gli ribatté.

Zeke fece un respiro profondo, poi continuò: "Devo andare a sistemare il preservativo, non muoverti."

"Penso che non ci riuscirei, anche se volessi," gli rispose lei d'istinto.

Il sorriso da macho sul volto di Zeke non le dava alcun fastidio: se l'era guadagnato.

Nell'attimo stesso in cui Zeke sparì in bagno, il telefono di Elsie squillò. Lei avrebbe voluto ignorarlo, ma ormai anche Tony aveva un telefono e le sarebbe stato impossibile ignorare le telefonate, in futuro. Quando prese il cellulare dal comodino, vedendo che era Doug a telefonare, le venne il broncio.

L'ultima persona con cui voleva parlare era proprio l'ex marito, ma Elsie sapeva per esperienza che non avrebbe mai smesso di tormentarla, se non gli avesse risposto.

"Che cosa vuoi, Doug?" gli chiese senza troppi preamboli.

"Beh, buongiorno anche a te. Qualcuna si è alzata col piede sbagliato, stamattina," le rispose.

La verità era l'opposto; se solo Doug avesse saputo che Elsie si stava ancora riprendendo da due orgasmi intensi, probabilmente sarebbe stramazzato al suolo. In quel momento tornò Zeke, che salì sul letto e si infilò sotto le lenzuola, tirandola tra le braccia. Se proprio Elsie doveva parlare con l'ex marito, almeno farlo tra le braccia dell'uomo che amava glielo rendeva meno indigesto.

"Davvero, cosa c'è?" gli domandò.

"Tony ti ha parlato?" le chiese Doug.

Elsie si irrigidì. "Di cosa?"

"Gli ho proposto di venire da me a Washington per un paio di settimane."

Elsie avrebbe preferito non affrontare l'argomento, né in quel momento, né mai. Però doveva fare il suo dovere di madre, una madre divorziata. "Sì."

"Allora?" le chiese Doug.

Elsie sospirò. "Gli ho detto che può venire, ma te lo giuro,

Doug, se fai qualcosa che lo fa star male, non potrai mai più passare del tempo con lui."

"Buon Dio, che mai posso dirgli? Voglio solo conoscerlo meglio senza che la sua mamma ci stia col fiato sul collo. Ormai è ora che cresca."

Elsie digrignò i denti. Zeke le passò una mano sul braccio, ma anche quel contatto non la fece star meglio.

"Quando?" le chiese Doug.

"Non sono sicura."

"Pensavo, non c'è periodo migliore di adesso," le disse Doug.

Elsie contrasse i muscoli. "Pensavo fosse meglio verso fine estate."

"Andiamo, Elsie, adesso non fare la difficile, è contento di vedermi tutti i giorni e io voglio che continui a esserlo. Peraltro, adesso è il momento migliore per tutto. A fine estate tutte le fiere saranno finite. Tra un mesetto ho un progetto importante e non avrò tutto il tempo che ho adesso."

Elsie stava a malapena mandando giù l'idea che Tony se ne andasse di casa per due settimane. Non si sarebbe *mai* aspettata che accadesse tanto presto. L'impazienza di Doug era anche molto sospetta e le accese un campanello d'allarme, un sospetto difficile da estrinsecare.

"Non lo so, Doug."

"Dai, Elsie, ho fatto tutto quello che mi hai chiesto, ho parlato col mio avvocato che si è messo in contatto col tuo, ti salderò tutto il mantenimento arretrato. Ce la sto mettendo *tutta*, vienimi incontro."

"Devo pensarci. Non voglio decidere così all'improvviso."

Doug sospirò esasperato. "Stai sempre a pensare troppo," si lamentò, "ma va beh, comunque dopo passo a prendere Tony, gli ho preso qualcosa."

"La devi smettere di comprargli delle cose," lo riprese Elsie, le sembrava di averglielo chiesto per la centesima volta.

"Ha solo bisogno di passare del tempo con te. Non c'è bisogno di lisciarselo con dei regali costosi."

"*Qualcuno* dovrà pur provvedere," commentò Doug.

Elsie sussultò. L'ex marito sembrava sapere sempre esattamente cosa dirle per farla stare male.

"Pensavo di passare il resto del pomeriggio con lui al mio hotel. Gli ho comprato un Nintendo Switch, ci può giocare intanto che è con me."

Elsie sospirò. "E per cena?"

"Gli prendo qualcosa al McDonald's."

Elsie avrebbe voluto lamentarsi *di nuovo*. Ogni volta che Tony mangiava con Doug, finivano sempre al fast food. Non era cibo sano, ma quando lei glielo faceva notare, l'ex marito la prendeva in giro.

"Portalo a casa per le sette."

"Le sette? Ma è troppo presto! È estate, dagli un po' di spazio. Lo porto a casa per le otto e vorrei sapere al più presto quando potrò portarlo con me a Washington, Elsie. Ci sentiamo."

Doug chiuse la chiamata prima ancora che Elsie potesse dire altro.

"Che bel modo di goderti la soddisfazione dell'orgasmo," le disse Zeke con un sospiro. "Dai, spara, cosa ti ha detto?"

Elsie raccontò tutto a Zeke senza esitare.

"Che stronzo," commentò Zeke, "mah... forse non è tanto male, se Tony parte in questo periodo. Via il dente, via il dolore. Prima parte e prima torna, così non devi preoccuparti per chissà quante settimane ad aspettare."

"Vero," ragionò Elsie, "è solo che continuo a chiedermi come mai insista tanto."

"Sì, pure io me lo chiedo."

Dopo un respiro profondo, Elsie annuì. "Va bene. Se Tony dice di voler andare, allora gli dirò di sì."

Zeke l'abbracciò forte.

"Perché mi sembra che mi si spezzi il cuore?" gli sussurrò.

"Perché Tony sta diventando grande ed è sempre difficile lasciare andare un figlio, fare in modo che spieghi le ali e diventi indipendente."

Elsie annuì. Forse Zeke aveva ragione. "Vuoi sapere cosa c'è di buono in questa gita, almeno?"

"Cosa?"

"Possiamo stare insieme tutto il tempo che vogliamo, senza doverci preoccupare di traumatizzare mio figlio."

Zeke si fece una risata e la strinse. "Verissimo. Allora starai da me?"

"Se vuoi puoi stare *tu* da me," ribatté lei.

Senza alcuna esitazione, lui fece spallucce: "A me va bene."

"Davvero? Ma io scherzavo, Zeke, casa tua è molto meglio del mio appartamento."

"A me basta che stiamo insieme, non mi interessa il dove," confermò Zeke.

Era una bella risposta. Elsie alzò una gamba e l'appoggiò sulla pancia di Zeke. "Adesso basta parlare del mio ex marito e della partenza del mio bimbo. Sto pensando di tentare di recuperare quel bell'orgasmo."

"Ah sì?" le chiese Zeke.

"Eh sì. Però prima voglio prendermi cura di te," gli disse.

"Tu ti prendi sempre cura di me," le disse Zeke con prontezza.

Elsie sorrise. "Penso di conoscere un modo per prendermi cura di te un pochino meglio." A quel punto, Elsie si spostò e scostò le lenzuola fino a portare la testa sull'inguine di Zeke.

Ancor prima che lei lo prendesse in mano, l'uccello cominciò a indurirsi.

"Dimmi se non lo faccio bene," sussurrò Elsie.

"Tesoro, è impossibile che tu faccia male qualcosa. Quasi scoppio al solo pensiero di mettertelo in bocca."

Con un sorriso, Elsie abbassò la testa, decisa a dimostrargli quanto l'amava e quanto lo apprezzava. Zeke l'aveva sostenuta più di chiunque altro. Sul lavoro, con Tony, con la situazione critica creata da Doug, anche solo standole al fianco quando era preoccupata o frustrata. Voleva restituirgli il favore, almeno in parte.

Quando ebbero entrambi raggiunto di nuovo l'orgasmo, Elsie si sentiva completamente spossata. Aveva portato Zeke al limite, ma lui non si era fatto spingere oltre, aveva insistito di penetrarla prima di venire; prima di fare l'amore con lei, però, l'aveva fatta venire con le dita e con la lingua, solo *allora* l'aveva scopata a lungo, con forza, fino in fondo.

Infine si erano sdraiati nel letto, con le lenzuola tirate da una parte, nudi come due pargoletti; Elsie non si era mai sentita tanto a suo agio, tanto rilassata.

"Pensi davvero che lasciarlo andare sia la decisione giusta da prendere?" gli sussurrò.

Zeke si girò subito verso di lei e le mise una mano sulla guancia. "Non lo so, ma hai ragione: se Doug dice sul serio di voler far parte della vita di Tony, dobbiamo dargli una possibilità Te l'ho detto, se fa una cazzata, è tutta colpa sua... e noi interverremo subito per far sì che Tony stia bene."

Elsie annuì. Zeke aveva ragione: lei poteva solo mettere Tony nelle condizioni di decidere da solo su suo padre... ricordandogli sempre quanto l'amava, facendogli sentire che la sua mamma era sempre al suo fianco, a prescindere.

"Andiamo, è ora di farsi una doccia," le disse Zeke.

"Come mai, non vuoi andare a lavorare con l'odore del sesso e i capelli scompigliati?" gli chiese.

"I miei capelli non si scompigliano," concluse Zeke fingendosi imbronciato.

Elsie alzò lo sguardo sui suoi capelli e si mise a ridere: "Ehm... sì, va beh, come vuoi."

Zeke fece una smorfia. "Per rispondere alla tua domanda, no, meglio di no. Anche perché ti sentiresti in imbarazzo e non farei mai nulla per farti sentire a disagio."

Di nuovo, Elsie sentì il cuore gonfio di riconoscenza. "Sei troppo buono con me," gli disse sottovoce.

"Impossibile. Dai, diamoci una mossa. Sono anche disposto a farti andare per prima in doccia."

Elsie si fece una risata. La doccia dell'appartamento era tanto piccina che ci si poteva mettere solo una persona alla volta. Motivo in più per passare due settimane a casa di Zeke, mentre Tony era via. La doccia era più grande.

"Ti amo," gli disse mentre lui l'aiutava ad alzarsi, per poi avviarsi verso il bagno.

"Ti amo anch'io."

Se lo dissero con disinvoltura, come se fosse la milionesima volta. Elsie era felice di poterglielo dire con tanta nonchalance, anzi, sperava di sentirselo dire un *altro* milione di volte... con la stessa convinzione, nei giorni, mesi, anni a venire.

CAPITOLO VENTUNO

Tre giorni dopo, Elsie era in piedi nel parcheggio del suo palazzo e salutava Tony gesticolando alla macchina di Doug che stava partendo per Washington, DC... Elsie non stava *affatto* bene.

Era successo tutto troppo alla svelta. Quando alla fine aveva comunicato a Tony che poteva partire, Doug si era occupato di organizzare tutto. Zeke aveva prestato una valigia a Tony, che l'aveva riempita di vestiti e di alcuni dei giocattoli che suo padre gli aveva comprato.

Tony era contento di andare... almeno fino al momento in cui era dovuto entrare nella Mercedes lussuosa di Doug. A quel punto si era accorto che stava partendo veramente.

Doug era stato sorprendentemente paziente, mentre Elsie faceva del suo meglio per rassicurare il figlio. L'aveva abbracciato forte, ricordandogli che con il suo nuovo cellulare poteva sempre telefonarle, ogni volta che voleva. Allora Tony si era sentito un po' meglio.

Elsie stava ancora gesticolando quando Doug uscì dal parcheggio; sentì il braccio di Zeke intorno alla vita, la tirava a sé. L'automobile si offuscò quando gli occhi di Elsie si riempirono di lacrime, ma lei si sforzò di non perdere il sorriso, se non quando la Mercedes fu abbastanza lontana e Tony non avrebbe potuto vederla.

Allora si girò e affondò il viso nel petto di Zeke.

"Shhhh, va tutto bene," le disse per calmarla.

Elsie però non ci stava bene. Avrebbe voluto saltare in macchina e rincorrere Doug. Avrebbe voluto tirar fuori Tony dalla macchina e barricarsi con lui nell'appartamento. Che pensiero ridicolo... ma lei non riusciva a scrollarsi di dosso la sensazione di aver fatto un errore madornale.

"Ha accettato di firmare i documenti, vero?" le chiese Zeke.

Capendo ciò a cui si riferiva, Elsie annuì. "Sì, Nissi ha parlato stamattina con gli avvocati di Doug, deve solo controllare un paio di dettagli, poi sarà tutto terminato."

"Allora va bene," commentò Zeke.

Elsie gli annuì contro il petto. Doug aveva accettato di firmare i documenti che concedevano a *lei* l'affidamento esclusivo, era un'ottima notizia. Specialmente perché il nuovo accordo era molto più giusto nei confronti di Elsie, che avrebbe ricevuto un discreto importo per il mantenimento del figlio. Doug aveva accettato di pagare anche gli arretrati degli ultimi cinque anni. Il conto in banca di Elsie si sarebbe gonfiato con una bella cifretta, quasi stravolgente, rispetto a quel poco che ci aveva tenuto negli ultimi anni.

Elsie guardò Zeke negli occhi. "Però continuo a non capire. Come mai proprio adesso? Non si spiega."

"Non lo so."

Zeke si era impegnato molto a tenere per sé ogni commento sull'ex marito di Elsie, specialmente in presenza di Tony. Anche se Doug non gli andava a genio, seguiva l'esempio di Elsie e non ne parlava male. Motivo in più per amarlo.

"Andiamo, devi ancora fare colazione e se vuoi rimanere in piedi al lavoro sarà meglio che mangi qualcosa," le disse Zeke facendole strada verso le scale per salire all'appartamento.

Elsie non aveva fame, tutt'altro. Però sapeva che Zeke non si sarebbe dato pace se non vedendola mangiare. Si occupava sempre di lei e lei lo apprezzava tantissimo.

Elsie alzò lo sguardo e intravide un movimento alla finestra dell'appartamento sotto al suo. Era Rocky, che le fece un cenno con la mano appena lo vide. Rocky era il fratello di Ethan, erano gemelli e avevano vissuto nello stesso palazzo. Un altro amico che l'aiutava sempre.

Che sensazione strana, dopo tanti anni sempre da sola. Ovunque andasse, ormai aveva qualcuno sempre pronto a proteggerla o ad aiutarla. Presenze costanti che avrebbero potuto infastidire altre donne, che magari rischiavano di sentirsi non completamente libere, ma non Elsie. Lei ne era contenta, perché osservando lei osservavano e proteggevano anche Tony e ciò a lei non creava nessunissimo problema.

Mentre Zeke apriva l'appartamento, Elsie guardò l'orologio e sospirò. Erano passati esattamente quattro minuti da quando il figlio era partito e a lei sembravano già quattro ore. Sarebbero state due settimane strazianti. Avrebbe già voluto inviargli un messaggio, telefonargli per sentire la sua voce, ma era appena partito. Peraltro, il segnale di telefonia sulla I-480, l'unica via che portava alla superstrada, era scarsissimo. Lei lo sapeva meglio di chiunque altro. Quando era rimasta a piedi con una gomma a terra, mentre tornava da Roanoke, si era ritrovata in mezzo al nulla con Tony a tarda notte e non era riuscita a telefonare per chiedere aiuto. In quel frangente, era stata fortunatissima, perché Lilly passava di lì per caso e si era fermata ad aiutarla.

Ripensare all'amica la fece sorridere. Lilly l'aveva già invitata per cena con Zeke. Nelle due settimane a venire, Lilly aveva anche previsto di passare a pranzo all'On the Rocks, aveva organizzato una serata tra amiche per giocare a bowling e aveva persino prenotato un mattino intero al Taglio Perfetto, il parrucchiere, con tanto di manicure e pedicure. Era una donna molto attenta e sensibile, non c'era da sorprendersi se voleva tenere impegnata Elsie, per evitare che pensasse troppo a Tony.

Elsie riuscì a mangiare abbastanza per accontentare Zeke, ma quel poco che mangiò le rimase bloccato nello stomaco. Non sapeva proprio come affrontare le due settimane successiva senza impazzire. Negli ultimi cinque anni, era capitato più volte che sognasse di passare una serata da sola, senza dover rispondere a un milione di domande, senza dover rimanere tranquilla nella stanza di un motel, per evitare di svegliare il figlio.

Invece in quel momento, quelle due settimane senza il figlio le sembravano... strane. Sbagliate. Non le piacevano.

Zeke le si avvicinò da dietro in cucina. Elsie era in piedi davanti al lavandino e aveva lo sguardo perso nel vuoto. Lui l'avvolse con le braccia e le appoggiò il mento sulla spalla.

"Tony se la caverà," le sussurrò.

"Lo so," rispose Elsie, pur non sicura di crederci veramente.

"È un ragazzino sveglio, tanto che comincia a essere infastidito da tutti i regali che gli ha fatto suo padre. L'altra sera mi ha detto che i regali gli facevano piacere, ma che lui voleva solo uscire a fare una passeggiata con suo padre, o andare a pesca, oppure chiedergli come si stura un lavandino."

Elsie a quel punto non trattenne una risata. "L'ultima cosa che Doug può insegnare a Tony è come si stura un lavandino. Di sicuro chiamerà l'impresa delle pulizie o l'idraulico. Ogni volta che la sua macchina ha un problema, o la casa, lui non fa altro che telefonare a qualcuno e poi non ci pensa più."

"Non mi sorprende. Ma il mio punto è che questa gita servirà ad aprire gli occhi di Tony sulla vera natura del tuo ex marito. Penso che tuo figlio sarà più che contento di tornare a casa, alla fine di queste due settimane."

Elsie avrebbe dovuto starci male, perché sperava che Zeke avesse ragione. Non che avesse paura che Doug convincesse Tony a rimanere a Washington in pianta stabile, sperava solo

che non lo ubriacasse con lo stile di vita che poteva offrirgli...
e che lei di sicuro non poteva permettersi.

Elsie si girò tra le braccia di Zeke e lo strinse a sé. "Ultimamente è molto felice," gli disse, "passare il tempo con te e
con i tuoi amici è stato un sogno, per lui."

"Mi piace passare il tempo con lui, è sveglio e divertente,
ha un intuito fortissimo. Poi è gentile, il che alla sua età non
capita tanto spesso. Lo stai crescendo nel modo giusto, Els."

Niente faceva più piacere a Elsie che sentire qualcuno che
lodava Tony. "Grazie. Anche se non sono ancora convinta che
insegnargli a guidare sia stata un'idea brillante, magari quando
torna puoi insegnargli ad andare in bicicletta, sai che Doug
gliene ha regalata una? So che Tony sperava che fosse suo
papà a insegnargli, ma ovviamente non è andata così."

"Ci stavo già pensando, anche se il modello che gli ha
preso è troppo grande per lui, è un modello per adulti a dieci
velocità... non è adatto per imparare. Gliene ho già ordinata
una più piccola."

"Ma certo, dovevo aspettarmelo," gli disse Elsie scuotendo
la testa. Per la centesima volta, Elsie ripensò alla fortuna di
aver incontrato Zeke e di averlo nella vita di Tony. "Mi
dispiace di essere così lagnosa," gli disse, "andrà meglio, ti
prometto che non diventerò una Cassandra funesta per tutte
queste due settimane, sappi che ho voglia di passare del
tempo con te."

"Lo so, ma voglio che tu ti senta come ti pare, non far
finta di essere felice se non lo sei. Non accettare di fare qualcosa con me se non te la senti. Prendiamo le cose come
vengono, giorno per giorno."

"Va bene. Grazie," gli sussurrò Elsie.

"Non devi ringraziarmi solo perché tengo a te," le disse
Zeke, "senti, ti va un caffè da Grinders, stamattina?"

"Non dovrei," rispose Elsie, "sto diventando un po' troppo
abituata a quegli intrugli, pensa che tutto quello zucchero mi
va dritto sui fianchi."

Zeke fece scivolare le mani sul corpo di Elsie e andò a posargliele sulle natiche. "Ti sembra che mi stia lamentando? Infatti penso che tu sia ancora troppo magra."

Elsie alzò gli occhi al cielo. Ci voleva solo Zeke a sperare che lei mettesse su peso invece di perderlo, come avrebbero preteso tanti uomini.

Zeke a quel punto si abbassò su di lei e la baciò dolcemente, con rispetto. Fu un bacio tanto dolce che Elsie fu sul punto di piangere.

"Vuoi prenderti una giornata di riposo, oggi?" le chiese dopo aver alzato la testa.

Elsie si fece seria. "Cosa? No, figurati se mi metto qui seduta a pensare a Tony, a dov'è, a cosa sta facendo, a cosa gli sta dicendo Doug."

"Infatti, allora diamoci una mossa. Andiamo a prenderti un cappuccino, magari ci fermiamo allo Sweet Tooth per una ciambella."

Elsie sbuffò: avrebbe voluto dirgli che non era proprio il caso di mangiare una ciambella, ma il solo pensiero delle paste deliziose che Finley Norris preparava nella sua pasticceria le fece venire l'acquolina in bocca. Anche se non aveva tanto appetito e sentiva lo stomaco chiuso, non avrebbe mai potuto dire di no alle prelibatezze del forno di Finley.

Zeke si mise a ridere, sembrava in grado di leggerle nella mente, poi la invitò gentilmente a uscire dalla cucina. "Penso io a finire i piatti, vai a cambiarti e preparati a uscire. Ah, preparati una borsa per la notte. Dopo il lavoro andiamo direttamente da me."

Sentendolo darle tutte quelle indicazioni, Elsie fu pervasa dai brividi. Aveva passato tanto tempo a casa di Zeke, ma era la prima volta che ci sarebbe andata senza il figlio. A quel pensiero, si sentì tutta eccitata. Elsie amava il figlio, che già le mancava, ma per la prima volta da quando aveva acconsentito al viaggio di Tony con Doug, si sentì scorrere nelle vene una grande aspettativa.

"Mi piace tantissimo l'espressione sul tuo viso, ma non abbiamo tempo di fare le zozzerie in questo momento. Dobbiamo andare a prenderci un bel cappuccino e le paste, poi c'è il locale da aprire," le disse Zeke.

"Le zozzerie?" gli chiese Elsie facendosi una risata.

Il sorriso sul volto di Zeke era sensualissimo e al solo vederlo Elsie si sentì più provocante.

"Dai, Els, prima che arriviamo tardi ad aprire, se no diamo a Otto, Silas e Art un po' troppo da chiacchierare."

A quel punto Elsie rise di gusto. I tre signori seduti ogni giorno davanti all'ufficio postale erano dei gran chiacchieroni e sparlavano soprattutto delle signore che andavano a fare trattamenti di bellezza.

"Vado, vado," gli disse Elsie, che poi entrò in camera sua. La aspettavano due settimane difficili, ma non c'era alcun dubbio che Zeke l'avrebbe aiutata a sentirsi meglio. Senza di lui, non sarebbe mai e poi mai riuscita a resistere. Invece sentiva di potercela fare.

Dopo un respiro profondo, Elsie si sforzò di comportarsi da donna adulta e di andare avanti con la sua vita. Tony sarebbe tornato dopo due settimane e tutto sarebbe proseguito normale. Magari Doug non avrebbe fatto casini col figlio, altrimenti Tony poteva sempre contare sulla mamma e su Zeke. Se la sarebbe cavata.

————

Tony era seduto sul sedile posteriore della macchina del padre, gli tremava il labbro inferiore. Nell'attimo stesso in cui si erano allontanati dall'appartamento, suo padre era cambiato. Non gli parlava per nulla e ogni volta che Tony gli faceva una domanda, il padre lo ignorava.

Ormai erano in silenzio da dieci minuti. Mentre passavano vicino al centro commerciale e superavano l'albergo dove aveva alloggiato il padre, in direzione della strada I-480,

Tony sentiva un crescente peso allo stomaco. Si era tanto entusiasmato per quel viaggio, ma stava cominciando a pentirsi di essersi allontanato dalla madre.

Si aspettava un'esperienza simile a quella del campeggio, la gita che aveva fatto con Brock e Rocky. Quei due erano stati fantastici, lo avevano fatto ridere, avevano risposto a tutte le sue domande e non l'avevano mai trattato come un fastidio. Non lo avevano ripreso quando si era sporcato, quando aveva mangiato troppi biscotti o quando gli era venuta paura in piena notte.

Invece in quel momento gli sembrava che suo padre fosse arrabbiato... e Tony non aveva fatto nulla di male.

Tony tirò fuori di tasca il cellulare che gli aveva procurato Zeke e vide che non c'era segnale, quindi era impossibile collegarsi. Avrebbe voluto inviare un SMS a sua madre e chiederle di venire a prenderlo. Però se l'avesse fatto, suo padre si sarebbe infuriato di sicuro, ne era certo.

Un botto improvviso risuonò pochi secondi dopo che la macchina si era inserita sulla I-480, l'auto sbandò leggermente. A Tony quasi venne da ridere, perché *anche* la macchina di sua madre era rimasta con una gomma a terra su quel tratto di strada, la sera in cui tornavano da Roanoke.

Doug imprecò. Non sottovoce, non trattenendosi. Tony ebbe la netta sensazione che alla mamma non avrebbe fatto piacere sapere che il padre usava un tale turpiloquio, proprio davanti a lui.

Il padre accostò sul ciglio della strada e guardò nello specchietto retrovisore dopo aver spento il motore. "Stai qui."

"So come si fa a cambiare una gomma," gli disse Tony riprendendo entusiasmo e slacciandosi la cintura di sicurezza. "Me l'ha insegnato Lilly, poi Zeke mi ha fatto provare e sono andato anche all'officina di Brock, mi ha lasciato usare l'aggeggio che tira su la macchina..."

"Ho detto di *stare qui*," ribadì il padre con voce alta e incattivita, parlandogli sopra.

Tony si bloccò e fissò il sedile anteriore dove sedeva il padre.

"Mi hai capito? *Non* uscire dall'auto. L'ultima cosa che voglio è che mi stai tra i piedi mentre risolvo questo problema."

Tony deglutì a fatica e annuì. Non aveva mai sentito il padre parlare in quel modo, prima di quel momento. Gli faceva quasi paura. Sentì gli occhi bagnati dalle lacrime appena il padre uscì e chiuse lo sportello sbattendolo. Abbassò lo sguardo sulle proprie mani, sul cellulare che teneva stretto. Quanto avrebbe voluto poter telefonare alla mamma, o ancor meglio a Zeke, ma non c'era segnale.

Zeke non avrebbe mai permesso a Doug di essere così cattivo col figlio.

Tony non era uno stupido, sapeva bene che alla mamma non piaceva il papà. Aveva sentito anche dei commenti ispidi che il padre aveva fatto su di lei, quando Elsie non era nei paraggi. Però con *lui* era sempre stato gentile. Gli comprava i regali, lo portava a mangiare al fast food.

Seduto in macchina, sforzandosi di non piangere, all'improvviso gli venne in mente qualcosa.

Comprare oggetti materiali non significava voler bene.

Quante volte la mamma gli aveva detto che le patatine fritte del fast food, anche se gli piacevano, non gli facevano bene? Quando Tony si era intestardito e aveva fatto i capricci, Elsie l'aveva abbracciato e gli aveva detto che se da un lato avrebbe tanto voluto dargli tutto ciò che lui voleva, dall'altro ciò che voleva non era sempre ciò di cui aveva *bisogno*.

Lui in quel frangente non l'aveva capito, ma sul sedile posteriore della macchina di lusso del padre, che gli aveva urlato contro e l'aveva trattato da stupido, Tony cominciò a capire.

Si pentì di aver accettato di restare due settimane con lui. A chi interessavano un mucchio di statue? Avrebbe dovuto trascorrere l'estate divertendosi con gli amici. Eppure... gli era sembrato che il padre volesse seriamente passare del tempo con lui.

Invece ormai non sapeva *più* cosa volesse suo padre, ma di certo non voleva conoscerlo meglio.

Doug impiegò un sacco di tempo a cambiare la gomma. Tony sentì una marea di parolacce, colpi e sferragliare. Si fece coraggio e guardò fuori dal finestrino e si accorse che il padre non stava cambiando la gomma nel modo giusto. Non aveva inserito il martinetto nell'apposito punto di sostegno: l'aveva infilato sotto la macchina, al centro, invece che nel punto più vicino alla ruota. Tony avrebbe anche potuto mostrargli come procedere, ma suo padre pensava di saperla più lunga, solo perché era un adulto.

Invece era ovvio che non avesse la minima idea di come procedere. Era anche impossibile chiamare l'assistenza, perché non c'era il segnale del cellulare.

Tony rimase seduto a ribollire. Ottimo. Gli stava proprio bene, suo padre si meritava quel brutto quarto d'ora. La mamma diceva sempre a Tony che non c'era nulla di male a chiedere aiuto, nei momenti di bisogno. Anzi, era stupido non chiedere aiuto, o non fare domande, se non si capiva qualcosa.

Quando il padre finalmente tornò in macchina, era tutto sudato e di pessimo umore. Borbottava con un filo di voce, avviò il motore, inserì brutalmente la marcia e sgommò ad alta velocità rientrando in carreggiata.

Tony si accertò che la sua cintura di sicurezza fosse allacciata bene e decise di non ricordare al padre di allacciare la sua. Eppure, anche se Tony non aveva detto una sola parola, suo padre cominciò lo stesso a urlargli contro.

"Devi stare più attento. Se ti dico di fare qualcosa, *la fai*. Non discutere con me. Tua madre è un'idiota, lo è sempre stata. Ti ha viziato, ti ha trasformato in un moccioso. Lo sapevo che ti avrebbe rovinato e avevo ragione. Non avrei mai dovuto sposarla. Chi lo sa se sei davvero mio figlio? Probabilmente si stava facendo qualcuno alle mie spalle."

Tony strinse i denti, sforzandosi al massimo per non piangere. Non disse nulla, guardò la strada e i chilometri che passavano, mentre il padre proseguiva a elencare i motivi per cui odiava tanto Elsie, quanto la riteneva stupida... quanto terribile doveva essere il *suo* stesso figlio.

Alla fine, nonostante l'impegno, una lacrima gli uscì dagli occhi... e suo padre se ne accorse nello specchietto retrovisore.

"Cosa c'è, adesso ti metti a piangere?" gli chiese con un ghigno.

"Niente."

"Finiscila, cresci! Santo Dio, fai pietà!"

Tony fece un respiro profondo, era frastornato. Non riusciva a credere a quanto... *crudele* potesse essere suo padre! Non era mai stato così, prima. Non poté evitare di chiedersi se fosse colpa sua, se avesse detto o fatto qualcosa che aveva trasformato tanto il comportamento del padre.

Eppure... no, non aveva fatto nulla di male. Se n'era rimasto seduto in macchina tutto tranquillo, proprio come gli aveva chiesto il padre.

Sapendo di non aver causato in alcun modo tutta quella rabbia, Tony decise di mandare un messaggio alla mamma appena il cellulare avesse ricevuto il segnale.

Si sentì subito meglio. La mamma sarebbe venuta a prenderlo. Anche Zeke. Non avrebbero più permesso a suo padre di prenderlo a male parole.

Il viaggio proseguì per una decina di minuti, poi suo padre mise un indicatore per accostare. Alzando lo sguardo, Tony vide che non erano ancora arrivati alla superstrada. Stavano accostando in un'area di servizio che distava circa un paio di chilometri dallo svincolo per la I-81.

"Perché ci fermiamo?"

"Perché sì."

Tony strinse le labbra. A quel punto era molto meglio starsene zitto.

Dopo aver parcheggiato, ben lontano dal casotto in cui c'erano i servizi igienici, suo padre si voltò verso Tony per dirgli: "Vai a pisciare. Devo fare una telefonata."

Pur pensando di rispondergli che non ne aveva bisogno, perché la mamma si era ricordata di farlo andare in bagno prima di partire, Tony fece comunque come gli aveva chiesto il padre. Si slacciò la cintura di sicurezza e si incamminò verso il piccolo edificio.

Solo quando fu arrivato a metà strada, si accorse che era la prima volta che andava da solo nei bagni di una stazione di servizio.

La mamma non lo lasciava *mai* andare da solo. Lo accompagnava sempre, poi si metteva fuori dalla porta per essere sicura che andasse tutto bene. In passato lui si era sentito un po' in imbarazzo, gli sembrava di essere trattato troppo da bambino piccolo; invece in quel momento, vedendo tutti gli estranei che entravano e uscivano da quel posto, si sentì pervaso da una sensazione di disagio.

Attento agli estranei. Le persone che vedeva nei dintorni erano tutte estranee, chiunque avrebbe potuto portarlo via. Aveva letto dei casi di bambini rapiti dalla strada. Gliene aveva parlato persino la mamma, dicendogli che se qualcuno anche solo avesse provato a farlo entrare in macchina, avrebbe dovuto lottare con tutte le forze per scappare. Tony sapeva bene che non era il caso di abboccare alla classica scusa: "Sto cercando il mio cagnolino." Però... se qualcuno lo avesse rapito proprio dai servizi igienici?

A quel punto Tony decise che non sarebbe entrato in quei bagni, si girò e tornò verso la macchina. Il papà poteva anche reagire male, ma almeno Tony ormai se l'aspettava.

Avvicinandosi alla Mercedes, Tony sentì la conversazione del padre al telefono. Doug era in piedi fuori dalla macchina, aveva la schiena appoggiata all'auto sul lato di guida, quindi non poteva vedere Tony che tornava. Non fu difficile sentire ciò che diceva... e ciò che Tony sentì lo fece rabbrividire dall'orrore.

"Bene. Stiamo per immetterci sull'ottantuno. Dovremmo arrivare alla prossima area di servizio prima di Roanoke tra un'oretta e mezza. Poi mando il moccioso a fare un'altra pisciata e quando torna in macchina ci vado io. A quel punto tu prendi la macchina... No, cazzo, non me ne frega niente di come lo uccidi... basta che finisca *stecchito*. Scarica il corpo da qualche parte, fa' in modo che lo trovino, ma non troppo presto. Voglio che sua madre soffra, quella stronza, che si chieda dov'è e cosa gli è successo."

"Avrai i tuoi soldi, maledizione, appena mi saldano l'assicurazione sulla vita. Sì! Ventimila, ma deve sembrare un furto d'auto finito male. Se qualcuno sospetta... ecco. No, non me ne frega, è un rompicoglioni. Devo solo liberarmene per i soldi... col cazzo che pago a quella stronza il mantenimento. Sì. Un'ora e mezza. Lascio le chiavi nel blocco. Ricordati di sbarazzarti subito del telefono che stai usando, appena hai finito. Non voglio che ci siano collegamenti con me. Vaffanculo! Non faccio nessun doppio gioco! Avrai i tuoi soldi, maledizione!"

Tony sentì la testa scoppiare e gli sembrava di star male di stomaco. Suo papà voleva che qualcuno rubasse la macchina con lui dentro? Voleva farlo uccidere per *soldi*? Voleva far soffrire la mamma?

La testa gli girava vorticosamente, ma Tony era abbastanza furbo da capire che si sarebbe trovato in guai seri, se il padre si fosse accorto che aveva sentito la telefonata.

Fece tranquillamente qualche passo indietro per allontanarsi dalla Mercedes. Quando suo padre si girò per guardare dove fosse, Tony stava di nuovo camminando lentamente verso la macchina, con gli occhi puntati a terra.

"Finalmente, era ora," gli disse il padre bruscamente, "entra in macchina e non toccare niente, cazzo, io torno subito." Senza nemmeno aspettare che Tony facesse come gli aveva ordinato, Doug si avviò verso l'edificio con i bagni.

Per un attimo, Tony rimase in piedi immobile vicino alla macchina. Se fosse entrato, come gli aveva ordinato il padre, l'avrebbero ucciso.

Muovendosi lentamente, girò dall'altra parte del veicolo, guardò sul lato di guida e vide le chiavi del padre appoggiate sul sedile.

Si mosse senza pensarci.

Aprì lo sportello del conducente e si mise seduto. Con la mano andò a cercare la leva sotto al sedile, per alzarlo. Purtroppo non riuscì a trovarla, non era nello stesso punto in cui si trovava nella macchina della madre.

Sapendo di non avere tempo per trovare il modo di regolare il sedile, Tony scivolò avanti sul sedile più che poteva. Per fortuna riuscì a raggiungere i pedali, per un soffio.

Infilò la chiave nel blocco di accensione e la girò. Il motore si avviò subito. Aveva visto il padre mettere il cambio automatico in folle; anche se la leva del cambio era tra i sedili, e non sul lato del volante come nella macchina della madre, Tony capì come fare per spingere il pulsante e inserire la retromarcia.

Spinse sull'acceleratore e la macchina si mosse all'indietro.

Non riusciva a credere a ciò che stava facendo. Avrebbe passato un mare di guai, ma non poteva starsene seduto e lasciarsi ammazzare! Doveva tornare dalla mamma. Da Zeke. Loro l'avrebbero protetto.

Guardò in giù e spostò la leva del cambio in avanti, poi accelerò di nuovo. La macchina scattò in avanti. Dopo un respiro profondo, Tony si disse di andarci piano: non poteva attirare l'attenzione su di sé. Se qualcuno si fosse accorto che c'era un bambino al volante, l'avrebbero arrestato... ma lui non voleva finire in galera.

Spinse un po' più a fondo il pedale di destra e cominciò a

tremare dalla paura quando la macchina prese velocità. Doveva filarsela, tornare a Fallport.

C'era una sottile striscia di ghiaia tra le corsie est e ovest della strada I-480. Di solito ci si fermava la polizia per aspettare le auto che andavano troppo veloci, in modo da inserirsi subito in corsia e fermare i veicoli colpevoli per comminare una sanzione. Concentrandosi più che poteva, cercando di ricordare tutto ciò che gli aveva insegnato Zeke sulla guida, Tony riuscì a fare inversione con la macchina del padre usando la corsia di ghiaia e si diresse verso Fallport.

Tremava dalla paura, ma ormai era arrivato a quel punto, non poteva certo fermarsi. Era seduto sul bordo del sedile, gli faceva male la schiena e aveva le mani sudate sul volante, ma più si allontanava dall'area di servizio e più si sentiva meglio.

Gli sembrò che il tempo si fosse fermato e che la distanza per tornare a Fallport fosse infinita, ma per fortuna non c'erano molte macchine per strada. Eppure, più guidava e più si preoccupava.

Sapeva che stava compiendo un'azione sbagliata. *Aveva rubato una macchina.* Non aveva la patente. Ma... suo padre aveva incaricato qualcuno di ucciderlo.

Ucciderlo!

Tony cominciò a piangere. Non riuscì a trattenersi, aveva troppa paura. Era preoccupato. Non sapeva come sarebbe finita, chi mai gli avrebbe creduto? L'avrebbero costretto a tornare dal padre?

Troppe domande gli turbinavano in testa e l'unica cosa a cui lui poteva pensare era tornare dalla mamma. Non aveva idea di che ore fossero, ma sperava di trovarla al lavoro.

Arrivando alla periferia della città, incrociò qualche altro veicolo, ma ormai era troppo vicino alla salvezza e non aveva intenzione di fermarsi. Superò i fast food, il motel dove aveva vissuto, l'officina dove lavorava Brock.

Quando arrivò alla piazza, le lacrime cominciarono a scorrere più copiose.

Spinse sul freno con troppa forza e la macchina inchiodò. La testa di Tony cadde in avanti colpendo il volante a causa della frenata improvvisa, ma lui quasi non se ne accorse. Mise il cambio in folle e uscì, praticamente cadendo sull'asfalto. Aveva fermato la macchina letteralmente in mezzo alla Main Street, la strada principale di Fallport, ma a Tony non interessava.

Mentre le lacrime continuavano a rigargli il viso, girò intorno alla macchina verso la porta dell'On the Rocks. Gli tremavano le gambe, era talmente scosso che tentò per due volte di afferrare la maniglia della porta, ma quando finalmente ci riuscì, la aprì tirandola e sfrecciò all'interno.

CAPITOLO VENTIDUE

Zeke era seduto a un tavolo con gli altri uomini della squadra di ricerca e soccorso Eagle Point. C'era anche Simon Hill. Anche se qualcuno poteva pensare che il capo della polizia potesse riposarsi sugli allori, dato che Fallport non era proprio un centro criminale, Simon si impegnava molto per fare in modo che la cittadinanza rimanesse al sicuro. Era un uomo sulla cinquantina, ma incredibilmente in ottima forma. Era orgoglioso del proprio aspetto fisico e lo si vedeva spesso in giro per le strade di Fallport a fare jogging. Le donne sembravano convinte che fosse affascinante, ma Zeke non era certo un buon giudice in quel campo. Simon aveva i capelli castani tenuti a taglio corto, qualche traccia di capelli bianchi, occhi nocciola, non si era mai sposato.

Stava aggiornando la squadra sul bilancio comunale che sarebbe presto stato messo ai voti in consiglio. Era previsto un aumento per la squadra di ricerca, un'ottima notizia, dato che ogni anno sembrava farsi più impegnativo del precedente. Quando poi sarebbe arrivata la messa in onda dello spettacolo *Indagini Paranormali*, a Fallport sarebbero arrivate un sacco di persone nel tentativo di vedere sia pur di sfuggita Bigfoot, la creatura leggendaria e inafferrabile.

Zeke alzò gli occhi e vide dall'altra parte della sala Elsie, così sorrise. Elsie lavorava all'On the Rocks da quasi due anni e Zeke avrebbe voluto prendersi a schiaffi per non essersi accorto prima della donna che aveva davanti agli occhi. Elsie era la ricompensa per tutto ciò che lui aveva visto e fatto nella vita. Sentiva di non meritarla, ne era certo, ma non avrebbe mai rinunciato a lei. Mai.

Nulla era più importante di Elsie. *Nulla*. Zeke sapeva che i rapporti di coppia non erano sempre rose e fiori, bisognava impegnarsi duramente, ma si era ripromesso di fare tutto il necessario per garantire a Elsie e Tony una vita sana e felice. Per lui, loro due erano tutto ciò che contava.

"Sono contento per te, Zeke," gli disse Ethan.

Zeke tornò a fare attenzione al tavolo, senza alcuna vergogna per essere stato beccato a guardare Elsie come un cicisbeo innamorato. "Grazie," rispose con un sorriso ampio.

"Cos'avete intenzione di fare voi due per tenervi impegnati, mentre Tony è via per due settimane?" gli chiese Rocky con un gran sorriso.

"Sono sicuro che troveremo qualcosa da fare," scherzò Zeke.

Si misero tutti a ridere.

Alla fine della riunione, Simon cominciò a metter via i documenti che aveva portato, quando la porta del locale si aprì di botto.

Zeke si voltò d'istinto per vedere chi fosse entrato, ma sbatté le palpebre dalla sorpresa non vedendo uno dei soliti clienti. Era un ragazzino.

Si alzò in piedi prima ancora di aver compreso razionalmente che quel ragazzino era Tony.

"*Mamma!*" urlò Tony istericamente.

In un attimo Tony partì dalla porta e arrivò dall'altra parte della sala. Il vassoio che Elsie stava trasportando cadde a terra schiantandosi, mentre lei apriva le braccia per accogliere il figlio, che si era gettato di peso contro di lei.

"Che cazzo succede?" mormorò Drew.

Era proprio ciò che si chiedeva Zeke. Nessuno altro entrò con il ragazzo, che ormai doveva essere a metà strada tra Fallport e Roanoke. Zeke raggiunse di corsa Tony ed Elsie, che si era accasciata a terra con il figlio tra le braccia. Dondolava avanti e indietro, mentre Tony piangeva fuori controllo.

Zeke si mise in ginocchio dietro di lei e avvolse con le braccia le due persone più importanti nella sua vita. "Cosa succede?" chiese.

Elsie aveva la fronte corrugata e sembrava ancor più agitata di Tony. "Non lo so," gli rispose, "non me l'ha detto."

"La macchina di Doug è bloccata in mezzo alla strada," urlò Talon dall'uscio del locale.

"C'è anche Doug?" chiese Brock.

"No."

"*Cazzo!*" esclamò Rocky.

"Ha guidato *Tony* fin qui?" chiese Simon.

In risposta a quella domanda, Tony pianse ancor di più. "N... non voglio andare in pri... in prigione!" disse singhiozzando contro il petto di Elsie.

"Puoi portarli in ufficio?" chiese Raiden a Zeke a bassa voce.

Zeke alzò lo sguardo all'amico e compagno di squadra, annuendo. Non riusciva a pensare, non riusciva a immaginare cosa stesse succedendo o cosa fosse successo. Era estremamente grato che ci fossero gli amici.

"Drew, dovresti spostare la macchina," disse Simon.

"Subito."

"Se trovi qualcosa che non va, allora lascia tutto dov'è," lo avvertì il capo della polizia, "altrimenti... penso che l'ideale sarebbe portarla nel deposito dietro la centrale di polizia."

Zeke non aveva idea di cosa passasse per la testa di Simon, ma in quel momento non gli importava. Le lacrime di Tony gli stavano spezzando il cuore. Avvolse le braccia intorno alla vita e al braccio di Elsie. "Andiamo, tesoro, tiriamoci su dal pavimento e andiamo in ufficio, così vediamo cosa sta succedendo."

Elsie annuì e si lasciò tirare su in piedi. Tony si aggrappò a lei come un bambino di due anni e non di nove, ma Zeke sapeva che Elsie non l'avrebbe mai lasciato andare. Rimessasi in piedi, Elsie barcollò appena; Zeke le tenne un braccio intorno al corpo e mise l'altro sotto al corpo di Tony, sostenendolo almeno in parte ma facendo attenzione a non staccarlo dal petto della mamma.

Mentre si avviavano verso l'ufficio, Zeke non era per nulla preoccupato del locale: aveva dei dipendenti molto bravi e potevano mandarlo avanti da soli. Altrimenti avrebbe semplicemente chiuso: Elsie e Tony erano più importanti. Non fu minimamente sorpreso quando tutti gli uomini della squadra (tranne Drew che stava spostando la Mercedes dalla strada) si trovarono insieme a Simon nell'ufficio affollato, dietro di lui ed Elsie.

Zeke la fece spostare verso il divanetto e si sedette vicino a lei, non volendo lasciarli andare. "Sei al sicuro, Tony," gli disse accarezzandogli la schiena, "adesso devi fare un bel respiro così mi racconti tutto."

Sorprendentemente, Tony lo ascoltò. Non lasciò andare la mamma e non alzò la testa, la girò appena in modo da avere la guancia appoggiata al petto di Elsie.

"Ecco, bravo, respira a fondo. Ottimo." Zeke alzò la mano e la mise sulla testa di Tony. "Puoi raccontarci cosa sta succedendo? Cos'è successo? Come mai sei qui? Dov'è Doug?" Forse era troppo presto per fargli quel tipo di domande pressanti, ma Zeke doveva sapere cosa diamine stesse succedendo per intervenire.

"Adesso vado in galera?" chiese Tony.

Zeke si accigliò. "No, perché mai dovresti?"

Tony girò la testa e si fermò appena vide Simon. "Perché c'è la polizia e lo so che non dovevo guidare, mi hai detto che è contro la legge."

"Non andrai in galera," gli confermò Zeke con fermezza.

"Ma ho rubato la macchina del papà," sussurrò Tony.

"Dov'è Doug?" gli chiese Zeke. Anche Elsie cominciò a tremare, sembrava contenta che fosse Zeke a fare le domande, e lui ne fu sollevato.

"All'area di servizio, credo."

"Capito. Allora, possiamo cominciare dall'inizio? Cos'è successo? Come mai hai preso la macchina e sei tornato qui?" gli chiese Zeke.

Tony non sembrava convinto di non essersi messo nei guai, ma cominciò lo stesso a raccontare.

"Ero contento di andare col papà, ma appena siamo partiti lui è cambiato. Non mi parlava più, mi ha detto di tacere, poi si è fermato con la gomma a terra e io volevo aiutarlo, ma lui mi ha urlato addosso. Mi ha detto che gli sarei stato tra i piedi e che la mamma era stupida e che mi ha fatto diventare un moccioso." Si fermò per respirare tremando. "Ero molto confuso, agitato, volevo chiamare subito la mamma ma il cellulare non aveva il segnale. Prima di arrivare alla super-strada, il papà si è fermato in un'area di servizio e mi ha detto di andare a fare la pipì. A me non scappava, ma ho visto che era arrabbiato e non volevo che peggiorasse. Così sono andato."

"Da solo?" gli chiese Elsie.

Tony annuì. "Però mi è venuta paura, c'erano un sacco di estranei, così sono tornato verso la macchina. Il papà era al telefono. Non so con chi stesse parlando, ma ha detto un sacco di cattiverie su di me... poi ha detto che non gli interessava come mi uccideva." Tony riprese a piangere. "Ha detto che voleva farti soffrire, mamma, ha parlato di un'assicurazione sulla vita."

Tutti i presenti raggelarono, mentre Zeke non ci vedeva più dalla rabbia. L'unico motivo per cui non sfrecciò via a cercare Doug in quel preciso istante erano i singhiozzi di Tony, che aveva una paura folle. Quando Zeke sentì Elsie che ansimava, capì che quello era il posto in cui doveva rimanere. Doveva proteggerli, assicurare alla propria famiglia che quel pezzo di merda di Doug Germain non si sarebbe mai più avvicinato a loro.

"Sei *sicuro* che ha detto proprio questo?" gli chiese Simon.

Tony si tese, ma annuì.

"Magari potresti aver capito male...?"

Tony strinse le labbra e scosse la testa con decisione. "Ha detto a quello di prendere la macchina mentre ero dentro, all'area di sosta successiva, che non gli interessava dove scaricava il mio corpo. Ha detto che ero un rompiscatole e che non gli è mai importato nulla di me! Ha solo fatto finta!"

Zeke sapeva che Tony aveva ragione ed era arrabbiato con se stesso per non aver sospettato qualcosa, per non aver fatto più attenzione. Era troppo anomalo che Doug si fosse presentato all'improvviso, che volesse di punto in bianco rientrare nella vita del figlio; ma per rispetto nei confronti di Elsie e di Tony, Zeke non aveva protestato più di tanto. Non voleva rischiare di creare screzi: il rapporto con Elsie, per quanto profondo, sotto certi aspetti era ancora fresco.

Ancora una lezione: non sarebbe successo mai più. Il benessere di Elsie e di Tony veniva prima di tutto, anche se ciò comportava provocare un certo disappunto.

"Cos'è successo dopo che l'hai sentito parlare al telefono?" gli chiese Simon. "Si è accorto che l'hai ascoltato?"

Tony fece un altro respiro profondo e si asciugò le lacrime. "Non penso, era girato di schiena. Ho camminato all'indietro per allontanarmi, per non fargli capire che mi ero avvicinato. Poi mi ha detto che andava a fare la pipì e mi ha detto di rimanere in macchina. Allora ho capito che se fossi rimasto con lui fino all'area di servizio successiva, dove aveva detto all'altro al telefono di rubare la macchina, avrei rischiato. Non ci ho pensato, ho visto le chiavi sul sedile e me ne sono andato."

Tony alzò lo sguardo verso Zeke. "Non ho trovato la leva

per alzare il sedile," gli disse con voce tremante e gli occhi colmi di lacrime.

"Non preoccuparti, Totò, la macchina della mamma è più vecchia e c'è una leva, immagino che la Mercedes di Doug abbia un pulsante per la regolazione elettrica." Zeke si stava impegnando al massimo per rimanere calmo. Sia Elsie che Tony avevano bisogno di vederlo calmo. Però sotto sotto era in fermento. Gli prudevano le mani, voleva trovare Doug e ammazzarlo.

"Sei stato *grandioso*, Tony," disse Ethan al ragazzino.

Tony lo guardò timidamente. "Davvero?"

"Sì, davvero. Non ti sei fatto prendere dal panico, hai fatto esattamente quello che dovevi fare per metterti al sicuro."

"Non potevo pensare ad altro che a tornare qui, dalla mamma e da Zeke."

Zeke sentì il cuore sciogliersi. *Voleva* che Tony si sentisse al sicuro con lui. Voleva arrivare a sentirlo come un figlio proprio.

"Adesso dobbiamo risolvere un problema enorme," disse Simon sottovoce.

Si voltarono tutti verso il capo della polizia, che fece un leggero cenno del capo verso Tony, indicando di non voler parlare davanti al ragazzino.

"Perché non porti Tony da Max e gli chiedete se può preparare uno dei suoi hamburger speciali con le patatine fritte?" domandò Zeke a Elsie.

Lei si corrucciò e scosse la testa.

"Lo porto io," disse Talon, che si inginocchiò davanti al divanetto e mise una mano sul braccio di Tony. "Chissà perché le chiamano *patatine* fritte, sono patate tagliate a fettine."

Tony non era ancora pronto a farsi calmare con la scusa delle patatine. Elsie gli dava raramente il permesso di mangiare del fritto e in qualunque altra circostanza lui si sarebbe entusiasmato molto per quell'offerta.

Simon fece un passo verso il divanetto. "Tony, non preoc-cuparti, non sei affatto nei guai," gli disse, "anzi, ho inten-zione di proporre il tuo nome per l'Eroe dell'anno."

Tony spalancò gli occhi. "Davvero?"

L'Eroe dell'anno era un riconoscimento annuale conse-gnato dal comune di Fallport. La persona scelta veniva premiata alla festa di Pickleport, che si svolgeva ogni estate in paese. Era partita come una sagra di sottaceti all'aneto, ma ormai includeva anche prodotti di artigianato locale, gare divertenti e tantissimi cibi diversi contenenti sottaceti. Era un'occasione allegra molto apprezzata dagli abitanti del posto e ogni anno Pickleport diventava sempre più grande. La persona premiata come Eroe dell'anno veniva portata in trionfo su un carro da parata con indosso una fascia e spesso veniva trattata come una celebrità per tutto il giorno.

"Assolutamente sì. Non conosco *nessuno* che sia stato più coraggioso di te, per quello che hai fatto oggi. Hai ragione, è vero, sei troppo piccolo per guidare, ma l'hai fatto per metterti in salvo. Non solo, ma non hai nemmeno fatto danni alla macchina!" gli disse Simon con un sorriso.

"Perché Zeke mi ha insegnato," rispose Tony più tranquillo.

Simon lanciò un'occhiata a Zeke e gli fece un sorrisetto, poi tornò a guardare Tony. "Beh, ti ha insegnato benissimo. Sono fiero di te e sono sicuro che anche Zeke, anche la tua mamma e tutti gli altri siano orgogliosi di te."

Tony sembrò leggermente rinvigorito da quel compli-mento. Poi si fece serio. "Cosa succederà adesso a mio papà?"

"Non lo so," rispose Simon sinceramente, "ma non importa, tu e la tua mamma sarete al sicuro. Mi credi?"

Tony guardò prima Simon, poi Zeke, poi gli altri uomini in piedi nell'ufficio, infine la madre. Poi tornò a guardare Zeke. "Me lo prometti?"

"Ti prometto cosa, Totò?" gli chiese Zeke.

"Mi prometti di tenermi al sicuro? Così nessuno mi ucciderà per far guadagnare i soldi a mio padre?"

"Tony, ti do la mia parola, da uomo a uomo, da amico e da ex militare dell'esercito che sarai al sicuro. Anzi, ti dirò di più, anche la tua *mamma* è al sicuro. Nessuno vi farà del male. Mai. Lo sai perché?"

"Perché?" gli chiese Tony.

"Perché io ti voglio bene, e voglio bene alla tua mamma."

"Anch'io ti voglio bene, vorrei che fossi *tu* il mio papà," sussurrò Tony.

"Per quel che conta, sono tuo padre, Totò," gli disse Zeke senza pensarci. Poi guardò Elsie. Forse stava esagerando, ma fu sollevato nel notare che negli occhi di Elsie c'era soltanto amore.

Tony fece un respiro profondo, si mise seduto meglio sulle ginocchia della madre e si voltò verso Talon. "Non mi lasci da solo?"

"Certo che no, amico."

Tony annuì e saltò giù dalle gambe di Elsie, che lo lasciò andare con riluttanza. Tony andò subito a prendere la mano di Talon. Anche se, alla sua età, Tony pensava che tenersi per mano fosse troppo infantile, chiaramente in quel momento gli serviva quel tipo di contatto.

Zeke guardò Talon negli occhi e annuì per ringraziarlo.

Talon gli rispose con un cenno del mento, poi andò col ragazzo fuori dall'ufficio e si diresse verso la cucina. In quel momento tornò Drew per unirsi al resto della squadra nell'ufficio.

Appena Drew chiuse la porta, Ethan sbottò: "Ma che *cazzo?*"

Simon alzò una mano. "Ascoltate tutti. So che adesso vorreste andare a trovare quello stronzo per trascinarlo qui e farmelo sbattere in gattabuia, o peggio, ma c'è un problema."

Zeke sentì Elsie che si irrigidiva su di lui. La strinse tra le braccia e la tenne vicina mentre Simon parlava.

"L'omicidio su commissione è estremamente difficile da condannare in tribunale, servono prove concrete e inconfutabili. Serve la prova dell'intento, uno scambio di denaro per dimostrare che c'è l'incarico serio a un sicario, tra le altre cose," disse Simon.

"Un bambino di nove anni che sente una conversazione al telefono non è affatto una prova inconfutabile," commentò Rocky con un sospiro.

"Precisamente."

"Ma... non possiamo tracciare la telefonata?" chiese Elsie. "Tony ha parlato di un'assicurazione sulla vita. Io non ho firmato alcun documento, non ha alcun tipo di assicurazione," insisté.

"Questi sono solo indizi circostanziali, non sono prove che dimostrino che Doug ha assunto un killer," rispose Simon.

Zeke si sentì male. Capiva ciò che stava dicendo il capo della polizia. Doug stava per farla franca pur avendo commissionato a qualcuno l'omicidio del proprio figlio.

"Allora che si fa? Ce ne stiamo buoni ad aspettare che arrivi un sicario a Fallport e che tenti di portar via Tony?" chiese Brock incredulo.

"Quante *stronzate*!" gridò Raiden. Il suo segugio, che non lasciava mai il fianco di Raid, alzò la testa sentendo la voce del padrone molto agitata.

"No, non ce ne stiamo buoni ad aspettare," disse tranquillamente Simon. "Ho un piano."

"Farò di tutto per garantire la sicurezza di Tony e per incastrare il mio ex marito," disse Elsie con fermezza.

Zeke sentì un certo disagio crescergli dentro. Sapeva che Elsie era disposta a tutto, anche a mettere la propria vita in pericolo per salvare il figlio. Un coraggio che lui amava, ma che gli creava anche un forte timore.

"Allora, Tony ha rubato la macchina di Doug," spiegò Simon, "gli servirà un po' di tempo per trovare un mezzo di trasporto e andarsene da quell'area di servizio. Non so se chiamerà la polizia o no, ma immagino di *no*. Non credo abbia voglia di spiegare ciò che è successo, nel caso che poi gli si ritorca contro. Penso che intenda tornare qui, comportarsi da matto e inventarsi qualche storia per Elsie."

Lei annuì. "Sa che avevo intenzione di telefonare a Tony ogni giorno."

"Appunto. Quindi non ha molto tempo. Deve raccontarti la sua versione dei fatti, non sa che Tony è qui. Potrebbe sospettare che il figlio sia tornato qui, ma se per caso arriva... immagino che farà finta si tratti di un furto d'auto, com'era il suo piano originale. Furto d'auto con Tony dentro. Nella speranza che Tony abbia fatto un incidente e si sia ferito, o magari che sia morto."

Elsie ebbe un sussulto per un momento, ma non si mise a piangere. Continuò a fissare Simon con gli occhi pieni di determinazione. "Cosa vuoi che gli dica?"

"Aspetta..." intervenne Zeke, ma Simon lo ignorò.

"Penso che dovresti reagire proprio come se quello che ti dice fosse vero, non fargli capire che Tony è tornato qui e che sta bene. Piangi, urla, digli che vuoi chiamare la polizia. *Me*."

Elsie annuì. "E poi?"

Prima che Simon potesse proseguire, il telefono di Elsie squillò nella tasca del grembiule. Lei si irrigidì e lo tirò fuori. "Se è lui cosa faccio, rispondo?" chiese. Mentre lei stava parlando, Zeke vide che il nome sullo schermo non era quello dell'ex marito di Elsie, ma quello di Nissi O'Neill.

"È il mio avvocato," disse Elsie.

"Allora rispondi pure," le disse Simon.

"Pronto?" disse Elsie al telefono. "Ciao Nissi, ti dispiace se ti metto in vivavoce? C'è anche Zeke, vorrei che sentisse anche lui la nostra conversazione. Va bene, aspetta un attimo... ecco."

"Buon pomeriggio, Zeke," disse Nissi.

"Ciao."

"Bene, arrivo al punto. So che sei al lavoro, Elsie, ma ho pensato che avresti voluto essere informata subito di questo. Stavo esaminando i documenti dell'accordo finale intanto che aspettavo l'esito dei controlli su Doug. Li facciamo sempre su tutti, non si sa mai. Insomma, è saltato fuori qualcosa di molto interessante."

"Ah sì?" chiese Elsie.

"Lo sapevi che c'è un'assicurazione sulla vita di Tony per un milione di dollari?"

Elsie inspirò di scatto. "Un milione di dollari?"

"Sì, ci sono rimasta anch'io. Le assicurazioni sulla vita dei bambini non sono molto comuni, ma esistono. Di solito sono importi diversi, più contenuti, tipo diecimila dollari, giusto le spese del funerale o poco più. Ma un milione di dollari? È certamente tanto."

"No, non lo sapevo."

"C'è la tua firma sui documenti," le disse Nissi.

"Io non ho firmato nulla. Non firmerei *nulla* del genere," insisté Elsie.

"C'è dell'altro."

"Dell'altro?" Fu Zeke a porre la domanda.

"Sì, c'è un'altra polizza su di *te*, Elsie."

Zeke avrebbe dovuto aspettarselo, invece fu sorpreso. "Per quanto?" chiese.

"Cinque milioni."

"*Cazzo!*"

Le reazioni degli altri nella stanza non furono altrettanto violente, rimasero tutti in silenzio per la sorpresa.

"Santo Dio, sul serio?" le chiese Elsie.

"Sì."

"Io non ho firmato *nulla*," ripeté Elsie.

"Telefonerò alla compagnia assicurativa," le disse Nissi, "dirò loro che la firma è stata falsificata. Non preoccuparti, ci penso io."

"Grazie," sussurrò Elsie.

"Per la cronaca... non è un reato sottoscrivere una polizza assicurativa per un coniuge divorziato, in certe circostanze, e ovviamente è normale sottoscriverne una per un figlio. Ma *nessuna* delle due è valida senza la tua firma. Dobbiamo senz'altro scoprire se è stato lui a fare la tua firma, o se ha pagato qualcun altro per farla, oppure se l'agente assicurativo che ha creato la polizza è corrotto... scopriremo cos'è successo."

"Va bene."

"Se ti serve qualcosa, fammelo sapere."

"Lo farò."

"Grazie, Nissi," disse Zeke.

Elsie cliccò sul telefono per chiudere la conversazione e alzò lo sguardo verso Zeke. "Io non firmerei *mai* una polizza del genere per Tony."

"Lo so che non c'entri," le disse lui per tranquillizzarla.

"Che stronzo!" esclamò Elsie furibonda.

Zeke sbatté le palpebre dalla sorpresa. Si aspettava di vederla arrabbiata, magari anche distrutta. Infatti *era* arrabbiata, ma più infuriata che abbattuta.

Elsie guardò Simon. "Sono disposta a tutto pur di fargliela pagare," gli disse.

"Bene, perché il mio piano prevede ben altro che una reazione rabbiosa per la scomparsa di Tony," ribatté Simon.

Zeke si accigliò. Non era sicuro di voler sentire cosa stesse per proporre il capo della polizia.

Simon proseguì senza esitare. "Mandiamo Tony in montagna con qualcuno di voi, conoscete bene quelle zone, meglio delle vostre tasche. Se qualcuno può proteggerlo quel qualcuno siete voi. Sarà utile anche per distrarre Tony da quanto è accaduto, oltre che per allontanarlo da qui, nel caso la persona assunta da Doug venga a cercarlo. Nel frattempo, Elsie finge di credere a tutto quello che Doug le dice quando si mette in contatto. Dobbiamo registrare tutto ciò che dice. Elsie può indossare un microfono per cercare di fargli dire qualcosa che lo incrimini. Come minimo possiamo incastrarlo con le bugie che si inventerà su quanto è successo a Tony."

Zeke non era del tutto convinto del piano del capo della polizia, niente affatto. "No," disse con fermezza.

"Lo farò," disse Elsie allo stesso tempo.

"Els, è troppo pericoloso," le disse Zeke, "ci sono cinque milioni di dollari sulla polizza se muori. Se non riesce a mettere le mani su Tony, cosa gli impedirà di tentarci con *te* per incassare?"

"Che alternativa abbiamo? Lasciamo che Doug paghi un killer per uccidere Tony?" gli chiese Elsie.

"Assolutamente no," insisté Zeke.

"Hai sentito Simon, non ci sono prove contro Doug, nessuno prenderà per oro colato la parola di un bambino di nove anni per qualcosa che ha sentito da lontano, nemmeno se Doug mente sulla sua scomparsa. Gli avvocati della difesa lo farebbero a pezzi. Non voglio che mio figlio si trovi in una situazione del genere. Voglio intervenire. *Devo* intervenire."

"Per quel che vale… penso che potrebbe funzionare," ragionò Ethan. "Il suo ex marito è un tipo presuntuoso e arrogante, è avido e chiaramente dev'essere disperato. Sono sicuro che, se Simon indaga, troverà un ottimo movente per cui gli servono i soldi. Scommesse, droga, c'è qualcosa sotto."

"Se poi decide che un milione non gli basta e cerca di ammazzare Elsie?" ribatté Zeke.

"Non sono un fantoccio inerme," intervenne Elsie, "e poi preferisco mille volte che ci provi con me invece che con Tony."

"Non dire così," commentò Zeke con foga, "Non dirlo *mai* più! Ti ho appena trovata, non posso perderti adesso!"

"Non la perderai," intervenne Simon, "le metteremo alle calcagna degli agenti, il piano è farla parlare con Doug, non deve per forza incontrarlo. Ma se dovessero incontrarsi, l'apparecchio di ricezione che indosserebbe è anche un dispositivo di tracciamento. Sapremo dove si trova in qualunque momento."

"Non potete impedirgli di agire d'impulso," insisté Zeke squadrando il capo della polizia.

"Hai ragione, non possiamo, ma se vuole i soldi, qualunque cosa gli venga in mente, dovrà sembrare un incidente. Non può certo ucciderla così, sul posto."

Zeke scosse la testa. Non voleva correre alcun rischio. Il pensiero di non svegliarsi più davanti ai begli occhi nocciola di Elsie gli scatenò un'ondata di paura in tutto il corpo.

Elsie si girò sul divano e gli mise una mano sulla guancia. "Devo farlo, Zeke. Se c'è anche la minima possibilità di poter tenere al sicuro Tony, devo farlo."

"Non conosciamo il piano di Doug," spiegò Zeke cercando di arrampicarsi sugli specchi, "magari non torna neppure a Fallport, magari non ti dice nemmeno cos'è successo."

"In quel caso vedremo che altro fare, ma lo conosco e Simon ha ragione. Vedrai che torna, cercherà di scoprire un modo di incassare i soldi della polizza."

Zeke si voltò per guardare Simon. "Voglio esserci anch'io, in ogni frangente."

Simon si accigliò. "Non sono sicuro..."

"Allora la risposta è no," disse Zeke con decisione, sentendosi sollevato perché Elsie non protestava.

Simon sospirò. "D'accordo."

"Non è un poliziotto, ma ha un sacco di esperienza in combattimenti," commentò Drew, dicendo al capo della polizia qualcosa che Simon sapeva già.

"Voglio che con me venga anche Rocky," insisté Zeke.

"No, aspetta un minuto..." disse Simon.

"No. Se Raiden, Drew e Talon portano Tony in montagna, Ethan e Brock sono qui a Fallport per garantire che non ci siano ritorsioni su Lilly o su chiunque altro in città, intanto che stanno all'erta nel caso arrivi qualche estraneo in cerca di Tony, voglio che Rocky stia con me per proteggere Elsie."

"Va bene... ma non voglio che partiate in quarta senza un piano rovinando tutto. Vi do la mia parola che io e i miei uomini abbiamo la situazione sotto controllo. Hanno messo nel mirino uno di Fallport, è inaccettabile. È stato già abbastanza brutto avere a che fare con l'omicidio di quel tizio della TV, non voglio che ci siano altri incidenti. L'evento più emozionante di Fallport deve tornare a essere la gara annuale di torte alla mela nel festival d'autunno."

Zeke esaminò Simon e gli lesse negli occhi sincerità e determinazione, così finalmente annuì. "Va bene."

"Probabilmente è meglio portare Tony fuori città il prima possibile. Meno persone lo vedono e meglio è," disse Brock.

"Vado a parlare con Art e gli altri all'ufficio postale," disse Rocky, "devono aver visto Tony che arrivava con quella Mercedes. Dobbiamo assicurarci che tengano le loro bocche chiuse."

"Grazie," disse Zeke; anche lui non aveva dubbi che Art, Otto e Silas, una volta capito cosa stava succedendo, avrebbero preferito farsi ammazzare che dire qualcosa a qualche estraneo. Anche se erano dei famosi chiacchieroni, erano anche molto legati alle persone che volevano loro del bene e alla loro città. Elsie, con loro, era stata sempre e solo generosa e gentile. Di sicuro avrebbero tenuto la bocca chiusa, appena saputi i dettagli di quanto stava accadendo.

"Devo parlare con Khloe," disse Raiden, "devo dirle che sarò fuori per un po' di tempo, dovrà seguire lei la biblioteca."

"Io aggiorno Tal sull'accaduto," disse Drew andando verso la porta.

"Fa' in modo che Tony non vi senta," lo avvertì Elsie.

Drew annuì. "Starò attento a tuo figlio," le disse, "hai la mia parola."

Elsie annuì e Drew uscì dall'ufficio.

Ben presto, dopo altre rassicurazioni, nella stanza rimasero Zeke ed Elsie da soli.

"So che dobbiamo andare a parlare con Tony, ma *tu* stai bene?" le chiese sottovoce.

Elsie annuì, ma con una vocina stridula rispose: "No. Non posso credere che Doug abbia assunto un killer per ammazzare nostro figlio. È una follia, Zeke! Sembra uno di quei programmi TV sugli omicidi, solo che sta capitando a noi."

"Non la passerà liscia," le disse Zeke, "tra Simon e i poliziotti, il tuo coraggio nel proteggerlo... e il fatto che stai insieme a un ex Berretto Verde con degli amici tosti che sono stati nelle forze speciali... direi che tu e Tony siete in ottime mani."

"Ho paura," gli sussurrò.

"Se non avessi paura sarebbe preoccupante," le disse Zeke, "ma te lo giuro, Elsie, lo beccheremo."

"Lo so."

"Vorrei solo che ci ripensassi. Lascia che gestiscano tutto Simon e i suoi uomini."

Elsie scosse la testa. "Sai bene quanto me che Doug non dirà mai nulla di incriminante davanti a voi o ai poliziotti. Invece pensa che io sia una stupida. Non so cos'abbia in mente, ma a un certo punto vorrà vantarsi di ciò che ha fatto. Lo conosco. Non riuscirà a trattenersi e mi dirà che sono un'idiota. Più lo faccio parlare e più è facile che dica qualcosa che lo incastri, così lo potremo sbattere dentro."

"Tu non sei una stupida," le disse Zeke.

Elsie sorrise. "Lo so, e sinceramente uno dei pochi motivi per cui sono sicura di potercela fare è perché so che ci sei *tu* a proteggermi."

"Puoi dirlo forte, certo che ci sono!" Zeke si abbassò per baciarla. Fu un bacio breve ma significativo di tutto lo stress e la preoccupazione che Zeke aveva nel cuore per ciò che poteva succedere nei giorni a venire. "Qualunque cosa succeda, tu devi solo pensare a restare viva. Dico davvero,

Elsie. Lotta con tutta te stessa, resisti, Tony ha bisogno di te. Anche *io* ho bisogno di te."

Lei annuì. "Va bene."

"*Cazzo!*" Vorrei tanto potergli dare la caccia come facevo coi terroristi e risolvere questa cazzo di situazione il prima possibile," le disse Zeke fremendo.

Elsie scosse la testa. "Tu non sei fatto così," gli disse.

Lui la squadrò. "Se si tratta della sicurezza tua e di Tony, sono fatto *esattamente* così."

Lei lo fissò per un lungo momento, poi inspirò profondamente. "Non so se dovrei essere spaventata... ma no. Andiamo. Devo controllare che Tony stia bene. Probabilmente sarà ancora terrorizzato, anche se sarà entusiasta di andare di nuovo in montagna con gli altri."

"Sei fantastica," le disse Zeke.

Elsie scosse la testa. "No, sono solo una mamma disposta a tutto per proteggere suo figlio."

"Anche quello. Ti amo, Els."

"Anch'io ti amo. Non ho idea di cosa faremmo adesso senza te e i tuoi amici."

"È inutile pensarci, perché io sono qui con te, tesoro. Andiamo a cercare Tony."

Zeke sentiva ancora una stretta allo stomaco e il suo istinto era molto allarmato. Non aveva dubbi che Doug avrebbe fatto presto una mossa. Avrebbe cercato di riprendere le redini della situazione, pur non avendo un'idea precisa di quale *fosse* la situazione.

Avrebbe fallito e avrebbe passato il resto della vita in prigione, per aver osato ferire ciò che apparteneva a Zeke.

Elsie *era* nel cuore di Zeke, anche Tony. Il senso di appartenenza non era un sentimento molto moderno, probabilmente in tanti l'avrebbero considerato fuori luogo, ma a lui non importava. Col cavolo. Zeke aveva superato situazioni infernali; dopo aver trovato Elsie e Tony, non avrebbe consentito a nessuno di far loro del male.

Con una determinazione incrollabile, Zeke mise una mano dietro la schiena di Elsie e l'accompagnò fuori dall'ufficio. Avevano davanti un paio di giorni difficili, forse i più difficili che lui ed Elsie avrebbero mai dovuto affrontare; ma ne sarebbero usciti vincenti a tutti i costi. L'alternativa era inconcepibile.

CAPITOLO VENTITRÉ

Elsie era disgustata. Doug aveva telefonato venti minuti dopo che Tony era partito con Raiden, Drew e Talon per andare sulle montagne circostanti Fallport e stare alla larga per qualche giorno. La telefonata era stata registrata, grazie a un dispositivo che Simon aveva installato nel telefono di Elsie, in modo da avere le prove di ogni singolo illecito nelle parole e nelle azioni di Doug, che al telefono aveva parlato in modo molto frenetico, sostenendo che qualcuno gli avesse rubato la macchina con dentro il figlio.

Non era stato difficile per Elsie piangere, sentendo la storia che Doug si era inventato. Le era bastato sapere che era proprio quello il piano di Doug per sbarazzarsi del suo bimbo per farla diventare quasi isterica. Doug aveva affermato di aver telefonato a un poliziotto suo amico, ma le aveva anche detto di avere dei "contatti" e che stava "gestendo la situazione", il che, se la situazione fosse stata reale, non avrebbe certo soddisfatto Elsie.

Siccome però si trattava di una messinscena, Elsie aveva implorato Doug di trovare il suo bimbo e di riportarlo a casa sano e salvo. Lui le aveva risposto che si sarebbe messo in contatto il prima possibile per aggiornarla.

Elsie era disgustata dal fatto che Doug non si fosse nemmeno preoccupato di dirle della presunta scomparsa del figlio di persona. Era davvero un uomo spregevole, una testa di cazzo, un essere umano indegno... e lei si vergognava persino di aver creduto di amarlo, un tempo.

Più tardi, quella sera, mentre era sdraiata a letto con Zeke e cercava di dormire, senza riuscirci, il telefono le squillò di nuovo. Nemmeno Zeke riusciva a dormire: le passò il cellulare mormorando: "È Doug."

Elsie sentì ogni muscolo del corpo irrigidirsi, ma fece un respiro profondo e rispose, mettendo in vivavoce in modo che anche Zeke potesse ascoltare cosa avesse da dire Doug. "Pronto? Doug? L'hai trovato?"

No, ma c'è una novità," le disse Doug.

"Quale? Cos'è successo?" Non era difficile sembrare nel panico: Elsie sentiva il cuore palpitarle in gola.

"Ho ricevuto una telefonata dal tizio che mi ha rubato la macchina. Ha detto che ha preso Tony e che ce lo restituirà, ma che dobbiamo incontrarlo domattina nell'area di servizio dove mi ha rubato la macchina, quella subito prima dell'ottantuno."

"Grazie a Dio!" esclamò Elsie. "Allora possiamo chiamare la polizia così possono venire..."

"No! Niente polizia!" la interruppe Doug, "Quello ha giurato che, se vede anche solo uno sbirro, ucciderà Tony e lo seppellirà dove non potremo mai trovarlo."

Pur sapendo che il figlio era al sicuro e stava bene, Elsie non poté evitare di disperarsi all'immagine evocata dalle parole di Doug.

L'ex marito proseguì: "Ha detto anche che devi venirci pure tu."

"Pure io?" chiese Elsie. "Perché?"

"Dice che Tony piange e vuole la mamma, è disperato."

Oh, Doug era uno stronzo *colossale*. Girare tutta la storia contro Tony per toccare le corde del cuore di Elsie e farle fare ciò che voleva lui.

Zeke nel frattempo aveva preso un taccuino su cui aveva scribacchiato qualcosa mentre Elsie parlava con Doug. Lei lo lesse, annuì e poi chiese a Doug: "Cosa vuole quel tizio in cambio di Tony?"

"Diecimila dollari."

Elsie inspirò di scatto. "Diecimila dollari? Doug, io non ce li ho!"

"Puoi sempre chiederli al tuo *boyfriend*," sbraitò Doug.

Elsie alzò gli occhi al cielo. "Zeke non è responsabile per Tony. Peraltro, anche se volesse aiutare (e sono sicuro che lo vorrebbe) tutti i suoi soldi sono investiti nel locale, che arriva a fine mese per un soffio," gli disse mentendo. "Comunque domani porto Zeke con me."

"No!" esclamò subito Doug. "Quel tizio è stato chiaro: solo io e te. Non mi hai sentita, Elsie? Vuoi fare ammazzare nostro figlio? I soldi ce li metto io, pagherei qualunque cifra per la sicurezza di Tony."

Elsie avrebbe voluto mettersi a urlare all'ex marito che era un maledetto bugiardo. Avrebbe voluto spiattellargli in faccia delle polizze sulla vita. In pratica, avrebbe voluto dirgli che era un essere umano spregevole... ma per il bene di Tony, e per raccogliere le prove di cui Simon aveva bisogno per incastrare Doug, era meglio starsene zitta. "Va bene, va bene! A che ora dobbiamo incontrarlo? Qual è il piano?"

"Vengo a prenderti domattina, poi andiamo all'area di servizio a prendere Tony e vi riaccompagno a casa."

"Sarò pronta."

"Bene. Sarò al tuo appartamento alle sette. Non fare tardi come al solito."

Ecco la vera personalità di Doug che si faceva sentire. Non ce la faceva, doveva per forza accusarla di qualcosa, anche in quel frangente.

"Sarò pronta," ripeté Elsie.

Zeke le mostrò di nuovo il taccuino con un'altra domanda.

"Hai una macchina? Cioè, visto che ti hanno rubato la Mercedes..." gli chiese Elsie.

"Ho noleggiato una Ford Mustang di colore nero."

Elsie digrignò i denti: il figlio in teoria era stato rapito e lui se ne andava a noleggiare un'auto di lusso al posto della Mercedes. Che bastardo colossale!

"Va bene," riuscì a dirgli.

"Ci vediamo domani," le disse Doug, che poi riattaccò senza nemmeno darle il tempo di salutarlo.

Elsie fissò Zeke col cuore in gola. Respirava a fatica e dovette fare appello a tutto il controllo di cui era capace per non saltar giù dal letto e andare a sfogarsi con l'ex marito piantandogli una scenata epica.

"Sei andata benissimo, Els," le disse Zeke.

Quelle parole le bastarono per trasformare la rabbia in preoccupazione e paura. "Cosa pensi che abbia in mente? Cioè, tanto Tony non sarà all'area di servizio."

"Chiaramente niente di buono, ma siamo costretti a scoprire le sue carte. Dobbiamo telefonare a Simon e muovere gli ingranaggi. Può far appostare qualche agente nell'area di servizio prima che ci arriviate."

"Ma Doug ha detto di non contattare la polizia; se se ne accorge, dà di testa."

"Non saranno in uniforme," le spiegò Zeke per calmarla, "ma non è troppo tardi per mandare tutto a monte. Sai già che non ne sono molto entusiasta. Non voglio che tu rimanga da sola con Doug. È chiaro che è disperato e gli uomini disperati diventano pericolosi."

"Nemmeno io voglio rimanere da sola con lui, ma te l'ho già detto: farei di tutto per Tony. *Di tutto*. Anche entrare in una macchina con quel bastardo del mio ex marito e cercare di fargli dire qualcosa per incriminarlo. È la mia possibilità di toglierlo dalle nostre vite per sempre. Se mi tiro indietro, rischio che continui a presentarsi più avanti e credo che non smetterà mai di cercare di fare soldi nei modi più loschi... se è disposto a uccidere me e Tony! Ce la faccio, Zeke. Tu farai in modo che non mi succeda nulla."

"Esatto," le rispose con decisione.

"Lo sapevo che aveva qualche asso nella manica," disse Elsie devastata, "lo sapevo che non sarebbe mai venuto qui solo per conoscere il figlio. Solo che non avrei *mai* immaginato..."

"Non è colpa tua," le disse Zeke scuotendo la testa, "non prenderti la stronzaggine sulle spalle."

"Ma Tony era entusiasta di conoscere il padre," proseguì lei, "ho messo da parte ogni riserva per dargli la possibilità di creare un rapporto col figlio, che stupida che sono stata! Tony aveva già tutto ciò che gli serviva, aveva *te* come figura paterna. Avrei dovuto dire a Doug di andare a farsi fottere, che aveva avuto cinque anni per conoscere il figlio e che non gli era mai interessato. Maledizione, non cinque anni, aveva avuto *nove* anni! Non gli è mai interessato nulla del figlio nemmeno quando vivevamo sotto lo stesso tetto!"

Zeke si mosse, facendo rotolare anche Elsie fino a tenerla sotto di sé. Si sostenne sui gomiti e mise le mani ai lati del viso di Elsie, tenendola ferma con dolcezza. "Va bene, allora, prima di tutto per me è importantissimo che mi consideri come figura paterna per Tony. Farei di tutto per quel ragazzino. Oggi l'ho sentito dire che mi vuole bene sarebbe il secondo miglior giorno della mia vita, se non ci trovassimo in mezzo a questo casino della malora. Comunque, per la cronaca, il *miglior* giorno della mia vita è stato quello in cui *tu* mi hai detto che mi ami."

Elsie tirò su col naso mentre le venivano gli occhi lucidi. Ultimamente era molto emotiva, ma aveva delle ottime ragioni, quindi non le dava noia.

"In secondo luogo, non sei stata *affatto* una stupida! Stavi anteponendo il benessere di Tony al tuo, come fai sempre. Non solo, ma tu sei fatta così, dai agli altri una seconda opportunità, o anche una terza. Non saresti la donna che amo tantissimo, se fossi acida e chiusa. Non mi fa piacere che tu rimanga da sola con Doug... però hai ragione. Non riuscirà a tenere la bocca chiusa su quel che ha fatto. È troppo arrogante. Penserà di aver vinto non appena entrerai in macchina con lui. Voglio solo che tu stia *estremamente* attenta. Non fargli troppa pressione, Els. Se pensa anche solo per un secondo che tu stia cercando di fregarlo, penso proprio che non la prenderà bene."

"Farò attenzione," gli promise Elsie.

Zeke la fissò per un lungo momento, poi sospirò. "Vorrei tanto chiuderti in un armadio e impedirti di uscirne finché Doug non sarà incastrato," le disse sottovoce.

Invece di farla arrabbiare, quelle parole la calmarono. "Lo so, ma non lo farai."

"No, non lo farò," ribadì lui, "ma devo dirtelo, non sono mai stato tanto preoccupato come in questo momento. Non mi sembra giusto che tu ti metta in una situazione del genere. Ho passato tutta la vita a proteggere gli altri, non mi sarei mai immaginato di ritrovarmi qui: devo lasciare consapevolmente che la persona che amo si metta in pericolo, quando dentro di me non vorrei altro che mandarti in montagna per metterti al sicuro nella foresta, come abbiamo fatto con Tony."

"Anch'io sono preoccupata," gli disse Elsie, "ma sono più incazzata. Non posso passare il resto della mia vita guardandomi alle spalle, chiedendomi se sta arrivando qualcuno a eliminare me o Tony. Stare con *te* mi ha dato questa forza. Tu mi hai aiutata a capire che tutto ciò che Doug diceva di me era solo frutto delle insicurezze che aveva *lui*, non delle mie."

"Ci puoi giurare," le disse Zeke.

"Ti amo tanto che sono spaventata, ma il tuo supporto in questo frangente... significa tutto per me. Non solo; ma se qualcosa andasse storto, so che tu interverrai per risolvere tutto, per garantire la mia sicurezza."

"È vero," confermò Zeke con un tono di voce chiaramente determinato.

Passò le mani sui fianchi di Zeke. Il fatto che quell'uomo fosse lì con lei, che l'amasse, che fosse preoccupato per lei, le dava una grande forza per affrontare Doug una volta per tutte. "Per quanto mi andrebbe di stare qui con te e sbarazzarmi di ogni paura facendo l'amore, dobbiamo telefonare a Simon. Dobbiamo aggiornarlo e vedere come funziona quell'aggeggio col microfono e il localizzatore," gli disse Elsie sottovoce.

"Sì," rispose Zeke, che però non si mosse.

Elsie non poteva non sorridere. Alzò la testa e lo baciò dolcemente. "È impossibile che Doug l'abbia vinta," gli sussurrò, "non può succedere, proprio adesso che finalmente ho tutto ciò che ho sempre voluto."

"Quando questa storia sarà finita, ci sposiamo," le dichiarò Zeke tranquillamente. "Poi eliminiamo i profilattici. Voglio darti un altro figlio, mostrarti come dovrebbe comportarsi un vero marito, un vero padre."

Elsie si sentì percorsa da un brivido. Avrebbe dovuto darle fastidio sentirsi *dire* ciò che sarebbe accaduto, al posto di sentirselo chiedere. Invece non poteva prendersela, perché anche lei desiderava con ogni fibra del proprio essere tutto ciò che Zeke le aveva detto. "Va bene."

Lo sguardo serio sul viso di Zeke si illuminò e le sue labbra si aprirono in un sorriso improvviso. "Va bene?"

"Sì."

"Ottimo." Poi la baciò profondamente e più a lungo di quanto avesse fatto lei un attimo prima, quindi alzò la testa e le si tolse di dosso. Elsie sentì sulla coscia l'uccello duro di Zeke che si muoveva, ma lui non commentò: le porse semplicemente la mano e l'aiutò ad alzarsi. "Adesso preparati, Els. Dobbiamo elaborare il piano per incastrarlo."

———

Alle sette in punto del mattino dopo, una Mustang nera accostava nel parcheggio del palazzo di Elsie. Lei non aveva dormito molto. Dopo aver telefonato a Simon, lui era venuto a casa di Zeke e aveva istruito Elsie su cosa dire a Doug, su cosa servisse in tribunale per farlo condannare per tentato omicidio, su cosa fare e dire se l'ex marito si fosse insospettito, poi era andata all'appartamento con Zeke e si era sdraiata nel letto, rimanendo sveglia per tutto il resto della notte. Ormai si reggeva in piedi solamente grazie all'adrenalina.

Rocky si era presentato all'appartamento di Elsie già da un'ora, pronto con Zeke a unirsi a Simon e all'agente che avrebbero seguito Elsie e Doug. Altri due poliziotti erano già partiti con delle auto non contrassegnate per appostarsi all'area di servizio.

"Io e Rocky vi staremo dietro a non più di cinque minuti," le ricordò Zeke per la centesima volta. "Io sarò con Simon, Rocky con l'altro agente nell'auto della polizia. Ascolteremo tutti ciò che vi dite tu e Doug."

"Lo so," gli rispose Elsie. Ormai aveva capito tutto. Avevano parlato ripetutamente di qualunque possibile sviluppo, anche dei peggiori. Parlarne non aveva contribuito a farla sentire meno in ansia, ma sapere che i rinforzi erano sempre e solo a pochi minuti di distanza la faceva stare molto meglio. Qualunque fosse il piano di Doug, lei poteva sempre resistere per cinque minuti, nell'attesa di essere salvata.

"Ti amo," le disse Zeke; il timore nella sua voce roca fu quasi sconvolgente per lei.

Elsie fece un respiro profondo per controllare le proprie emozioni, poi lo abbracciò tenendolo stretto. "Anch'io ti amo. vedrai che funzionerà. Doug darà fiato alla bocca e registreremo tutto, poi potremo sposarci e avere altri figli."

Elsie sentì Rocky farsi una mezza risata dietro Zeke, ma lo ignorò.

"Puoi giurarci. Adesso vai, prima che a Doug venga voglia di presentarsi qui."

Elsie alzò gli occhi al cielo. "È impossibile. In tutta la vita, non mi ha mai nemmeno aperto una porta, non si è mai impegnato per essere gentile."

"Che stronzo," mormorò Rocky, mentre Zeke scosse semplicemente la testa.

Elsie si alzò in punta di piedi per dare un altro bacio a Zeke, poi si sforzò di girarsi e andò verso la porta. Nell'attimo stesso in cui la chiuse dopo essere uscita, sentì un enorme senso di terrore, ma si fece forza e si avviò: poteva farcela, per Tony.

Scese le scale fino al parcheggio e salì sul lato passeggero della macchina noleggiata da Doug.

"Sei in ritardo," brontolò lui subito, appena lei ebbe chiuso lo sportello.

Lei avrebbe voluto mandarlo all'inferno, ma gli disse appena: "Scusa."

Lui non disse altro e cominciò a guidare per uscire di città. Elsie gli chiese: "Hai più sentito il tizio che ha rapito Tony? Nostro figlio sta bene? Ci sono cambi di programma per oggi?" Si ricordò che Simon le aveva detto di far parlare Doug il più possibile per scoprire quale fosse il piano che aveva orchestrato, anche per registrarlo.

"No, non ho sentito altro. Per quanto ne so, il programma è lo stesso."

"Allora lui sarà all'area di servizio quando ci arriviamo? Con Tony?"

"Non lo so," rispose Doug con fare scorbutico, "so solo quello che ti ho già riferito, che il tipo ci ha detto di andare all'area di servizio con diecimila dollari per riavere indietro Tony."

"Ma ce lo restituirà già là? Oppure ci darà delle coordinate o un'indicazione di dove dovremmo andare a prenderlo?"

"Cazzo, Elsie, *non lo so*!" sbraitò Doug.

Elsie strinse la labbra, capendo di dover allentare la pressione. Quando Doug si incazzava, diventava perfido. Beh, più perfido del solito. L'ultima cosa che Elsie voleva era istigarlo al punto da fargli compiere degli atti inconsulti. Era come se riuscisse a sentire la voce di Zeke nella mente, le diceva di andarci piano.

L'auto rimase in un silenzio imbarazzante finché Doug svoltò immettendosi nella strada che portava alla superstrada. Mancavano una ventina di minuti all'area di servizio. La strada I-480 tagliava i monti Appalachi per arrivare alla superstrada I-81, l'arteria principale che collegava il nord e il sud della Virginia. C'erano alberi su entrambi i lati della strada e il segnale del cellulare era a dir poco altalenante, se non del tutto assente.

Elsie sapeva bene che quella era una zona isolata, lo ricordava da quando era rimasta con una gomma a terra, qualche mese prima. Ripensò al figlio, che aveva guidato la Mercedes di Doug dall'area di servizio fino a Fallport, da solo, su una strada in cui il cellulare non prendeva; le vennero i brividi. Era stato fortunato a non avere incidenti.

Tentò di nuovo di parlare con Doug, almeno per cercare di farlo aprire un po', ma lui era stranamente taciturno e tranquillo e la innervosiva molto.

Elsie fece un respiro profondo, poi sospirò. Proprio in quel momento, Doug si girò verso di lei.

"Che cazzo è quello?" sbraitò.

Elsie fu scossa dalla paura e guardò fuori dal finestrino, ma non vide nulla di strano. "Dove? Cosa?" domandò confusa.

Doug allungò una mano e afferrò la manica della camicetta che indossava Elsie. Aveva indossato apposta un modello più comodo per nascondere l'apparecchio trasmittente che portava sotto, agganciato al reggiseno.

Quando Doug strattonò con violenza la camicetta, Elsie sentì lo strappo mentre il colletto si stirava e le cuciture della spalla si rompevano. Si portò una mano davanti al seno per nascondere l'apparecchio sotto la camicetta, ma era troppo tardi.

Quando abbassò lo sguardo, Elsie vide un cavo che sporgeva dallo strappo sotto al colletto.

"*Brutta troia!*" gridò Doug.

Poi si mosse prima che Elsie potesse proteggersi e le piantò un pugno in faccia; lei gridò mentre il dolore l'assaliva. L'aveva centrata all'occhio sinistro, che cominciò subito a gonfiarsi.

Mentre Elsie cercava di riprendersi da quel dolore lancinante inaspettato, Doug le infilò una mano sotto la camicetta e le strappò via il dispositivo attaccato al reggiseno.

"Un *microfono*? Ma mi prendi per il culo?!" le gridò in preda all'ira, tanto che gli tremava la voce.

"Non è come pensi!" esclamò Elsie cercando di ricordare cosa le aveva detto di fare Simon, proprio in quell'eventualità.

"Appunto, certo che no! Allora cos'è? Sentiamo!" gridò Doug gettando sul sedile posteriore l'apparecchietto con tanto di cavi.

Elsie non aveva idea se stesse ancora registrando o no, ma pregava di sì.

"Avevo già detto al capo della polizia che Tony era scomparso prima che tu mi telefonassi dicendomi del rapitore. Ieri sera è venuto a casa mia... ho finito per vomitargli addosso tutte le cose che mi hai detto. Avevo paura, Doug! Nostro *figlio* è scomparso! Il capitano Hill ha insistito che indossassi questo apparecchio per poter catturare il rapitore. Dato che ha detto di non portare la polizia, era l'unica cosa che potevamo fare!"

"Sei una deficiente totale!" urlò Doug partendo di nuovo col pugno. Elsie riuscì a scansarlo facendosi colpire alla spalla. "Non c'è *alcun* rapitore!" le urlò.

"Cosa?!" gli chiese Elsie fingendosi confusa. "Ma cosa stai dicendo?"

"È stato *Tony* a rubarmi la macchina, cazzo! Di sicuro l'avrà schiantata da qualche parte. Era una Mercedes, santo cielo! Non poteva reggere la potenza di quel motore. Di sicuro sarà uscito di strada e si sarà sfracellato. Maledizione, non ho trovato traccia della macchina, quindi può anche darsi che sia arrivato sull'ottantuno. Non lo so... e francamente non me frega!"

Elsie sobbalzò per quell'accesso d'ira colma d'odio.

"A me interessa solo di trovare il suo cazzo di *corpo* così posso incassare! Ho accettato di fare un figlio solo perché quel coglione del mio capo pensava che tutti i dipendenti dovessero avere una famiglia completa."

"So già dell'assicurazione sulla vita," sbottò Elsie.

In tutta risposta, Doug partì con un altro pugno e la colpì di nuovo. "Non me ne frega, *avrò* i miei soldi. Sono la mia ricompensa per aver dovuto sopportare te e quel moccioso per così tanto tempo."

"Vaffanculo!" gli urlò Elsie, stufa di rimanere sulle difensive: ormai non le interessava più di provocarlo. "Nessuno troverà il corpo di Tony, perché è riuscito a tornare a Fallport sano e salvo. È andato a nascondersi e tu non lo troverai mai, e neanche il tuo sicario da quattro soldi!"

"Cazzo! *Merda!* Maledizione!" tuonò Doug colpendo forte il volante.

Elsie si spostò contro la portiera tenendo gli occhi puntati sull'ex marito, decisa a non farsi più colpire. "Qual era il tuo piano, una volta arrivati all'area di servizio?" gli chiese per provocarlo. "Ovviamente Tony non poteva esserci."

"Il mio tipo prenderà *te* al suo posto," le rispose Doug con una voce falsamente tranquilla. "Se sai della polizza, sai anche che tu vali cinque volte quel maledetto moccioso. Prenderà te, ti ucciderà come doveva fare con Tony, così mi pagheranno un bordello di soldi."

Elsie scosse la testa e ribatté: "Sei un maledetto bastardo."

"Non mi parlare in quel modo, stronza!" le urlò Doug.

"Perché no? Tu non hai fatto *altro* che prendermi a male parole da quando ci siamo sposati. Invece sei *tu* l'idiota, adesso, non te la caverai, Doug. Sei finito. Alla grande.

Dovevi continuare a lasciarci perdere, invece la tua avidità ti ha trascinato nella fossa."

Lo sguardo con cui l'ex marito la fulminò era talmente furioso e malvagio che Elsie visibilmente sussultò.

A quel punto Elsie si accorse, troppo tardi, di essersi spinta un po' troppo oltre nel provocarlo.

Doug sterzò all'improvviso verso destra.

Stava uscendo di strada. Erano letteralmente in mezzo al nulla... e ovviamente il cellulare di Elsie non prendeva e non le sarebbe stato di alcuna utilità. L'unica speranza di salvarsi, in quella situazione, era l'aiuto nella macchina che li seguiva a pochi minuti di distanza.

"Idiota, eh? Adesso sai che faccio? Mi diverto a spaccarti la faccia. Te lo meriti da anni, cazzo. I lividi e le ossa rotte vanno alla perfezione col piano. Quando il tuo corpo verrà ritrovato, penseranno tutti che chi ha rubato la macchina ti abbia pestata a sangue."

Tirò il freno a mano di colpo appena il veicolo si fermò sul bordo della I-480, sganciò la cintura di sicurezza e si lanciò su di lei, puntando al collo con le mani.

Grazie al cielo, Elsie si era già tolta la cintura di sicurezza. Ruotò il torso e alzò una gamba per dare un calcio a Doug. In quell'automobile sportiva non c'era molto spazio, così Elsie non riuscì a dare molta forza al calcio e lo fece solo ricadere sul sedile di guida. Doug imprecò e la colpì di nuovo in faccia.

In preda alla disperazione, sapendo che Doug era sul punto di farle talmente male da metterla fuori combattimento, Elsie cercò con la mano la maniglia della portiera.

La risata malvagia di Doug le risuonò nelle orecchie; Elsie trovò la maniglia e la tirò proprio mentre lui si stava di nuovo slanciando verso di lei. Cadde all'indietro fuori dall'auto, atterrando sul terriccio ghiaioso che costeggiava la strada.

Non si vedevano altre macchine nei paraggi. Sembrava che lei e Doug fossero le uniche persone sulla faccia della Terra. Guardando l'espressione di Doug, ancora in auto, Elsie capì che l'avrebbe uccisa. In quel momento, in quel luogo. Non avrebbe aspettato di arrivare all'area di servizio, non avrebbe lasciato il lavoro sporco al tizio che aveva assunto.

Fece l'unica cosa che poteva: scattò in piedi e corse nella foresta che circondava la strada. Doug cominciò a imprecare e a minacciarla, ma lei lo ignorò. Il suo unico pensiero era riuscire a scappare, trovare un posto dove nascondersi.

CAPITOLO VENTIQUATTRO

Simon imprecò malamente vicino a Zeke, che si irrigidì. Qualcosa era chiaramente andato storto. Zeke aveva un cattivo presagio su quel piano fin dal momento in cui Simon l'aveva proposto, ma Elsie era determinata a fare tutto ciò che poteva per tenere Tony al sicuro.

I suoi vecchi compagni d'armi l'avrebbero anche considerato un debole per aver accettato il piano, sia pur con riluttanza, ma per Elsie avere la forza e l'autocontrollo che non aveva mai avuto durante il matrimonio con Doug era molto importante, di conseguenza era importante anche per lui.

Zeke stava guidando la sua macchina, anche se Simon pensava fosse una cattiva idea, ma Elsie non era l'unica che aveva bisogno di sentirsi padrona delle proprie azioni. Zeke aveva bisogno di seguirla da vicino e mettendosi alla guida consentiva a Simon di concentrarsi sulla ricezione del segnale, ascoltando ciò che accadeva nel veicolo di Doug dal ricevitore collegato al microfono che indossava Elsie.

Però Simon continuava a imprecare e Zeke capì che il piano era andato all'aria... *di nuovo*. Sapeva che avrebbero dovuto agire diversamente. Avrebbe dovuto proporre un piano meno pericoloso. Tony era al sicuro, ma se fosse successo qualcosa a Elsie, né Tony né Zeke si sarebbero mai ripresi.

"Cos'è?" sbraitò Zeke. "Cosa succede?"

"Beh, Doug è un coglione bastardo, tanto per cominciare. Ha scoperto il microfono e penso che l'abbia strappato da Elsie, ma funziona ancora. Stiamo registrando. Ormai è incastrato," spiegò Simon imprecando; ma aveva la fronte corrucciata e non sembrava affatto contento.

"Ha trovato il microfono?" chiese Zeke premendo fino in fondo l'acceleratore. Aveva promesso a Elsie di rimanere sempre a meno di cinque minuti da lei, ma in strada non c'era traffico e aveva dovuto rimanere a una certa distanza per evitare di farsi scoprire. Quanto avrebbe preferito un bel traffico congestionato, in quel momento.

"Sì, ma ha detto più che abbastanza per sbatterlo dentro. Senti, non perdere la calma... sembra che l'abbia colpita," le disse Simon.

Zeke imprecò con decisione e spinse la macchina fino al limite, cercando di recuperare la distanza che lo divideva dalla donna che amava.

"A giudicare dal rumore del motore, sta accostando," disse Simon a Zeke. Poi, dopo qualche secondo: "Qualcuno sta uscendo. Sento Doug imprecare, dev'essere Elsie." Un'altra pausa satura di tensione. "*Merda!*"

Zeke sentì il sangue raggelarsi nelle vene, ascoltando il capo della polizia che imprecava. "Cosa? Maledizione, Simon, *cosa?*"

"Non sento più niente," gli rispose Simon.

A quel punto Zeke fece un respiro tremante. "Brava ragazza," disse con voce roca. Non era certo contento dell'accaduto, ma correre nel bosco ai margini della strada era la scelta migliore che Elsie potesse fare... sempre che Doug non la raggiungesse.

La foresta era il regno di *Zeke*, ci si trovava a suo agio proprio come dietro al bancone dell'On the Rocks. Per quanto Elsie potesse addentrarsi tra quegli alberi, lui l'avrebbe ritrovata.

"Non ha più addosso il ricevitore," gli disse Simon, "quindi non possiamo rintracciarla." Il capo della polizia sembrava incazzato e preoccupato.

"Io posso," gli disse Zeke con tono sicuro.

Simon guardò Zeke e annuì. "Hai ragione. Quando arriviamo, tu e Rocky cercate Elsie, mentre io e il mio uomo ci occupiamo di Doug."

Non c'era bisogno di dirglielo. La prima responsabilità di Zeke era Elsie. Sempre, per sempre. Certo, se Zeke si fosse imbattuto in Doug mentre cercava Elsie, l'avrebbe conciato per le feste. Doug avrebbe fatto meglio a pregare che fosse la polizia a catturarlo, prima di Rocky o di Zeke.

Entrambi gli ex militari delle forze speciali conoscevano vari modi di uccidere senza lasciare tracce. Se l'avessero incontrato prima che lo trovasse Simon, Doug sarebbe stato spacciato.

La determinazione crebbe in Zeke man mano che sfrecciava lungo la strada in cerca della Mustang. L'incubo di Elsie e Tony non avrebbe visto un domani... mentre per Doug l'incubo sarebbe appena cominciato.

La vista dell'auto nera parcheggiata malamente sul ciglio della strada fu un sollievo. Rocky e l'altro poliziotto erano già fermi dietro al veicolo e stavano uscendo dalla macchina.

Simon imprecò e si aggrappò alla maniglietta di sicurezza sopra al finestrino perché Zeke si avvicinò alle altre macchine senza nemmeno rallentare: inchiodò sui freni all'ultimo secondo e fermò il veicolo che slittò sulla ghiaia. Inserì il freno di stazionamento e uscì dall'auto prima ancora che questa smettesse di oscillare.

Appena fece un passo verso la foresta, Doug ne uscì.

Zeke non seppe dire chi fosse più sorpreso, se l'ex marito di Elsie o il poliziotto, che estrasse immediatamente l'arma puntandola contro Doug.

"Mani in alto, subito!"

Doug fu talmente stupido da ignorare l'ordine, girarsi e tornare di corsa verso la foresta.

Simon lo rincorse e, con uno scatto impressionante, lo raggiunse in pochi secondi placcandolo a terra e tenendogli la faccia sul terriccio, mentre gli tirava indietro le braccia per ammanettarlo.

Senza dire una parola a Simon, Zeke si diresse verso il punto in cui Doug era uscito dal bosco. Il suo compagno della squadra di ricerca e soccorso Eagle Point gli era già alle calcagna, seguivano la traccia chiarissima lasciata dalla fuga di Elsie. Alcuni ramoscelli spezzati per terra rivelavano dove avesse camminato. Abbassando lo sguardo, Zeke vide le orme di Elsie e di Doug.

Zeke non poteva fare altro che pregare che Elsie fosse scappata all'ex marito. Non c'era alcuna prova che Doug non l'avesse catturata immediatamente, facendole del male, o uccidendola, per poi uscire dalla foresta e tornare alla macchina.

Elsie aveva dalla sua la disperazione e l'adrenalina nelle vene. Zeke sapeva che avrebbe combattuto con la forza di un'orsa che difende il proprio cucciolo, se avesse dovuto. Era esattamente ciò che stava facendo, per questo aveva accettato di incontrare Doug.

"Da quella parte," disse Rocky indicando verso destra.

Il percorso di Elsie tra gli alberi non era rettilineo. Aveva girato prima a sinistra, poi a destra, probabilmente per far perdere le proprie tracce a Doug.

"Elsie!" urlò Zeke, pregando che non stesse ancora correndo. Aveva un notevole vantaggio, poteva aver corso anche un chilometro, nel frattempo. Se stava ancora correndo, sarebbe andata sempre più lontano.

Arrivarono a un punto nel bosco in cui le orme di Doug si fermavano, mentre quelle di Elsie proseguivano.

"Non ci sono tracce di lotta," commentò Rocky, leggendo

i pensieri di Zeke. "Sembra che qui si sia arreso e abbia deciso di tornare alla macchina."

Annuendo, Zeke si addentrò nel bosco urlando di nuovo il nome di Elsie.

Quel richiamo fu seguito dal silenzio, ma Zeke non si scoraggiò. Doug non le aveva messo le mani addosso. Secondo Simon, l'aveva colpita in macchina, ma Elsie aveva avuto la forza e la determinazione di sfuggirgli. Aveva agito al meglio, nella situazione in cui si era trovata.

Era corsa via dalla persona che cercava di farle del male.

Si era rifugiata nella foresta. La seconda casa di Zeke.

Era solo una questione di tempo, prima che Zeke la trovasse.

―――

Elsie aveva male a un fianco, ma non per questo smise di correre.

Non sentiva più Doug, ma poteva essere comunque dietro di lei. Se l'avesse catturata, senza dubbio l'avrebbe uccisa. L'espressione che gli aveva visto in faccia prima di scappare ne era la prova.

Non aveva avuto altra scelta, doveva correre tra i boschi; ma più correva e meglio si sentiva. Lei non era un'amante della natura selvaggia, ma Doug era *schifato* da tutto ciò che era la natura all'aria aperta. Quindi Elsie era in vantaggio, per quanto flebile, nonostante l'occhio gonfio praticamente chiuso e il dolore lancinante in faccia per i pugni di Doug. Almeno le gambe funzionavano bene. Finché le reggeva il fiato, poteva rimanere avanti a Doug.

Si fermò solo per un momento per riprendere fiato e lanciò un'occhiata dietro di sé. Gli alberi erano ormai grossi e fitti, riusciva a vedere a malapena a due metri di distanza, prima che rami e foglie ostruissero la visuale.

Fece del suo meglio per rallentare il battito cardiaco e

cercò di ascoltare eventuali rumori che segnalassero la presenza di Doug, ma non sentiva altro che il vento che smuoveva le cime degli alberi sopra la sua testa.

Un minuto di silenzio dopo l'altro, tutto ciò che era accaduto cominciò a chiarirsi nella sua mente. Non aveva avuto il tempo di elaborare cosa le aveva detto Doug, cosa voleva farle, prima di quel momento. Aveva intenzione di consegnarla al tizio che aveva assunto per ucciderla, quello che doveva uccidere il *figlio*, senza alcun rimorso.

Come aveva fatto a ridursi così in basso l'uomo che lei un tempo aveva amato?

Cosa rivelava di *se stessa*, il fatto che lei non avesse mai conosciuto quell'aspetto di lui?

Dopo aver deglutito a fatica, Elsie si rifiutò di piangere. Aveva finito di fare la vittima di Doug. Non era più quella persona. Non era più la donnina docile e mansueta che faceva tutto ciò che le diceva il marito. Ne aveva fatta di strada, da quando se n'era andata da Washington. Anche se non aveva molti soldi, amava il figlio con tutto il cuore e lo aveva cresciuto nel modo migliore.

All'improvviso sentì un rumore da lontano... e le si gelò il sangue nelle vene. Merda, Doug le stava ancora dietro? Non aveva idea della distanza che aveva percorso, ma le sembravano chilometri. La polizia ormai avrebbe dovuto raggiungere la macchina sul ciglio stradale. La conversazione tra lei e Doug era stata trasmessa, l'avevano ascoltata.

Non solo la polizia era a pochi minuti di distanza, ma anche Zeke e Rocky. Se non era spaventata a morte di essersi persa in mezzo alla foresta era in gran parte perché sapeva senza ombra di dubbio che Zeke l'avrebbe ritrovata. Anche se Simon gli avesse ordinato di rimanere in macchina, lui l'avrebbe ignorato per andarla a cercare.

Pregò che il dispositivo avesse continuato a registrare, dopo che Doug l'aveva gettato sul sedile posteriore; trattenne il fiato, sforzandosi di capire di che natura fosse quel rumore.

Lo sentì di nuovo... era una voce. Flebile, lontana, come se chi stava parlando fosse molto distante.

Però sentì chiaramente il proprio nome portato dal vento.

"Elsieeeeeee!"

Zeke...

"Zeke!" urlò Elsie di rimando, pregando di aver davvero sentito la voce di Zeke, che non fosse una forma di illusione. Se fosse tornata indietro tra le braccia di Doug, non avrebbe mai potuto perdonarselo.

Beh... non avrebbe *dovuto* perdonarselo, perché probabilmente l'avrebbe uccisa.

Elsie si girò e corse indietro da dove era venuta. Almeno così sperava. Il suo senso dell'orientamento era pari a zero, soprattutto in mezzo a un bosco senza alcun punto di riferimento. Tuttavia trovò piuttosto facile ripercorrere le proprie orme seguendo le tracce sul terreno, vedendo le proprie impronte nel terriccio, i ramoscelli e le foglie che aveva smosso mentre fuggiva.

"Elsie!" tuonò di nuovo la voce, più vicina.

Era Zeke! Ci avrebbe scommesso tutto ciò che possedeva... non era una fortuna, ma insomma...

Se un attimo prima Elsie stava spostando ramoscelli per farsi strada e cercare l'uomo che amava, l'attimo dopo gli andò a sbattere letteralmente contro il petto.

Zeke non la lasciò cadere: l'avvolse con le braccia e la tenne saldamente in piedi, dandole il sostegno e la forza di cui lei aveva bisogno.

Elsie si aggrappò a lui di peso.

"Grazie a Dio!" mormorò Zeke mettendosi in ginocchio proprio là, in mezzo al bosco.

Elsie intravide Rocky dietro di lui, ma tutta la sua attenzione era dedicata all'uomo che la teneva tra le braccia. Alzò la testa e gli chiese: "Doug? L'avete trovato?"

"L'ha preso Simon," le disse Rocky dopo un momento, dato che Zeke non le rispondeva. "È incastrato, tutto ciò che ha detto è stato registrato, Elsie. Ce l'hai fatta... e avevi ragione: la sua arroganza ha accecato il suo buon senso."

Il sollievo alle parole di Rocky la fece sciogliere, ma era preoccupata, perché Zeke non aveva ancora spiaccicato parola. "Zeke?" lo chiamò. "Stai bene?"

In tutta risposta, lui le mise una mano sul viso e le passò con delicatezza le dita sull'occhio gonfio. "Non ho mai avuto tanta paura come quando Simon mi ha detto cosa stava accadendo," le disse sottovoce, "se ti fosse successo qualcosa, non so cos'avrei fatto."

"Sto bene, mi verranno dei lividi, non sono sicura se farò mai un'altra corsa nei boschi... ma sapevo che mi avresti ritrovata."

"Ti troverò sempre, Elsie. Tu sei la mia vita. Non riesco nemmeno a immaginare di non averti al mio fianco."

Elsie fece un respiro profondo e si lasciò andare di nuovo contro di lui. "Ti amo," gli sussurrò contro la pelle del collo.

"Anch'*io* ti amo," le rispose Zeke.

"E io voglio bene a entrambi, anche se è diverso, ma fa lo stesso. Adesso che ne dite se ce la filiamo da qui?" chiese Rocky scherzando.

Elsie fece una risatina, ma Zeke non sembrava ancora pronto a rilassarsi e a farsi una risata, in quella situazione.

"Torniamo a casa," gli disse Elsie, "così potrete avvisare Raiden, Drew e Talon che è tutto a posto e che possono riportare a casa Tony."

Quelle parole fecero tornare in sé Zeke, che si alzò in piedi tenendole un braccio intorno alla vita per sostenerla e aiutarla ad alzarsi. "Ce la fai a camminare da sola fino alla macchina?" le chiese.

Elsie si fece seria: "Quanta strada c'è?"

"A occhio direi un paio di chilometri."

"Solo?" gli chiese. Rocky fece una risatina, ma lei lo ignorò. "Giurerei di aver corso almeno dieci chilometri!"

Zeke accennò un sorriso. "Se è questo che vuoi raccontare

in giro, io ci sto. Anche Rocky, altrimenti lo sotterro qui nel bosco."

Elsie fece una risata. Era incredibile, stava ridendo, quando pochi minuti prima scappava per aver salva la vita. Però stava bene, Tony era al sicuro e Doug sarebbe andato in prigione.

Non solo... ma si sarebbe risposata e non aveva dubbi che Zeke si sarebbe impegnato molto per metterla incinta.

Meno di un'ora dopo l'inizio di quell'incubo, quel mattino, il mondo di Elsie si era totalmente risistemato.

"Non è necessario, ma non penso di essermi trasformata in un'amante della vita all'aria aperta. Le passeggiate in montagna proprio non fanno per me."

"Me lo ricorderò," le rispose Zeke. "Se ti senti mancare, se ti fa male qualcosa, tu dimmelo che ti porto in braccio," l'avvertì mentre intrecciava con lei le dita delle mani e si girava per tornare da dov'erano venuti.

"Non succederà," gli rispose Elsie con fermezza. "È *impossibile* che succeda. Prima di tutto, sono troppo pesante. In secondo luogo, sono arrivata qui correndo con le mie gambe, intendo uscirne allo stesso modo."

"Non sei troppo pesante, sei perfetta," le disse Zeke sollevandole la mano per baciarle le nocche. "E io sono orgogliosissimo di te."

"Anch'io," aggiunse Rocky. "Adesso... occhi aperti, potremmo incontrare Bigfoot mentre torniamo in strada. Ho sentito che gli piace aggirarsi da queste parti."

Elsie alzò gli occhi al cielo e vide Zeke reagire allo stesso modo. Apprezzava il tentativo di Rocky di alleggerire l'atmosfera; sentiva che Zeke l'avrebbe *davvero* presa in braccio, se avesse pensato anche solo per un secondo che soffriva troppo per il dolore.

Sapere di essersi liberata di Doug una volta per tutte le bastava per ignorare i muscoli indolenziti e il dolore lancinante al viso. Elsie voleva solo tornare a casa e stare con la famiglia.

Dopo una ventina di minuti, i tre uscirono dalla foresta ed Elsie vide un carro attrezzi che agganciava la Mustang, vicino ad altri due veicoli. Simon e l'altro poliziotto, che avevano seguito lei e Doug, non si vedevano. Nemmeno l'ex marito.

Gli uomini che li aspettavano erano gli altri poliziotti, quelli che si erano appostati in incognito all'area di servizio. Uno si avvicinò e strinse la mano di Zeke.

"Abbiamo telefonato a Ethan e Brock perché venissero ad aiutarvi a trovare Elsie, ma hanno detto che voi due avevate tutto perfettamente sotto controllo."

"Puoi dirlo forte," rispose Rocky.

"Germain?" chiese Zeke.

"Simon lo sta portando a Roanoke per immatricolarlo."

"E il tipo che ci stava aspettando all'area di servizio?" chiese Elsie.

"Si è volatilizzato," rispose l'altro poliziotto.

Elsie si irrigidì. Merda. Se il sicario era ancora in circolazione, avrebbe continuato a minacciare lei o Tony?

Come leggendole nella mente, il poliziotto proseguì: "Abbiamo il telefono del tuo ex marito. Rintracceremo le telefonate e scopriremo chi era. Senza i soldi che gli aveva promesso Doug, non si muoverà. Specialmente appena sente che il tuo ex marito è stato arrestato."

"Non cercherà di prenderci?" gli chiese.

Zeke le strinse la mano.

"No," le rispose il poliziotto con sicurezza.

"Come fai ad esserne tanto sicuro?" insisté lei.

"Perché non è così che operano i sicari. Vogliono i soldi. Non fanno nulla se non vengono pagati. Peraltro, Simon lo beccherà e lo sbatterà dentro. Sei al sicuro, Elsie. Non arriva forestiero a Fallport senza che qualcuno se ne accorga. Nessuno arriverà a te o a Tony."

A quelle parole, Elsie inarcò un sopracciglio ma annuì; quelle rassicurazioni la fecero sentire molto meglio.

"Sei pronta a tornare a casa?" le chiese l'altro poliziotto.

A casa. Sì, Elsie era più che pronta a tornare a casa. Annuì.

"Rocky, guidi tu?" gli chiese Zeke.

"Ma certo," rispose Rocky.

Zeke si incamminò con Elsie verso la macchina e salì con lei sul retro. Rocky si mise davanti con un poliziotto. Si diressero a est fino allo svincolo successivo, poi furono in direzione di Fallport.

"Ti metto del ghiaccio sull'occhio appena arriviamo a casa," le disse Zeke, "poi telefono al dottor Snow, sentiamo se può venire a visitarti. Poi ti metti comoda e rilassata, intanto che Rocky va da Raiden e gli altri per raccontare quanto è successo. Faremo tornare Tony a casa e lo rassicureremo che è tutto a posto. Dovremo anche aggiornare Nissi, e *poi* ci sposiamo."

Elsie non trattenne una risata. Era tipico di Zeke, era impaziente di farla sua. Del resto lei non aveva intenzione di lamentarsene.

"Ti amo," gli disse di getto.

"Anch'io ti amo, anche se oggi sono invecchiato di dieci anni. Mai più!" le disse con fermezza.

"D'accordo." Elsie non aveva alcun problema ad accettare quel patto.

"Se tu o Tony avete bisogno di assistenza psicologica, contattiamo un'assistente sociale," proseguì Zeke.

Elsie sentì di nuovo il cuore sciogliersi. Che fortuna, aveva trovato un uomo che l'amava tantissimo, che amava il figlio e si occupava di lui; com'era successo? Lei sapeva solo che non l'avrebbe mai dato per scontato. Si sarebbe ricordata di fargli sapere per tutta la vita quanto l'amava e quanto lo apprezzava.

Chiuse gli occhi e si si rilassò contro di lui sospirando contenta, quando lui le mise un braccio sulle spalle tirandola più vicino. Il picco di adrenalina che l'aveva sostenuta per tutta la mattina si stava lentamente affievolendo e il dolore delle botte di Doug e della corsa nel bosco stavano cominciando a farsi sentire. Tuttavia, un certo dolore era un piccolo prezzo da pagare, per il benessere e la sicurezza del figlio.

Sentì le labbra di Zeke sulla fronte e sorrise: si sarebbe affidata alle sue cure. Che sensazione meravigliosa.

EPILOGO

"Ancora non riesco a credere che tu mi abbia convinta," disse Elsie sospirando.

Zeke fece una risata. Del resto anche lui stentava a crederci, ma quando Tony aveva proposto l'uscita, Elsie non aveva avuto il coraggio di dirgli di no.

Così stavano camminando sul sentiero che portava al punto di osservazione Eagle Point, ma non da soli. Si erano uniti a loro anche Ethan e Lilly, insieme a Drew, Brock e Talon. Raiden e Rocky invece erano rimasti a Fallport, nel caso che la squadra venisse contattata per una ricerca.

Brock si era offerto di rimanere in città, insistendo con Raid perché partecipasse, ma lui aveva rinunciato. Zeke era un po' preoccupato per l'amico: già di natura non era proprio estroverso, ma ultimamente sembrava chiudersi sempre più in se stesso. Zeke non sapeva bene cosa fare, ma aveva deciso di fare una chiacchierata con gli altri della squadra, in un prossimo futuro.

La passeggiata al punto di osservazione era lunga una quindicina di chilometri e piuttosto impegnativa; Zeke sapeva bene che Elsie non si stava divertendo un mondo, ma Tony l'aveva implorata e lei aveva accettato. Lo faceva per il figlio, e per Zeke, che l'amava ancora di più proprio per questo.

Se l'erano presa comoda, per il bene di Elsie, fermandosi a pernottare a metà del percorso. Gli uomini della squadra ci sarebbero arrivati in un giorno solo, anche Lilly, ma nessuno aveva problemi a fermarsi dopo meno di dieci chilometri. Zeke portava tutto il necessario per sé e per Elsie nel proprio zaino, ma Tony aveva insistito per portare le proprie cose. Elsie aveva solo uno zainetto con qualche spuntino e dell'acqua.

Avevano acceso un fuocherello, Brock aveva preparato la cena in una pentolaccia in ghisa, che aveva scaldato e immerso nel terreno per terminare la cottura. Tony era rimasto affascinato e Zeke non si sarebbe sorpreso se il ragazzo avesse chiesto di preparare la cena in quel modo anche a casa.

L'ultimo mese era stato ricco di alti e bassi. Elsie e Tony si erano in pratica trasferiti da Zeke, che era tutt'altro che scontento: per lui era un sogno che si realizzava.

Tony aveva reagito benissimo a ciò che era successo col padre. Aveva chiesto alla mamma di dormire nella stessa stanza con lei per due notti, così Zeke aveva portato il materasso della cameretta di Tony nella camera da letto principale. Dopo due notti, però, Tony era tornato nella sua stanzetta, rientrando nella solita routine.

Un giorno era andato da Elsie dicendole che voleva liberarsi di tutti gli oggetti che gli aveva regalato Doug: non voleva tenere la bicicletta, la Xbox, i vestiti e gli altri giocattoli. Elsie lo aveva accontentato: avevano portato tutto al negozietto dell'usato di Fallport. Quel giorno, Zeke era stato molto fiero di Tony, che aveva contribuito a far felici altri bambini.

Anche Elsie se la stava cavando molto bene. Zeke l'aveva tenuta d'occhio molto da vicino, in cerca di eventuali segnali di difficoltà psicologiche. Invece la sua Els era forte come una roccia. Sì, un paio di sere si era messa a piangere, più per ciò che poteva succedere che per quanto era realmente accaduto. Però si era rimessa in sesto e gli aveva detto che si stava concentrando sul futuro, invece che piangere per il passato.

Zeke odiava pensare a ciò che sarebbe potuto succedere quel giorno maledetto. Se Doug fosse riuscito a mettere le mani su Elsie, se non ci fossero stati tutti gli altri a seguirla da vicino, forse Doug sarebbe riuscito a portarla via, a ucciderla, lasciando poi il corpo nei boschi, da qualche parte ai margini della I-480. Nessuno avrebbe mai trovato tracce di dove si fosse fermato o di dove l'avesse lasciata. Il suo corpo si sarebbe decomposto e sarebbe semplicemente sparito senza lasciare tracce, nel giro di qualche mese.

Zeke sentì i brividi. Per fortuna non era andata così. Lui era intervenuto ed Elsie era stata abbastanza sveglia da scappare, correndo a più non posso per sfuggire all'ex marito.

La polizia di stato stava ancora indagando per scoprire l'identità dell'uomo che Doug aveva assunto per uccidere Tony ed Elsie, senza troppa fortuna. Nel frattempo era saltato fuori che Doug aveva coinvolto la persona, o l'organizzazione sbagliata nel suo piano nefando: nel carcere in cui era detenuto era scoppiata una piccola rivolta a ora di pranzo, nel marasma incontrollato qualcuno l'aveva accoltellato. Voci di corridoio sostenevano che fosse stato ucciso per vendetta, perché aveva raccontato tutto alla procura in cambio di un patteggiamento. La polizia dedusse che l'uomo assunto da Doug non fosse stato troppo felice della spiata di Doug.

Zeke si era preoccupato che Elsie e Tony la prendessero male, invece nessuno dei due aveva reagito alla notizia. Tony aveva annuito chiedendo a Zeke che lo portasse in officina da Brock per "lavorare" con lui durante il giorno, mentre Elsie era sembrata rattristata, ma aveva commentato dicendo che Doug aveva fatto le proprie scelte nella vita e che lei aveva imparato nel modo peggiore che niente di ciò che poteva dirgli o fargli l'avrebbe mai convinto o incoraggiato a cambiare.

Fine della storia.

Zeke non aveva perso altro tempo e aveva già infilato l'anello al dito di Elsie. Appena ricevuta da Nissi una copia del certificato di morte di Doug, Zeke aveva prenotato per la cerimonia di nozze. Tutta la squadra di ricerca e soccorso Eagle Point aveva partecipato alla cerimonia, insieme a tanti altri abitanti di Fallport che volevano celebrare quell'unione insieme agli sposi.

Zeke aveva organizzato all'On the Rocks un ricevimento alla buona, offrendo da bere e da mangiare. Erano passati quasi tutti i concittadini. Otto, Art e Silas. Simon con tutti i suoi uomini. Nissi. Quasi tutti i negozianti della piazza, inclusi Finley, il vecchio Grogan e Sandra. Si era presentata anche Whitney, la padrona del B&B Residence Chestnut Street. Persino il dottor Snow aveva fatto un salto con il partner Craig, per congratularsi.

Anche l'unico residente di Fallport senzatetto, Davis Woolford, era passato; Zeke gli aveva preparato un conteni-tore da asporto pieno fino all'orlo, in modo che Davis ne avesse anche per la colazione del giorno dopo, magari anche per il pranzo.

Tony si era divertito un mondo e aveva accettato molto volentieri di trascorrere la notte a casa di Ethan e Lilly, così Zeke ed Elsie si erano goduti la prima notte di nozze. Zeke ne aveva approfittato portandola a casa presto e passando quasi tutta la notte a mostrare alla neo-sposina quanto l'amava e quanto la apprezzava.

Come fosse saltata fuori la proposta di fare una cammi-nata a Eagle Point, Zeke non se lo ricordava. Però di sicuro era venuta a Tony, che aveva chiesto a Zeke quando ce lo avrebbe portato, come gli aveva promesso un giorno. Zeke aveva in mente una gita da solo con Tony, ma quando gli altri ne avevano sentito parlare, avevano chiesto di aggregarsi.

Lilly aveva insistito per non essere esclusa. Quando Tony aveva capito che sarebbero venuti quasi tutti, aveva implorato la mamma perché venisse anche lei. Così Elsie non era riuscita a dirgli di no.

Ecco che allora si erano ritrovati tutti a scarpinare verso l'osservatorio. Per fortuna era arrivato un fronte d'aria fredda in settimana e le temperature di mezza estate erano scese dai soliti 35°C di media a circa 25°C, rendendo la fatica più sopportabile.

Il gruppo aveva camminato ridendo e scherzando, ma Zeke aveva osservato con attenzione Elsie: se la fatica le fosse pesata troppo, lui l'avrebbe riaccompagnata a casa, lasciando Tony con il resto del gruppo. Però lei se la stava cavando bene; certo, non che amasse quel genere di uscite, ma ce la faceva.

Elsie non aveva idea della sorpresa che Zeke aveva in serbo per lei, una volta raggiunto l'osservatorio.

Elsie sembrò accorgersi che Zeke stava pensando a lei e gli prese la mano, invitandolo a fermarsi e lasciar passare gli altri.

"Tutto bene?" le chiese Zeke intrecciando le dita con quelle di Elsie.

"Sorprendentemente bene, sì. Non dico di voler fare camminate ogni fine settimana, ma qui c'è tanta pace," gli rispose Elsie con una certa riluttanza.

"Sì, è molto tranquillo," disse Zeke, "non ti evoca dei cattivi ricordi?"

Elsie fece una mezza risata. "Ma no, è diverso al cento per cento da quel che mi è successo. Non sto correndo, non ci sono rami che mi colpiscono in faccia, non ho l'occhio gonfio di botte."

Zeke sussultò. Odiava anche solo il pensiero delle ferite che Elsie aveva subito.

"Smettila," gli disse lei, riprendendolo dolcemente. "Ormai è tutto passato, siamo qui per festeggiare la nostra nuova vita." Gli passò la mano sull'anello al dito. "Non riesco a crederci, adesso sono la signora Elsie Calhoun."

"Credici," le disse Zeke, che avvertiva il piacere scorrergli nelle vene sentendola usare quel cognome. Ne avevano parlato a lungo e lui le aveva detto che non avrebbe avuto nulla in contrario se lei avesse preferito tenere il cognome Ireland, il suo cognome da nubile. Sapeva bene che non lo aveva cambiato, quando si era sposata la prima volta. Però Elsie gli aveva risposto che non avrebbe mai considerato di *non* prendere il suo cognome.

"Hai i documenti con te, vero?" gli chiese lei.

Zeke annuì. "Certamente. Devo ammettere di essere un po' nervoso, però."

"Nervoso?" gli chiese Elsie ridendo. "Non devi: Tony sarà felicissimo, tanto ormai ti considera già suo padre. Pensa che l'altro ieri mi ha chiesto di cambiare anche lui il cognome."

"Ah sì?"

"Sì."

"E tu cosa gli hai risposto?"

"Beh, non potevo certo anticipargli che ci stavamo già muovendo, dato che volevamo fargli una sorpresa in questa gita. Quindi ho un po' messo da parte la questione; lui ci è rimasto un po' male, ma è un bravo ragazzo e ha lasciato stare," gli raccontò Elsie. "Quando comincerà la scuola, sarà già Tony Calhoun."

"Gli voglio tanto bene," disse Zeke, "tantissimo." Si fermò e mise le mani ai lati del collo di Elsie. "Ti amo. Mi sono ripromesso che la tua vita sarebbe stata migliore, quando abbiamo cominciato a frequentarci, ma non avevo ancora capito quanto la *mia* vita sarebbe migliorata. Hai cambiato tutto, Els, tutto in meglio."

Elsie gli sorrise. "Mi fa molto piacere," gli disse sottovoce.

"Anche a me. Adesso baciami, moglie."

Elsie fece una risatina, gli afferrò i polsi e si alzò in punta di piedi.

Ogni volta che Zeke la baciava, gli sembrava la prima volta. Sperava che l'entusiasmo che gli metteva non andasse mai ad affievolirsi.

"*Dai*, mamma!" chiamò Tony più avanti. "Non ci arriveremo mai, se vi fermate a sbaciucchiarvi ogni cento metri."

Zeke si staccò da lei e scoppiò a ridere. La gioia nelle risatine di Elsie lo fece sorridere ancor di più. "Arriviamo!" urlò in risposta. "Chi va piano, va sano e va lontano!"

"Campa cavallo che l'erba cresce!" ribatté Tony, "magari con un cavallo faremmo prima!"

"Santo cielo, dove le impara queste battute?" mormorò Elsie.

Zeke fece spallucce, continuando a ridere. "E chi lo sa; però devo ammettere che fa davvero ridere."

"Te lo ricorderò, quando avrà quattordici o quindici anni e ci farà impazzire," gli disse Elsie.

"Non vedo l'ora. Dai, sarà meglio che ascoltiamo nostro figlio e ci diamo una mossa."

"Nostro figlio, che bello sentirtelo dire," rispose Elsie con un sorriso tenero diretto a Zeke.

"Piace anche a me, ma ha ragione, basta con tutte queste soste, ci mancano ancora alcuni chilometri per arrivare."

Elsie gemette. "Possiamo chiamare un elicottero che ci tiri su? Il pensiero di rifare al rovescio tutta questa strada mi fa venir voglia di farmi un bel bagno caldo."

Zeke rise ancora. "Cercherò di coccolarti per bene, quando torniamo a casa."

"D'accordo," gli rispose Elsie, "adesso non so che farei, per un cappuccino al caramello."

Zeke scosse la testa verso di lei e le appoggiò una mano dietro la schiena. "Andiamo, ti prometto che sarai estasiata e meravigliata dal panorama, all'osservatorio."

"Sì, ma immagino che dovrò camminare altri quattro milioni di passi per arrivare in cima a *vedere* il panorama," gli rispose, facendo una previsione un po' emotiva.

Non c'erano quattro milioni di passi, ma oltre cento gradini per arrivare in cima all'osservatorio, che doveva essere abbastanza alto per poter supervisionare gli alberi a lunga distanza in cerca di segnali di fumo che indicassero un principio d'incendio nella foresta. Ormai l'osservatorio non si usava più come postazione antincendio, la tecnologia aveva fatto passi da gigante e non c'era più bisogno che qualcuno vivesse in mezzo alla natura selvaggia.

Zeke decise che era meglio non rispondere a quella frecciata sui gradini, semplicemente la incoraggiò a camminare.

Servì un'altra ora e mezza per raggiungere la radura in cui si trovava l'osservatorio di Eagle Point. Ogni volta che Zeke lo vedeva, gli mancava il fiato. Adorava quel posto. In mezzo alla natura, lontano dalle pressioni del mondo, con degli ottimi amici, con la moglie e con il figlio. Cosa poteva chiedere di meglio?

Gli amici avevano già posato a terra gli zaini e il resto delle suppellettili e si stavano preparando a montare le tende. L'idea era di passare due notti all'aria aperta, rilassandosi e ricaricandosi, prima di tornare a Fallport.

Zeke appoggiò lo zaino per terra, frugò dentro per un momento e si mise in tasca il documento arrotolato che si era portato dietro. "Che ne dici se andiamo su a gustarci il panorama?" le chiese Zeke.

Elsie sospirò guardando la scala di accesso all'osservatorio. Poi annuì. "È meglio darci una mossa, così poi mi fai un bel massaggio ai piedi."

"Tony, vieni anche tu?" lo chiamò Zeke.

Come previsto, il ragazzo annuì e arrivò di corsa. Zeke gli aveva anticipato di una sorpresa per lui e per la mamma e miracolosamente Tony era riuscito a tenere il segreto per due giorni interi.

"Sì!" rispose Tony, che poi proseguì di corsa verso le scale e cominciò a salirle sempre di corsa.

"Ah, quanto vorrei avere ancora le sue energie," disse Elsie con malinconia.

"Mi sembra di ricordare che avessi molte energie, due notti fa," le disse Zeke sottovoce.

Il rossore che le colorò le guance era adorabile e lo fece sorridere.

"Finiscila," gli rispose scuotendo la testa.

Fecero alcune soste nella salita all'osservatorio, ma Zeke non era affatto impaziente: avevano tutto il tempo che volevano e se la sua Elsie aveva bisogno di una piccola pausa, non era un problema.

Finalmente arrivarono alla piattaforma che circondava la cima dell'osservatorio. Tony si rivolse verso il sole a osservare i Monti Appalachi. Zeke non sapeva cos'avesse in serbo il futuro di quel ragazzo, ma sapeva che, qualunque scelta avesse fatto Tony nel futuro, avrebbe avuto successo.

"Guarda, mamma!" esclamò Tony indicando un punto in lontananza. "Laggiù c'è Fallport! Si vede a malapena il tetto del municipio." Stava indicando in direzione opposta, ma Zeke non si prese la briga di correggerlo.

"Wow, quassù è veramente bello," commentò Elsie con un filo di voce, dopo aver ascoltato il figlio ed essersi guardata attorno.

"Vale la pena di farsi una camminata e quest'ultima salita?" le chiese Zeke.

Elsie si voltò verso di lui e gli si appoggiò al petto abbracciandolo forte. "Assolutamente sì," rispose lei con un tono di voce che non lasciava spazio a dubbi.

"Adesso, Zeke?" gli chiese Tony, praticamente saltellando su e giù dall'entusiasmo.

"Tra poco," lo rassicurò Zeke, guadagnandosi un'occhiata perplessa di Elsie. "Prima però c'è qualcosa che io e la mamma vorremmo chiederti."

Tony si fece serio. "Ah sì?"

"Sì. Quando la tua mamma mi ha sposato, ha deciso di

assumere il mio cognome. È stata una sua scelta, non era costretta. Proprio come quando si è sposata la prima volta e ha deciso di tenere il suo cognome da nubile, il cognome che aveva da ragazza, quello che ha passato anche a te."

"Ireland," disse Tony annuendo.

"Esattamente. Adesso vorremmo dare anche a te la stessa scelta. Se vuoi puoi rimanere Tony Ireland. Hai avuto questo cognome per tanto tempo e magari ti sembrerebbe strano cambiarlo. Però se vuoi... io e la mamma abbiamo preparato i documenti per cambiarlo in Calhoun," gli disse Zeke tirando fuori un foglio dalla tasca posteriore. "Se sei d'accordo e vuoi anche tu lo stesso cognome, diventerai Tony Calhoun da adesso in poi. Però sappi che, qualunque sarà la tua scelta, noi ti vogliamo bene allo stesso modo, Totò. *Io* ti voglio bene."

Gli occhi di Tony si erano spalancati alla vista del documento in mano a Zeke, poi si erano rivolti alla madre e a Zeke. "Diventerei tuo figlio?"

"Tu sei già mio figlio a prescindere dal cognome," gli rispose Zeke con decisione. "Come ti dicevo, se ti senti più tranquillo a rimanere Ireland, allora è quello che devi fare."

In tutta risposta, Tony si gettò tra le braccia di Zeke. Elsie fece un passo indietro e Zeke dovette sforzarsi per non mettersi a piangere. Evidentemente Tony non aveva nulla in contrario a cambiare cognome.

"Ho sempre voluto un papà," disse Tony tirando su col naso addosso a Zeke, "ero contento quando Doug è venuto a trovarmi, ma poi è stato cattivo." Tony alzò lo sguardo verso Zeke. "Voglio essere Tony Calhoun." Girò la testa e trovò lo sguardo della madre. "Voglio che abbiamo tutti lo stesso cognome."

"Allora, appena torniamo, andiamo a consegnare il documento," gli disse Elsie con gli occhi lucidi.

"Vuoi fare la tua firma così diventa ufficiale?" gli chiese Zeke. Dato che Tony era minorenne, in realtà non c'era uno spazio per la sua firma nel documento, ma poiché Tony spalancò di nuovo gli occhi e annuì con esuberanza, Zeke fu contento di averglielo proposto. Si inginocchiò vicino a Tony, sulle tavole di legno del camminamento che circondava l'osservatorio, e tirò fuori una penna dalla tasca.

Poi aprì il documento e sorrise, quando Tony tirò fuori la lingua nel concentrarsi per scrivere al meglio il proprio nome in fondo al documento. Quando finì di firmare, guardò Zeke e gli chiese: "È fatta?"

"Beh, dobbiamo registrare la richiesta in tribunale, ma sì, in pratica è fatta," confermò Zeke.

Tony lasciò andare un sospiro e saltò in piedi, abbracciò forte Zeke di nuovo e poi si girò verso la mamma e scoppiò in lacrime aggrappandosi a lei.

Anche Elsie aveva gli occhi lucidi, ma Zeke vedeva chiaramente che erano lacrime di gioia.

"So...no fe...lice," balbettò Tony.

Elsie fece una risata: "Lo vedo."

"È che..." Tony alzò la testa per poter guardare in faccia la mamma, "...Zeke è fantastico, è intelligente, gentile, ti fa sorridere, mi presta attenzione e mi insegna delle cose, mi prende dei libri e legge con te. Gli voglio un sacco di bene."

Zeke si commosse, sentendo le parole di Tony.

"Anche lui ti vuole tanto bene," lo rassicurò Elsie.

Tony fece un respiro profondo, si asciugò le lacrime e fece un passo per allontanarsi dalla mamma, prima di voltarsi di nuovo verso Zeke. "Posso portare giù il documento per farlo vedere a tutti?" gli chiese.

Zeke annuì e arrotolò di nuovo il foglio di carta. Se anche si fosse rovinato, potevano sempre stamparne un'altra copia e compilarla di nuovo. "Certo," gli rispose porgendoglielo.

Il ragazzo lo afferrò, sospirò di nuovo e poi corse giù dalle scale.

"Stai attento!" gli urlò dietro Elsie.

"Va bene!" urlò Tony in risposta mentre correva giù dalle scale.

"Santo cielo, ci manca solo che caschi giù e che si rompa l'osso del collo!" esclamò Elsie mormorando.

Zeke non le rispose: prima doveva portare a termine un'altra sorpresa. Tony si era detto impaziente di vedere la reazione della mamma alla sorpresa di Zeke, ma evidentemente la fretta di mostrare agli altri il documento con cui avrebbe cambiato cognome era più pressante.

"Vieni qui," le disse Zeke. "Ho una sorpresa anche per te."

"Ti prego, dimmi che è una bella vasca da bagno," gli disse Elsie scherzando.

"Purtroppo no, ma penso che ti piacerà lo stesso." Zeke l'accompagnò alla porta dell'ambiente angusto in cui un tempo vivevano gli osservatori antincendio. Spinse la porta per aprirla e attese.

Elsie inspirò di scatto: "Porca vacca, ma hai fatto tutto tu, Zeke?"

Lui annuì. "Ti piace?"

"Mi piace? Adesso non vado più via! Mi trasferisco qui, per sempre," gli rispose Elsie.

Guardandosi attorno, Zeke fu contento di come si era trasformato quell'ambiente. Aveva dovuto raccontare a Elsie una piccola bugia, dicendole che doveva tracciare un nuovo sentiero che si dipanava da Fallport, ma era una piccola bugia bianca totalmente giustificata dalla reazione di Elsie. Zeke era salito all'osservatorio per preparare tutto: aveva messo sul pavimento un materasso gonfiabile, con tanto di lenzuola vere e proprie, una coperta e due cuscini. Tutt'intorno c'erano delle lanterne, le tende erano alzate su tutte e tre le finestre, poi c'era una dozzina di garofani che Zeke aveva scelto perché duravano più a lungo delle rose. Così aveva creato uno spazio accogliente, raccolto e romantico, nella speranza che Elsie apprezzasse di più la camminata.

"Beh, purtroppo non ci sono le tubature, quindi per fare la pipì bisogna scendere dalle scale e poi tornare su," le spiegò arricciando il naso. Era l'unico difetto di quel piano per coccolarla mentre erano in montagna.

"Non importa," gli disse Elsie accoccolandosi contro di lui.

Zeke sospirò contento. Il suo mondo era sempre più roseo, quando teneva Elsie tra le braccia.

"Grazie per tutto questo," gli disse.

"A dire il vero, sono stato egoista," ammise Zeke.

Elsie alzò lo sguardo confusa.

"Sapevo che non ti saresti mai sentita troppo sciolta in tenda con Tony, per non parlare degli altri. Allora ho preparato un nido d'amore quassù, lontani da tutti gli altri; è stata l'idea migliore che mi è venuta per cercare di convincerti a fare l'amore con me sotto il cielo stellato."

Elsie fece una risata. "Sei proprio il tipico maschio."

"È vero," confermò Zeke, "ma sono il *tuo* maschio."

"Questo è il momento più felice della mia vita, ti amo, Zeke."

"Anch'io ti amo, Els. Non sai quanto."

"Sì che lo so, perché ti amo allo stesso modo anch'io."

Allora Zeke la baciò. Si prese tutto il tempo, mostrandole senza parlare quanto era felice. Infine, sia pur con riluttanza, si staccò. "Anche se vorrei tanto saltare con te sul materasso e fare l'amore a lungo, dolcemente, lentamente, devi sapere che gli altri muoiono dalla voglia di vedere cos'ho combinato quassù."

"Lo sapevano?"

"Sì."

"Beh, cacchio."

"Cosa c'è?" le chiese Zeke. "C'è qualcosa di male?"

"Adesso tutti sapranno cosa faremo stanotte!" esclamò lei.

Zeke ridacchiò. "Eh sì."

Elsie gli schiaffeggiò il braccio. "Non c'è niente da ridere!"

"Dai, un *po'* è divertente. Però guarda che a loro non interessa, dico sul serio. Anzi, probabilmente saranno gelosi."

Elsie sembrava ancora in preda all'imbarazzo, ma poi scosse la testa e gli disse semplicemente: "Non esagerare."

"Non esagero. Sono follemente innamorato di mia moglie. Dovresti anche sapere che... temo di aver dimenticato i preservativi."

A quel punto fu Elsie a scoppiare a ridere.

Zeke adorava vederla così allegra. Non poteva immaginare quanto fosse andato vicino a perderla, a perdere Tony.

"Immagino che sia il tuo modo per dirmi che vorresti mettermi incinta," gli disse con una certa ironia.

"Infatti. Però, se non ti senti pronta, scommetto che probabilmente potrei trovarne una confezione in fondo in fondo alla borsa, se cercassi *molto* a fondo," le disse, "non voglio certo metterti fretta, se non vuoi."

"Lo voglio," gli disse subito.

Se Zeke prima aveva pensato che fosse difficile non saltare sul letto con lei per fare l'amore, dopo quelle parole dovette trattenersi con tutto se stesso. Il pensiero di penetrarla senza alcun tipo di barriera gli faceva già pulsare l'uccello nei pantaloni.

Si voltò verso la porta tenendo Elsie sottobraccio. Doveva uscire dal nido d'amore che le aveva preparato, prima che fosse troppo tardi. Avrebbe avuto tutto il tempo, tutta la notte per mostrare alla moglie quanto l'apprezzava.

Si fermarono per un momento fuori, sul camminamento, per godersi la brezza e il panorama. Sotto di loro, Tony stava ancora mostrando a tutti il documento per il cambio di cognome, le tende erano già montate. Il piano per la serata era lo stesso della sera prima: cena cotta sul fuoco, biscotti, relax con gli amici, godendosi la gioia di stare insieme.

"Grazie per essere l'uomo di cui posso fidarmi," gli disse sottovoce Elsie, "l'uomo a cui posso dare il mio cuore sapendo che sarà apprezzato e protetto."

"Grazie a *te* per lo stesso motivo," le rispose Zeke. "Dopo il primo matrimonio, mi ero ripromesso di non aprire più il mio cuore a nessuna, avevo paura che mi venisse calpestato. Però tu mi hai fatto dimenticare i tempi bui, mi hai fatto vedere le gioie che avevo sotto il naso."

"Siamo una bella coppia," gli disse lei, alzando lo sguardo con un sorriso.

Elsie aveva i capelli arruffati, non aveva un filo di trucco, aveva le guance arrossate, un po' per la fatica di aver salito le scale, un po' per il bacio, eppure era la donna più bella che Zeke avesse mai visto in vita sua. E aveva scelto lui. Come lui aveva scelto lei.

Zeke aveva imparato a non dare mai nulla per scontato, perché in qualunque momento, la tragedia poteva essere dietro l'angolo. Avrebbe apprezzato ogni attimo della vita con Elsie.

"Sei pronta a scendere, così facciamo salire gli altri a dare un'occhiata?"

"Pronta," gli rispose, avviandosi verso le scale.

Zeke diede un'ultima occhiata alle cime degli alberi e sospirò soddisfatto, poi si girò per seguire la moglie.

———

Rocky spinse la porta dell'Occhio di Bue per aprirla e fece un sorriso a Karen, una delle cameriere.

"Siedi pure dove vuoi, caro, arrivo tra un momento."

"Non c'è fretta," le rispose lui, avviandosi verso l'ultimo tavolo in fondo alla sala. Gli piaceva tenere la schiena rivolta al muro, per poter vedere tutti quelli che entravano o uscivano dal locale. Il servizio nei SEAL, le forze speciali della marina, gli aveva lasciato addosso una certa paranoia. Nonostante gli anni passati dalla fine del servizio, non riusciva ancora a dare le spalle a un locale pieno di gente. Gli capitava anche che dei mucchi di terriccio o di spazzatura ai bordi della strada gli facessero venire il sudore freddo.

La vita in una cittadina di campagna come Fallport aveva

contribuito molto ad attenuare il suo disordine da stress post-
traumatico. All'apparenza, era una persona normale. Molto
spesso riusciva anche a comportarsi in modo normale, ma
dentro... aveva molto di frequente i nervi a fior di pelle.

La proposta di entrare nella squadra di ricerca e soccorso
Eagle Point era stata una benedizione celeste. Gli permetteva
di andarsene via regolarmente, nei boschi, per scaricare la
tensione, oltre a soddisfare il suo bisogno di rendersi utile alla
comunità. Trovare una persona scomparsa era una delle
emozioni più belle che potesse provare.

Anche se a volte capitava che la persona ritrovata non
fosse più in vita, ma almeno c'era una certa soddisfazione:
trovare il corpo di una persona amata poteva risparmiare ai
parenti anni e anni di dubbi e ipotesi su cosa fosse successo.
Certo, era molto meglio trovare qualcuno in vita, ma la morte
faceva sempre parte del mestiere.

Sentì i passi di qualcuno che si avvicinava e alzò lo
sguardo, pensando di vedere Karen; invece era Sandra Hain,
la proprietaria della tavola calda.

"Ciao," le disse alzandosi in piedi per salutarla meglio.

"Stai, stai," gli disse lei scuotendo la testa. "Quante volte ti
ho detto che non devi alzarti quando vengo al tuo tavolo?" gli
chiese.

"Quattrocentotrentatré," le rispose Rocky, inventandosi al
volo quella cifra. "Però me lo puoi ripetere quante volte vuoi,
continuerò a ignorarti, perché le buone maniere sono
importanti."

Sandra scosse la testa esasperata e Rocky non trattenne un
sorriso. "Volevo parlare con te," gli disse la signora sedendosi
sul divanetto di fronte a lui.

Rocky si fece serio, non era un bell'inizio. "Spara," le disse.

"Ecco, allora, non *so* se ci sia qualcosa di cui preoccuparsi,
probabilmente sono solo fisime, ma circa una settimana fa è
venuto qui un gruppo, erano due coppie. Due di loro non
erano affatto felici, hanno continuato a litigare anche mentre

mangiavano. Comunque, la signora è tornata il giorno dopo, poi il giorno dopo ancora, sempre da sola. È stata gentile, ha detto che le piaceva il menu. Ha fatto i complimenti alla cucina e alla città."

"Insomma, si è aperta un po'. Ha detto che è venuta a Fallport con un amico e con l'altra coppia perché volevano trovare Bigfoot. Ha ammesso che sembrava anche a lei una stupidata, ma è venuta lo stesso, anche per staccare dal solito tran tran. Si è scusata per la scenata, per aver litigato con l'amico, la prima sera, anche se l'abbiamo notato solo io e la loro cameriera. Immagino che quel tipo le stesse facendo pressioni per stare con lei, mentre lei non voleva instaurare un rapporto. Erano stati in montagna tutti i giorni e lei mi ha detto che sarebbero andati un'altra volta. Però di notte. Mi ha promesso che sarebbe tornata a salutarmi, prima di andarsene da Fallport, però... non l'ho più rivista."

Rocky fissò Sandra, cercando di decidere cosa risponderle, ma lei continuò a parlare prima di sentirlo commentare.

"Lo so, lo so, adesso mi dirai che probabilmente si sarà dimenticata. Oppure che è troppo impegnata... però ho l'impressione che non sia così. Doveva passare l'altro ieri. Ero preoccupatissima per lei, così sono andata in macchina fino all'albergo sulla quarantotto, dove ha detto che alloggiavano. Non ho visto la loro macchina, quindi magari sono andati via... però ho paura che le sia successo qualcosa. O che sia successo qualcosa a tutti e quattro."

Rocky fu tentato di prenderla un po' in giro, dicendole che era una stalker, ma chiaramente non era il momento di scherzare. Del resto, il fatto che Sandra conoscesse il veicolo di quel gruppetto di persone non lo sorprendeva: Fallport era una piccola cittadina e gli abitanti tendevano a fare più attenzione rispetto all'indifferenza delle metropoli. "Cosa vuoi che faccia?" le chiese, andando dritto al punto.

"Mi ha detto che avrebbero percorso il sentiero di Falling Water. Ci ha scherzato sopra, dicendo che preferiva far sapere

a qualcuno i programmi del gruppo, nel caso succedesse qualcosa. Quando le ho chiesto cosa *pensava* potesse succedere, lei
ha fatto spallucce e ha detto... nel caso il suo amico (quello
che voleva stare con lei) decidesse di non accettare un *no*
come risposta. Diceva tanto per dire, ma nella sua voce mi è
sembrato di sentire un che di... sembrava preoccupata."

A Rocky non piacque quel sospetto. Per nulla. Quando era
in missione all'estero, aveva visto fin troppi casi di aggressioni
e discriminazione contro le donne. Non aveva mai capito
come mai certi uomini trattassero le donne come esseri infe-
riori, solo perché non erano uomini.

Inoltre non gli piaceva l'idea che qualcuno facesse del
male a una donna nella *sua* foresta.

"Pensavo che, magari, potresti percorrere il sentiero di
Falling Water per controllare che per caso non siano ancora là
fuori? Lo so, è un'idea sciocca, ma mi è sembrata convinta,
quando mi ha detto che sarebbe tornata a mangiare un'ultima
volta prima di andarsene," concluse Sandra.

Rocky annuì. Gli altri erano andati via con Elsie e Tony,
all'osservatorio di Eagle Point, mentre lui si era offerto di
rimanere a Fallport proprio nel caso ci fosse stato bisogno di
cercare qualcuno. Anche se non si trattava di un caso di
persone scomparse, almeno non ufficialmente, ormai la curiosità lo aveva vinto. Non sarebbe più riuscito a dormire,
pensando che qualcuno potesse essersi perso, o che qualcuno
fosse in pericolo. Maledizione.

"Va bene, ci vado."

Sandra fece un gran sospiro, era rimasta col fiato sospeso.
"Grazie mille, si chiama Bristol Wingham. Ha trentasette
anni ed è in buona forma. È piccolina, non credo che arrivi al
metro e cinquanta. Capelli neri, dritti e lunghi, occhi scuri.
Penso che abbia qualche antenato di origine asiatica, ma non
ne sono sicura, non siamo andate in argomento."

Rocky non trattenne una risatina. "Però mi pare che
abbiate parlato molto di altri argomenti."

"Beh, sì," rispose Sandra, che appariva un po' confusa; sembrava credere che fosse normalissimo chiedere vita, morte e miracoli di ogni cliente che si presentava a mangiare. Del resto, forse era proprio così, almeno a Fallport.

"Comunque, vive a Kingsport, appena oltre il confine. È un'artista, si è specializzata in vetrate colorate e ogni tanto crea dei gioielli e delle piccole sculture. Mi ha detto che, tanto tempo fa, lavorava in un ufficio, il classico lavoro dalle otto alle cinque; ma si è stufata e si è licenziata per fare ciò che amava di più."

Rocky non sapeva bene come tutte quelle informazioni fossero utili per ritrovare una persona scomparsa nel bosco, ma annuì comunque. "Va bene. Ci vado oggi stesso, vediamo cosa trovo, ma immagino che probabilmente si sarà dimenticata di tornare a salutare," disse alla signora preoccupata che gli sedeva davanti.

Sandra scrollò le spalle. "Io invece penso che ti sbagli. Però preferirei di gran lunga sapere che è *davvero* andata via, piuttosto che l'alternativa. Mi fai sapere cosa trovi?"

"Ma certo," le rispose Rocky.

"Sei un brav'uomo," concluse Sandra, "offro io la colazione."

Rocky aprì la bocca per protestare, ma Sandra si stava già alzando. "Ah, ti faccio portare il 'due per due per due'. Sono due pancake, due salsicciotti, due fette di pane tostato e due frittelline di patate."

Al che Sandra si girò e andò verso la cucina. Rocky non poté fare altro che scuotere la testa. Di solito non faceva una colazione così abbondante, ma aveva deciso di percorrere un sentiero di montagna, gli servivano delle calorie da bruciare.

Tornò a pensare alla misteriosa Bristol. Sperava che Sandra si sbagliasse, che quella donna fosse tornata a casa sua, a Kingsport, sana e salva; ma se fosse stata davvero nei guai, se avesse avuto bisogno di aiuto e lui non avesse almeno tentato di trovare lei e gli altri, si sarebbe preso a schiaffi da solo.

Il mistero si sarebbe risolto presto. Bastava incamminarsi sullo stesso sentiero. Se il gruppo fosse stato ancora sulle montagne, probabilmente non si sarebbe allontanato più di dieci, forse quindici chilometri. Rocky decise di portarsi il necessario per rimanere fuori a dormire; l'indomani sera sarebbe tornato a casa a dormire nel suo bel lettone.

Soddisfatto di quel piano, Rocky bevve un sorso del caffè nero bollente che Karen gli aveva appena versato e si preparò mentalmente alla ricerca che lo aspettava. Sperava di non trovare nulla, il che avrebbe significato che il gruppo era tornato indietro dai boschi e se n'era andato.

Si scrollò di dosso quei pensieri, se non altro avrebbe fatto una bella camminata. Le probabilità che quattro persone si addentrassero insieme nel bosco e che ne uscissero solo in tre (e che nessuno dei tre andasse alla polizia per denunciare la scomparsa del quarto) erano pari a zero. Era molto più probabile che Sandra l'avesse appena convinto a seguire una pista che non avrebbe portato a nulla. Almeno si era guadagnato una bella colazione gratis, non aveva di che lamentarsi.

Sorrise appena l'enorme piatto gli fu appoggiato davanti, ringraziò Karen e cominciò a mangiare, mettendo da parte almeno per il momento ogni pensiero di Bristol, forse scomparsa o forse no, per godersi quel pasto succulento.

* * *

Cerca il prossimo libro della serie Ricerca e soccorso Eagle Point, *In cerca di Bristol*!

Armi e Amori
Proteggere Caroline
Proteggere Alabama
Proteggere Fiona
Il Matrimonio di Caroline
Proteggere Summer
Proteggere Cheyenne
Proteggere Jessyka
Proteggere Julie
Proteggere Melody
Proteggere il Futuro
Proteggere Kiera
Proteggere i figli di Alabama
Proteggere Dakota

Forze Speciali alle Hawaii
Trovare Elodie
Trovare Lexie
Trovare Kenna
Trovare Monica (10 Maggio 2022)
Trovare Carly
Trovare Ashlyn
Trovare Jodelle

Mercenari di Montagna
Difendere Allye
Difendere Chloe
Difendere Morgan
Difendere Harlow
Difendere Everly
Difendere Zara
Difendere Raven

Ace Security
Il riscatto di Grace

Il riscatto di Alexis
Il riscatto di Bailey
Il riscatto di Felicity
Il riscatto di Sarah

Una raccolta di storie brevi

Un momento nel tempo

BIOGRAFIA

L'autrice best seller del *New York Times, USA Today,* e *Wall Street Journal,* Susan Stoker ha un cuore grande come lo stato del Texas, dove vive, ma questa tipica ragazza americana ha trascorso gli ultimi quattordici anni vivendo nel Missouri, in California, in Colorado, e nell'Indiana. È sposata con un ex militare dell'esercito, che ora la segue in tutto il Paese.

Ha debuttato con la sua prima serie nel 2014, seguita dalla serie SEAL of Protection, che ha consolidato il suo amore per la scrittura, e la creazione di storie in cui i lettori possono perdersi.

Se ti è piaciuto questo libro, o qualsiasi libro, per favore considera di lasciare una recensione. Gli autori lo apprezzano più di quanto tu possa immaginare.

www.stokeraces.com
susan@stokeraces.com